»Deine edle Natur, der Spiegel alles Schönen, darf nicht zerbrechen in Dir; Du bist der Welt auch schuldig zu geben, was Dir verklärt in höherer Gestalt erscheint .. Wenige sind wie Du! .. Handle nur nie aus dem falschen Begriff, Du müßtest mir Ehre machen .. Deine Liebe ehrt mich genug ...«

So schrieb Susette Gontard dem Dichter 1799. Sie gehört nicht zu den »bedeutenden« Frauen der Klassik und Romantik. Aber sie ist als in Glück und Leid der Liebe tragische Gestalt unsterblich geworden: unsterblich als »Diotima« des Dichters, und durch ihre ergreifenden Briefe an ihn. Schon in diesen erscheint die Liebende zugleich als die Frau eines großen Hauses. Und vor zwei Jahrzehnten traten hinzu Briefe, reizvoll-intime Zeugnisse, von denen Licht auf ihr Leben, ihr Wesen, den Lebensstil des Hauses fällt. So wird das ideale Bild Diotimas farben- und nuancenreicher durch das reale Bild Susette Gontards. Die hier vorgelegte Text-Sammlung möchte in ihren zwei Hauptteilen beide Aspekte vermitteln, die sich letzten Endes decken; sie möchte aber auch die tragische Spannung im Leben Diotimas sichtbar machen: die Spannung Liebe – Pflicht und »Einsamkeit« – »Gesellschaft«.

Prof. Dr. A. Beck, geb. 1906 in Ludwigsburg. In klassischer Philologie und Germanistik Schüler W. Schadewaldts, W. Jaegers und J. Petersens. Nach Kriegsdienst und schwerer Verwundung 1943 Leiter des Hölderlin-Archivs, 1946 in Tübingen habilitiert, 1949 nach Hamburg berufen. Lebt in Tübingen. – 1973 Schiller-Preis Marbach a.N.

Größere Arbeiten: Stuttgarter Hölderlin-Ausgabe Bd. VI: Briefe 1954/58; Bd. VII 1–4: Lebenszeugnisse 1968–77. Forschung und Deutung, Aufsätze zur Literatur 1966. Hölderlin, Chronik in Text und Bild, Insel 1970. Hölderlin, Chronik seines Lebens, insel taschenbuch 83, 1975. ›Hölderlins Weg zu Deutschland‹, Jahrbuch des Freien Deutschen Hochstifts 1977–79/80.

it 447

Adolf Beck

Hölderlins Diotima

HÖLDERLINS DIOTIMA SUSETTE GONTARD

GEDICHTE – BRIEFE – ZEUGNISSE

MIT BILDNISSEN

HERAUSGEGEBEN VON ADOLF BECK

INSEL VERLAG

insel taschenbuch 447
Erstausgabe
Erste Auflage 1980

Vertrieb durch den Suhrkamp Taschenbuch Verlag
Umschlag nach Entwürfen von Willy Fleckhaus
Satz: Weihrauch, Würzburg
Druck: Nomos Verlagsgesellschaft, Baden-Baden
Printed in Germany

3 4 5 6 7 – 90 89

INHALT

ERSTER TEIL
HÖLDERLINS DIOTIMA
GEDICHTE – BRIEFE

ZWEITER TEIL
SUSETTE GONTARD
IHR LEBENSKREIS IN FRANKFURT
ZEUGNISSE

BILDNISSE

ANHANG

ERSTER TEIL
HÖLDERLINS DIOTIMA

GEDICHTE – BRIEFE

I. HÖLDERLIN AN CHRISTIAN LUDWIG NEUFFER

1 *Frankfurt, 15. Januar 1796*

Ich lebe, wie es scheint, unter sehr guten und wirklich, nach Verhältnis, seltnen Menschen; sie könnten wohl noch mehr sein, ohne daß ich das Obige zurücknehmen müßte. Du verstehst mich gewiß, wenn ich Dir sage, daß unser Herz auf einen gewissen Grad immer arm bleiben muß. Ich werde mich auch wohl noch mehr daran gewöhnen, mit wenigem fürlieb zu nehmen, und mein Herz mehr darauf zu richten, daß ich der ewigen Schönheit mehr durch eignes Streben und Wirken mich zu nähern suche, als daß ich etwas, was ihr gliche, vom Schicksal erwartete ...

Es war für mich Bedürfnis, Lieber! Dir das mitzuteilen, was gerade mein Gemüt beschäftigte ...

2 *Frankfurt, Ende Juni 1796*

Ich möchte wissen, wie Dirs jetzt gerade geht. Ich wollt, es ginge Dir wie mir. Ich bin in einer neuen Welt. Ich konnte wohl sonst glauben, ich wisse, was schön und gut sei, aber seit ichs sehe, möcht ich lachen über all mein Wissen. Lieber Freund! es gibt ein Wesen auf der Welt, woran mein Geist Jahrtausende verweilen kann und wird, und dann noch sehn, wie schülerhaft all unser Denken und Verstehn vor der Natur sich gegenüber findet. Lieblichkeit und Hoheit, und Ruh und Leben, und Geist und Gemüt und Gestalt ist Ein seliges Eins in diesem Wesen. Du kannst mir glauben, auf mein Wort, daß selten so etwas geahndet, und schwerlich wieder gefunden wird in dieser Welt. Du weißt ja, wie ich war, wie mir Gewöhnliches entleidet war, weißt ja, wie ich ohne Glauben lebte, wie ich so karg geworden war mit meinem Herzen, und darum so elend; konnt ich werden, wie ich jetzt bin, froh, wie ein Adler, wenn mir nicht dies, dies Eine erschienen wäre, und mir das Leben, das mir nichts mehr wert war, verjüngt, gestärkt, erheitert, verherrlicht hätte mit seinem Frühlingslichte? Ich habe Augenblicke, wo all meine alten Sorgen mir so durchaus töricht scheinen, so unbegreiflich wie den Kindern.

Es ist auch wirklich oft unmöglich, vor ihr an etwas Sterbliches zu denken, und eben deswegen läßt so wenig sich von ihr sagen.

Vielleicht gelingt mirs hie und da, einen Teil ihres Wesens in einem glücklichen Zuge zu bezeichnen, und da soll Dir keiner unbekannt bleiben. Aber es muß eine festliche, durchaus ungestörte Stunde sein, wenn ich von ihr schreiben soll. –

O sei glücklich, lieber Bruder! Ohne Freude kann die ewige Schönheit nicht recht in uns gedeihen. Großer Schmerz und große Lust bildet den Menschen am besten. Aber das Schustersleben, wo man Tag für Tag auf seinem Stuhle sitzt, und treibt, was man im Schlafe treiben kann, das bringt den Geist vor der Zeit ins Grab.

3 *Frankfurt, 16. Februar 1797*

Ich habe eine Welt von Freude umschifft, seit wir uns nicht mehr schrieben. Ich hätte Dir gerne indes von mir erzählt, wenn ich jemals stille gestanden wäre und zurückgesehen hätte. Die Woge trug mich fort; mein ganzes Wesen war immer zu sehr im Leben, um über sich nachzudenken.

Und noch ist es so! noch bin ich immer glücklich, wie im

ersten Moment. Es ist eine ewige fröhliche heilige Freundschaft mit einem Wesen, das sich recht in dies arme geist- und ordnungslose Jahrhundert verirrt hat! Mein Schönheitsinn ist nun vor Störung sicher. Er orientiert sich ewig an diesem Madonnenkopfe. Mein Verstand geht in die Schule bei ihr, und mein uneinig Gemüt besänftiget, erheitert sich täglich in ihrem genügsamen Frieden. Ich sage Dir, lieber Neuffer! ich bin auf dem Wege, ein recht guter Knabe zu werden. Und was mich sonst betrifft, so bin ich auch ein wenig mit mir zufriedner. Ich dichte wenig und philosophiere beinahe gar nicht mehr. Aber was ich dichte, hat mehr Leben und Form; meine Phantasie ist williger, die Gestalten der Welt in sich aufzunehmen, mein Herz ist voll von Lust; und wenn das heilige Schicksal mir mein glücklich Leben erhält, so hoff ich künftig mehr zu tun als bisher.

Ich denke mir wohl, lieber Bruder! daß Du begierig sein wirst, umständlicher von meinem Glücke mich sprechen zu hören. Aber ich darf nicht! Ich habe schon oft genug geweint und gezürnt über unsere Welt, wo das Beste nicht einmal in einem Papiere, das man einem Freunde schickt, sich nennen darf. Ich lege Dir ein Gedicht an Sie bei, das ich zu Ende des vorigen Winters machte.

Den Sommer über hab ich in Kassel und in einem westfälischen Bade, in der Gegend der alten Hermannsschlacht, gelebt, größtenteils in Gesellschaft von Heinse, den Du als Verfasser des Ardinghello kennst. Er ist ein herrlicher alter Mann. Ich habe noch nie so eine grenzenlose Geistesbildung bei so viel Kindereinfalt gefunden.

Ich wollte Dir so viel schreiben, bester Neuffer! aber die armen Momente, die ich dazu habe, sind so sehr wenig, um das Dir mitzuteilen, was in mir waltet und lebt! Es ist auch immer ein Tod für unsre stille Seligkeit, wenn sie zur Sprache werden muß. Ich gehe lieber so hin in fröhlichem, schönem Frieden, wie ein Kind, ohne zu überrechnen, was ich habe und bin, denn was ich habe, faßt ja doch kein Gedanke nicht ganz. Nur ihr Bild möcht ich Dir zeigen, und so brauchte es keiner Worte mehr! Sie ist schön, wie Engel. Ein zartes geistiges himmlischreizendes Gesicht! Ach! ich könnte ein Jahrtausend lang in seliger Betrachtung mich und alles vergessen, bei ihr, so unerschöpflich reich ist diese anspruchlose stille Seele in diesem Bilde! Majestät und Zärtlichkeit, und Fröhlichkeit und Ernst, und süßes Spiel und hohe Trauer und Leben und Geist, alles ist in und an ihr zu Einem göttlichen Ganzen vereint ... »Wen die Götter lieben, dem wird große Freude, großes Leid zu Teil.« Auf dem Bache zu schiffen, ist keine Kunst. Aber wenn unser Herz und unser Schicksal in den Meersgrund hinab und an den Himmel hinauf uns wirft, das bildet den Steuermann.

4 *Frankfurt, 10. Juli 1797*

... Du fehlst mir oft, mein Bester! Philosophieren, Politisieren usw. läßt es sich mit manchem. Aber die Zahl der Menschen, denen man sein Schwächstes und sein Stärkstes offenbart, die mag man nicht so leicht verdoppeln. Ich hab es auch fast ganz verlernt, so ganz vertrauend einem Freunde mich zu öffnen. Ich möchte bei Dir sitzen, und erst an Deiner Treue wieder recht erwarmen – dann sollt es wohl von Herzen gehn! – O Freund! ich schweige und schweige, und so häuft sich eine Last auf mir, die mich am Ende fast erdrücken, die wenigstens den Sinn unwiderstehlich mir verfinstern muß. Und das eben ist mein Unheil, daß mein Auge nimmer klar ist, wie sonst. Ich will es Dir gestehen, daß ich glaube, ich sei besonnener gewesen als jetzt, habe richtiger als jetzt geurteilt von andern und mir in meinem 22sten Jahre, da ich noch mit Dir lebte, guter Neuffer! O! gib mir meine Jugend wieder! Ich bin zerrissen von Liebe und Haß.

II. HÖLDERLINS DIOTIMA-GEDICHTE IN FRANKFURT

1 DIOTIMA

Lange tot und tiefverschlossen,
Grüßt mein Herz die schöne Welt;
Seine Zweige blühn und sprossen,
Neu von Lebenskraft geschwellt;
O! ich kehre noch ins Leben,
Wie heraus in Luft und Licht
Meiner Blumen selig Streben
Aus der dürren Hülse bricht.

Wie so anders ists geworden!
Alles, was ich haßt und mied,
Stimmt in freundlichen Akkorden
Nun in meines Lebens Lied,
Und mit jedem Stundenschlage
Werd ich wunderbar gemahnt
An der Kindheit goldne Tage,
Seit ich dieses Eine fand.

Diotima! selig Wesen!
Herrliche, durch die mein Geist,
Von des Lebens Angst genesen,
Götterjugend sich verheißt!
Unser Himmel wird bestehen,
Unergründlich sich verwandt,
Hat sich, eh wir uns gesehen,
Unser Innerstes gekannt.

Da ich noch in Kinderträumen,
Friedlich, wie der blaue Tag,
Unter meines Gartens Bäumen
Auf der warmen Erde lag,
Und in leiser Lust und Schöne
Meines Herzens Mai begann,
Säuselte, wie Zephirstöne,
Diotimas Geist mich an.

Ach! und da, wie eine Sage,
Mir des Lebens Schöne schwand,
Da ich vor des Himmels Tage
Darbend, wie ein Blinder, stand,
Da die Last der Zeit mich beugte,
Und mein Leben, kalt und bleich,
Sehnend schon hinab sich neigte
In der Schatten stummes Reich;

Da, da kam vom Ideale,
Wie vom Himmel, Mut und Macht,
Du erscheinst mit deinem Strahle,
Götterbild! in meiner Nacht;
Dich zu finden, warf ich wieder,
Warf ich den entschlafnen Kahn
Von dem toten Porte nieder
In den blauen Ozean. –

Nun! ich habe dich gefunden,
Schöner, als ich ahndend sah
In der Liebe Feierstunden,
Hohe! Gute! bist du da;
O der armen Phantasien!
Dieses Eine bildest nur

Du, in ewgen Harmonien
Frohvollendete Natur!

Wie die Seligen dort oben,
Wo hinauf die Freude flieht,
Wo, des Daseins überhoben,
Wandellose Schöne blüht,
Wie melodisch bei des alten
Chaos Zwist Urania,
Steht sie, göttlich rein erhalten,
Im Ruin der Zeiten da.

Unter tausend Huldigungen
Hat mein Geist, beschämt, besiegt,
Sie zu fassen schon gerungen,
Die sein Kühnstes überfliegt.
Sonnenglut und Frühlingsmilde,
Streit und Frieden wechselt hier
Vor dem schönen Engelsbilde
In des Busens Tiefe mir.

Viel der heilgen Herzenstränen
Hab ich schon vor ihr geweint,
Hab in allen Lebenstönen
Mit der Holden mich vereint,
Hab, ins tiefste Herz getroffen,
Oft um Schonung sie gefleht,
Wenn so klar und heilig offen
Mir ihr eigner Himmel steht;

Habe, wenn in reicher Stille,
Wenn in einem Blick und Laut
Seine Ruhe, seine Fülle

Mir ihr Genius vertraut,
Wenn der Gott, der mich begeistert,
Mir an ihrer Stirne tagt,
Von Bewundrung übermeistert,
Zürnend ihr mein Nichts geklagt;

Dann umfängt ihr himmlisch Wesen
Süß im Kinderspiele mich,
Und in ihrem Zauber lösen
Freudig meine Bande sich;
Hin ist dann mein dürftig Streben,
Hin des Kampfes letzte Spur,
Und ins volle Götterleben
Tritt die sterbliche Natur.

Ha! wo keine Macht auf Erden,
Keines Gottes Wink uns trennt,
Wo wir Eins und Alles werden,
Da ist nur mein Element;
Wo wir Not und Zeit vergessen,
Und den kärglichen Gewinn
Nimmer mit der Spanne messen,
Da, da sag ich, daß ich bin.

Wie der Stern der Tyndariden,
Der in leichter Majestät
Seine Bahn, wie wir, zufrieden
Dort in dunkler Höhe geht,
Nun in heitre Meereswogen,
Wo die schöne Ruhe winkt,
Von des Himmels steilem Bogen
Klar und groß hinuntersinkt:

O Begeisterung! so finden
Wir in dir ein selig Grab,
Tief in deine Woge schwinden
Stillfrohlockend wir hinab,
Bis der Hore Ruf wir hören,
Und mit neuem Stolz erwacht,
Wie die Sterne, wiederkehren
In des Lebens kurze Nacht.

2 DIOTIMA

Leuchtest du wie vormals nieder,
Goldner Tag! und sprossen mir
Des Gesanges Blumen wieder
Lebenatmend auf zu dir?
Wie so anders ists geworden!
Manches, was ich trauernd mied,
Stimmt in freundlichen Akkorden
Nun in meiner Freude Lied,
Und mit jedem Stundenschlage
Werd ich wunderbar gemahnt
An der Kindheit stille Tage,
Seit ich Sie, die Eine, fand.

Diotima! edles Leben!
Schwester, heilig mir verwandt!
Eh ich dir die Hand gegeben,
Hab ich ferne dich gekannt.
Damals schon, da ich in Träumen,
Mir entlockt vom heitern Tag,
Unter meines Gartens Bäumen,
Ein zufriedner Knabe, lag,

Da in leiser Lust und Schöne
Meiner Seele Mai begann,
Säuselte, wie Zephirstöne,
Göttliche! dein Geist mich an.

Ach! und da, wie eine Sage,
Jeder frohe Gott mir schwand,
Da ich vor des Himmels Tage
Darbend, wie ein Blinder, stand,
Da die Last der Zeit mich beugte,
Und mein Leben, kalt und bleich,
Sehnend schon hinab sich neigte
In der Toten stummes Reich:
Wünscht ich öfters noch, dem blinden
Wanderer, dies Eine mir,
Meines Herzens Bild zu finden
Bei den Schatten oder hier.

Nun! ich habe dich gefunden!
Schöner, als ich ahndend sah,
Hoffend in den Feierstunden,
Holde Muse! bist du da;
Von den Himmlischen dort oben,
Wo hinauf die Freude flieht,
Wo, des Alterns überhoben,
Immerheitre Schöne blüht,
Scheinst du mir herabgestiegen,
Götterbotin! weiltest du
Nun in gütigem Genügen
Bei dem Sänger immerzu.

Sommerglut und Frühlingsmilde,
Streit und Frieden wechselt hier

Vor dem stillen Götterbilde
Wunderbar im Busen mir;
Zürnend unter Huldigungen
Hab ich oft beschämt, besiegt,
Sie zu fassen, schon gerungen,
Die mein Kühnstes überfliegt;
Unzufrieden im Gewinne,
Hab ich stolz darob geweint,
Daß zu herrlich meinem Sinne
Und zu mächtig sie erscheint.

Ach! an deine stille Schöne,
Selig holdes Angesicht!
Herz! an deine Himmelstöne
Ist gewohnt das meine nicht;
Aber deine Melodien
Heitern mählich mir den Sinn,
Daß die trüben Träume fliehen,
Und ich selbst ein andrer bin;
Bin ich dazu denn erkoren?
Ich zu deiner hohen Ruh,
So zu Licht und Lust geboren,
Göttlichglückliche! wie du? –

Wie dein Vater und der meine,
Der in heitrer Majestät
Über seinem Eichenhaine
Dort in lichter Höhe geht,
Wie er in die Meereswogen,
Wo die kühle Tiefe blaut,
Steigend von des Himmels Bogen,
Klar und still herunterschaut:
So will ich aus Götterhöhen,

Neu geweiht in schönrem Glück,
Froh zu singen und zu sehen,
Nun zu Sterblichen zurück.

3 AN DIOTIMA

Komm und siehe die Freude um uns; in kühlenden Lüften
Fliegen die Zweige des Hains,
Wie die Locken im Tanz; und wie auf tönender Leier
Ein erfreulicher Geist,
Spielt mit Regen und Sonnenschein auf der Erde der
Wie in liebendem Streit [Himmel;
Über dem Saitenspiel ein tausendfältig Gewimmel
Flüchtiger Töne sich regt,
Wandelt Schatten und Licht in süßmelodischem Wechsel
Über die Berge dahin.
Leise berührte der Himmel zuvor mit der silbernen Tropfe
Seinen Bruder, den Strom,
Nah ist er nun, nun schüttet er ganz die köstliche Fülle,
Die er am Herzen trug,
Über den Hain und den Strom, und . . .
. . .
Und das Grünen des Hains, und des Himmels Bild in dem
Dämmert und schwindet vor uns [Strome
Und des einsamen Berges Haupt mit den Hütten und
Die er im Schoße verbirgt, [Felsen,
Und die Hügel, die um ihn her, wie Lämmer, gelagert
Und in blühend Gesträuch
Wie in zarte Wolle gehüllt, sich nähren von klaren
Kühlenden Quellen des Bergs,
Und das dampfende Tal mit seinen Saaten und Blumen,
Und der Garten vor uns,

Nah und Fernes entweicht, verliert sich in froher
Und die Sonne verlischt. [Verwirrung,
Aber vorübergerauscht sind nun die Fluten des
Und geläutert, verjüngt [Himmels
Geht mit den seligen Kindern hervor die Erd aus dem
Froher lebendiger [Bade.
Glänzt im Haine das Grün, und goldner funkeln die
. . . [Blumen,
Weiß, wie die Herde, die in den Strom der Schäfer
. . . [geworfen,

4 AN DIOTIMA

Schönes Leben! du lebst, wie die zarten Blüten im Winter,
In der gealterten Welt blühst du verschlossen, allein.
Liebend strebst du hinaus, dich zu sonnen am Lichte des Frühlings,
Zu erwarmen an ihr, suchst du die Jugend der Welt.
Deine Sonne, die schönere Zeit, ist untergegangen
Und in frostiger Nacht zanken Orkane sich nun.

5 DIOTIMA

Komm und besänftige mir, die du einst Elemente versöhntest,
Wonne der himmlischen Muse, das Chaos der Zeit,
Ordne den tobenden Kampf mit Friedenstönen des Himmels,
Bis in der sterblichen Brust sich das Entzweite vereint,
Bis der Menschen alte Natur, die ruhige, große,
Aus der gärenden Zeit mächtig und heiter sich hebt.

Kehr in die dürftigen Herzen des Volks, lebendige Schönheit!
   Kehr an den gastlichen Tisch, kehr in die Tempel zurück!
Denn Diotima lebt, wie die zarten Blüten im Winter,
   Reich an eigenem Geist, sucht sie die Sonne doch auch.
Aber die Sonne des Geists, die schönere Welt ist hinunter
   Und in frostiger Nacht zanken Orkane sich nur.

6 AN IHREN GENIUS

Send ihr Blumen und Frücht aus nieversiegender Fülle,
   Send ihr, freundlicher Geist, ewige Jugend herab!
Hüll in deine Wonnen sie ein und laß sie die Zeit nicht
   Sehn, wo einsam und fremd sie, die Athenerin, lebt,
Bis sie im Lande der Seligen einst die fröhlichen Schwestern,
   Die zu Phidias' Zeit herrschten und liebten, umfängt.

7 DIOTIMA

Du schweigst und duldest, und sie verstehn dich nicht,
   Du heilig Leben! welkest hinweg und schweigst,
      Denn ach, vergebens bei Barbaren
         Suchst du die Deinen im Sonnenlichte,

Die zärtlichgroßen Seelen, die nimmer sind!
   Doch eilt die Zeit. Noch siehet mein sterblich Lied
      Den Tag, der, Diotima! nächst den
         Göttern mit Helden dich nennt, und dir gleicht.

8 ABBITTE

Heilig Wesen! gestört hab ich die goldene
Götterruhe dir oft, und der geheimeren,
Tiefern Schmerzen des Lebens
Hast du manche gelernt von mir.

O vergiß es, vergib! gleich dem Gewölke dort
Vor dem friedlichen Mond, geh ich dahin, und du
Ruhst und glänzest in deiner
Schöne wieder, du süßes Licht!

9 DER GUTE GLAUBE

Schönes Leben! du liegst krank, und das Herz ist mir
Müd vom Weinen und schon dämmert die Furcht in mir,
Doch, doch kann ich nicht glauben,
Daß du sterbest, solang du liebst.

10 IHRE GENESUNG

Deine Freundin, Natur! leidet und schläft und du,
Allbelebende, säumst? ach! und ihr heilt sie nicht,
Mächtge Lüfte des Aethers,
Nicht ihr Quellen des Sonnenlichts?

Alle Blumen der Erd, alle die fröhlichen,
Schönen Früchte des Hains, heitern sie alle nicht
Dieses Leben, ihr Götter!
Das ihr selber in Lieb erzogt? –

Ach! schon atmet und tönt heilige Lebenslust
Ihr im reizenden Wort wieder wie sonst und schon
Glänzt das Auge des Lieblings
Freundlichoffen, Natur! dich an.

11 DAS UNVERZEIHLICHE

Wenn ihr Freunde vergeßt, wenn ihr den Künstler höhnt,
Und den tieferen Geist klein und gemein versteht,
Gott vergibt es, doch stört nur
Nie den Frieden der Liebenden.

12 DIE LIEBENDEN

Trennen wollten wir uns, wähnten es gut und klug;
Da wirs taten, warum schröckt' uns, wie Mord, die Tat?
Ach! wir kennen uns wenig,
Denn es waltet ein Gott in uns.

III. AUS »HYPERION«

1 HYPERION AN BELLARMIN

Ich war einst glücklich, Bellarmin! Bin ich es nicht noch? Wär ich es nicht, wenn auch der heilige Moment, wo ich zum ersten Male sie sah, der letzte wäre gewesen?
Ich hab es Einmal gesehn, das Einzige, das meine Seele suchte, und die Vollendung, die wir über die Sterne hinauf entfernen, die wir hinausschieben bis ans Ende der Zeit, die hab ich gegenwärtig gefühlt. Es war da, das Höchste, in diesem Kreise der Menschennatur und der Dinge war es da! Ich frage nicht mehr, wo es sei; es war in der Welt, es kann wiederkehren in ihr, es ist jetzt nur verborgner in ihr. Ich frage nicht mehr, was es sei; ich hab es gesehn, ich hab es kennen gelernt.
O ihr, die ihr das Höchste und Beste sucht, in der Tiefe des Wissens, im Getümmel des Handelns, im Dunkel der Vergangenheit, im Labyrinthe der Zukunft, in den Gräbern oder über den Sternen! wißt ihr seinen Namen? den Namen des, das Eins ist und Alles?
Sein Name ist Schönheit.

2 HYPERION AN BELLARMIN

So bedürfnislos, so göttlichgenügsam hab ich nichts gekannt.
Wie die Woge des Ozeans das Gestade seliger Inseln, so umflutete mein ruheloses Herz den Frieden des himmlischen Mädchens.

Ich hatt ihr nichts zu geben, als ein Gemüt voll wilder Widersprüche, voll blutender Erinnerungen, nichts hatt ich ihr zu geben, als meine grenzenlose Liebe mit ihren tausend Sorgen, ihren tausend tobenden Hoffnungen; sie aber stand vor mir in wandelloser Schönheit, mühelos, in lächelnder Vollendung da, und alles Sehnen, alles Träumen der Sterblichkeit, ach! alles, was in goldnen Morgenstunden von höhern Regionen der Genius weissagt, es war alles in dieser Einen stillen Seele erfüllt.

Man sagt sonst, über den Sternen verhalle der Kampf, und künftig erst, verspricht man uns, wenn unsre Hefe gesunken sei, verwandle sich in edeln Freudenwein das gärende Leben; die Herzensruhe der Seligen sucht man sonst auf dieser Erde nirgends mehr. Ich weiß es anders. Ich bin den nähern Weg gekommen. Ich stand vor ihr, und hört und sah den Frieden des Himmels, und mitten im seufzenden Chaos erschien mir Urania.

3 HYPERION AN DIOTIMA

Dann spricht wohl Alabanda noch von manchem, den die Langeweile des Jahrhunderts peinigt, von so mancher wunderbaren krummen Bahn, die sich das Leben bricht, seitdem sein grader Gang gehemmt ist; dann fällt mir auch mein Adamas ein, mit seinen Reisen, seiner eignen Sehnsucht in das innere Asien hinein – das sind nur Notbehelfe, guter Alter! möcht ich dann ihm rufen, komm! und baue deine Welt! mit uns! denn unsre Welt ist auch die deine. Auch die deine, Diotima, denn sie ist die Kopie von dir. O du, mit deiner Elysiumsstille, könnten wir das schaffen, was du bist!

4 DIOTIMA AN HYPERION

(Aus ihrem Abschiedsbrief)

Die Armen, die nichts kennen, als ihr dürftig Machwerk, die der Not nur dienen und den Genius verschmähn, und dich nicht ehren, kindlich Leben der Natur! die mögen vor dem Tode sich fürchten. Ihr Joch ist ihre Welt geworden; Besseres, als ihren Knechtsdienst, kennen sie nicht; scheun die Götterfreiheit, die der Tod uns gibt?

Ich aber nicht! ich habe mich des Stückwerks überhoben, das die Menschenhände gemacht, ich hab es gefühlt, das Leben der Natur, das höher ist, denn alle Gedanken – wenn ich auch zur Pflanze würde, wäre denn der Schade so groß? – Ich werde sein. Wie sollt ich mich verlieren aus der Sphäre des Lebens, worin die ewige Liebe, die allen gemein ist, die Naturen alle zusammenhält? wie sollt ich scheiden aus dem Bunde, der die Wesen alle verknüpft? Der bricht so leicht nicht, wie die losen Bande dieser Zeit. Der ist nicht, wie ein Markttag, wo das Volk zusammenläuft und lärmt und auseinandergeht. Nein! bei dem Geiste, der uns einiget, bei dem Gottesgeiste, der jedem eigen ist und allen gemein! nein! nein! im Bunde der Natur ist Treue kein Traum. Wir trennen uns nur, um inniger einig zu sein, göttlicher friedlich mit allem, mit uns. Wir sterben, um zu leben.

Ich werde sein; ich frage nicht, was ich werde. Zu sein, zu leben, das ist genug, das ist die Ehre der Götter; und darum ist sich alles gleich, was nur ein Leben ist, in der göttlichen Welt, und es gibt in ihr nicht Herren und Knechte. Es leben umeinander die Naturen, wie Liebende; sie haben alles gemein, Geist, Freude und ewige Jugend.

Beständigkeit haben die Sterne gewählt, in stiller Lebensfülle wallen sie stets und kennen das Alter nicht. Wir stellen im Wechsel das Vollendete dar; in wandelnde Melodien teilen wir die großen Akkorde der Freude. Wie Harfenspieler um die Thronen der Ältesten, leben wir, selbst göttlich, um die stillen Götter der Welt; mit dem flüchtigen Lebensliede mildern wir den seligen Ernst des Sonnengotts und der andern.

Sieh auf in die Welt! Ist sie nicht, wie ein wandelnder Triumphzug, wo die Natur den ewigen Sieg über alle Verderbnis feiert? und führt nicht zur Verherrlichung das Leben den Tod mit sich, in goldenen Ketten, wie der Feldherr einst die gefangenen Könige mit sich geführt? und wir, wir sind wie die Jungfrauen und die Jünglinge, die mit Tanz und Gesang, in wechselnden Gestalten und Tönen den majestätischen Zug geleiten.

Nun laß mich schweigen. Mehr zu sagen, wäre zu viel. Wir werden wohl uns wieder begegnen. –

Trauernder Jüngling! bald, bald wirst du glücklicher sein. Dir ist dein Lorbeer nicht gereift und deine Myrten verblühten, denn Priester sollst du sein der göttlichen Natur, und die dichterischen Tage keimen dir schon.

O könnt ich dich sehn in deiner künftigen Schöne! Lebe wohl.

IV. SUSETTE GONTARDS BRIEFE AN HÖLDERLIN

NEBST EINEM BRIEFCHEN HENRYS

1798–1800

1a HENRY GONTARD AN HÖLDERLIN

Frankfurt, 27. September 1798

Lieber Hölder!

Ich halte es fast nicht aus, daß Du fort bist. Ich war heute bei Herrn Hegel, dieser sagte, Du hättest es schon lange im Sinn gehabt; als ich wieder zurück ging, begegnete mir Herr Hänisch, welcher den Tag Deiner Abreise zu uns kam und ein Buch suchte; er fand es, ich war gerade bei der Mutter, er fragte die Jette, wo Du wärst, die Jette sagte, Du wärst fort gegangen, er wollte eben auch zu Herrn Hegel gehn und nach Dir fragen, er begleitete mich und fragte, warum Du fort gegangen wärst, und sagte, es schmerzte ihn recht sehr. Der Vater fragte bei Tische, wo Du wärst, ich sagte, Du wärst fort gegangen, und Du ließt Dich ihm noch empfehlen. Die Mutter ist gesund und läßt Dich noch vielmals grüßen, und Du möchtest doch recht oft an uns denken; sie hat mein Bett in die Balkonstube stellen lassen und will alles, was Du uns gelernt hast, wieder mit uns durchgehn. Komm bald wieder bei uns, mein Holder; bei wem sollen wir denn sonst lernen. Hier schick ich Dir noch Tabak und der Herr Hegel schickt Dir hier das 6. Stück von Posselts Annalen.

Lebe wohl, lieber Hölder.

Ich bin
Dein Henri.

Frankfurt am Main.

1

Ich muß Dir schreiben Lieber! Mein Herz hält das Schweigen gegen Dich länger nicht aus, nur noch einmal laß meine Empfindung sprechen vor Dir, dann will ich, wenn Du es besser findest, gerne, gerne, still sein.
Wie ist nun, seit Du fort bist, um und in mir alles so öde und leer, es ist als hätte mein Leben alle Bedeutung verloren, nur im Schmerz fühl ich es noch. – –
Wie lieb ich nun diesen Schmerz, wenn er mich verlassen und es wieder dumpf in mir wird, wie such ich ihn mit Sehnsucht wieder, nur meine Tränen über unser Schicksal können mich noch freun. – – – Sie fließen auch reichlich, wenn ich Abends, schon um neun Uhr, den Tag zu verkürzen, mit den Kindern zur Ruhe mich lege, wenn alles still ist und niemand mich sehen kann. Wie! dachte ich dann oft, soll künftig diese geliebte, reine Liebe wie Rauch verfliegen und sich auflösen, nirgends eine bleibende Spur zurücklassen? – Da kam der Wunsch in mich, noch durch geschriebene Worte, für Dich, ihr ein Monument zu errichten das unauslöschlich die Zeit doch unverändert schonet. Wie möchte ich, mit glühenden Farben, bis auf ihre kleinsten Schattierungen, sie malen, und sie ergründen, die edle Liebe des Herzens, könnte ich nur Einsamkeit und Ruhe finden! So, beständig gestört zerrissen, kann ich nur stückweise sie fühlen, suche sie beständig, und doch ist sie ganz in mir! –
Im offnen, freien Feld ist es mir noch am besten, und ich sehne mich beständig hinaus, wo ich den lieben Feldberg sehe, der Dich Böser wie eine Wand sanft aufhält, daß Du mir nicht weiter entfliehest! – Komm ich aber wieder nach Hause, ist es nicht mehr wie sonst, sonst wurde es mir so wohl, wieder in Deine Nähe zu kommen, jetzt ists als ginge ich in einen großen Kasten mich da einsperren zu

lassen; kamen sonst meine Kinder, von Dir, zu mir herunter, wie stärkte es mein oft traurend Wesen, wenn eine sanfte Röte, ein tieferer Ernst, eine Träne im Aug mir noch den Einfluß von Dir verriet, jetzt haben sie nicht mehr diese Bedeutung für mich und ich muß oft meine Gefühle für sie zurechte weisen. – – –

So weit hatte ich schon in den 1sten 8 Tagen Deiner Entfernung geschrieben, und mein Herz kämpfte mit meiner Vernunft ob ich würklich diese Zeilen Dir schicken sollte, oder nicht; mein Herz siegte, in dem Fall, daß alle andere Beziehungen mit Dir mir abgeschnitten würden, Gelegenheit zu suchen Dir wenigstens Rechenschaft davon zu geben, denn den Gedanken so nah wie wir noch zu leben, und nach solcher Innigkeit gar nichts von einander zu hören und wissen zu wollen, konnte ich nicht fassen, es wäre mir unmöglich, diese Enthaltsamkeit mit Zartheit des Gemüts zu reimen, und ich glaube fast, Du mußtest das von mir erwarten, und hättest wenn ich schwiege Ursache mich des Gegenteils zu beschuldigen. Du konntest nicht zuerst schreiben, das fühlte ich wohl, weil ich immer dagegen war. Diese Gedanken bestimmten mich, verdenke es mir nicht daß ich Dir schrieb, und daß ich Dir klage; wären diese Klagen nicht zugleich Beweise meiner Gefühle, gewiß, Du würdest sie nicht hören. Jetzt bekam Henry Deinen Brief, welcher mich sehr aufrichtete, ich hatte immer nur Deine neue Freiheit und Unabhängigkeit vor Augen, Dein häuslich Leben, Deine stillen Zimmer und Deine grünen Bäume, am Fenster; Deinen Brief, diesen lieben Trost behielt ich aber kaum eine Viertelstunde, indem Henry ihn mir sehr gewissenhaft zurückfoderte, um ihn zu zeigen, und so bekam ich ihn nicht wieder. Ich weiß nicht was Henry bei dieser Gelegenheit alles verboten wurde, ich fand ihn aber nachher sehr verändert, und er scheute sich Deinen Namen zu nennen. Du kamest nach Frankfurt und ich sah Dich nicht einmal von weitem, das war mir sehr hart! ich hatte immer auf den Sonnabend gerechnet, doch mußte ich eine Ahndung von Dir haben, denn ich öffnete, am Abend wie Du vorbeigingest, ungefähr um halb 9 Uhr das Fenster und dachte, wenn ich Dich doch im Schein der großen Lanterne erblickte. Einige Zeit nachher, als ich Henry zum Hegel schicken wollte, antwortete er, es sei ihm nicht mehr erlaubt, ich sagte ihm sehr ernsthaft, daß er ein undankbares Herz hätte wenn er gegen dieses Verbot gar keine Einwendungen gemacht, und wenn es ihm nicht sehr leid wäre, es half aber nichts, er sagte, er müsse doch gehorsam sein.

Jetzt wo denn alle Wege der Mitteilung uns abgeschnitten sind, und ich dadurch sehr empört bin, hoffe ich auf den Mann, den Du aus dem Gasthofe uns schicktest.

Du kannst mir, wenn Du es gut findest, und Sinclair einmal hierher kömmt, ihn bitten, wenn es angeht, und Du Dich nicht gegen ihn in ein falsches Licht setzest, mich zu besuchen, und mir durch ihn den Hipperion schicken wenn Du ihn schon bekommen, es ist mir nicht möglich ihn für ein paar Geldstücke zu kaufen. Ich werde dann wieder Nachricht von Dir bekommen, wie sehr wird es mich freuen! wenn es Dir gut gehet!–

Man begegenet mir, wie ich vorhersah, sehr höflich, bietet mir alle Tage neue Geschenke, Gefälligkeiten und Lustpartien an, allein, von dem, der das Herz meines Herzens nicht schonte, muß die kleinste Gefälligkeit anzunehmen mir wie Gift sein, so lange die Empfindlichkeit dieses Herzens dauret, denn wer könnte wohl auf den Sturz seines Freundes sich sogenannte gute Tage machen wollen, noch Selbstgefühl und Zartheit behaupten; aus diesem Gefühl lebe ich also gerne einfacher wie sonst, schränke aus Neigung meine Bedürfnisse ein, dieser Stolz, und dies Gefühl sind mir lieber als alle Güter der Erde. Gott! meine Liebe! bewahre mich darin. Ich bin fast immer allein mit den Kindern, suche ihnen so nützlich zu werden wie ich kann.

Schon oft habe ich es bereut, daß ich Dir beim Abschied den Rat gab auf der Stelle Dich zu entfernen, noch habe ich nicht begriffen, aus welchem Gefühl ich so dringend Dich bitten mußte, ich glaube aber, es war die Furcht, vor der ganzen Empfindung unserer Liebe, die zu laut in mir wurde bei diesem gewaltigen Riß, und die Gewalt welche ich fühlte machte mich gleich zu nachgiebig; wie manches, dachte ich nachher, hätten wir noch für die Zukunft ausmachen können? hätte nur unser aus einander Gehen nicht diese feindselige Farbe angenommen, niemand hätte Dir den Zutritt in unser Haus wehren können, aber jetzt, o! sage mir Du Guter, wie gehet es wohl an, daß wir uns wiedersehen? sei es auch noch so entfernt? – Dem ganz entsagen kann ich nicht! Es bleibt immer meine liebste Hoffnung! – – Sinne darauf.

Oft werde ich Dir nicht schreiben können, dieser Gelegenheit traue ich höchstens nur einmal, Du wirst durch Sinclair ein paar Zeilen zurückbekommen. Auch glaube ich, daß es künftig mit der Komödie nicht mehr so oft angehet, man würde es bald merken weil man nicht gewohnt ist, daß ich bei schlechten Stücken hingehe, und wir wollen doch keine Zuschauer, auch würde es mir zu leid tun Dich bei schlechtem Wetter unterwegends zu wissen; wir wollen also, wenn Du es gut findest, diese Einrichtung machen, Du kömmst alle Monat den 1sten Donnerstag, und wenn es schlecht Wetter ist, den 1sten darauf folgenden schönen Komödien-Tag, und ich richte mich danach. Da habe ich Dir viel Worte machen müssen, und hätte Dir doch gerne so viel gesagt, das Rechte kann ich aber nicht ausdrücken, es bleibt tief in meinem Herzen begraben, nur Tränen der Wehmut können das sagen, und wieder stillen. Du siehest wohl, ich kann die Worte nicht finden! – – Ich bin so verändert, dieser gewaltige Schlag des Schicksals hat mich ganz in mich selbst gekehrt, ein tiefer heiliger Ernst herrschet durch mein ganzes Wesen, nur oft ist's mir so dumpf, und ich habe keine Besinnung; will ich dann lesen, stehen meine Gedanken still, und wollen nicht weiter, ich kann nur das Nötigste tun, und bin zum Verwundern geduldig. Meine Gesundheit ist übrigens gut, nur fehlet es mir an Mut und Tätigkeit, ich bin ein wenig gelähmt, und möchte nur immer so hinsitzen, träumen möchte ich auch! aber auch meine Phantasie will mir oft nicht dienen, o! es wird gewiß besser, wenn ich nur erst weiß daß die Nachrichten von Dir mir nicht fehlen können und ich immer einen Gesichtspunkt, einen Tag der Hoffnung, vor mir habe, denn die Hoffnung hält uns allein im Leben. – – Das bleibt gewiß daß ich nie ändere. – – –

So weit schrieb ich am Mittwoch.

Freitag Morgend 1/2 10 Uhr

Seit ich Dich gestern sah, ist nichts als der Wunsch in mir lebendig Dich zu sprechen; willst Du es wagen, bindet Dich kein Versprechen, so komm heute Nachmittag ein Viertel nach 3 Uhr, gehe unverstohlen der hintern Türe welche immer offen ist herein, laufe leicht und schnell die Treppe herauf wie sonst, die Türe zu meinem Zimmer an der Treppe wird Dir schon geöffnet sein, die Kinder lernen zu der Zeit im hintern blauen Zimmer und können Dich nicht sehen, wenn Du an der Mauer her gehest, Wilhelmine bleibt bei der Maly im Wohnzimmer, und wir können hoffen uns eine Stunde ruhig zu sprechen; findest Du es

aber unbesonnen oder hast sonst Gründe, verspreche ich sie zu ehren, und mich gewiß in nichts zu ändern, es bleibt dann bei der alten Einrichtung, Du kannst es immer noch so machen, mich wirst Du immer finden.
Sollte Dich sonst auch jemand sehen, tut das gar nichts, es kann nicht auffallend sein, wenn Personen welche 3 Jahre unter einem Dache lebten 1 halbe Stunde zusammen zubringen, das Gegenteil vielmehr.

2 Abends

Mein Brief hat Dich betrübt, Du Lieber! und Dein Brief hat mich so unaussprechlich gefreut, mich so glücklich gemacht, er zeigte so viel Liebe! O! wie erwiderte sie mein Herz in allen Tönen, wie ich ihn las, wie warm schloß mein Gemüt an Deines sich an. Und Du! solltest Du vielleicht an meiner Liebe zweifeln? sollte mein kalter trockner Brief Dich bekümmert haben, wie hättest Du Unrecht! Könntest Du meinen Schmerz und meine Tränen sehen bei diesem Gedanken, Du würdest das nicht denken, doch das ist es auch wohl nicht was Dich gequält hat, Dir ist wohl bange daß mein Herz mir stirbt, und ich Dich dann auch nicht mehr lieben könnte. Ich kann mir keinen Begriff machen welchen Eindruck meine Worte auf Dich machten, ich sah aber Deine Tränen fließen, sie fielen brennend auf mein Herz, ich konnte sie nicht trocknen! – – – Betäubt und stumm saß ich den ganzen Abend, und fand diesen Augenblick mein geklemmtes Herz zu erleichtern weil ich allein blieb. Ach könnte ich hin zu Dir und Dir Trost geben! Ich habe kein Geheimnis vor Dir, meine Seele! auch ist meine Liebe zu voll, um daß mein Herz mir sterbe; wenn ich still und trocken bin, so zweifle nur nicht an mir, dann brennt es in der Tiefe und ich muß wie Du mich vor Leidenschaft bewahren, der Gram zehrt wohl ein wenig, doch die süße heilende Schwermut kömmt immer vom Himmel zur rechten Zeit, und gießt ihren Segen ins Herz, und verzweiflen werde ich nie an der Natur; auch wenn ich den Tod schon im Inneren fühlte, würde ich sagen, sie weckt mich wieder, sie gibt mir alle meine Gefühle wieder, die ich treu bewahrte und die mein sind, die nur der Druck des Schicksals mir nahm, aber sie siegt, sie bereitet aus Tod mir neues schöneres Leben, denn der Keim der Liebe liegt tief und unaustilgbar in meinem Wesen, ich sage das aus Erfahrung; denn ich weiß wie immer lebendiger sich mein Herz aus allem Druck hervor gehoben hat. Ach ich weiß nicht Teurer ob ich den rechten Ton treffe, ich hatte Dir gewiß nichts zu erzählen, wohl viel viel zu sagen, aber was mich drückt, ist nichts anders als daß ich nicht bei Dir sein kann. Könnte ich Dir nur die Gewißheit geben, aber ich bin bange, meine leidenschaftliche Sprache wird Dich nicht überzeugen, o laß es! und sei wieder glücklich in Deiner Liebe! Mich freut noch heute Abend der Gedanke, daß ich Dich doch noch gesehen, Gott! wenn Du in dieser Stimmung gegangen wärest, sieh! ich könnte dankend beten daß der Genius der Liebe mich so unsichtbar leitete! und in diesen Betrachtungen will ich einschlafen und Segen Dir wünschen. – – –

Morgends

Ich habe gut geschlafen mein Bester, und noch einmal muß ich Dir sagen wie viel Freude mir Dein Brief machte, und Dir danken für alle die stille Seligkeit die Du mir bereitet, ach lies Du meinen Brief nicht mehr wenn er Dich bekümmert hat, und halte Dich an den vorletzten der Dir so lieb war, ich mußte gestern noch viel über Leidenschaft nachdenken, – – – Die Leidenschaft der höchsten

Liebe findet wohl auf Erden ihre Befriedigung nie! Fühle es mit mir! diese suchen wäre Torheit. – – – Mit einander sterben! – – – Doch still, es klingt wie Schwärmerei, und ist doch so wahr, – – – ist die Befriedigung. – – Doch wir haben heilige Pflichten für diese Welt. Es bleibt uns nichts übrig als der seligste Glaube an einander, und an das allmächtige Wesen der Liebe das uns ewig unsichtbar leiten und immer mehr und mehr verbinden wird. – – – Stille Ergebenheit! Vertrauen auf das Herz, auf den Sieg des Wahren und Besten dem wir uns hingegeben. Und wir könnten untergehen? – – – Dann, ja dann, müßte alles aus dem Gleichgewichte kommen und die Welt in ein Chaos sich verwandeln, wenn nicht der nämliche Geist der Harmonie und Liebe sie erhielte der auch uns erhält; lebt er ewig in der Welt, warum! wie! könnte er uns verlassen; dürfen wir uns wohl mit der Welt vergleichen? und doch kann es nicht anders in uns sein, wie im Großen so im Kleinen, und wir sollten nicht vertrauen? Wir! die wir täglich Beweise der herrlichen auch uns belebenden Natur haben, die uns nur Liebe zeigt, wir sollten Kampf und Uneinigkeit in unserer Brust hegen, wenn alles uns zur Ruhe der Schönheit ruft! – – – O gewiß nicht mein Bester! wir können nicht unglücklich werden, weil diese Seele in uns lebt. Und ich weiß es, der Schmerz wird uns nur besser machen und uns inniger verbinden.

Darum gräme Dich auch jetzt nicht, daß Du mich traurig machtest, sieh, es ist ja alles vorbei wenn Du wieder ruhig bist, und ich habe mich stark gefühlt. Noch muß ich Dir sagen daß mein Vertrauen zu Dir ohne Grenzen ist; wie Du bist, wie Du es machst, ist es mir stillschweigend recht, ich frage selbst nicht warum; Du kamst die vorige Woche nicht, Du sagtest gestern nicht daß Du noch hier vorbeikommen wolltest, daß Du heute Morgen noch einmal kommen wolltest, wenn ich Dir in meinem Brief es gleich vorgeschlagen. Ich kann Dich versichern daß es mich im geringsten nicht irrte, so glücklich war ich durch Deinen Brief, und ich dachte nur, es ist gewiß Liebe, und fragte nicht weiter, und in dem Glauben an diese muß man das Unerklärliche ehren. O mein Bester! Lieber! sei wieder ruhig, sei heiter, und bringe mir das einzig selige Gefühl daß Du zufrieden bist, und gib auch mir meine Ruhe wieder, dann gewiß dann werde ich glücklich sein. – – –

3

Morgen nach 10 Uhr erwarte ich Dich. Bitte mit mir den Genius unserer Liebe um eine ruhige Stunde. – –
Sollte es nicht möglich sein, kennst Du das Zeichen, dann nach 3 Uhr. Mit Sehnsucht erwarte ich die Stunde! – Schlafe sanft und laß mein Bild Dich umschweben. Habe Mut, ich bin auf alles vorbereitet, und es wird gewiß alles gut gehn. Morgen bekömmst Du auch einen langen Brief von mir, und Du bringst mir gewiß auch etwas Liebes mit, wie freue ich mich schon – –

4

Wir werden uns morgen nicht sehen, teurstes Herz! wir müssen uns gedulden und auf bessere Zeiten warten. Wir haben den lange gefürchteten Besuch ins Haus bekommen. Wie es mich schmerzt, daß ich Dir nicht mündlich sagen kann wie sehr ich Dich liebe, ist unbeschreiblich. Liebe Du mich auch immer, treu, wahr, und warm, und laß das unerbittliche Schicksal mir nichts rauben! – –
Alle Ungewitter des Himmels zogen wieder über mich auf! Den Abend nach unserm letzten Wiedersehen brach unser

Wagen zusammen, ich bekam eine Contusion am Arm die mich lange zu Hause hielt. Morgends darauf erfuhr ich daß mein Bruder auf der Jagd durch das Bein geschossen worden. Und beidemal kam Dein Brief in unrechte Hände, sie wurden mir aber sogleich übergeben, und es hatte weiter keine Folgen als daß ich 8 Tage die gewohnte Begegnung dulden mußte, welche mein leidender Zustand doch milderte.

Denke nur nicht, Lieber! daß das Schicksal unserer Liebe mich empören, oder gänzlich niederdrücken möchte. Ich weine wohl oft, bittre, bittre Tränen, aber eben diese Tränen sind es, die mich erhalten; so lange Du lebst, mag ich nicht untergehen. Fühlte ich nicht mehr, wäre die Liebe aus mir verschwunden, und was wäre mir das Leben ohne Liebe, ich würde in Nacht, und Tod hinabsinken. So lange Du mich liebst, kann ich mich nicht verschlimmern, Du hältst mich empor und führest mich den Weg zur Schönheit! Habe Glauben an mich, und baue fest auf mein Herz. So lebe dann wohl bestes teurstes Herz, und denke wie ich daß unser liebstes innerstes Wesen unveränderlich sich gleich bleiben und sich angehören wird.

Nächsten Monat wirst Du es wohl wieder wagen, Du kannst dann vielleicht durch Hegel hören ob ich wieder allein bin.

5

Wie gerne, Lieber! möchte ich Dir treu erzählen, wie ich die traurigen Tage unserer Trennung zugebracht, wenn nur nicht die Wiederholung dieser Zeit für mich so peinlich wäre. Seit einigen Tagen bin ich wieder allein, und es ist schon etwas besser, das Schlimmste war, daß ich mir keine einsame Viertelstunde zusichern konnte, und ich auch, selbst wenn ich allein war, meine Gefühle so gewaltsam zusammenpressen mußte, damit meine nassen Augen mich nie verraten und zu lästigen Fragen Anlaß geben möchten. Aber die ersten einsamen Stunden waren für mich schrecklich, nun wollte ich mich meinem Gefühl wieder ganz überlassen, ich durfte auch das nicht, denn die Sehnsucht nach Dir wurde so groß, daß ich mir nicht zu helfen wußte, und ein gewaltiger Kampf in mir entstand. Ich suchte mit allen Kräften Dein verlöschendes in mir gewordenes Traumbild mit lebendigen Farben wieder in meine Einbildung zu rufen, ach! es war mir versagt, ich fühlte den Wunsch und die Ohnmöglichkeit zugleich, ich dachte wohl an Deine Briefe, Deine Bücher, Deine Haare, aber ich wollte keine Hülfe, wollte ganz aus mir selbst Dich in mir erneuen, doch mein töricht Herz mußte bald vor der Vernunft erröten, und Entschuldigung finden; einige Tage nachher kramte ich mir Deine lieben Sachen, und Briefe von ältern Zeiten aus, die mir damals als ich Dich noch hatte wenig waren, und wovon nichts mehr in meinem Gedächtnis war; welch einen Schatz von lieben Worten, welch einen Trost, welch ein lieblich Bild von Dir fand ich darin, wie lockten sie liebliche Tränen der Zärtlichkeit mir ins Auge, wie stärkten sie mein Herz, wie halte ich mich jetzt daran in jeder bangen Stunde. Aber ach! das ist Vergangenheit! – Was ist Gegenwart? – Was Zukunft? – – – – Jetzt frage ich mich mit jedem Tage: »Wie muß ein vereinzelt Wesen, in sich, und durch sich selbst bestehen, welches die Liebe zu einem edlen und schönen Wesen erhoben?« – Träumen möchte ich immer, doch träumen ist Selbstvernichtung! Selbstvernichtung Feigheit! – – – Fühlen! – Mein Herz fühlt noch in dieser armen, alles tötenden Zeit lebendig und warm, sehnt sich nach Würklichkeit, nach dem Widerhall der Liebe, nach Mitteilung, Einklang,

Harmonie! Seligkeit! soll ich es tadeln? Doch ruft jedes Gefühl in mir meine ganze Sehnsucht vermischt mit tausend Schmerzen zurück. Selbst durch meine tiefsten Gedanken finde ich nichts Wünschenswertes als die innigste Beziehung der Liebe, denn was kann uns leiten durch dies zweideutige Leben und Sterben, als die Stimme unsers bessern Wesens, welches wir einer gleichen liebenden Seele anvertrauen, diese Stimme die wir aus uns selbst nicht immer hören können. Verbunden sind wir stark, und unwandelbar, im Schönen und im Guten, über alle Gedanken hinaus im Glauben und im Hoffen. Aber diese Beziehung der Liebe bestehet in der würklichen Welt die uns einschließt nicht durch den Geist allein; auch die Sinne (nicht Sinnlichkeit) gehören dazu, eine Liebe, die wir ganz der Würklichkeit entrücken, nur im Geiste noch fühlen, keine Nahrung und Hoffnung mehr geben könnten, würde am Ende zur Träumerei werden oder vor uns verschwinden, sie bliebe, aber wir wüßten es nicht mehr und ihre wohltätige Wirkung auf unser Wesen würde aufhören. Da ich dies alles klar vor Augen habe, und es so schwer ist aus der Dumpfheit herauszufinden, sollte ich mich selbst noch täuschen und in Schlummer wiegen, – – sollte ich träumen! soll ich mein Herz verstocken! soll ich anders denken! – – Wozu ich dies alles frage, Lieber! – »Ich habe ja Dich noch.« Ach! weil seit dem Tage unserer Trennung eine Angst in mir ist, daß einmal alle Beziehungen zwischen uns aufhören möchten, weil ich über die Zukunft keine Gewißheit habe, über Deine künftige Bestimmung; ich zittre für die Zeit der Revolutionen die uns nahe sein kann, weil vielleicht sie uns für immer von einander reißt. Wie oft tadle ich Dich und mich, daß wir so stolz alle Beziehungen uns ohnmöglich gemacht, uns nur auf uns selbst verlassen haben; wir müssen jetzt vom Schicksal betteln, und

durch tausend Umwege einen Faden zu leiten suchen, der uns zusammenführt. Was wird aus uns werden, wenn wir für einander verschwinden sollten? – – –
Noch könnte ich mich nie beruhigen, wenn ich denken müßte daß ich Dich ganz der Würklichkeit entrückt, Du Dich mit meinem Schatten begnügen wolltest, daß Du durch mich vielleicht Deine Bestimmung verfehlt, wenn ich von Dir darüber gar nichts mehr hörte und beruhigt würde. Wann es sein muß daß wir dem Schicksal zum Opfer werden, dann versprich mir Dich frei von mir zu machen und ganz zu leben, wie es Dich noch glücklich macht, Du nach Deiner Erkenntnis Deine Pflichten für diese Welt am besten erfüllen kannst, und laß mein Bild kein Hindernis sein; nur dieses Versprechen kann mir Ruhe, und Zufriedenheit mit mir selbst geben. – – – So lieben wie ich Dich, wird Dich nichts mehr, so lieben wie Du mich, wirst Du nichts mehr (verzeihe mir diesen eigennützigen Wunsch), aber verstocke Dein Herz nicht, tue ihm keine Gewalt; was ich nicht haben kann, darf ich nicht neidisch vernichten wollen. Denke nur ja nicht Bester, daß ich für mich spreche, mit mir ist das ganz anders, ich habe meine Bestimmung zum Teil erfüllt, habe genung zu tun in der Welt, habe durch Dich mehr bekommen als ich noch erwarten durfte, meine Zeit war schon vorbei, aber Du solltest jetzt erst anfangen zu leben, zu handeln, zu würken, laß mich kein Hindernis sein, und verträume nicht Dein Leben in hoffnungslose Liebe. Die Natur, die Dir alle edeln Kräfte, hohen Geist, und tiefes Gefühl gab, hat Dich bestimmt ein edler vortrefflicher glücklicher Mann zu werden, und es in allen Deinen Handlungen zu beweisen. Doch, noch leuchtet uns die Hoffnung für unsere geliebte Liebe, laß uns sie pflegen und erhalten so lange wir nur können. Eine Stunde, voll

Seligkeit des Wiedersehns, und Hoffnung in der Brust sind genung, ihr Leben auf Monate lang zu erhalten. Laß uns die Augen nur nicht zudrücken, und uns überraschen lassen vom Schicksal, damit wir das Nötigste und Beste tun können. Beruhige mich wenn Du kannst über die Zukunft. In der Mitte des Mai kömmt mein Bruder (der wieder völlig hergestellt ist), wenn die Kriegsunruhen es nicht ganz verhindern; während dieser Zeit sehe ich noch nicht ein, wie es möglich ist eine Beziehung zwischen uns zu unterhalten, weil ich nicht wissen kann, wenn ich allein sein werde, und es mich in beständiger Spannung und Sorge erhalten würde; wenn Du einen Weg der schriftlichen Mitteilung zwischen uns ersinnen könntest, der nicht ängstlich und gewagt wäre, Du würdest mir eine Wohltat erzeigen, denn es ist zu meiner Ruhe doch so nötig zu hören wie Du lebst. Wenn ich wieder allein bin (denn ich werde in keinem Fall mich zu einer Reise bewegen lassen, wenn es nicht in einer kurzen Zeit ist, während welcher wir uns doch nicht sehn könnten), machen wir es wieder wie bisher. Du sprachest von anderthalb Jahren, ich zittre, wenn ich denke daß über ein halbes schon vorbei ist, wie wird, wie kann, es kommen? was würde wohl für Dich am besten sein? – Wenn Du mir darüber Deine Ahndungen mitteilen wolltest! Vor meinem Sinne ist alles schwarz, und das Schrecklichste wäre, wenn unter dem harten Schicksal unsere zarte Liebe auch erstickte, wenn es endlich dumpf werden müßte in unserer Brust, unser Leben dahin wäre, und doch trostloses Bewußtsein uns übrig bliebe. Verzeihe! mein Bester! daß ich Dich in diese schwarzen Gedanken mit hineinziehe, für Dich sollte alles nur süß sein, einen Himmel möchte ich Dir geben, alles entfernen was Dich stören könnte; aber ich fühle es, unsere Liebe ist zu heilig, um daß ich Dich täuschen könnte, ich

bin Dir Rechenschaft schuldig von jeder Empfindung in mir, Du weißt daß ich leicht trübsinnig bin, vielleicht kommt es noch besser, und wie wollen wir dem Schicksal danken, für jede Blume, die wir mit einander finden. Wenn es mir nur nicht so schwer würde Dir zu schreiben. Nehme ich in dieser Absicht die Feder, öffnet sich mir eine Welt voll Gedanken, und Gefühlen, ich möchte alles auf einmal sagen, und kann keine Ordnung hinein bringen, ich fürchte Unsinn zu schreiben, dann sind mir meine Worte wieder zu prosaisch, und mischt sich meine Phantasie mit ein, denke ich, es wäre nicht so wahr was ich sagte, am Ende möchte ich alles wieder zerreißen. Du verstehest mich wohl besser, wie ich selbst, und fühlest auch noch, was ich nicht sage. – – –
Ich muß Dir doch etwas von den Kindern sagen, Du weißt schon daß sie in meinen Augen sehr verloren haben, seit Du nicht mehr sie bildest und auf sie würkest, daß ich mir nicht mehr so viel von ihnen verspreche. Es ist für mich sehr schwer, allen den schiefen Eindrücken entgegen zu arbeiten welche sie bekommen, und oft muß ich es gehen lassen, ich verlasse mich dann, zum Trost, auf ihre reifende, bis jetzt ungetörte Vernunft, die sie selbst zurückführen wird von allen Irrungen in die sie geraten können; oft denke ich auch, wenn ihre moralische Bildung zu sehr verfeinert würde, sie dann auch in ihrer Welt wohl ihr Element nicht finden möchten, daß die Erziehung unserer Lage ein wenig anpassen muß. An Henry ärgert mich am meisten, daß, weil er so auf einmal sich frei fühlte, er so gerne den Herrn spielt, immer vorlaut ist, mit so großem Eifer an allem Sinnlichen hängt, und übrigens in seiner Arbeit etwas faul und nachlässig ist, man muß ihn beständig treiben, und aller Ehrgeiz scheint ihn verlassen zu haben. Ich wünschte zu seinem besten, daß er von hier fortkäme, der

Boden hier taugt für ihn gar nicht, da man ihm zu sehr dient und schmeichelt und er zu wenig die Wahrheit in sanften Ausdrücken hört. Ich wünschte Deine Meinung darüber zu hören! –

Die beiden Mädchen sind auch etwas roher geworden, aber doch noch gute Kinder, ich baue oft meine Hoffnung auf die kleine Male, weil wir bei ihrer späteren Erziehung die Fehler einsehen werden, die wir machten, ich tadle mich aber auch wieder, meiner Parteilichkeit diese Nahrung zu geben, sie ist würklich ein herziges liebenswürdiges Kind, seit 14 Tagen lauft sie wieder und dies freut mich so sehr. Wir haben auch den Herrn Hadermann angenommen, ein sehr langweiliger religiöser Schwätzer, den ich nicht eine Viertelstunde ohne Ungeduld anhören kann. Talente werden sie genung bekommen, aber für ihre Charakter-Bildung, und innern einzigen Wert, ist mir oft sehr bange. Meine Gegenwürkung auf sie wäre doch nicht stark genung, wenn ich auch immer im Stande wäre das Beste für sie zu unterscheiden, und auch selbst dies ist mir fast unmöglich.

Nun noch, wie ich denke, künftig meine Zeit hinzubringen. Diesen Winter war es vielleicht gut, daß ich nicht viel allein war, denn oft habe ich Tage, wo ich ganz aus dem Gleichgewichte bin, nur bei den Gedanken an Dich stürzen Tränen mir aus den Augen, ich muß mich zwingen, und suchte Gesellschaft, um daß ich gehalten werde, ich habe den ganzen Winter mir selbst zur Last herumgeschwärmt, aber das muß jetzt anders werden; selbst kein ernsthaft Buch konnte ich lesen, weil mein Kopf sich fast immer etwas müde fühlte. Ich will versuchen ob ich die Musik mir wieder ans Herz legen kann, der Frühling wird mir liebliche Beschäftigung im Garten geben (an den ich mich freilich erst wieder gewöhnen muß), und Dein lieber

Hyperion wird meinen Geist beleben, wie freue ich mich schon darauf! – Du hattest mir auch noch einige Rezepte versprochen! Du wirst doch Wort halten? – Du batest mich auch, Dir einige meiner Gedanken und Ideen zu Worten zu bilden. Lieber! alle meine Äußerungen gehören nur Dir. Mein Geist, meine Seele spiegeln sich in Dir, Du gibst, was sich geben läßt, in so schöner Form, als ich es nie könnte, und der Genuß, daß ich den Beifall fühle den man Dir geben muß, ist mir mehr als die Befriedigung meiner ganzen Eigenliebe.

6 Dienstag den 12ten März

Dein lieber Brief, und Dein Wunsch, gab mir gestern den Gedanken Dir auch eine Art von Tagebuch zu schreiben, wenn ich es nur ausführen könnte! Ich bin nur so wenig ungestört; wenn ich es verstohlen tun muß, ist eine Art von Angst in mir, die mich hindert die rechten Worte zu finden; so oft werde ich aus meinen Gedanken gerissen und werde dann leicht verdrüßlich, doch will ich es versuchen, und jede ruhige Minute nutzen, nur mußt Du auf keinen Zusammenhang rechnen.

Gestern, wie Du fort warest, fühlte ich so ganz die gemischte Empfindung von Schmerz und Freude und banger Ahndung der Zukunft, ich nahm gleich Deinen Brief, konnte aber nur Worte lesen, das Herz klopfte mir gewaltig dabei, den Sinn konnte ich nicht herausbringen und mußte ihn sparen für eine stillere Stunde. Ich ging dann in die Luft, um mich wieder zu finden. Nachmittags schien die Sonne mir so lieblich ins Zimmer und besänftigte mich, ganz als redete sie mir zu mich zu stillen, ich fühlte nun die Geduld in mir, Deinen Brief Wort für Wort zu lesen, schickte die Kinder alle in den Garten und blieb so mit

Dir allein. Es war eine glückliche Stunde! – Mein dankbares Herz klagte auch nicht über die Tränen die Dein Brief in mir hervorrief, ich hörte nur in mir: Er lebt! ist mir nahe! liebt mich treu! heute ist ein glücklicher Tag! – – – Wenn nachher die bange Zukunft mich stören wollte, tadelte ich mich darüber, ich sagte mir, Menschen in ihrer kindlichen Religion würden es für Sünde halten, das Vertrauen in diesem Grade zu verlieren, und nicht auf ihren Gott zu bauen. Warum sollte denn nicht für uns eine geheime uns unbekannte Macht unser Schicksal auch gütig und tröstend lenken, warum müßten wir verzweifeln! – – – Ist es auch recht das Schwärzeste nur zu denken? – – Kann es denn nicht noch besser kommen wie wir meinen? – Oder haben wir allsehenden Verstand genung, unser ganzes Schicksal vorherzuwissen? – Bestimmt nicht oft ein kleiner Zufall unser Glück oder Unglück? – Wir sind ja noch in der Welt dem Zufall unterworfen, sollte er uns denn nicht auch glücklich sein können? Wir mußten uns finden, und freuten uns oft innig darüber; sollten wir uns denn nicht wieder finden, und wieder freuen können? – – –

Nachmittags

Ich kann das Wort Zufall welches ich geschrieben, nicht wieder aus dem Kopf bringen, es gefällt mir nicht, klingt so klein, und kalt, und doch finde ich kein anderes. Könnte man nicht auch sagen, die geheime Verkettung der Dinge bilde für uns etwas das wir Zufall nennen, was doch aber notwendig ist. Wir können wegen unserer Kurzsichtigkeit davon gar nichts vorhersehen, und erstaunen wenn es anders kömmt wie wir meinten. Doch gehen die ewigen Naturgesetze immer ihren Gang, sie sind uns unergründlich, und eben darum tröstlich, weil auch das uns noch ge-

schehen kann, was wir nicht einmal ahndeten und entfernt hofften.
Heute Morgen fand ich in einem kleinen französischen Roman eine schöne Stelle, die mir aufs Herz fiel, deswegen will ich Dir sie abschreiben. »Die Religion wäre sicher aus dem Unglück hervorgegangen, wenn nicht zärtere Seelen sie in der Dankbarkeit gefunden hätten.« – – –

Den 14ten März

Die Landschaft habe ich gefunden, Lieber! Ich wollte mich nach unserer ersten Trennung dem ganzen Schmerz darüber nicht entziehen, er war mir lieb und willkommen, ich ging zwei Tage nach Deiner Abwesenheit noch einmal in Dein Zimmer, wollte mich da recht ausweinen und mir einige liebe Reste von Dir sammeln, ich schloß Deinen Schreibpult auf, fand noch einige Stückchen Papier, ein wenig Siegellack, einen kleinen weißen Knopf und ein hartes Stück Schwarzbrot, ich trug das alles lange wie Reliquien bei mir. Eine Schublade vom Commode war ins Schloß gesprungen, ich konnte sie nicht aufbringen, ich ging zurück, vor der Türe begegente mir Henry, er sagte wehmütig: »Aus diesem Zimmer hast Du schon viel verloren! erst Deine Mutter, und dann auch Deinen Hölder! Du magst es gewiß nicht mehr leiden!« – – – Das ergriff mich stark, doch augenblicklich tröstete mich der Gedanke an Dein Leben und gab mir etwas Süßes in meine schwermütige Seele, so ging ich hin. – – Einige Tage nachher ließ ich die Schublade aufmachen, und fand da die Landschaft, ach! sie erfüllt mich mit Trauer! Ich zeichnete in meiner Einfalt eine Grabstätte, zu der Zeit, wie ich Dir sie gab, und mit Dir die Kupferstiche alle durchblätterte, welch eine Seligkeit, welch eine Hoffnung war da in mir, die mir unendlich schien! Und jetzt soll es doch damit vorbei sein! – – – Ich weiß nicht ob ich Dir sie wieder gebe, alle diese Gedanken möchten Dich auch wie mich gestern Abend im stillen ergreifen und erschüttern! – – –

Den 19ten März

Ich war wieder einigemal mit den Kindern spazieren, es stärkte und erheiterte mich immer, einmal sah ich am Berge in der Beleuchtung der milden Sonne mein liebes Homburg, wie segente mein Aug diese stille Gegend, und das unbekannte Stübchen wo Du wohnest, wie eilten meine Gedanken zu Dir hin, und berührten Dich gewiß, denn ich meinte daß Du an so schönen Frühlings-Tagen mich auch immer im Sinne haben mußt, und mich näher fühlen, wie ich Dich! – – Doch, wie schreckten meine Gedanken mich, ach! bald werd ich auch von dieser lieben Gegend scheiden müssen, meine Augen werden nicht mehr gerne dahin sich kehren, ich werde sie wegwenden, so schwindet denn alles! – Nicht einmal eine Vorstellung von dem Ort wo Du wohnest werd ich haben! Sieh! Lieber! darin hast Du es doch viel besser, Du weißt wo Du mich immer wiederfinden kannst, kennst alle Kleinigkeiten um mich herum, indes, wenn ich Dich denken werde, Dein Bild in einem undurchdringlichen Nebel mir erscheinen wird auf Augenblicke nur, wenn Du mir nicht zuweilen ein Bild gibst von dem was Dich umgibt, und auch selbst von den Menschen mit welchen Du in Verbindung kommen wirst. Tue das immer, wenn Du kannst. Ich wünsche nichts so sehr für Dich, als daß immer, wo Du auch sein magst, Du einen Freund findest, gegen den Dein Herz nicht stumm zu sein braucht, und in dessen Umgang Du Mitteilung und Nahrung für Deinen Geist findest, denn mein Lieber! Du bist zu reich an Kräften, und immer zu voll, um für Dich zu bleiben und nur auf Dich zu beruhen; Dir ist es Bedürfnis

Dich mitzuteilen, und aus Deinem besten Wesen zu sprechen; wenn Du zuweilen so mißmutig bist, fehlt es nur daran, daß Du nicht verstanden wirst, und Dich dann selbst nicht siehst, und an Dir zweifelst. In dieser Not aber kömmst Du leicht in Gefahr, die unrechten Menschen zu wählen, und nur dafür warne ich Dich! nimm mir das nicht übel, es kömmt sicher aus gutem Herzen.

Du wünschest auch von mir zu hören, wie ich den ganzen Tag über mich beschäftige, diese Erzählung wird sehr einfach sein. Ich bin beinahe immer in meinem ruhigen Stübchen wo ich arbeite und nähe oder stricke; die Kinder, wenn sie keine Stunden im Nebenzimmer haben, lärmen um mich herum, aber es stört mich bald nicht mehr in meinen Gedanken, welche oft bei Dir, oder doch immer in Beziehung mit Dir sind, oft schreibe ich Dir ganze Briefe! da gehet es aber in meinem Kopf so durcheinander daß man auf dem Papier keinen Zusammenhang darin finden könnte, oft drängt es mich an den Schreibpult zu gehen, aber ich fürchte mich, und muß erst einen Augenblick von Stärke abwarten, oft verschließt sich auch mein Wesen so sehr daß ich keinen Ton hervorbringe, und so kann ich nicht so oft schreiben wie ich möchte, denn es liegt für mich würklich ein Genuß darin und ich bin nachher viel ruhiger und auf Tage lang wird mir alles leichter. Die Gesellschaft der Menschen ist mir so wenig und oft ist mir doch die Einsamkeit zur Last, so sehr, daß ich das gleichgültigste Gespräch vorziehe, doch es ist nur wie Täuschung, und am Ende gestehe ich mir immer daß ich herzlich froh bin wieder allein, ohne Zwang zu sein. Mit dem Lesen will es noch nicht recht gehen! Zu dem ernsten Nachdenken gehört wie ich meine ein vollkommen ruhig Gemüt, ein gesetztes sorgloses Wesen! Ich brauche jetzt mehr mich in Schlummer zu wiegen, und daher paßt mir ein interessant erzähl-

ter Roman mehr an, als die schönsten Schriften unserer Zeit. (Beim Durchlesen fällt mir ein, daß Du Deinen lieben Hipperion auch einen Roman nennst, ich denke mir aber immer dabei ein schönes Gedicht.)
Selbst nur das, was ich nicht genung achte um mich dadurch ins Nachdenken bringen zu lassen, was ich bloß als Unterhaltung und Zeitvertreib ansehe, taugt mir mehr, daher gerate ich auch zuweilen an die Romane von dem Herrn la Fontaine; wenn mir eine Stelle nicht gefällt, nehme ich mir nicht übel, das Buch in die Ecke zu werfen. – – Gute, schöne Bücher in einer dazu nicht passenden Stimmung zu durchblättern, und nicht mit ganzer Aufmerksamkeit zu lesen, halte ich für Entweihung, sie gehören nur dem der sie ganz fühlt, und verstehen kann.
So weit hatte ich geschrieben und wurde unterbrochen. Ich konnte seitdem nicht dazu kommen.

Den 26ten März

Die Festtage sind überstanden! und das ist mir immer lieb! weil es ruhiger um mich wird; den Sonntag Morgend ging ich einmal wieder in unsere Kirche, die Predigt konnte wie natürlich meine Aufmerksamkeit nicht fesseln, und ich dachte nur an Dich und träumte mir Dein Bild, ich sann auf einen Plan Dich künftig, wenn wir die Stadt verlassen, zu sehen, ich glaube die beste Art gefunden zu haben und werde sie Dir zu Ende meines Schreibens mitteilen. Nachmittags gingen wir hinaus in unsern Garten, mit einer kleinen, weiter nicht sehr interessanten Gesellschaft, die Luft war so heiter und klar, wie es in meinem Gemüte ist, wenn eine Freude darinnen nachtönt, oder eine gegründete Hoffnung mich belebt, diesmal war es nur außer mir so! – – Ich sehe jedesmal, wenn ich hinausgehe, mechanisch nach dem Seitenfenster und es ist mir immer lieb wenn es verschlossen ist, damit es mich nicht täuscht. Es waren auch einige Hamburger von unserer Gesellschaft, die hier auf die Messe sind, die dann das Gespräch auf meinen Bruder brachten, sie sagten, er würde wohl von hier, wegen seiner Gesundheit, nach Pyrmont reisen, seine Frau würde er hier lassen. Ob er wohl meint daß ich mit ihm gehen soll? – – In dem Fall, daß ich Dich doch nicht sehen könnte und nichts von Dir zu erfahren wüßte, würde ich mich darauf besinnen, aber wenn ich wegginge und wir würden dann vom Schicksal getrennt, der Faden zwischen uns ganz abgeschnitten, würde ich mich nicht zu trösten wissen, jeder Schritt würde mich gereuen. Die Gedanken vom Reisen setzen mich oft in Verlegenheit, und doch möchte ich um alles meinem guten Henry nicht wehe tun. Nur in dieser Absicht kann ich von hier weggehen, wo es mir doch immer lieber ist als in der weiten Welt wo Du nicht mit mir warst; und der Schmerz der mir

will um diesen Preis gerne lange warten, wenn ich dann nur zuweilen von jemand hören könnte daß Du gesund bist. Nenne mich nicht mißtrauisch, das bin ich gewiß nicht. Du weißt aber wohl, Lieber! daß man gegen das Mißtrauen nicht genung sich sichern kann. Um dann künftig uns wiederzusehen, und ohne Nachricht uns nicht zu verfehlen, muß ich mit Dir einen Tag bestimmen, von wo ich anfange zu rechnen, wenn Du alle Jahr einmal kommen willst, Du wirst mir wohl immer so gegenwärtig bleiben daß Deine Erscheinung mich nicht erschrecken wird. – – –

Sonntag den 31ten Abends 9 Uhr

Ich bin ganz allein, und kann nicht schlafen gehen, ohne Dir, bestes liebstes Herz! gute Nacht zu sagen, könntest Du jetzt fühlen wie innig ich D i c h fühle, wie die heiligsten

Momente unserer Liebe vor meiner Seele schweben! wie glücklich würde ich sein! wenn ich das wissen könnte! – Schlaf sanft, und süß, mein Bild umschwebe Dich! – – –

Den 2ten April Abends

Ich bin wieder ganz ruhig, allein, möchte noch so gerne zu Dir sprechen, und weiß nur nicht womit ich anfangen soll, so manches hätte ich Dir wohl zu sagen, wozu die Worte so schwer werden. Je mehr man zu sagen hat, je weniger kann man sagen, das fühle ich wieder, und denke, »nur still, das ist es doch nicht«. Also erzählen! – Ich lebte in den 3 Wochen seit wir uns nicht sahen sehr häuslich und ruhig und bin in keine einzige Gesellschaft gewesen, ich saß fast immer still und fleißig bei meiner Arbeit, und (weil Du doch jeden kleinen Umstand wissen willst) war mein Lieblings-Geschäft, mir ein Kleid zu machen, welches ich von meinem guten Bruder bekommen, ganz nach Deinem Geschmack, Lila und Weiß, ich erhielt es an dem Tage wo Du das letztemal hier bei mir warst, und auch so ist es mir ein liebes Andenken, ich werde es gerne tragen.

Ich lehrte auch meiner kleinen Male stricken, und hatte viel Vergnügen ihre emsigen niedlichen Finger zu sehen. Ich zählte alle Tage und Stunden bis zu unserer Zusammenkunft und zürnte sehr mit dem Himmel, wie die Kälte einfiel, kein Sonnenblick gehet mir verloren, ob ich gleich weiß daß Du auch bei schlechtem Wetter kömmst, ich kann es gar nicht denken, daß Du im Regen gehest oder frierst, und muß mir es würklich verbergen, wenn ich nicht um Deinentwillen mehr leiden will als Du wohl dabei leidest. Verkenne es nicht liebes Herz, daß ich Dir so kindisch schreibe, ich möchte gerne Dir etwas sagen, und doch nicht alle Empfindungen in Dir und mir wecken, zu denen der Ton mir immer nur zu nahe liegt, und so tändele ich oft lieber. Jetzt sagt es doch viel! – – – Eben bringt Wilhelmine meine Suppe, ich denke an Dich bis der Schlaf meine Augen schließt.

Den 4ten April

Ich will Dir nun sagen, wie ich meine, daß wir es diesen Sommer machen können, um selbst unsere Briefträger zu sein, denn sie jemand anzuvertrauen ist würklich ein gewagter Entschluß, und wir haben auch beide eine Art von Widerwillen dagegen. Du kömmst also den 1sten Donnerstag im Monat, wenn es schön Wetter ist; gehet es nicht, kömmst Du den nächsten und so immer nur an einem Donnerstag, damit das Wetter uns nicht irrt, Du kannst dann auch Morgends von H. . . weggehen, und wenn es in der Stadt 10 Uhr schlägt, erscheinst Du an der niedrigen Hecke, nahe bei den Pappeln, ich werde dann oben an meinem Fenster mich einfinden, und wir können uns sehen, zum Zeichen halte Deinen Stock auf die Schulter, ich werde ein weißes Tuch nehmen; schließe ich dann in einigen Minuten das Fenster, ist es ein Zeichen daß ich herunter komme, tue ich es aber nicht, darf ich es nicht wagen; Du gehest, wenn ich komme, an den Anfang der Einfahrt nicht weit von der kleinen Laube, denn hinter dem Garten kann man wegen dem Graben sich nicht erreichen, und eher bemerkt werden, so deckt mich die Laube, und Du kannst wohl sehen ob von beiden Seiten niemand kömmt, um daß wir so viel Zeit gewinnen unsere Briefe durch die Hecke zu tauschen. Den andern Tag, wenn Du wieder zurückgehest, kannst Du es um die selbe Zeit noch einmal wagen, wenn es den ersten nicht gelingen sollte, oder wir auf die Briefe noch zu antworten hätten. Wie es mir unangenehm ist, so intrigenartige Plane zu machen, brauche ich Dir wohl nicht zu sagen, Deine zarte Seele stößt sich gewiß daran, und Du leidest mit mir, aber verdenken kannst Du mir es nicht, weil ich es nur aus der edeln Absicht tue, das Schönste und Beste unter den Menschen nicht zu Grunde gehen zu lassen. – – Wenn das Wetter gut ist, werden wir wohl den 2ten Mai schon draußen sein, oder doch den 9ten gewiß (den 15ten kommt mein Bruder); solltest Du mich am Fenster nicht finden, wäre es ein Zeichen daß unvorhergesehene Fälle uns noch in der Stadt hielten, und Du kämest dann den Freitag 10 Uhr an die bekannte Ecke.

Heute ist der Tag wo Du kömmst! es freut mich so, daß der Himmel klar ist, ich werde wohl einen unruhigen Abend haben, weil ich weiß daß Du hier sein wirst, und ich mich doch nicht entschließen kann in die Komödie zu gehen, weil Du glaubst daß es uns aussetzt, und auch recht daran hast.

7 Donnerstag den 9ten Morgends

Noch ein paar Worte muß ich Dir sagen mein Bester. Gestern Abend spät zogen wir heraus, ich glaubte Dich schon im Weidenhof am Fenster zu sehen. – – Meine Augen heften sich mit Verlangen auf die Pappeln-Allee. – – Wenn Du nur kömmst! – Wir wollen jetzt 2 Monate warten, im Juli könntest Du es wohl wagen an die Hecke zu kommen, wir könnten doch vielleicht uns sehen und wüßten daß wir gesund wären; wenn es nur irgend möglich wäre, käme ich auch herunter; sollte ich nicht erscheinen, müßte es sein daß wir gerade eine kleine Spazierreise machten. – – –

Noch muß ich Dir zur Beruhigung sagen, daß, weil ich Dir, wenn Du in die Stadt kämest, noch manches mündlich sagen wollte, dieses von gar keiner Bedeutung ist, und auch letzt Du gar nicht bemerkt wurdest. Leb jetzt wohl mein liebes Herz, und sei immer sicher von meiner zärtlichsten Empfindung –

8

könnte, freut mich sehr und ich lasse mir nicht merken, wie viel mir an der Ausführung dieses Plans gelegen ist der noch nicht ganz gewiß ist. Den 2ten Donnerstag im August würdest Du mich höchst wahrscheinlich wieder hier finden. Nachdem wünscht mein Bruder eine kleine Rheinfahrt mit uns zu machen bis nach Koblenz, von da wollten wir seine Frau nach Ems begleiten wo sie Bäder nehmen soll, und er rät mir, auch eine Cur von Pyrmonter Wasser zu gebrauchen, diese ganze Reise würde auch gewiß nicht über 4 Wochen dauren, ich werde dann suchen Dir ein kleines Tagebuch zu liefern, bedenke den schönen Stoff! und wie Du so alles mit mir teilen wirst, wie lieb es mir sein wird, auf diese Weise den so oft mir lästigen Gesellschaften aus dem Wege zu gehen, und für mich mit meinen guten Geschwistern zu leben. Die Entfernung von hier tut mir freilich immer wehe, weil ich meine, es sei hier der feste Punkt unserer Vereinigung.
Ich möchte Dir so gerne auch etwas über Deine künftige Bestimmung sagen, Du hast mich dazu aufgefodert; wie schwer ist es aber für mich in jeder Rücksicht Dir zu raten, und werde ich nicht immer für Dich zu ängstlich wählen, ein treuer, erfahrner Freund vermag hier mehr. Ich weiß, Du kannst keinen Schritt tun den meine Seele nicht billiget; wenn vielleicht mein verwöhntes, von Deiner Nähe verzärteltes Herz sich auch dagegen sträuben möchte, meine bessere Überzeugung muß siegen, und solltest Du irgend eine Laufbahn betreten die ruhmvoll für Dich und

nützlich der Welt sein könnte, würden alle meine Tränen um Dich gewiß sich in Freudentränen verwandeln, aber ich müßte von Dir hören, und meine Hoffnung dürfte nicht getäuscht werden; berate Dich für die Zukunft mit Deine wahren Freunde und erfahrne Männer, und wenn dann nicht ein sicherer Weg sich Dir öffnet, bleibe lieber wie Du bist und helfe Dich durch, als daß Du es wagst noch einmal vom Schicksal überwältiget und zurückgeworfen zu werden; Deine Kräfte hielten es nicht aus, und Du gingest für die Welt und Nachwelt, der Du auch so, im stillen lebst, noch ganz verloren. Nein das darfst Du nicht! Dich selbst darfst Du aufs Spiel nicht setzen, Deine edle Natur, der Spiegel alles Schönen darf nicht zerbrechen in Dir, Du bist der Welt auch schuldig zu geben, was Dir verklärt in höherer Gestalt erscheint, und an Deine Erhaltung besonders zu denken. Wenige sind wie Du! – – Und was jetzt auch nicht würkt, bleibt sicher für künftige Zeiten. Könntest Du nicht vielleicht auch in der Zukunft junge Leute zum Unterricht zu Dir kommen lassen; verzeihe mir diese Idee wenn sie Dir nicht gefällt. Ich weiß aber, daß Du es einmal im Sinne hattest solche Vorlesungen zu halten, welches Dir gewiß nicht schwerfallen würde. Handele nur nie aus dem falschen Begriff, Du müßtest mir Ehre machen, und alles was Du im Verborgenen treibst und würkest, wäre mir nicht so lieb, Du müßtest lauter meine Neigung zu Dir rechtfertigen. Deine Liebe ehret mich genung und wird mir immer genügen, und nach das, was man Ehre nennt, verlange ich nicht, Dich ehren große Männer, Dich finde ich in allen Schilderungen edeler Naturen, und brauche das elende Zeugnis unserer Welt nicht dazu; noch heute las ich im Tasso, und fand unverkennbare Züge von Dir, lies ihn auch einmal wieder.

Den 3ten Juli

Noch ein paar einsame Minuten will ich Dir weihen, meine Hausgenossin ist ausgegangen zu den Nachbarinnen, und heute Abend kömmt die Sömmerring zu uns heraus, gebe nur der Himmel, daß sie Donnerstag Morgen mich nicht hindere. Dieser Gedanke, ich könnte nicht zu Dir, gehet mir oft heiß durch den Kopf. Ich vertraue dem Genius der Liebe, denn wie erwünscht ist uns nicht alles seit unserer Trennung gelungen. Es wird auch künftig gut gehen. Noch muß ich Dich bitten, den 1ten Donnerstag im August Dich einzustellen; sollte dann, wie es aber höchst unwahrscheinlich ist, unsere Reise noch nicht geendigt sein, würdest Du dann den nächsten wohl wiederkommen, wir möchten aber dann, wenn wir eher kommen, schon wieder weg sein wegen der Cur-Zeit, und ich darf es nicht aufschieben. Mein Bruder hat gestern geschrieben daß wir den 12. schon reisen könnten.

Donnerstag Morgen

Wie gerne möchte ich mich noch ein wenig ruhig mit Dir unterhalten, aber der Gedanke, Man kömmt! stört alles in mir, und er ist auch die Ursache daß ich Dir lange nicht so viel geschrieben wie ich gewünscht hätte, wie manches hatte ich Dir noch auf Deinen lieben Brief zu sagen. Sei nur heiter, bestes Herz, und traue den Menschen doch etwas mehr wie Du tust, sie sind wohl manchmal besser wie wir meinen, und weil wir ihnen immer das Höchste und Beste, das wir in einander erkennen, entgegen halten, müssen sie auch wohl zu sehr verlieren. Laß Mitleid und nie Haß und Überdruß gegen sie in Dir wohnen. Verzeihe daß ich diese Saite noch berühre; es war mir immer als hätte ich es noch vergessen, und ich mußte Dir das noch sagen. Leb wohl! Leb wohl! – –

Die Reise ist völlig richtig, den 12ten können wir gehen.

9 Ungefähr den 8ten

Wie schwer wird es wieder, das Stillschweigen zu brechen! – Und doch ist mir immer als könnt ich nur durch Schreiben Ruhe und Befriedigung finden; wie ist es mir so peinlich wenn ich oft tagelang herumgehe, ohne stille Zeit dazu zu finden; sollte ich mir vom Himmel nur einen Wunsch für meine jetzige Lage erbitten, wäre es sicher, nur jeden Tag, eine einzige mir ganz eigene Stunde, die ich dann von ganzem Herzen Dir mein Teurer, weihen wollte. Du glaubst es nicht, wie drückend es ist mit der ganzen Last der Empfindungen so verschlossen zu bleiben, und nicht einmal der Feder sie anvertrauen zu können. So irrte ich bis jetzt herum und hatte Dir so viel zu sagen. Ich muß Dir sprechen von dem letzten Mal da ich Dich sah! Denselben Morgen war ich unschlüssig ob ich, ohne Brief, zu Dir hinunter sollte oder nicht, ob ich nicht lieber Dich in der Täuschung lassen sollte, als wären wir noch nicht wieder gekommen, und Dich dann den nächsten Donnerstag erwarten sollte. Ich war sehr müde und abgespannt, und fürchtete sehr, dies möchte Dich irren, auf der andern Seite fürchtete ich, Du möchtest von unserer Zurückkunft hören, und es würde Dir mein Ausbleiben unerklärlich sein, ich wagte es also. Doch! wie beschreibe ich Dir die unnennbare Stimmung, in welche ich den Abend fiel? Ich glaubte im Blick Deine Gestalt in der Allee zu sehen. Warest Du es würklich? – oder nicht? – – Ich war nicht allein, Sömmerrings waren bei mir. Es traf mich wie ein Blitz, ich wurde warm, und kalt, und bald merkten die andern daß ich allein zu sein wünschte und gingen. Es kam mir nun vor als wärest Du es würklich gewesen und irgend eine Angst triebe Dich zu mir, Du müßtest zu mir, ich ging ans Fenster, und stand, mit unverwandtem Blick, es täuschte mich wieder, bald sah ich Dein Gesicht durch die

Büsche, bald lehntest Du Dich an einen Baum und gucktest da hervor, ich erkannte das Spiel der Phantasie und beredete mich daß auch das vorige so gewesen. Der Schmerz ergriff nun mit kalter Hand mir das Herz und drohte es zu erdrücken, meine Gedanken erstarrten, es war als hätte ich Dich umarmen wollen, und ein Schatten wärest Du geworden, dieser liebe Schatten hätte mich noch trösten können, und wie mein Sinn dieses forderte, wäre auch dieser mir verschwunden, und ein Nichts, wenn es denkbar wäre, geblieben.

Ich mußte mich aus diesem stummen Schmerz herausreißen, und nun kam aus der Tiefe meines Wesens ein Ächzen ein Gewinsel eine Flut von Tränen die sich lange drängten ohne daß ich sie stillen konnte und seitdem ist mir es immer so wunderbar schwermütig geblieben, und als hättest Du etwas gegen mich auf dem Herzen, und ich denke an nichts anders. Über die Erinnerung an meine Reise ist wie ein dunkler Flor gezogen, und ich werde Mühe haben, Dir etwas davon zu schreiben. O! Gott! erscheine mir nicht wieder so! O! zweifele nie an meiner Liebe! – – – Dir! Dir allein wird sie ewig bleiben. – – –

Den 10ten

Mitten in dieser unbeschreiblich schwermütigen Stimmung wurde ich überrascht, ich schob sie auf mein plötzliches Alleinbleiben, nach einer langen angenehmen Zerstreuung, und die Entfernung meiner Geschwister; diese Stimmung sprach aber wohl zu wahr, und verriet einen andern Sinn, und weil meine Traurigkeit fortdaurte, kam es nach einigen Tagen zu näheren Erklärungen, man glaubte sich fest in den Gedanken bestärkt daß gewisse Verhältnisse fortdaurten, und besondere Veranlassung gegeben hätten. Ich hatte Mühe der Wahrheit so treu zu bleiben wie möglich, ich erfuhr indessen auch daß Dein erster Besuch im Hause kein Geheimnis geblieben, ich gab es zu, und sagte dabei, hier im Hause wärest Du nicht wieder gewesen und ich würde gewiß nie etwas tun was mir und dem Ganzen schaden könnte. Es lief auch alles ganz ruhig ab, und ließ keine üble Wirkung zurück. Nun muß ich Dir aber gestehen daß mich die Zukunft ängstigt. Ich finde keinen Ausweg, und ohne Dich kann ich nichts ausmachen. Können wir künftig, wenn ich wieder in der Stadt bin, leben ohne von einander zu hören? – – Wenn ich das Opfer bringe, werde ich jemals um Dich ruhig werden? werden nicht tausend Hirngespinste mich eben so sehr quälen als andere Unruhen? – und wird nicht auch, wenn ich gar nichts tue, doch derselbe Verdacht auf mich ruhn, und ich eben darum auch ohne Entschädigung leiden müssen.

Ich verirre mich in meinen Gedanken, darum sage mir was Du denkest, und laß nicht die schwere Last der Entscheidung auf mich allein ruhn; was Du gut findest, ist auch mein Wille, und wenn Du auch glaubest daß es gut ist in der Würklichkeit eine gänzliche Scheidung zwischen uns zu machen, ich will Dich nicht darum verkennen, die unsichtbaren Beziehungen dauren doch fort und das Leben ist kurz. Mir wird kalt! – Weil es kurz ist, es verscherzen? – – O sage! Wo finden wir uns wieder? – – – Teure! geliebte Seele! – – – Wo finde ich Ruhe? – – – Laß mich strenge meine Pflicht erkennen und mich selbst vergessen, und wird sie noch so schwer, hilf sie mir ausführen, aber ich kenne sie noch nicht. Selbsterhaltung, ohne dies kann ich doch gar nichts, und mich selbst vergessen widerspricht sich mit diesem wohl, denn alles was ich gegen meine Liebe tun könnte, ist mir jetzt als würde es mich verderben, mich zerstören. Welch eine schwere Kunst ist die Liebe! wer kann sie verstehen? und wer muß ihr nicht folgen? – – – Nimm alle Deine Vernunft zusammen und sprich überzeugend mit mir, denn ich fühle es ist nötig, und wen kann ich sonst fragen als Dich meinen einzigen Freund. – – –

Abends 8 Uhr den 15ten

Ich bin allein! – – Nun möchte ich gerne von der Reise erzählen, aber was mir notwendiger scheint, drängt mich immer, ich möchte meinem gepreßten Herzen Luft machen, in der schönen Stille des Abends. – Wie ist mir doch so schwermütig! ich möchte immer weinen, ich sehne mich nach Antwort Deiner verwandten Seele! alles so lieblich! so harmonisch und doch für mich so tot wo das Zeichen Deines Daseins fehlt, die Gewißheit daß jetzt Dein Herz zu dem meinen spricht. O! einmal gefühlte glückliche geliebte himmlische Liebe! welche Leere läßt Trennung im Herzen zurück, die nichts zu füllen vermag, und alles nur fühlbarer macht. Ich muß Dir nur gestehen daß ich es nicht ausführen kann, diesen Winter gar nichts von Dir zu wissen, also ist mir eingefallen daß, wenn Du in der Gegend bleibst, Du alle 2 Monate den bestimmten Donnerstag Abends 9 Uhr unter dem Fenster mit der allergrößten Vorsicht erscheinen könntest, ich werde dann sehen daß Du noch da und gesund bist. Wie viel ist das schon für mein Herz! und ich würde Dir wohl ein Zettelchen hinunterwerfen können, ich muß wohl auf Briefe von Dir Verzicht tun, weil ich nicht glaube daß es vors erste ratsam ist daß Du ins Haus kömmst; ich werde dann in Deinen Schriften nachspähen wie Dir wohl zu Mute ist und Dich gewiß darin erkennen. Sage unter welcher Aufschrift ich Dein Journal fodern lassen kann, wenn es noch zustande gekommen ist. Der nächste Frühling wird uns hier wiederfinden, und der erste Gesang der neuen Lerchen wird uns das Zeichen unserer näheren Vereinigung sein. Ich schreibe im Dunkeln, die Sonne und ihre Lichtstrahlen sind mir untergegangen. So ist wohl manches dunkel, bis unsere Sonne wieder scheint, sie kommt sie kommt doch wieder? – – – O! gütige Natur! lehre mich vertraun, und stille dieses Herz! – –

Den 18ten

Ich möchte Dir jetzt eine kurze Übersicht meiner kleinen Reise geben, weil ich den Augenblick daß ich allein bin nutzen möchte, kurz wird sie sein, denn zum Erzählen bin ich würklich nicht gestimmt und Du wirst die hölzerne Sprache mir verzeihen, ich will nur einen Begriff Dir geben, damit Deine Phantasie einen Ruhepunkt hat. Wir reisten 8 Tage später und nahmen uns nur 10 Tage Zeit, wir fuhren morgends früh hier ab, meine Schwägerin, die jüngste Brentano und ich begleitet von niemand als unserm Jacob, in Gießen trafen wir den Direktor Tischbein, der dort eine Schwester besucht, und uns erwartete, ein alter durch manche Schicksale grau gewordner Mann, 20 Jahre lang hatt' er den deutschen Boden nicht betreten, und sein Vaterland verjüngt ihn wieder, und selbst im Lobe Italiens findet man überall den Deutschen; so sagte er oft im Fahren, nein! so schöne grüne Bäume sind in Italien doch nicht. Dieser Mann war vor Zeiten ein großer Maler, er setzte seine Kunst und sein persönliches Interesse zurück, um die Altertümer der Griechen zu studieren, ihre Dichter und besonders Homer begeisterten ihn dazu; wenn Du ihn sprechen hörtest, würdest Du finden wie innig und wahr er ihn aufgefaßt, und würdest Dich freuen daß die Schwärmerei und Wärme des Gefühls in diesem Alter noch bleibt. Er erkannte mich auch gleich, und bezeugte mir viele Achtung. Seine Werke wirst Du bald sehen, ein anders

Mal mehr von ihm. (Ich werde doch Deine Bemerkungen über Homer auch noch sehen? –) In Kassel blieben wir 3 Tage, die erste Nacht erwachte ich früh; weil meine Reisegesellschaft noch schlief, zog ich Deine lieben Gedichte aus meiner Brieftasche und sie waren mein Morgengebet, sie umhüllten mein liebend Gemüt mit sanfter rührender Schwermut und schlossen mich fest an Dein Herz, so ging ich wieder mutig ins Leben, die schöne Sonne über Kassel ging auf, und ich freute mich schon alle meine lieben Gegenden wieder zu erblicken. – – –

Wie wir zu Tische saßen, überraschte uns ein alter guter Freund aus Hamburg, der auch seinen Kindern entgegenreiste, und am Abend trafen die Erwarteten alle mit uns zusammen. Wir verlebten 3 frohe Tage mit einander, ich blieb aber nie allein. – – –

Wir trennten uns von den Hamburgern, um unsere Reise nach Gotha fortzusetzen, Tischbein blieb auch zurück. Nach 2 Tagereisen kamen wir Abends dort an, es regenete stark, wir sahen wenig, den andern Morgen fuhren wir nach Weimar, und waren dort um 4 Uhr Nachmittags, wir wollten von dort gleich nach dem Landgut von Wieland fahren um mit der La Roche und ihrer Enkelin zusammenzukommen, hörten aber daß sie alle in der Stadt wären, wir schrieben ein Billett, unsere Ankunft zu melden, und gleich darauf kam Sophie Brentano, uns alle zu bitten mitzukommen in ihre Wohnung, wo alle merkwürdigen Gelehrten von dort versammelt wären, wir kleideten uns geschwinde an, und gingen mit ihr, die alte La Roche kam uns sehr freundlich entgegen sehr ungezwungen froh und äußerst lebendig, machte uns mit der Gesellschaft bekannt, Wieland, Herder! (Göthe fehlte) und noch einige andere weniger bedeutende Männer. Meine Schwägerin nahm gleich im Gespräch den W. . . gefangen, ich hatte

Aufträge von Tischbein an Herder, und so verging die erste halbe Stunde; beim Tee daurte immer das Gespräch von W. . . fort, ich mischte wohlbedächtlich nur einige überlegte Worte mit ein, beim Abschied reichte mir W. . . sehr herzlich die Hand und sagte, die wenigen Worte welche Sie gesagt haben, machen mich wünschen Sie öfter zu sehen. Das freute mich um Deinentwillen, und auf dem Rückwege dachte ich nur an Dich; den andern Tag fragte Wieland Sophien, welche von uns beiden sie sich wohl zum Umgang wählen würde, nachdem er meine Schwägerin besonders gelobt; sie wählte mich, und W. . . antwortete ihr kurz, (»Dafür verdienst Du Mädchen, daß man Dir die Hand küsse«) verzeihe mir die Eitelkeit daß ich Dir dieses wiedererzähle, ich sage es ja nur Dir, und wenn es gefehlt ist, darf ich es Dir nicht verbergen daß es mich stolz machte. Den andern Morgen fuhren wir nach Jena, mit einem Empfehlungsbrief an die Mereau, wir gingen gleich zu ihr, und baten sie, durch ein Billett an Schiller ihn um eine Stunde für uns zu bitten, sie benahm uns gleich alle Hoffnung, weil er ganz eingezogen lebte, und selten Fremde zu sich ließe. Die andern gaben den Plan ihn zu sehen willig auf, außer Sophie und ich beschlossen alles zu wagen um zu ihm zu kommen.

Den 23ten

Ich muß jetzt wieder die Zeit nützen, die andern sind ausgefahren, ich wollte recht viel schreiben, und da kömmt unglücklicherweise, eine Biene und sticht mich in die rechte Hand, es ist mir ordentlich verdrießlich daß ich im Schreiben immer so viele Hindernisse finde, und es gehört auch gewiß viel Liebe dazu um noch so viel herauszubringen. Ich will meine Reise-Erzählung jetzt in wenig Worten enden.

Sophie und ich gingen Nachmittags wieder zur Mereau, die Antwort zu hören, wir waren angenommen, und um 4 Uhr bestellt; wir zogen also, von einem Bedienten begleitet, um diese Stunde zum Tore hinaus, wo er in einem Garten wohnet. Wie ängstlich klopfte uns das Herz und wie sonderbar wehemütig mir zu Mute war, kann ich Dir nicht sagen, ich fühlte wohl in diesem Augenblick zu sehr die Kürze der Zeit die mir in einer halben Stunde gegönnt war, den Mann zu sehen von dem meine Begriffe so groß sind, zu dem meine Gefühle gewiß sprechen könnten, und die Unmöglichkeit ihm diese Beziehung durch meinen Anblick zu offenbaren, in dieser Schönen Seele mochte ich nicht klein mich spiegeln und ich konnte doch nur demütig erscheinen. Ich hatte nicht das Herz ein Wort zu sprechen, und bat Sophien ganz das Wort zu führen. Wir ließen uns anmelden und blieben indessen in der Garten-Türe stehen, erblickten seine edle Gestalt am Ende einer langen Allee, seine Frau begleitete ihn und 2 muntre Knaben sprangen im Grase herum. Wir entschuldigten unsere Zudringlichkeit, er führte uns in eine schattige Laube, wir setzten uns neben seine Frau, und er blieb in majestätischer Stellung vor uns stehen, er sprach viel mit der Enkelin der La Roche, von ihr und Wieland und ich hatte Zeit ihn recht ins Auge zu fassen. Wir mußten wegen den Zurückgebliebenen sehr eilen, seine gute liebe Frau wollte uns nach Hause begleiten, wir wollten es nicht zugeben, er sagte aber, es wird meiner Frau nicht schaden, und mir – – – setzte er ganz sachte hinzu, besann sich aber und ging zurück nach dem Hause, wir gingen mit seiner Frau bis ans Stadt-Tor; wie wir Abschied von ihr nahmen, kam sein ältester Sohn den er uns mit dem Bedienten nachgeschickt, und dieser brachte uns wieder in unsern Gasthof wo die Postpferde schon angespannt standen, wir fuhren densel-

ben Abend noch nach Weimar. Von dort in einem fort über Fulda nach Frankfurt, und freuten uns der schönen Gegenden.
Aus unserer Reise nach Ems ist nichts geworden, vielleicht gehen wir künftigen Freitag über Mainz nach Koblenz, und durch die Bäder zurück, wollen aber den Montag schon wieder hier sein.
Mein Bruder bleibt bis Ende Oktober. Nach der Messe ziehe ich in die Stadt. Solltest Du eine Reise vorhaben, oder andere Plane, die ich notwendig wissen müßte, wäre es in diesem Fall wohl möglich daß Du mir durch irgend jemand einen Brief schicktest, es müßte aber dann immer den Morgen nach dem bestimmten Donnerstag sein zwischen 10 und 11 Uhr, damit ich achtgeben könnte und, wenn Du einmal ausbliebest, mir zur Erklärung, doch nur im Notfall.

Donnerstag den 5ten September

Diese Blätter wirst Du wohl etwas sehr trübe finden, mein Bester, darum muß ich Dir noch sagen daß ich jetzt wieder viel heitrer bin, und wenn ich Dich sehe, wie ändert sich mein ganzes Wesen! – – – O! behalte mich immer lieb! Und bliebe unsere Liebe auch ewig unbelohnt, so ist sie durch sich selbst, in uns ganz stille doch so schön, daß sie uns immer unser Liebstes, Einziges bleiben soll; nicht wahr mein Guter! so ist Dir auch, und unsere Seelen begegenen sich immer und ewig! – – –

10

Es ist mir ein Beweis Deiner Liebe daß Du doch kömmst, mein Teurer, um ein paar Worte von mir zu holen, doch wie schmerzt es mich jetzt, daß ich Dich so nahe weiß, und darauf Verzicht tun muß etwas aus Deinen Händen zu erhalten; hinaus in den Garten hätte ich auf keine Weise kommen können weil zum Unglück gerade die Äpfel gebrochen werden und ich auch wegen dem Wetter keine Ausrede hätte. Unten in dem Zimmer konnte ich ohne Anstoß zu geben auch nur das letztemal (weil wir gerade den Tag darauf Gesellschaft hatten, und ich mir ein natürlich Geschäfte dort machen konnte) kommen. Das gehet aber nur sehr selten. Verzeihe mir diese kalte Sprache und denke ums Himmels willen nicht daß es Kälte von mir ist. Ich denke nur, daß ich, um mir eine Freude zu gönnen, es aus Klugheit und Pflicht nicht wagen soll jemand Anstoß zu geben.

Sollte es aber dringende Notwendigkeit sein, daß ich Deine Papiere in die Hände bekäme, so schicke sie mir morgen zwischen 10 und 11, lasse nach mir fragen und sie mir selbst abgeben, ich will dann schon entgegenkommen (aber nur nicht die Türe verfehlt). Sollte meine bange Ahndung aber noch bis jetzt ungegründet sein, so erscheine Du um 10 Uhr an der Ecke und es ist mir ein Zeichen daß ich weiter nichts zu erwarten brauche. Deinen lieben Hipperion der jetzt wohl da ist, will ich schon so bald ich ihn mit Muße lesen kann mir mit Klugheit verschaffen.

Mein Bruder hat bei den großen Revolutionen in der Hamburger handelnden Welt nicht verloren und vielleicht ist er dadurch seinem Ziele näher gerückt, einmal mit uns zu bleiben.

Ich bin vollkommen gesund, und freue mich auf den ruhigen Winter, meine einsamen Abende werde ich dann zubringen, Deine lieben Schriften Gedichte, und Briefe, zu durchlesen, sie werden viele stärkende liebevolle Tränen in mir hervorlocken die aus dem Schatze der treuen edelen Liebe allein nur quillen und Segen über das trockne Alle-

tagsleben bringen. So will ich fortgehen meinen stillen Gang und immer besser werden.
Handele auch Du für Dich und laß nicht die tägliche Sorge für künftige Existenz Deine besten Kräfte vor der Zeit lähmen und ersticken, ich billige Dich gewiß. – – Es bleibt ewig beim alten. Leb wohl! leb wohl!
Im November kannst Du wieder kommen, dann nach der Abrede oder Umständen.
Tausend süße Namen, und Worte! –

– –

11

Meine Ahndung daß Du heute im Kalender Dich irren würdest, hat mich richtig geleitet, denn wir haben heute erst den letzten im Monat. – Jetzt ist es wieder gut mit mir, aber ich war krank, mein Lieber, an dem Tage wo Du das letztemal wieder hinübergingest, bekam ich eine Art von Erkältungs-Fieber, und so heftiges Kopfweh daß ich einige Tage mich ganz still halten mußte, ich nahm wieder mein gewöhnliches Mittel (ein Vomitiv) und auch China, es währte aber doch über 14 Tage, ich dankte nur dem Himmel daß ich Dich noch hatte abwarten können, und wünschte nur zu dieser Zeit wieder gesund zu sein. Wie viel ich an Dich gedacht, und mich bei Dir fühlte, kann ich nicht sagen, wenn ich Abends einsam und still war (denn ich mochte niemand um mich leiden). Meine lebendigere Phantasie malte, mir dann unsere Vergangenheit so schön, besonders die seligen Stunden unserer ersten ganz neuen Liebe, wo Du einmal sagtest: O! wenn das Glück ein halbes Jahr nur dauret!

– –

Wenn dann so viel süßes himmlisches Gefühl wieder vor meinen Sinn kam, ward ich nachher so voll Sehnsucht, und ich meinte dann, wenn Du nur da wärest, würde ich wohl wieder gesund sein. Ich zerbrach mir dann den Kopf darüber ob es nicht möglich sei, in der würklichen Welt auf eine natürliche gute Art wieder mit Dir zusammenzukommen; wenn ich dann einschlief, träumte mir, ich fände Dich in irgend einer Gesellschaft, auf einem Spaziergang, ich sah Dich ungezwungen wie sonst unsere Treppe heraufkommen und ich öffnete Dir die Türe, wir waren beisammen, ganz ohne Angst mit leichtem Herzen, und meine Augen freuten sich in den Deinen zu ruhn; wenn ich dann erwachte, war das Herz mir so sanft bewegt, und ich war würklich auf einige Stunden gestärkt; nachher aber wußte ich nicht wie mir war. Ich fühlte es lebhaft, daß ohne Dich mein Leben hinwelkt und langsam stirbt, und zugleich weiß ich gewiß, daß jeder Schritt den ich tun könnte Dich auf eine heimliche ängstliche Art zu sehen, mit alle den Folgen die es haben könnte, eben so sehr an meiner Gesundheit, und meiner Ruhe nagen würden. Ich muß fast an Wunder glauben, weil ich nicht einsehen kann wie wir wieder zusammenkommen sollen, und dies täglich mein innigster Wunsch ist, aber ohne Angst, sorglos wie in den ersten Zeiten unserer Liebe.

Es ist mir besonders seit einigen Tagen viel besser, da ich nun wieder allein bin. Ich habe mein altes Zimmer auch jetzt wieder, da kann ich eher eine ruhige Stunde zum Schreiben finden, ich habe mehr Ordnung um mich herum, auch habe ich viele Blumen mir ans Fenster gestellt, die allein mich jetzt erheitern können, denn selbst Deine lieben Gedichte und Briefe darf ich kaum berühren weil sie zu sehr mich angreifen.

Wie sehr ist es mir Bedürfnis etwas Bestimmtes über Deine Lage zu hören, doch weiß ich jetzt wieder nicht wie ich heute etwas aus Deinen Händen bekommen kann; solltest

Du es für nötig und gut finden es morgen nach der letzt verabgeredeten Art zu machen, so sei mir Dein Ausbleiben um 10 Uhr das Zeichen. Nächsten Donnerstag Abend könnte ich unten ans Fenster kommen (weil wir unten in den Zimmern die Wäsche haben), um halb 9 Uhr sind die Leute weggegangen und ich kann nachsehen. Ich hatte mir das so ausgedacht, wenn ich Dich bemerke, gehe ich hinunter, und Du bist äußerst vorsichtig; komme ich nicht, so ist es unmöglich, und Du nimmst zu der einzigen Art mir die Briefe durch jemand zu schicken Deine Zuflucht.

Ich möchte Dir gerne etwas über Deine künftige Lage sagen, wenn ich nur in Deine jetzigen Ideen besser eindringen könnte. Wenn das Schicksal auf eine ehrenvolle Art Dich weiter ruft, und es sein muß, so folge, doch rate ich Dir und warne Dich für eines. Kehre nicht dahin zurück, woher Du mit zerrißnen Gefühlen in meine Arme Dich gerettet. – – Ich muß Dir nur gestehen, es hat mich ein wenig erschreckt, daß Du schreibst Du wollest, in einem gewissen Falle, dem Rat und Ausspruch von Schiller folgen. Wird er nicht suchen Dich in seine Nähe zu bringen? – – Wird dieser schmeichelhafte Ruf Dich nicht verführen? – Wenn es einst so wäre, o! dann gedenke der Liebe! und ihrer unzähligen Qualen! –

– –

Wie ich es wünsche! nur einmal wieder bei Dir zu sein! mein lieber guter Herzens-Junge! – Verzeih mir Bester daß ich es so hinsage, nur, wenn ich Dich fühle und Dein Bild gesehen habe, fühle ich die ganze Herzlichkeit meines Herzens, ich erstaune oft über mich daß ich schon so weit in die Jahre der Vernunft fortgerückt bin, und doch so jung mir scheine, ich denke dann auch, besser ein Opfer der Liebe! als ohne sie noch leben. Wer weiß wie es noch kommen

kann, die Wege des Schicksals sind ja dunkel. – – – Nur laß uns nie gegen die Liebe fehlen und immer gegen einander wahr sein! Leere Worte! denn wenn wir anders wären, liebten wir ja nicht mehr. Vertrauen auf die Liebe, die die gütige Natur uns ins Herz legte um da sie reifen zu lassen zu ihrem höchsten Zweck, uns kurzsichtigen Wesen hier noch ein Rätsel! aber veredelt zu etwas Großem uns fühlend und strebend, jedem nichtswürdigen Gefühl Nahrung zu geben unfähig! Und in diesem Glauben gewiß bewahrt für alle Ansteckung der schlechten Welt.
Noch muß ich Dir sagen daß ich wegen Dir, seit dem letztenmal wo ichs schrieb, nicht das Geringste erfahren und daß mein Kranksein bloß eine Erkältung war.
Es dient Dir auch noch zur Nachricht daß gegen uns über fatale Emigranten wohnen, die fast täglich drüben ins Haus kommen; sie sind im dritten Stock, haben Abends die Vorhänge zu, aber bei Tage nimm Dich in acht.
Nun leb wohl, mein einzig Herz, Du wirst wohl über acht Tage wieder kommen, aber nicht bei schlechtem Wetter. Leb wohl, schlaf wohl mein Bestes. – –

12 Sonnabend

Nur wenig Worte lassen sich machen, mein Teurer, von dem Einen, das, seit ich Dein liebes Bild gesehen, im Wachen, und im Träumen, gleich einer leisen lieblichen Melodie in mir nachtönt. – – – An dem Abend, wo meine liebende Worte in Deine Seele übergingen, und ich mir das holde Feuer, das sie in Deinem Engels-Auge entzündeten, so lebhaft vormalen konnte, wie wurde mir da so wohl und leicht ums Herz. Meine lange dem Gesange verschloßnen Lippen lispelten unwillkürlich ihre alten Lieblings-Lieder wieder und es hatte lange schon gedauret, bis ich es lächlend bemerkte. – – – O! ihr glücklichen! glücklichen! Vögel, dachte ich da! – – – Und mir war so unbeschreiblich wohl dabei, daß ich die Stimme der Natur in mir vernahm, und ich dankte ihr mit gerührtem Herzen. – – –

Montag

Denke nur! Gestern Abend bekomme ich durch die Sömmerring die höchst unerwartete Nachricht, daß Zeerleder von Bern (der vor 5 Jahren mir das Fragment von Dir abschrieb) soeben bei ihr gewesen sei. Das griff stark in meine ruhige Stimmung ein, und es fiel mir gleich aufs Herz, ob auch wohl diese Erscheinung Dir nicht irgend eine Art von Bekümmernis bringen möchte, und es beunruhigte mich sehr. Aber ums Himmels willen, mein Einziger! laß es Dir nur keine Sorge machen, es wäre sicher unnötig, ich beteure Dir noch einmal: Er war mir nie mehr als Bruder, und Freund! und kann mir nie mehr werden. Aber Du kennst mich ja und Du hast tausend Beweise wie mein Herz Dir hingegeben ist, und Du weißt daß, wenn man gegen die Liebe fehlt, man sich selbst am meisten verwundet. Vertraue fest auf mich, und laß auch diese Worte Dich nicht irren als wären sie nötig, zu Deinem Herzen hab ich nicht gesprochen. – – –
Ich habe ihn den Sonntag Abend wiedergesehen, er ließ sich durch einen Anverwandten von uns, B. . . bei mir als einen alten Freund vorstellen. Ich habe ihn sehr verändert gefunden, er saget auch, er hätte von seinen Kräften dem Vaterlande sein Contingent bezahlt, und wolle jetzt einmal die andern sorgen lassen, er würde wohl einige Zeit hier bleiben, vermutlich aber erst nach Hamburg reisen.

Wenn es Dich nur nicht stört, so ist es mir in einer Rücksicht lieb, wieder einmal einen Menschen um mich zu haben, mit dem ich ohne Zurückhaltung und mit Zutrauen sprechen kann. Wie gerne werd ich von Dir mit ihm sprechen, und wie sehr wird das mein Herz erleichtern. Ich werde ihm nie entfernend begegnen, denn dies wäre aus mehr als einem Grund nicht gut, aber mit dem ganzen Gefühl und Stolz meiner Liebe werde ich mich ihm entgegenstellen, und er wird gewiß sie ehren.

Mittwoch

Der Himmel ist so klar heute, morgen kömmst Du gewiß, wenn ich nur Nachricht von Dir kriege. Gute Nachrichten! Wie ist die Zukunft mir so dunkel, es komme aber wie es wolle, Dich lasse ich nie, mich findest Du immer wieder! – – –

Donnerstag – 11 Uhr

O! mein Herz! wie danke ich Dir! Du bist da! – – Schon war mir so bange, Du möchtest krank sein, denn das wußte ich wohl, das schlechtste Wetter würde Dich heute nicht abhalten, mir die Freude zu machen heute etwas von Dir zu hören! Wie bitte ich den Himmel um eine günstige Minute, was ich hören werde wird gut sein, Du sahest heiter aus, könntest Du meine Rührung sehen und an meinem klopfenden Herzen es fühlen, wie sehr diese Ahndung mich freut! – – – Aber Du Guter werden auch meine Nachrichten Dich nicht kümmern? – O! laß es nicht! – – – Wer weiß wie es kommen kann, wozu es gut ist wenn ich meinen Schmerz, so fern und doch so nahe Dir zu leben, ganz, mit Wahrheit, vor einem sichern Freund enthülle! – – – Denke auch mit Gewißheit daß ich immer, nach Deinem Sinn, nur das Nötigste sagen werde, und daß unsere liebste

Liebe immer nur uns bekannt, und ein heiliges Geheimnis bleiben wird. Auf die größte Zartheit kannst Du bei mir rechnen. Darum laß Dich nichts kümmern, sieh! ich würde gewiß Dir nicht so viel sagen, weil mir immer ist als beleidigte ich die Liebe, wenn ich Dich nicht kennte und nicht wüßte wie Du so leicht, durch Deine Phantasie irre geleitet, Dir die Sachen anders vorstellst als sie sind, darum spreche ich Dir davon, lege es aber nicht anders aus.

Du hattest ein Buch in der Hand! wie freut es mich schon. Von unserer künftigen Einrichtung, voneinander zu hören, kann ich jetzt nichts sagen als daß es beim alten bleibt, wenn Deine Nachrichten es nicht ändern; mich wirst Du immer finden! – – Und immer Dein so lange ich lebe, unvergeßlich Lieber! – – –

Ich kann nicht mehr schreiben, denn meine Augen nehmen die Rührung zu sehr an. Vielleicht heute Nachmittag noch ein paar Worte. –

Ach! es war doch nicht das letzte Mal daß ich Dich sah! Nein! ich kann ich mag es nicht denken! O! laß mich hoffen! – – – laß mich diese Gedanken verbannen. – – Himmel! welch ein Wetter, wie unruhig macht es mich, gehe nicht, wenns so bleibt, Du könntest krank werden. O! schone Dich nur mein Bestes! Wann werde ich künftig wieder von Dir hören können; wenn es doch nur schon Abend wäre, und ich hätte, was mich so freuen wird, in sichern Händen. Was wir leiden müssen ist unbeschreiblich, aber warum wirs leiden ist auch unbeschreiblich.

Da dachte ich, ehe Du kamst, ob Du künftig (wenn es sein wird) nicht in den Wintertagen erst um 11 Uhr statt um 10

Uhr an der Ecke erschienest, oder wenn es Dir lieber wäre erst um 3 Uhr, denn ich glaube, Du hast Dich heute recht geeilt und ich möchte nicht daß Du im Dunkeln von Hause gingest. Ich möchte Dir so viel noch sagen, aber ich werde nur gleich so wehmütig, und weiß mir nachher nicht zu helfen; doch noch dies, daß ich wieder völlig gesund bin. Lebe wohl! Lebe wohl! Ewig bleib ich Dir treu.

13

Wie sehr mich Deine letzten Briefe freuten mein Bester, kann ich Dir nicht genung sagen, sie belohnten mir reichlich die Angst die ich, um sie zu bekommen, gehabt hatte, denn ich kann es nicht beschreiben, welche Furcht mich ergriff als ich unten am Fenster Dich nirgends erblickte, ich dachte der helle Mondenschein hätte Dich wohl verraten, und wie ich nun von einem Fenster zum andern lauschte und Du Dich nicht sehen ließest, fingen mir die Knie so gewaltig zu zittern an daß ich mich kaum noch halten konnte; in Ungewißheit zu bleiben war mir schrecklich, und nun dachte ich immer, es würde irgend jemand hinter mir ins Zimmer kommen, und ich mich auch verraten, als Du zum Glücke noch kamest. Ich eilte nun mit meinen Schätzen, in mein stilles Stübchen, da konnte ich aber vor Herzklopfen, und Wallung kein Wort lesen, ich fing Deine Briefe von hinten und vorne an, konnte aber diesen Abend den wahren Sinn nicht finden, bis ich die Tage nachher ruhiger wurde, da erfreuten und stärkten sie mein Herz, und stiller Dank segente Dich und flog zu Dir hinüber.

Meine Furcht hat mich nun fast bestimmt es diesen Winter nicht wieder zu versuchen, auf solche Art Nachrichten zu bekommen, um so mehr da wir in einigen Monaten schon

Frühlings-Anfang haben; solltest Du mir notwendig etwas zu sagen haben, ist es immer noch weniger gewagt, wenn Du mir in einigen alten Büchern eingeschlossen unter meiner Adresse ein Paket schickest nach der letzten Abrede, so daß ich die Stunde wissen kann.

Du wünschest daß ich Dir erzähle! wie ich mit meiner Gesellschaft zufrieden bin. Da muß ich Dir denn aufrichtig sagen daß ich eigentlich gar keine habe und daß ich den ganzen Sommer über wegen meiner Unpäßlichkeit kaum 6mal aus dem Hause gekommen bin; selbst meine Geschwister waren wenig bei mir, sie fanden beide in der Nachbarschaft ihren kleinen galanten verliebten Zeitvertreib; durch die fatale jetzt in Hamburg Mode gewordene Art verwöhnt, stimmten sie in dieser Rücksicht so wie in vielen gar nicht zu mir, und ich saß oft da allein, mit meiner edeln Liebe im Herzen, empört daß diese nichts gelten sollte, indes Eitelkeit und armseliges Wesen sein Fortkommen in der Welt findet.

Aber es ist für den Menschen leicht, leben zu lassen was sie im Grunde nicht achten, nur das was sie beneiden können, möchten sie stören, und nur das Wesen welches wahre Liebe erregt, wird um der Liebe willen geplagt. Ich fühle es immer mehr, ich passe zu den weltlichen Verhältnissen nicht, und tue besser, mit meiner stillen Seele allein zu leben.

An demselben Morgen da Du wieder hinübergingest, kam ein paar Stunden nachher Zeerleder in Reisekleidern, und fragte ob ich nichts nach Hamburg zu bestellen hätte? Er ist seitdem dort angekommen und wird wohl noch einige Monate dort zubringen, um wegen Geschäften seinem Bruder der in Amerika ist näher zu sein.

Nun muß ich Dir doch noch sagen, woher meine Abneigung gegen Deinen Aufenthalt in Jena kömmt, um daß Du

Dich an mir nicht irrest, denn wovon Du mir schreibest, habe ich auch nicht die leiseste Ahndung gehabt, auch hat mir niemand was gesagt. Alles kömmt eben daher, weil Weimar nur eine halbe Tagereise von Jena ist. Ich kam diesen Sommer zufällig in das Haus einer Dame, welches zwar unbewohnt der Frau La Roche und ihrer Enkelin zum Quartier eingeräumt war, ich glaube diese Wohnung kann Dir nicht unbekannt sein. Nun hörte ich vor einiger Zeit vor ganz gewiß daß Schiller, diesen Winter, nach Weimar in dieses Haus ziehen würde; Du könntest doch nicht umhin ihn zu besuchen, es könnte Dir wohl nicht angenehm sein, und was ich dabei empfinden würde, fühlte ich genung an meinem hochklopfenden Herzen als ich zufällig einige Stunden dort zubrachte. Damals schrieb ich Dir nicht davon weil ich Deine Idee noch nicht merkte, und es nicht zur Sache gehörte. Ich glaube aber jetzt es Dir und mir selbst schuldig zu sein Dir diese Schwachheit zu entdecken. Ich weiß es wohl, vor dem hohen Ideal der Liebe gelten solche Schwachheiten nicht und verdienen Verdammung, aber vor der menschlichen Empfindung der Liebe! Schonung – Du verstehest mich! – – –

14 Freitag den 30ten Januar

Ich muß wohl jetzt daran denken ein Briefchen für Dich in Bereitschaft zu legen, denn vielleicht wirst Du nächsten Donnerstag kommen und dann möchte die Zeit zu kurz und zu unruhig sein; wenn ich doch wissen könnte ob Du würklich in Deine Vaterstadt gewesen oder noch bist? Wie gerne gönnte ich Dir und Deinen Guten diese herzliche Freude! –

Vor acht Tagen waren Landesleute von Dir bei uns zu

Tische, es war mir nicht anders als müßten diese Dich gesehen haben, und ich fühlte darum mich recht wohl in ihrer Gesellschaft, auch ihre Sprache war mir gefällig und ich meinte immer, wenn sie allein mit mir wären, würden sie von Dir sprechen, wie gerne hätte ich das gewollt mit Menschen die Dich kennen und Dich schätzen wie ich. In Gedanken war ich oft bei Dir und meinte daß auch mein Andenken Dich im Zirkel Deiner Familie nicht stören würde, und die sanften Gefühle der Liebe für diese noch mehr nährte, weil Du mehr noch wie sonst der Teilnahme bedarfst, und nachsichtiger bist.

Solltest Du mit ihnen auch für die Zukunft etwas ausgemacht, und gefunden haben das Dir angemessen wäre? Ich möchte so gerne manches wissen und doch werde ich mich noch gedulden müssen! Mit Vergnügen berechnete ich letzt mit Deinen Landesleuten, daß sie nicht weiter von uns zu Hause wären, als unser liebes Kassel von hier entfernt ist, und dies dünkte mir das letztemal nur eine Spazierfahrt! Weiter gehest Du doch nie von mir? – – – Nie ganz? – – – Dahin kömmst Du immer wieder! und auch wieder zu mir! Wie gerne ich Dich an Deinem rechten Platz sähe, kannst Du denken, doch wähle behutsam, und greife nur nicht das Unrechte; ich kann nächstens noch nichts von Dir hören, wenn Du Dich nicht entschließen willst mir ein Paket zuzuschicken; wenn es für Dich notwendig ist so tue es ungehindert, es wird wohl glücklich gehen; erscheinest Du selbst, nehme ich es für ein Zeichen daß ich ruhig warten kann, und so bin ich einigermaßen entschädigt, wenn ich Nachrichten mir als Entfernung von Dir vorstelle, und wünsche sie nicht so sehnlich wie ich sonst tun würde. Ich sehe Dich! und Du bist nahe, kann und muß ich damit nicht mehr als zufrieden sein.

Auch will ich Dir nur gleich sagen daß ich jetzt nicht mehr die Briefchen herunterwerfen werde, weil ich Verdacht ahndete (vielleicht aber ganz ungegründet); sollte es künftigen Monat also nur irgend gut Wetter und trocken sein, so daß ich natürlicherweise hinausgehen kann, bitte ich Dich um 10 Uhr zu erscheinen, und so werde ich um 11 Uhr denselben Tag mich an dem bewußten Platz einfinden. Sollte es aber ohne Verdacht zu erregen nicht angehen, wirst Du mich nur sehen. Wie viel mir daran liegt dann von Dir zu hören, kann ich Dir leicht erklären, weil zu Ende März mein Bruder wieder hierher kömmt, und ich dann seltner ohne Begleitung bin. Er wird mit seiner Frau wieder den Sommer bei uns zubringen. Solltest Du mir also etwas schicken wollen, so tue es vorher. Vielleicht möchten auch Kriegsunruhen das Spazierengehen hindern, dann schicke mir etwas in jedem Fall wie verabredet, ich gebe dem Überbringer auch ein Buch zurück; zur Gewißheit daß wir beide das Unsrige erhalten, kannst Du um 11 Uhr wieder an der Ecke einen Augenblick erscheinen, wo ich Dir übrigens rate nie zu lange zu verweilen, weil oben ein kranker Nachbar wohnt der Langeweile hat. Kann ich nicht hinauskommen, werde ich ein Tuch aus dem Fenster hängen.

Nun noch ein paar Worte von mir, wie ich lebte. Ich bin vollkommen gesund und die einsame Ruhe in meinem häuslichen Zimmer war mir sehr heilsam, da sitze ich so gerne zwischen meinen Blumen und arbeite, niemand gehet da mich zu stören an meinem stillen Fenster vorüber, nur ein Sperling kommt zuweilen vom Fenster Brot zu pikken, und die Wolken ziehen mir vorbei, ich folge ihnen oft wenn Abends hinter der Baumgruppe im Hintergrund einige Strahlen der untergehenden Sonne durchscheinen, und mir ist wohl! Die sanfte melancholische Trauer in meinem Gemüt, die wohl niemals daraus sich verwischen wird und soll, stimmt mich empfänglicher für jede kleine Freude, dankbarer fühl ich sie! übermütig wird nie mein Herz, und die Träne des Mitleids und des Wohlwollens ist immer mir näher, so will ich bleiben! so bist auch Du! – – – Ich war auch diesen Winter etwas geselliger und besuchte zuweilen unsere alten Gesellschaften; die lange Einsamkeit und das Neue machte daß ich mehr Vergnügen wie sonst dort fand, und gerne sah man mich wieder, einigemal wurde mir auch gesagt daß ich wieder viel besser aussähe, und heitrer wäre, und sicher kannst Du es nur meinen Worten glauben daß meine Gesundheit wieder hergestellt ist. Wüßte ich doch dasselbe von Dir! – –.–

Donnerstag

Du bist würklich gekommen! – Ich hoffte es nicht, bist Du gar nicht fort gewesen? hast doch nicht um meinentwillen Dich einer Freude beraubt? – Gute! beste Seele! möchtest Du doch Freude haben und ich sie Dir noch geben können! – – Ich weiß nicht ich bin so ängstlich ich meine immer wir möchten verraten werden, und die Hindernisse die schon jetzt fast nicht zu zwingen sind sich noch vermehren; wenn Du nur diesmal noch meine Worte hättest, dann wollte ich gerne entbehren, ich weiß ja doch, Du hast mich lieb, wie ich Dich, und das kann mir niemand nehmen.

Sahest Du nicht blaß aus? Du wirst doch nicht krank gewesen sein? Du erhältst Dich ich weiß es um meinetwillen – – – Und versagst Dir auch keine Freude, die sich Dir darbietet, Du suchest sie nicht? aber Du weisest sie auch nicht unfreundlich von Dir! nicht wahr mein Teurer? – –
Wenn Du morgen kömmst, kann ich ruhig sein! Ich bin es gewiß und habe Ursache genung mich zu freuen.

Leb wohl leb wohl nahe oder ferne doch immer bei mir. Und so mit mir verwebt bist Du, daß nichts Dich von mir trennen kann, wir sind beisammen wo wir auch sind, und bald hoffe ich Dich wiederzusehen.
Sage es mir ja recht deutlich wie Dir ist. – Und sorge auch um meinentwillen für Dich
Zeerleder ist immer noch in Hamburg und ich weiß nicht wann er wiederkommt und ob er sich hier aufhalten wird, doch ich glaube wohl wenn er kann wird er ein wenig hier bleiben.
Deine lieben Gedichte habe ich alle mit unaussprechlicher Freude gelesen! Deine Briefe habe ich mir alle wie ein Buch zusammengelegt, und wenn ich einmal lange nichts von Dir hören sollte, will ich darinnen lesen, und denken, es ist noch so! tue Du das nämliche, und glaube nur, im innersten Leben bleibt, so lange wir bleiben, was aneinander uns kettet, und ich kann den Glauben nie aufgeben, daß wir uns wiederfinden in der Welt, und noch Freude haben werden. Sei nur noch glücklich (wie wir es meinen) und glaube daß, wie Du es anfängst, wenn es nur gelingt, mir gewiß lieb ist. Nur wähle nicht was Dir nicht anpaßt. Könntest Du fühlen wie Dein schönstes Bild oft lebendig in mir aufblüht, dann würdest Du auch fühlen wie alles alles was mich umgibt ihm weichen muß, und wie jede leise Empfindung in mir die Große Einzige für Dich nur weckt und mich ganz Dir hingibt! – – Darum scheue Dein Herz nicht und glaube wie ich daß wir ewig unser und nur unser sind.

15
Er wird Deine Zimmer oben beziehen, an Deinem Schreibpult sitzen, gerne werde ich dann wieder hinaufge-

hen, und mit stiller Freude sehen wie Deine vorige Wohnung durch seine Gegenwart geehrt wird, keinem andern hätte ich sie jemals gegönnt, und Du wohl auch nicht? Er wird wohl zuweilen eine verstohlene Träne in meinem Auge sehen wenn ich zu ihm komme, mich fühlend verstehen und in seiner Seele werde ich Ruhe finden.

Wie freue ich mich schon auf morgen! ich werde wieder von Dir hören; was es auch sei es ist alles gut, Du machest es gewiß wie es mir am besten ist, und ich habe Zutrauen in das Schicksal, ich glaube es muß Dir gut gehen. Ich werde wieder für lange Nahrung bekommen, aber Du wirst Dich jetzt wieder gedulden müssen, weil Du wohl den künftigen Monat nichts von mir erfahren wirst, ich weiß nicht wie ich es anfangen soll. Weil gerade meine Verwandten kommen und es sonst auch leicht in der Familie eine Veränderung geben kann, ist es wohl besser wenn Du gar nicht kömmst; da ich aber Deine künftige Bestimmung nicht wissen kann, will ich Dir nichts vorschreiben, und ich werde, wenn es irgend möglich ist, ganz nach Deiner Vorschrift mich richten.

Wir werden aber wohl nichts eher voneinander bekommen, bis wir einmal wieder im Garten wohnen, der 1ste Donnerstag im Mai fällt gerade auf den 1sten, und soviel ich mich erinnere, waren wir um diese Zeit des vorigen Jahres noch nicht draußen, und allein einen Spaziergang zu machen möchte für die andern wohl zu auffallend sein. Wenn Du also den 2ten oder 3ten Donnerstag erst darauf rechentest, wäre es wohl sicherer. Vor einiger Zeit fiel mir ein ob wir künftig im Notfall nicht durch den Herrn Landauer Nachricht voneinander bekommen könnten, er ist Dein Freund, und war auch letzt gegen mich besonders höflich und artig. Es müßte aber mit der äußersten Vorsicht und Schonung geschehen, um daß er selbst auch in keinen Verdacht käme. Es ist nur so ein Gedanke und wenn Du ihn nicht gut findest, wollen wir weiter nicht darüber sprechen, Du kannst indes immer durch ihn von mir zuweilen indirekte Nachricht bekommen. Die künftige Messe wird er wohl hierher kommen, Du kannst ihn aber, wenn Du ihn sehen solltest, fühlen machen daß er nur mir Deinen Namen nennt. Ich kann Dir nicht sagen wie neugierig ich bin Deine künftige Bestimmung zu hören; wenn nur die Stunden der Erwartung schon überstanden wären! Ich kann nicht weiterschreiben. Lebe wohl! Lebe wohl! Du bist unvergänglich in mir! und bleibst so lang ich bleibe. – –

16

Meine Schwiegermutter ist gestern gestorben, weiter kann ich Dir heute nichts sagen, Leb wohl leb wohl und erhalte Dich – –

17

Wirst Du morgen kommen? mein Teurer! Ich glaube es und doch mag ich mich nicht darauf verlassen, mein Sehnen möchte dann zu gewaltsam bleiben, wenn ich Dich nicht mehr sehen sollte. Der Entschluß, im Zirkel Deiner Familie nützlich zu leben, ist mir wie aus der Seele genommen und es ist jetzt durch die Umstände Bestimmung für Dich geworden Deiner guten Schwester alles zu sein was Du kannst, wie wird es Deinem Herzen wohl tun wieder ein innig liebefühlendes Wesen um Dich zu haben dem Du vertrauen kannst, und wie sollte es mich nicht freuen! – Ich werde immer von Dir hören, ich werde Dich wiedersehen, sobald es Dir möglich ist. So oft wie bisher hätten wir doch nicht Nachricht haben können, gewiß nicht alle Monate, und ich hatte auch schon im Sinne Dir zu sagen daß wir nur alle halbe Jahr durch den Briefträger unsere Papiere austauschen wollten, aber immer füreinander wenn wir eine glücklich fühlende Minute hätten an einander schreiben wollten, und allerhand erzählen was uns so einfiele, aus dem Herzen sprechen und uns Luft machen, wenn die Brust zuweilen so voll und gepreßt ist. So wollen wir es jetzt machen. Du kömmst wann Du kannst, und ich erwarte Dich ohne Ängstlichkeit. Einmal kömmst Du mir gewiß. Ich werde Dich wiedersehen! diese Gewißheit soll mir niemand nehmen. Ich will standhaft Deinen Blick und Deinen Händedruck ertragen, daß ich nicht zu sehr erweicht werde, nach so langer Trennung, wieder zur Trennung, auszudauren. Und Dir dazu den Mut geben.

Jetzt ein paar Worte von meinem bisherigen Leben. Ich bin sehr wohl, und habe jetzt viele Beschäftigung, die mich ganz angenehm zerstreut und meine strebenden Kräfte auf eine belohnende Art in Tätigkeit setzt. Du weißt daß wir jetzt in den Besitz des Gartens am Main gekommen sind, es war immer mein Wunsch wie Du weißt, eigne Bäume zu pflanzen, mir etwas ganz nach meinem Sinne einzurichten, und eine kleine Landwirtschaft zu haben. Es gefällt mir dort jetzt wie Du immer voraussagtest recht gut, ich lasse alles ganz einfach nach meiner Art bauen, 25 Morgen fruchtbares Land sind mir zum Übersehen und Vergnügen völlig genung und geben mir Beschäftigung, wie ich sie liebe. Ich habe ein Jahr zur Einrichtung Zeit gewonnen weil wir noch hier wohnen, und so muß künftigen Sommer alles fertig sein.

Gestern sind wir erst hierher gezogen und mein Bruder kommt erst Sonnabend, Zeerleder ist auch noch in Hamburg, und man hört gar nichts von ihm. Wenn Du künftig an mich denkst, so stelle Dir nur immer vor daß ich in irgend einer Beschäftigung bin die mich freut. Und ich denke von Dir daß Du etwas tust was Dein gutes Herz Dir lohnt, so werden wir mit Heiterkeit an einander denken. Und mutig dem Wiedersehen mit dem schnellen Lauf der Zeit entgegen eilen, es sei! wann es sei! das Schicksal bitten daß der frohe Augenblick bald kommen möge, und vertrauen auf die geheimen Mächte die unsere Schritte leiten. Nur bitte ich Dich, laß Dich in keinem Verhältnis des Lebens durch das unsrige stören, und laß mich immer Deine Vertraute bleiben, Du sollst nie dabei verlieren, denn Deine Freude ist auch die meinige.

Wenn Du künftig in der Stadt erscheinst, und Du siehest ein weißes Tuch an meinem Fenster, so schicke die Briefe nicht, und komme den nächsten Morgen wieder; siehest Du nichts, so schicke sie sogleich und kehre auch dann noch einmal zurück zum Zeichen.

Donnerstag Morgen

Wirst Du nun kommen! --- Die ganze Gegend ist stumm, und leer, ohne Dich! und ich bin so voll Angst, wie werde ich die starken Dir entgegen wallenden Gefühle wieder in den Busen verschließen und bewahren? – wenn Du nicht kömmst! ---

Und wenn Du kömmst! ist es auch schwer das Gleichgewicht zu halten, und nicht zu lebendig zu fühlen. Versprich mir daß Du nicht zurückkommen, und ruhig wieder von hier gehen willst, denn wenn ich dies nicht weiß, komme ich in der größten Spannung und Unruhe bis morgen früh nicht vom Fenster, und am Ende müssen wir doch wieder ruhig werden, drum laß uns mit Zuversicht unsern Weg gehen und uns in unserm Schmerz noch

glücklich fühlen und wünschen daß er lange lange noch für uns bleiben möge weil wir darin vollkommen edel fühlen und gestärkt
Leb wohl! Leb wohl! der Segen
sei mit Dir. – – –

V. BRIEFE HÖLDERLINS AN SUSETTE GONTARD

1

Täglich muß ich die verschwundene Gottheit wieder rufen. Wenn ich an große Männer denke, in großen Zeiten, wie sie, ein heilig Feuer, um sich griffen, und alles Tote, Hölzerne, das Stroh der Welt in Flamme verwandelten, die mit ihnen aufflog zum Himmel, und dann an mich, wie ich oft, ein glimmend Lämpchen, umhergehe, und betteln möchte um einen Tropfen Öl, um eine Weile noch die Nacht hindurch zu scheinen – siehe! da geht ein wunderbarer Schauer mir durch alle Glieder, und leise ruf ich mir das Schreckenswort zu: lebendig Toter!

Weißt Du, woran es liegt, die Menschen fürchten sich voreinander, daß der Genius des einen den andern verzehre, und darum gönnen sie sich wohl Speise und Trank, aber nichts, was die Seele nährt, und können es nicht leiden, wenn etwas, was sie sagen und tun, im andern einmal geistig aufgefaßt, in Flamme verwandelt wird. Die Törigen! Wie wenn irgend etwas, was die Menschen einander sagen könnten, mehr wäre als Brennholz, das erst, wenn es vom geistigen Feuer ergriffen wird, wieder zu Feuer wird, so wie es aus Leben und Feuer hervorging. Und gönnen sie die Nahrung nur gegenseitig einander, so leben und leuchten ja beide, und keiner verzehrt den andern.

Erinnerst Du Dich unserer ungestörten Stunden, wo wir und wir nur umeinander waren? Das war Triumph! beede so frei und stolz und wach und blühend und glänzend an Seel und Herz und Auge und Angesicht, und beede so in himmlischem Frieden nebeneinander! Ich hab es damals schon geahndet und gesagt: man könnte wohl die Welt

durchwandern und fände es schwerlich wieder so. Und täglich fühl ich das ernster.
Gestern Nachmittag kam Muhrbeck zu mir aufs Zimmer. »Die Franzosen sind schon wieder in Italien geschlagen«, sagt' er. »Wenns nur gut mit uns steht, sagt ich ihm, so steht es schon gut in der Welt«, und er fiel mir um den Hals, und wir küßten uns die tiefbewegte freudige Seele auf die Lippen, und unsre weinenden Augen begegneten sich. Dann ging er. Solche Augenblicke hab ich doch noch. Aber kann das eine Welt ersetzen? Und das ists, was meine Treue ewig macht. In dem und jenem sind viele vortrefflich. Aber eine Natur, wie Deine, wo so alles in innigem unzerstörbarem lebendigem Bunde vereint ist, diese ist die Perle der Zeit, und wer sie erkannt hat, und wie ihr himmlisch angeboren eigen Glück dann auch ihr tiefes Unglück ist, der ist auch ewig glücklich und ewig unglücklich.

2

Nur die Ungewißheit meiner Lage war die Ursache, warum ich bisher nicht schrieb. Das Projekt mit dem Journale, wovon ich Dir schon, nicht ohne Grund, mit so viel Zuverlässigkeit schrieb, scheint mir scheitern zu wollen. Ich hatte für meine Wirksamkeit und mein Auskommen und meinen dasigen Aufenthalt in Deiner Nähe mit so viel Hoffnung darauf gerechnet; jetzt hab ich noch manche schlimme Erfahrung machen müssen zu den vergebenen Bemühungen und Hoffnungen. Ich hatte einen sichern, anspruchlosen Plan entworfen; mein Verleger wollte es glänzender haben; ich sollte eine Menge berühmter Schriftsteller, die er für meine Freunde hielt, zu Mitarbeitern engagieren, und wenn mir gleich nichts Gutes bei diesem Versuche ahndete, so ließ ich Tor mich doch bereden, um nicht eigensinnig zu scheinen, und das liebe allgefällige Herz hat mich in einen Verdruß gebracht, den ich Dir leider! schreiben muß, weil wahrscheinlich meine zukünftige Lage, also gewissermaßen das Leben, das ich für Dich lebe, davon abhängt. Nicht nur Männer, deren Verehrer mehr als Freund ich mich nennen konnte, auch Freunde, Teure! auch solche, die nicht ohne wahrhaften Undank mir eine Teilnahme versagen konnten – ließen mich bis jetzt – ohne Antwort, und ich lebe nun volle 8 Wochen in diesem Harren und Hoffen, wovon gewissermaßen meine Existenz abhängt. Was die Ursache dieser Begegnung sein mag, mag Gott wissen. Schämen sich denn die Menschen meiner so ganz?

Daß dies nicht wohl der Fall vernünftigerweise sein kann, zeugt mir doch Dein Urteil, Edle, und das Urteil einiger weniger, die mir auch wahrhaft treu in meiner Angelegenheit sich zugesellten, z.B. Jung in Mainz, dessen Brief ich Dir beilege. Die Berühmten nur, deren Teilnahme mir armen Unberühmten zum Schilde dienen sollte, diese ließen mich stehn, und warum sollten sie nicht? Jeder, der in der Welt sich einen Namen macht, scheint ja dem ihrigen einen Abbruch zu tun; sie sind dann schon nicht mehr so einzig und allein die Götzen; kurz, es scheint mir bei ihnen, die ich mir ungefähr als meinesgleichen denken darf, ein wenig Handwerksneid mitunter zu walten. Aber diese Einsicht hilft mich nichts; ich habe fast 2 Monate unter Zubereitungen zu dem Journale verloren, und kann nun, um mich nicht von meinem Verleger länger herumziehen zu lassen, wohl nichts Besseres tun, als ihm zu schreiben, ob er nicht lieber die Produkte, die ich für das Journal bestimmt hatte, geradezu annehmen wolle, was dann freilich in jedem Falle meine Existenz mir nicht hinlänglich sichern würde.

Und so hab ich denn im Sinne, alle Zeit, die mir noch bleibt, auf mein Trauerspiel zu wenden, was ungefähr noch ein Vierteljahr dauern kann, und dann muß ich nach Hause oder an einen Ort, wo ich mich durch Privatvorlesungen, was hier nicht tunlich ist, oder andere Nebengeschäfte erhalten kann.

Verzeih, Teuerste! diese gerade Sprache! Es wäre mir nur schwerer geworden, dann Dir das Nötige zu sagen, wenn ich das, was mein Herz gegen Dich, Liebe, äußert, hätte laut werden lassen, und es ist auch fast nicht möglich, in einem Schicksal, wie das meinige ist, den nötigen Mut zu behalten, ohne die zarten Töne des innersten Lebens für Augenblicke darüber zu verlieren. Eben deswegen schrieb ich bisher

3

Hier unsern Hyperion, Liebe! Ein wenig Freude wird diese Frucht unserer seelenvollen Tage Dir doch geben. Verzeih mirs, daß Diotima stirbt. Du erinnerst Dich, wir haben uns ehmals nicht ganz darüber vereinigen können. Ich glaubte, es wäre, der ganzen Anlage nach, notwendig. Liebste! alles, was von ihr und uns, vom Leben unseres Lebens hie und da gesagt ist, nimm es wie einen Dank, der öfters um so wahrer ist, je ungeschickter er sich ausdrückt. Hätte ich mich zu Deinen Füßen nach und nach zum Künstler bilden können, in Ruhe und Freiheit, ja ich glaube, ich wär es schnell geworden, wonach in allem Leide mein Herz sich in Träumen und am hellen Tage, und oft mit schweigender Verzweiflung sehnt.

Es ist wohl der Tränen alle wert, die wir seit Jahren geweint, daß wir die Freude nicht haben sollten, die wir uns geben können, aber es ist himmelschreiend, wenn wir denken müssen, daß wir beide mit unsern besten Kräften vielleicht vergehen müssen, weil wir uns fehlen. Und sieh! das macht mich eben so stille manchmal, weil ich mich hüten muß vor solchen Gedanken. Deine Krankheit, Dein Brief – es trat mir wieder, so sehr ich sonst verblinden möchte, so klar vor die Augen, daß Du immer, immer leidest, – und ich Knabe kann nur weinen darüber! – Was ist besser, sage mirs, daß wirs verschweigen, was in unserm Herzen ist, oder daß wir uns es sagen! – Immer hab ich die Memme gespielt, um Dich zu schonen, – habe immer getan, als könnt ich mich in alles schicken, als wär ich so recht zum Spielball der Menschen und der Umstände gemacht und hätte kein festes Herz in mir, das treu und frei in seinem Rechte für sein Bestes schlüge, teuerstes Leben! habe oft meine liebste Liebe, selbst die Gedanken an Dich mir manchmal versagt und verleugnet, nur um so sanft wie möglich um Deinetwillen dies Schicksal durchzuleben, – Du auch, Du hast immer gerungen, Friedliche! um Ruhe zu haben, hast mit Heldenkraft geduldet, und verschwiegen, was nicht zu ändern ist, hast Deines Herzens ewige Wahl in Dir verborgen und begraben, und darum dämmerts oft vor uns, und wir wissen nicht mehr, was wir sind und haben, kennen uns kaum noch selbst; dieser ewige Kampf und Widerspruch im Innern, der muß Dich freilich langsam töten, und wenn kein Gott ihn da besänftigen kann, so hab ich keine Wahl, als zu verkümmern über Dir und mir, oder nichts mehr zu achten als Dich und einen Weg mit Dir zu suchen, der den Kampf uns endet.

Ich habe schon gedacht, als könnten wir auch von Verleugnung leben, als machte vielleicht auch dies uns stark, daß wir entschieden der Hoffnung das Lebewohl sagten,

VI. HÖLDERLIN AN DIE SEINIGEN UND AN FREUNDE

1 AN DEN BRUDER

Frankfurt, 2. November 1797

Lieber Karl! es ist ein so schönes Gedeihn in allem, was wir treiben, wenn es mit gehaltner Seele geschieht, und uns das stille, stete Feuer belebt, das ich besonders in den alten Meisterwerken aller Art, als herrschenden Charakter, immer mehr zu finden glaube. Aber wer erhält in schöner Stellung sich, wenn er sich durch ein Gedränge durcharbeitet, wo ihn alles hin und her stößt? Und wer vermag sein Herz in einer schönen Grenze zu halten, wenn die Welt auf ihn mit Fäusten einschlägt? Je angefochtener wir sind vom Nichts, das, wie ein Abgrund, um uns her uns angähnt, oder auch vom tausendfachen Etwas der Gesellschaft und der Tätigkeit der Menschen, das gestaltlos, seel- und lieblos uns verfolgt, zerstreut, um so leidenschaftlicher und heftiger und gewaltsamer muß der Widerstand von unsrer Seite werden. Oder muß er es nicht? Das ists ja eben, was Du auch an Dir erfährst, mein Lieber! Die Not und Dürftigkeit von außen macht den Überfluß des Herzens Dir zur Dürftigkeit und Not. Du weißt nicht, wo Du hin mit Deiner Liebe sollst, und mußt um Deines Reichtums willen betteln gehn. Wird so nicht unser Reinstes uns verunreinigt durch Schicksal, und müssen wir nicht in aller Unschuld verderben?

2 AN DIE MUTTER

Frankfurt, November 1797

Sie fragen, was denn jetzt, im gegenwärtigen Augenblicke, da ich schreibe, meine Gesinnung sei? Wenn ich aufrichtig reden soll, so muß ich Ihnen sagen, daß ich mit mir selbst im Streit bin. Von einer Seite scheint die vernünftige Sorge für meinen Charakter, der unter so manchen widersprechenden Eindrücken, die ich leide, kaum sich aufrecht hält, und das gerechteste Bedürfnis meines Geistes zu erfordern, eine Lage zu verlassen, wo sich immer zwei Partien für und gegen mich bilden, wovon die eine fast mich übermütig und die andre sehr oft niedergeschlagen, trüb und manchmal etwas bitter macht. Das war die ganzen zwei Jahre über mein beständiges Schicksal, und mußt es sein, und ich sah es in den ersten Monaten unwidersprechlich voraus.

Vorzüglich muß ich eben in Gedanken haben und behalten, daß das Leben eine Schule ist, und daß die ruhigen, echtglücklichen Augenblicke auch nur Augenblicke sind. Vielleicht wirds auch nun stiller in unserem Hause; dieses ganze Jahr haben wir fast beständig Besuche, Feste und Gott weiß! was alles gehabt, wo dann freilich meine Wenigkeit immer am schlimmsten wegkommt, weil der Hofmeister besonders in Frankfurt überall das fünfte Rad am Wagen ist, und doch der Schicklichkeit wegen muß dabei sein.

3 AN DEN BRUDER

Frankfurt, 12. Februar 1798

Weißt Du die Wurzel alles meines Übels? Ich möchte der Kunst leben, an der mein Herz hängt, und muß mich herumarbeiten unter den Menschen, daß ich oft so herzlich lebensmüde bin. Und warum das? Weil die Kunst wohl ihre Meister, aber den Schüler nicht nährt. Aber so etwas sag ich nur Dir. Nicht wahr, ich bin ein schwacher Held, daß ich die Freiheit, die mir nötig ist, mir nicht ertrotze. Aber siehe, Lieber, dann leb ich wieder im Krieg, und das ist auch der Kunst nicht günstig. Laß es gut sein! Ist doch schon mancher untergangen, der zum Dichter gemacht war. Wir leben in dem Dichterklima nicht. Darum gedeiht auch unter zehn solcher Pflanzen kaum eine.

4 AN DIE SCHWESTER

Frankfurt, April 1798

Du wirst recht froh sein, den Frühling in Ruhe genießen zu können, in Deinem schönen häuslichen und gesellschaftlichen Kreise. Dein Glück ist echt; Du lebst in einer Sphäre, wo nicht viele Reichen, und nicht viele Edelleute, überhaupt nicht viel Aristokraten sind; und nur in der Gesellschaft, wo die goldne Mittelmäßigkeit zu Haus ist, ist noch Glück und Friede und Herz und reiner Sinn zu finden, wie mir dünkt. Hier z. B. siehst Du, wenig echte Menschen ausgenommen, lauter ungeheure Karikaturen. Bei den meisten wirkt ihr Reichtum wie bei Bauern neuer Wein; denn gerad so läppisch, schwindlich, grob und übermütig sind sie. Aber das ist auch gewissermaßen gut; man lernt schweigen unter solchen Menschen, und das ist nicht wenig.

5 AN NEUFFER

Frankfurt, Juni 1798

Ach! Lieber! es sind so wenige, die noch Glauben an mich haben, und die harten Urteile der Menschen werden wohl so lange mich herumtreiben, bis ich am Ende, wenigstens aus Deutschland, fort bin.

6 AN DIE MUTTER

Homburg, 10. Oktober 1798

Ich gestehe Ihnen, ich hätte sehr gewünscht bei allem dem, in meiner vorigen Lage noch länger zu bleiben, einmal, weil es mir unendlich schwer wurde, mich von meinen guten wohlgeratnen Zöglingen zu trennen, und dann auch, weil ich wohl sah, daß jede Veränderung meiner Lage, auch die notwendige und günstige, Sie beunruhigen würde. Auch hätt ich sicher nicht die Mühe gescheut, die es mir kostete, meine eigenen Arbeiten neben meiner Erziehung zu betreiben, wiewohl ich sagen darf, daß das Interesse, das ich für diese Kinder fühlte, mir schlechterdings nicht erlaubte, meine Erziehung mir auf irgendeine Art bequem zu machen. Die Liebe, die sie zu mir hatten, und der glückliche Erfolg meiner Bemühungen erheiterte mich dann auch oft und machte mir das Leben leichter. Aber der unhöfliche Stolz, die geflissentliche tägliche Herabwürdigung aller Wissenschaft und aller Bildung, die Äußerungen, daß die Hofmeister auch Bedienten wären, daß sie nichts Besonders für sich fordern könnten, weil man sie für das bezahlte, was sie täten, usw. und manches andre, was man mir, weils eben Ton in Frankfurt ist, so hinwarf – das kränkte mich . . immer mehr, und gab mir manchmal einen stillen Ärger, der für Leib und Seele niemals gut ist. Glauben Sie, ich war gedultig! . . Sie werden es für übertrieben halten, wenn ich Ihnen sage, daß es heutzutage schlechterdings unmöglich ist, in solchen Verhältnissen lange auszudauern; aber, wenn Sie sehen könnten, auf welchen Grad besonders die reichen Kaufleute in Frankfurt durch die jetzigen Zeitumstände erbittert sind, und wie sie jeden, der von ihnen abhängt, diese Erbitterung entgelten lassen, so würden Sie erklärlich finden, was ich sage.

7 AN JOHANN GOTTFRIED EBEL

Homburg, wohl November 1799

Wie gerne hätte ich Ihnen volle Rechenschaft gegeben über meine Trennung von dem Hause, das Ihnen und mir so schätzbar war und ist. Aber wie unendlich vieles hätte ich Ihnen sagen müssen! Lieber hätte ich eine Bitte an Sie getan und möchte sie noch tun. Unsere edle Freundin, die ich unter mancher harten Probe nur immer selbstständiger im besten Leben, nur immer höher gebildet aus bittern Mißverhältnissen wieder gefunden habe, scheint mir dennoch, um nicht endlich zu vertrauern, eines festen klaren Worts, das ihren innern Wert und ihren eigenen Lebensgang ihr für die Zukunft versicherte, in hohem Grade zu bedürfen, und mir ist es fast unmöglich gemacht, mich ihr mit Ruhe mitzuteilen. Es wäre eine schöne Hülfe, mein Teurer! wenn Sie dies einmal täten. Nachdenken oder ein Buch oder woran man sich sonst orientieren mag, ist wohl gut, aber das Wort eines echten Freundes, der den Menschen und die Lage kennt, trifft wohltätiger und irret weniger.

VII. HÖLDERLINS DIOTIMA-GEDICHTE IN HOMBURG UND STUTTGART

1 ACHILL

Herrlicher Göttersohn! da du die Geliebte verloren,
Gingst du ans Meergestad, weintest hinaus in die Flut,
Weheklagend hinab verlangt' in den heiligen Abgrund,
In die Stille dein Herz, wo, von der Schiffe Gelärm
Fern, tief unter den Wogen, in friedlcher Grotte die blaue
Thetis wohnte, die dich schützte, die Göttin des Meers.
Mutter war dem Jünglinge sie, die mächtige Göttin,
Hatte den Knaben einst liebend, am Felsengestad
Seiner Insel, gesäugt, mit dem kräftigen Liede der Welle
Und im stärkenden Bad ihn zum Heroën genährt.
Und die Mutter vernahm die Weheklage des Jünglings,
Stieg vom Grunde der See, trauernd, wie Wölkchen, herauf,
Stillte mit zärtlichem Umfangen die Schmerzen des Lieblings,
Und er hörte, wie sie schmeichelnd zu helfen versprach.

Göttersohn! o wär ich, wie du, so könnt ich vertraulich
Einem der Himmlischen klagen mein heimliches Leid.
Sehen soll ich es nicht, soll tragen die Schmach, als gehört ich
Nimmer zu ihr, die doch meiner mit Tränen gedenkt.
Gute Götter! doch hört ihr jegliches Flehen des Menschen,
Ach! und innig und fromm liebt ich dich heiliges Licht,
Seit ich lebe, dich Erd und deine Quellen und Wälder,
Vater Aether, und dich fühlte zu sehnend und rein

Dieses Herz – o sänftiget mir, ihr Guten, mein Leiden,
Daß die Seele mir nicht allzu frühe verstummt,
Daß ich lebe und euch, ihr hohen himmlischen Mächte,
Noch am fliehenden Tag danke mit frommem Gesang,
Danke für voriges Gut, für Freuden vergangener Jugend,
Und dann nehmet zu euch gütig den Einsamen auf.

2 GÖTTER WANDELTEN EINST...

Götter wandelten einst bei Menschen, die herrlichen Musen
Und der Jüngling, Apoll, heilend, begeisternd wie du.
Und du bist mir, wie sie, als hätte der Seligen Einer
Mich ins Leben gesandt, geh ich, es wandelt das Bild
Meiner Heldin mit mir, wo ich duld und bilde, mit Liebe
Bis in den Tod, denn dies lernt ich und hab ich von ihr.

Laß uns leben, o du, mit der ich leide, mit der ich
Innig und glaubig und treu ringe nach schönerer Zeit.
Sind doch wirs! und wüßten sie noch in kommenden Jahren
Von uns beiden, wenn einst wieder der Genius gilt,
Sprächen sie: es schufen sich einst die Einsamen liebend
Nur von Göttern gekannt ihre geheimere Welt.
Denn die Sterbliches nur besorgt, es empfängt sie die Erde,
Aber näher zum Licht wandern, zum Aether hinauf
Sie, die inniger Liebe treu und göttlichem Geiste
Hoffend und duldend und still über das Schicksal gesiegt.

3 ABSCHIED

Wenn ich sterbe mit Schmach, wenn an den Frechen nicht
Meine Seele sich rächt, wenn ich hinunter bin,
Von des Genius Feinden
Überwunden, ins feige Grab,

Dann vergiß mich, o dann rette vom Untergang
Meinen Namen auch du, gütiges Herz! nicht mehr,
Dann erröte, die du mir
Hold gewesen, doch eher nicht!

Aber weiß ich es nicht? Wehe! du liebender
Schutzgeist! ferne von dir spielen zerreißend bald
Auf den Saiten des Herzens
Alle Geister des Todes mir.

O so bleiche dich denn, Locke der mutigen
Jugend! heute noch, du, lieber als morgen mir,

hier, wo am einsamen
Scheidewege der Schmerz mich,
Mich der tötende niederwirft.

4 WOHL GEH ICH TÄGLICH ...

Wohl geh ich täglich andere Pfade, bald
Ins grüne Laub im Walde, zur Quelle bald,
Zum Felsen, wo die Rosen blühen,
Blicke vom Hügel ins Land, doch nirgend,

Du Holde, nirgend find ich im Lichte dich
Und in die Lüfte schwinden die Worte mir,
Die frommen, die bei dir ich ehmals

. . .

Ja, ferne bist du, seliges Angesicht!
Und deines Lebens Wohllaut verhallt, von mir
Nicht mehr belauscht, und ach! wo seid ihr
Zaubergesänge, die einst das Herz mir

Besänftiget mit Ruhe der Himmlischen?
Wie lang ists! o wie lange! der Jüngling ist
Gealtert, selbst die Erde, die mir
Damals gelächelt, ist anders worden.

Leb immer wohl! es scheidet und kehrt zu dir
Die Seele jeden Tag, und es weint um dich
Das Auge, daß es helle wieder
Dort, wo du säumest, hinüberblicke.

5 GEH UNTER, SCHÖNE SONNE . . .

Geh unter, schöne Sonne, sie achteten
Nur wenig dein, sie kannten dich, Heilge, nicht,
Denn mühelos und stille bist du
Über den Mühsamen aufgegangen.

Mir gehst du freundlich unter und auf, o Licht!
Und wohl erkennt mein Auge dich, Herrliches!
Denn göttlich stille ehren lernt ich,
Da Diotima den Sinn mir heilte.

O du des Himmels Botin! wie lauscht ich dir!
Dir, Diotima! Liebe! wie sah von dir
Zum goldnen Tage dieses Auge
Glänzend und dankend empor. Da rauschten

Lebendiger die Quellen, es atmeten
Der dunkeln Erde Blüten mich liebend an,
Und lächelnd über Silberwolken
Neigte sich segnend herab der Aether.

6 DIE LIEBE

Wenn ihr Freunde vergeßt, wenn ihr die Euern all,
O ihr Dankbaren, sie, euere Dichter schmäht,
Gott vergeb es, doch ehret
Nur die Seele der Liebenden.

Denn o saget, wo lebt menschliches Leben sonst,
Da die knechtische jetzt alles, die Sorge, zwingt?
Darum wandelt der Gott auch
Sorglos über dem Haupt uns längst.

Doch, wie immer das Jahr kalt und gesanglos ist
Zur beschiedenen Zeit, aber aus weißem Feld
Grüne Halme doch sprossen,
Oft ein einsamer Vogel singt,

Wenn sich mählich der Wald dehnet, der Strom sich regt,
Schon die mildere Luft leise von Mittag weht
Zur erlesenen Stunde,
So, ein Zeichen der schönern Zeit,

Die wir glauben, erwächst einziggenügsam noch,
Einzig edel und fromm über dem ehernen,
Wilden Boden die Liebe,
Gottes Tochter, von ihm allein.

Sei gesegnet, o sei, himmlische Pflanze, mir
Mit Gesange gepflegt, wenn des ätherischen
Nektars Kräfte dich nähren,
Und der schöpfrische Strahl dich reift.

Wachs und werde zum Wald! eine beseeltere,
Vollentblühende Welt! Sprache der Liebenden
Sei die Sprache des Landes,
Ihre Seele der Laut des Volks!

7 LEBENSLAUF

Größers wolltest auch du, aber die Liebe zwingt
All uns nieder, das Leid beuget gewaltiger,
Doch es kehret umsonst nicht
Unser Bogen, woher er kommt.

Aufwärts oder hinab! herrschet in heilger Nacht,
Wo die stumme Natur werdende Tage sinnt,
Herrscht im schiefesten Orkus
Nicht ein Grades, ein Recht noch auch?

Dies erfuhr ich. Denn nie, sterblichen Meistern gleich,
Habt ihr Himmlischen, ihr Alleserhaltenden,
Daß ich wüßte, mit Vorsicht
Mich des ebenen Pfads geführt.

Alles prüfe der Mensch, sagen die Himmlischen,
Daß er, kräftig genährt, danken für Alles lern,
Und verstehe die Freiheit,
Aufzubrechen, wohin er will.

8 IHRE GENESUNG

Sieh! dein Liebstes, Natur, leidet und schläft und du,
Allesheilende, säumst? oder ihr seids nicht mehr,
Zarte Lüfte des Aethers,
Und ihr Quellen des Morgenlichts?

Alle Blumen der Erd, alle die goldenen
Frohen Früchte des Hains, alle sie heilen nicht
Dieses Leben, ihr Götter,
Das ihr selber doch euch erzogt?

Ach! schon atmet und tönt heilige Lebenslust
Ihr im reizenden Wort wieder, wie sonst, und schon
Glänzt in zärtlicher Jugend
Deine Blume, wie sonst, dich an,

Heilge Natur, o du, welche zu oft, zu oft,
Wenn ich trauernd versank, lächelnd das zweifelnde
Haupt mit Gaben umkränzte,
Jugendliche, nun auch, wie sonst!

Wenn ich altre dereinst, siehe, so geb ich dir,
Die mich täglich verjüngt, Allesverwandelnde,
Deiner Flamme die Schlacken,
Und ein anderer leb ich auf.

9 DIOTIMA

Du schweigst und duldest, denn sie verstehn dich nicht,
Du edles Leben! siehest zur Erd und schweigst
Am schönen Tag, denn ach! umsonst nur
Suchst du die Deinen im Sonnenlichte,

Die Königlichen, welche, wie Brüder doch,
Wie eines Hains gesellige Gipfel sonst
Der Lieb und Heimat sich und ihres
Immerumfangenden Himmels freuten,

Des Ursprungs noch in tönender Brust gedenk;
Die Dankbarn, sie, sie mein ich, die einzigtreu
Bis in den Tartarus hinab die Freude
Brachten, die Freien, die Göttermenschen,

Die zärtlichgroßen Seelen, die nimmer sind;
Denn sie beweint, so lange das Trauerjahr
Schon dauert, von den vorgen Sternen
Täglich gemahnet, das Herz noch immer

Und diese Totenklage, sie ruht nicht aus.
Die Zeit doch heilt. Die Himmlischen sind jetzt stark,
Sind schnell. Nimmt denn nicht schon ihr altes
Freudiges Recht die Natur sich wieder?

Sieh! eh noch unser Hügel, o Liebe, sinkt,
Geschiehts, und ja! noch siehet mein sterblich Lied
Den Tag, der, Diotima! nächst den
Göttern mit Helden dich nennt, und dir gleicht.

10 DER ABSCHIED

Trennen wollten wir uns? wähnten es gut und klug?
Da wirs taten, warum schröckte, wie Mord, die Tat?
Ach! wir kennen uns wenig,
Denn es waltet ein Gott in uns.

Den verraten? ach ihn, welcher uns alles erst,
Sinn und Leben erschuf, ihn, den beseelenden
Schutzgott unserer Liebe,
Dies, dies Eine vermag ich nicht.

Aber anderen Fehl denket der Weltsinn sich,
Andern ehernen Dienst übt er und anders Recht,
Und es listet die Seele
Tag für Tag der Gebrauch uns ab.

Wohl! ich wußt es zuvor. Seit die gewurzelte
Ungestalte, die Furcht Götter und Menschen trennt,
Muß, mit Blut sie zu sühnen,
Muß der Liebenden Herz vergehn.

Laß mich schweigen! o laß nimmer von nun an mich
Dieses Tödliche sehn, daß ich im Frieden doch
Hin ins Einsame ziehe,
Und noch unser der Abschied sei!

Reich die Schale mir selbst, daß ich des rettenden
Heilgen Giftes genug, daß ich des Lethetranks
Mit dir trinke, daß alles,
Haß und Liebe, vergessen sei!

Hingehn will ich. Vielleicht seh ich in langer Zeit
Diotima! dich hier. Aber verblutet ist
Dann das Wünschen und friedlich
Gleich den Seligen, fremde gehn

Wir umher, ein Gespräch führet uns ab und auf,
Sinnend, zögernd, doch itzt mahnt die Vergessenen
Hier die Stelle des Abschieds,
Es erwarmet ein Herz in uns,

Staunend seh ich dich an, Stimmen und süßen Sang,
Wie aus voriger Zeit, hör ich und Saitenspiel,
Und die Lilie duftet
Golden über dem Bach uns auf.

11 MENONS KLAGEN UM DIOTIMA

1

Täglich geh ich heraus, und such ein Anderes immer,
Habe längst sie befragt, alle die Pfade des Lands;
Droben die kühlenden Höhn, die Schatten alle besuch ich,
Und die Quellen; hinauf irret der Geist und hinab,
Ruh erbittend; so flieht das getroffene Wild in die Wälder,
Wo es um Mittag sonst sicher im Dunkel geruht;
Aber nimmer erquickt sein grünes Lager das Herz ihm,
Jammernd und schlummerlos treibt es der Stachel umher.
Nicht die Wärme des Lichts, und nicht die Kühle der Nacht hilft,
Und in Wogen des Stroms taucht es die Wunden umsonst.
Und wie ihm vergebens die Erd ihr fröhliches Heilkraut
Reicht, und das gärende Blut keiner der Zephyre stillt,

So, ihr Lieben! auch mir, so will es scheinen, und niemand
Kann von der Stirne mir nehmen den traurigen Traum?

2

Ja! es frommet auch nicht, ihr Todesgötter! wenn einmal
Ihr ihn haltet, und fest habt den bezwungenen Mann,
Wenn ihr Bösen hinab in die schaurige Nacht ihn genommen,
Dann zu suchen, zu flehn, oder zu zürnen mit euch,
Oder geduldig auch wohl im furchtsamen Banne zu wohnen,
Und mit Lächeln von euch hören das nüchterne Lied:
Soll es sein, so vergiß dein Heil, und schlummere klanglos!
Aber doch quillt ein Laut hoffend im Busen dir auf,
Immer kannst du noch nicht, o meine Seele! noch kannst dus
Nicht gewohnen, und träumst mitten im eisernen Schlaf!
Festzeit hab ich nicht, doch möcht ich die Locke bekränzen;
Bin ich allein denn nicht? aber ein Freundliches muß
Fernher nahe mir sein, und lächeln muß ich und staunen,
Wie so selig doch auch mitten im Leide mir ist.

3

Licht der Liebe! scheinest du denn auch Toten, du goldnes!
Bilder aus hellerer Zeit, leuchtet ihr mir in die Nacht?
Liebliche Gärten seid, ihr abendrötlichen Berge,
Seid willkommen und ihr, schweigende Pfade des Hains,
Zeugen himmlischen Glücks, und ihr, hochschauende Sterne,
Die mir damals so oft segnende Blicke gegönnt!
Euch, ihr Liebenden auch, ihr schönen Kinder des Maitags,
Stille Rosen und euch, Lilien, nenn ich noch oft!

Wohl gehn Frühlinge fort, ein Jahr verdränget das andre,
Wechselnd und streitend, so tost droben vorüber die Zeit
Über sterblichem Haupt, doch nicht vor seligen Augen,
Und den Liebenden ist anderes Leben geschenkt.
Denn sie alle, die Tag' und Jahre der Sterne, sie waren
Diotima! um uns innig und ewig vereint;

4

Aber wir, zufrieden gesellt, wie die liebenden Schwäne,
Wenn sie ruhen am See, oder, auf Wellen gewiegt,
Niedersehn in die Wasser, wo silberne Wolken sich spiegeln,
Und ätherisches Blau unter den Schiffenden wallt,
So auf Erden wandelten wir. Und drohte der Nord auch,
Er, der Liebenden Feind, klagenbereitend, und fiel
Von den Ästen das Laub, und flog im Winde der Regen,
Ruhig lächelten wir, fühlten den eigenen Gott
Unter trautem Gespräch; in Einem Seelengesange,
Ganz in Frieden mit uns kindlich und freudig allein.
Aber das Haus ist öde mir nun, und sie haben mein Auge
Mir genommen, auch mich hab ich verloren mit ihr.
Darum irr ich umher, und wohl, wie die Schatten, so muß ich
Leben, und sinnlos dünkt lange das Übrige mir.

5

Feiern möcht ich; aber wofür? und singen mit Andern,
Aber so einsam fehlt jegliches Göttliche mir.
Dies ists, dies mein Gebrechen, ich weiß, es lähmet ein Fluch mir
Darum die Sehnen, und wirft, wo ich beginne, mich hin,
Daß ich fühllos sitze den Tag, und stumm wie die Kinder,
Nur vom Auge mir kalt öfters die Träne noch schleicht,
Und die Pflanze des Felds, und der Vögel Singen mich trüb macht,

Weil mit Freuden auch sie Boten des Himmlischen sind,
Aber mir in schaudernder Brust die beseelende Sonne,
Kühl und fruchtlos mir dämmert, wie Strahlen der Nacht,
Ach! und nichtig und leer, wie Gefängniswände, der Himmel
Eine beugende Last über dem Haupte mir hängt!

6

Sonst mir anders bekannt! o Jugend, und bringen Gebete
Dich nicht wieder, dich nie? führet kein Pfad mich zurück?
Soll es werden auch mir, wie den Götterlosen, die vormals
Glänzenden Auges doch auch saßen an seligem Tisch,
Aber übersättiget bald, die schwärmenden Gäste,
Nun verstummet, und nun, unter der Lüfte Gesang,
Unter blühender Erd entschlafen sind, bis dereinst sie
Eines Wunders Gewalt sie, die Versunkenen, zwingt,
Wiederzukehren, und neu auf grünendem Boden zu wandeln. –
Heiliger Othem durchströmt göttlich die lichte Gestalt,
Wenn das Fest sich beseelt, und Fluten der Liebe sich regen,
Und vom Himmel getränkt, rauscht der lebendige Strom,
Wenn es drunten ertönt, und ihre Schätze die Nacht zollt,
Und aus Bächen herauf glänzt das begrabene Gold. –

7

Aber o du, die schon am Scheidewege mir damals,
Da ich versank vor dir, tröstend ein Schöneres wies,
Du, die Großes zu sehn, und froher die Götter zu singen,
Schweigend, wie sie, mich einst stille begeisternd gelehrt;
Götterkind! erscheinest du mir, und grüßest, wie einst, mich,

Redest wieder, wie einst, höhere Dinge mir zu?
Siehe! weinen vor dir, und klagen muß ich, wenn schon noch,
Denkend edlerer Zeit, dessen die Seele sich schämt.
Denn so lange, so lang auf matten Pfaden der Erde
Hab ich, deiner gewohnt, dich in der Irre gesucht,
Freudiger Schutzgeist! aber umsonst, und Jahre zerrannen,
Seit wir ahnend um uns glänzen die Abende sahn.

8

Dich nur, dich erhält dein Licht, o Heldin! im Lichte,
Und dein Dulden erhält liebend, o Gütige, dich;
Und nicht einmal bist du allein; Gespielen genug sind,
Wo du blühest und ruhst unter den Rosen des Jahrs;
Und der Vater, er selbst, durch sanftumatmende Musen
Sendet die zärtlichen Wiegengesänge dir zu.
Ja! noch ist sie es ganz! noch schwebt vom Haupte zur Sohle,
Stillherwandelnd, wie sonst, mir die Athenerin vor.
Und wie, freundlicher Geist! von heitersinnender Stirne
Segnend und sicher dein Strahl unter die Sterblichen fällt,
So bezeugest du mirs, und sagst mirs, daß ich es andern
Wiedersage, denn auch andere glauben es nicht,
Daß unsterblicher doch, denn Sorg und Zürnen, die Freude
Und ein goldener Tag täglich am Ende noch ist.

9

So will ich, ihr Himmlischen! denn auch danken, und endlich
Atmet aus leichter Brust wieder des Sängers Gebet.
Und wie wenn ich mit ihr, auf sonniger Höhe mit ihr stand,

Spricht belebend ein Gott innen vom Tempel mich an.
Leben will ich denn auch! schon grünts! wie von heiliger Leier
Ruft es von silbernen Bergen Apollons voran!
Komm! es war wie ein Traum! Die blutenden Fittige sind ja
Schon genesen, verjüngt leben die Hoffnungen all.
Großes zu finden, ist viel, ist viel noch übrig, und wer so
Liebte, gehet, er muß, gehet zu Göttern die Bahn.
Und geleitet ihr uns, ihr Weihestunden! ihr ernsten,
Jugendlichen! o bleibt, heilige Ahnungen, ihr
Fromme Bitten! und ihr Begeisterungen und all ihr
Guten Genien, die gerne bei Liebenden sind;
Bleibt so lange mit uns, bis wir auf gemeinsamem Boden
Dort, wo die Seligen all niederzukehren bereit,
Dort, wo die Adler sind, die Gestirne, die Boten des Vaters,
Dort, wo die Musen, woher Helden und Liebende sind,
Dort uns, oder auch hier, auf tauender Insel begegnen,
Wo die Unsrigen erst, blühend in Gärten gesellt,
Wo die Gesänge wahr, und länger die Frühlinge schön sind,
Und von neuem ein Jahr unserer Seele beginnt.

ZWEITER TEIL
SUSETTE GONTARD

IHR LEBENSKREIS IN FRANKFURT
ZEUGNISSE

I. STREIFLICHTER AUS BRIEFEN UND TAGEBÜCHERN

1 TAGEBUCH CHRISTIAN GOTTLIEB SCHMIDTS

1 *Frankfurt, 4. Juli 1787*

Um 6 Uhr holte mich Herr (Franz) Gontard in seiner Equipage ab zu seiner Mutter, welche vor der Stadt in einem am Main gelegenen Garten à la Windmühl logierte. Ich traf eine zahlreiche Gesellschaft dieser weitläufigen und angesehenen Familie beisammen an . . . Die alte Madame Gontard ist eine geborne d'Orville, . . . eine herrliche biedere Frau, die sich mir durch ihre edle solide Denkart und Sanftmut des Herzens sehr wert gemacht hat. Von 7 bis 9 Uhr ward gespielet, und nach einem Jahre habe ich heute wieder das erstemal und zwar l'Hombre gespielet. Bis 11 Uhr ward unter launigsten Gesprächen gespeiset, und ich fuhr alsdann mit Herrn Manskopf und seiner Frau nach Hause.

2 *Frankfurt, 11. Juli*

Zu Mittag aß ich bei Madame Gontard, und nach Tische ward musiziert, ich sang, Mamsell Gontard spielte Harfe und Mamsell Borkenstein Klavier. Gegen Abend fuhr die ganze Gesellschaft in ein Wäldgen 1/2 Stunde vor der Stadt, wo uns Madame Brevillier ein ländliches kaltes souper auf den kunstlosen Tischen des Wäldgens gab. Hier versammelt sich bei schönem Wetter die Frankfurter beau monde, promeniert unter den schattigten Bäumen, zehrt von den mitgebrachten Lebensmitteln, und genießt bei einer nicht rauschenden Musik eines einfachen, aber würdigen Vergnügens. Ich führte auf der Promenade die alte, würdige Madame Gontard, welche mir das Leben und Ende ihres sel. Mannes erzählte, der mit bewundernswürdiger Standhaftigkeit und christlichem Mute bei aller Heftigkeit seiner körperlichen Schmerzen die Welt verließ. Ebenso rührend erzählte sie mir die Geschichte ihrer im Kindbette wahnsinnig gewordenen Schwiegertochter, daß ich mich der Tränen nicht enthalten konnte . . . Morgen frühe verlasse ich das liebe Frankfurt . . . In keiner Stadt habe ich noch so viel Politesse, Urbanität und Hospitalität angetroffen als hier.

2 TAGEBUCHBRIEFE LUDWIG ZEERLEDERS

1 *Frankfurt, 25. Juli 1793*

Das erste und größte Haus sind ohne Zweifel die Bethmann; aber ihre Gesellschaft ist bei weitem nicht die beste, meist emigrierte Franzosen oder deutsche Glücksritter, welche um ihr Mittag- und Abendessen der abgeschmackten Dame des Hauses Cour machen; – überall Ostentation und Eitelkeit, statt vernünftigen Gebrauchs des Wohlstandes; in eben dieser Art ist das Haus Heinrich Gontards und Metzlers; – aber sehr verschieden die Lebensart der Familien der beiden jungen Gontard.
Daß Mme Gontard-Borckenstein die erste Zierde derselben ausmacht, wirst Du, mein Hirzel, nach meinen Briefen leicht raten können; – so wie sie hat mich noch keine Frau interessiert; ihr Bild wird auf immer mir das Ideal ihres Geschlechts bleiben, – Sanftmut, Güte, richtiger Verstand, und die über ihre ganze Person verbreitete Grazie bezaubern, aber lassen sich nicht beschreiben. – In Gesellschaft besitzt sie in hohem Grade jenen einfachen, aber feinen

Ton, der die Vereinigung eines gebildeten Geistes und eines ruhigen Herzens anzeigt; – in ihrem häuslichen Cirkel, mitten unter ihren Kindern, an ihrem Clavier ist sie vergnügter als in großen Gesellschaften, denen sie immer auszuweichen sucht; sie hat alsdenn etwas Zutrauliches, Freundschaftliches in ihrem Wesen, dem auch der größte Mißmut nicht zu widerstehen vermögen würde. –

Là j'aime Sa grâce et là Sa majesté.

2 *Frankfurt, 24. April 1794*

Als ich die Türme dieser Stadt sah, öffnete sich mein Herz; ich stieg aus, um jeden Gipfel, jedes Haus, jeden Baum zu grüßen, den ich an Ihrer Seite gesehen hatte. – Kaum eine halbe Stunde nach meiner Ankunft war ich schon bei Ihr; – wie mir an der Haustüre Ihre Kinder entgegensprangen und mich unter lauter Freude zu ihrer Mutter führten, wie diese aufstand, mir entgegenzugehn, wie sie mir lächelnd die Hand reichte, – ach, mein Freund, wie Dir dieses beschreiben! Wohl Dir, wenn Du es fühlen (kannst), wenn ein Schatten der Freude Dir erscheint, welche mich in diesem Augenblicke durchströmte! – Jetzt bin ich hier und sehe sie alle Tage eine Stunde, und jede Stunde hat, wie Donamar sagt, dreiundzwanzig Schwestern, welche im lichten Tanze des Andenkens freundlich vorübergleiten. – Wann ich weiter reise, wie ich die Vollkommne wieder werde verlassen können, das weiß ich nicht, denke auch nicht daran; und wo könnte ich auch wieder finden, was ich hier habe; in ihrer Nähe wohnen die reinsten Gefühle; Pflicht und Menschenliebe und Verleugnung und Aufopferung, alles lernt man bei ihr; ich läutre mich in Ihrem Umgange; und wenn ich auch nicht weltklüger werde, so siehst Du doch einst Deinen Freund gewiß als einen bessern Menschen wieder –

3 BRIEFWECHSEL MARIE UND DANIEL RÄTZERS

1 *Daniel an Marie. 11. Juni 1793*

Wie glücklich du bist! überall findest du Freunde, wer dich kennt schenkt dir Liebe oder Achtung. Ich trage das größte Verlangen deine liebenswürdige Me. Gontard zu kennen, ich habe mir ihr Porträt schon so oft ausgemalt, und die sanftesten Züge demselben gegeben, aber es ist nur Ideal, aber dieses Ideal ist nicht zu schwach und seine Denkungsart harmoniert so schön mit der deinigen, daß ich entzückt bin zwei so edle Seelen bei einander zu sehen, die sich einander in die Arme schließen, ihre Gedanken mitteilen und sich eine die andere beglückt. O! wie fern, wie unbekannt möcht ich fast sagen ist mir diese sanfte Ergießung des Herzens, ich bin hier mitten unter Menschen wie in einer Einöde.

2 *Daniel an Marie. 9. April 1794*

Wäre ich zur Eitelkeit geneigt, so hätte ich itzt herrlichen Stoff dazu in deinem Briefe gefunden. Frau Gontard, die ich, wegen der teilnehmenden Freundschaft welche sie dir schenket, schätzen muß, sollte so lange deinem Geschwätze von einem ihr so ganz unbekannten Menschen bis in die tiefe Nacht hinein zuhören? mit was für schönen Farben malest du denn ihn aus? ja, sie sollte so angenehm träumen? träumen, ich habe das Glück genossen, in ihr eines der liebenswürdigsten Frauenzimmer kennen gelernt zu haben, um in ihrem angenehmen Umgange die schönste Zeit meines Daseins zu verleben, ihr meine Ausbildung zu verdanken? – Denn wo Schönheit der Seele mit äußern Reizen und einnehmender weiblicher Sanftmut vereinigt sind, da ist die Schule für den Jüngling in welcher er das moralische Wohlsein für sein ganzes künftiges Leben findet. – Glückliche Träume, wie fern ist eure Erfüllung von dem heißen Wunsche! –

3 *Marie an Daniel. Hausen bei Frankfurt, 21. Mai 1795*

Der Rispivogel ist ausgeflogen. Endlich mein Bester sind alle Hindernisse überwunden und hier sind wir, froh und frei, abgeschüttelt allen Stadtstaub und alles was damit an den Städteren kleben bleibt. Ich möchte dir jetz unter dem zwitscherden Gesang der kleinen muntren Vögel die Veränderung meiner Gemütsstimmung schildren können; aber nein du sollst nichts wissen! nichts von den edlen Entschließungen die meinen Geist in Tätigkeit versetzen, nichts von den hohen Empfindungen meiner Seele die sich heraus hebt aus dem Chaos und in reineren Regionen sich wahre unverfälschte Nahrung holt. War das nicht schön? es ist doch à la Susette – – – nicht, daß wir sehr oft von dir sprechen und dich noch öftrer bei uns wünschen, nicht daß Frau Gontard alle 5 Minuten – nicht so, glaube es nicht, es wäre gar zu oft des Tags – – einfällt zu sagen: ach! wäre doch unser Benjamin bei uns, der gute Junge, das wäre charmant, er würde sich gewiß über unsre vernünftige Art zu leben freuen so ganz nach seinem Geschmack, ha! ha! das kitzelt, nicht wahr?

4 *Marie an Daniel. Im Frühsommer 1796*

Freitag hatte ich heilig versprochen dir zu schreiben, es wurde nichts draus, Samstag ging ich auf einen Nachtball bei Sophie Bethmann, Kleid und was dazu gehört mußte ich selbst in Ordnung bringen, mangels einer dienstbaren Zofe, Sonntag, ob ich gleich um 5 Uhr mich erst zu Bett legte, war ich um halb 9 schon am Teetisch, um 9 fuhren wir herum nach einem Landhaus zu spekulieren, du kennst du Fays Garten? auf der Pfingstweid, den haben wir gemietet, freilich ein auffallender Contrast gegen das liebliche Hausen! aber dies oder in der Stadt zu bleiben war unsre Wahl.

Ebel sagte letzt du wärest nicht wohl gewesen o! Lieber Lieber schone dich, ich kann dir nicht beschreiben wie mich eine peinliche Angst anwandelt, wenn mir einfällt, dir möchte nicht wohl sein. Weißt du was, mach dich auf den Weg u. komm zu uns, wir wollen dich pflegen cocolieren, du sollst uns schon wieder gesund werden; auf unsrer schönen Pfingstweid unter den Papplen herumspringen, Blumen pflücken, mit unsrem Hölderlin Duette flöten, er ist sehr stark; oder willst du Grillen fangen? gut, – so hole ich sachte die Gitarre, stelle leise mich hinter Brüderchen, es ertönt das melodische Saitenspiel, eine liebliche Stimme fällt ein u. haucht ermunterende Gefühle in deine auftauende Seele: »laß die Grillen lieber Junge, sieh! die Stunden fliehn.«

4 DANIEL RÄTZER AN JOHANN GOTTFRIED EBEL

1 *26. September 1795*

Es ist mir eine wirkliche, wahre Freude, daß Sie einen jungen Mann gefunden haben, der die Erziehung des Henry besorgen und sie gewiß zur Zufriedenheit der Eltern enden wird. Und daß Sie ihn vorgeschlagen haben, das setzt mich wegen Marien sicher.

2 *9. April 1796*

Ich freue mich für Gontards und meine Schwester, daß ein wackrer, aufgeklärter Mann Heinrichs Erziehung übernommen hat; noch hoff ich einmal nach Frankfurt zu gehen und ihn auch persönlich kennen zu lernen, ehe Jahre verfließen.

5 MARIE AN SOPHIE DOLLFUS

Im Frühsommer 1796

Schon ehe deine Nachricht kam wußte ich daß Louis hier sei ich hab ihn gesehn u. kann ihn nicht sprechen. Die Lorchen kam vorhin auf mein Zimmer »ach Mamsel es geht hier auf der Wiese ein Offizier schon lange auf u. ab u. sieht immer hinauf nach den Fenstren, er will gewiß Ihnen oder Mme Gontard ein Kompliment machen«. Ich wurde so bestürzt, daß mir die Arbeit aus den Händen fiel, die Mägde sitzen den ganzen Tag vor der Türe u. sind aufmerksam drauf geworden; die Kinder fahren beständig im Garten herum; ich wollte mit Frau Gontard auf die Wiese sah ihn an einen Baum gelehnt meine Unruhe zu beschreiben wäre vergeblich ich ließ sie allein u. ging zurück. Sömmerring, die schon ziemlich überzeugt einige Worte wegen ihm mir hingeworfen hat, geht mit Janot da herum u. er ist noch da!

Ich wünschte so sehnlich ihn zu sehn den guten Louis er ist hier mir so nah den ganzen Tag u. ich kann ich darf ihn nicht sprechen o! wenn er es glaubt daß ich ihm gut bin, so wird er fühlen wie mir dabei zu Mute sein mag ich sehe keine Möglichkeit ihm näher zu kommen den Tag über gewiß nicht den ganzen Morgen ist Frau Gontard mit Hölderlin oben in der Laube u. im Cabinett, die Kinder verlassen diese Gegend, Bediente u. Mägde immer ums Haus herum wenn er morgens wieder käme u. bemerkt würde es wäre nicht gut. O sagt es ihm ihr Guten um meinetwillen vorsichtig zu sein es hülfe doch nichts als mich in eine tödliche Unruhe zu bringen. Wenn er es aufs Ungewisse wagen will diesen Abend um 9 Uhr, vielleicht werde ich doch eine Minute finden wo ich allein da sein kann wenn Sophie es gut findt. Aber vorsichtig wenn an meiner Ruhe ihm was gelegen ist denn Herr Gontard wird Weidemann begleiten sie könnten sich leicht antreffen sein weißes Kleid ist zu merklich. Lebt wohl ihr Guten grüßt ihn herzlich.

6 REISETAGEBUCH ERNST GOTTLIEB BENGELS

1 *Frankfurt, 20. Juni 1796*

Nach unserer Zurückkunft von Offenbach suchten wir noch unsern Freund Hölderlin auf. Er ist Hofmeister bei Herrn Gontard in Frankfurt, wohnt aber gegenwärtig nebst der ganzen Familie in einem Garten, eine starke Viertelstunde von der Stadt. Zum gewöhnlichen Tore, das gegen diesen Garten hinführt, konnten wir schon um halb 9 Uhr nimmer hinaus, mußten also noch weit in der Stadt umherlaufen, bis wir zum Einlaßtor kamen, das allein bis Nachts um 12 Uhr (um die Gebühr) offen steht. Wir freuten uns, Hölderlin mit seiner Lage so vergnügt zu finden, und bestellten ihn einstweilen auf den folgenden Nachmittag wieder zu uns.

2 *Frankfurt, 21. Juni 1796*

Ich gestehe, daß ich bei diesen Erzählungen (einer Führerin durch den Römer) wenig Unterhaltung fand; auch hatte uns soeben Hölderlin mit Mühe in diesem altfränkischen Hause aufgefunden, um uns in seinen Garten abzuholen, wo wir den Abend vollends vergnügter hinbrachten, als wenn wir noch stundenlang die Wände und Stühle angestarrt hätten, zwischen und auf welchen Ihre Majestät der Kaiser sich ennuyierten.

7 BESUCH DER GEMÄLDEGALERIE KASSEL

(Eintrag Hölderlins im Besucherbuch)

Mad. Gontard
Dem. Rätzer } aus Frankfurt.
M. Hölderlin

8 HÖLDERLIN AN SEINEN BRUDER

1 *Kassel, 6. August 1796*

Die Natur, die einen hier umgibt, ist groß und reizend. Auch die Kunst macht einem Freude;. . . Auch haben wir Bekanntschaft mit braven Künstlern gemacht.

Die Gemäldegalerie und einige Statuen im Museum machten mir wahrhaft glückliche Tage.

2 *Frankfurt, 13. Oktober 1796*

Meinen letzten Brief erhieltst Du aus Kassel. Von da reisten wir in das deutsche Böotien, nach Westfalen . . .

In unserem Bade lebten wir sehr still, machten weiters keine Bekanntschaften, brauchten auch keine, denn wir wohnten unter herrlichen Bergen und Wäldern und machten unter uns selbst den besten Zirkel aus. Heinse reiste und blieb mit uns. Ich brauchte das Bad ein wenig und trank das köstliche, stärkende und reinigende Mineralwasser und befand und befinde mich ungewöhnlich gut davon. Was Dich besonders freuen wird, ist, daß ich sagen kann, daß wir wahrscheinlich nur eine halbe Stunde von dem Tale wohnten, wo Hermann die Legionen des Varus schlug. Ich dachte, wie ich auf dieser Stelle stand, an den schönen Maitagnachmittag, wo wir im Walde bei Hardt bei einem Kruge Obstwein auf dem Felsen die Hermannsschlacht zusammen lasen.

9 WILHELM HEINSE AN EINEN UNBEKANNTEN

Aschaffenburg, 16. Juli 1797

Ich brachte den Sommer und Herbst des vorigen Jahrs großenteils in Ihrem schönen Kassel und der umliegenden Gegend zu . . . Wär ich ein Zauberer gewesen, so hätten Sie herbeikommen müssen mit Ihrer Braut (auch mich umglänzten ein paar holde reizende weibliche Wesen – die blühende Schweizerin, und Dame Gontard in dem reinen schönen Tizianischen Teint. – Die erstre hat nun einen Herrn von Ried . . von altem Adel geheuratet. Die Malerzunft zu Kassel war ganz von ihr bezaubert) und nach Minden, wo im pittoresken Tal die Fulda und Werra quellenklar in einander rauschten; nach Hofgeismar, und Driburg, wo der Katte Hermann die Legionen des Varus schlug, von dessen waldichten Höhen man das nördliche Deutschland bis an den erhabnen Brocken überschaut.

10 SUSETTE GONTARD AN IHREN MANN

1 *Frankfurt, 18. Oktober 1796*

Lieber Cobus, die vorige Woche habe ich eine große Freude gehabt, die Sömmerring hat ein kleines Mädchen bekommen, . . ich habe sie aus der Taufe gehoben und sie hat den Namen Susette bekommen . . . Vorgestern kam auch unser alter Heinse hier an, er hat gestern Mittag und Abend bei uns gegessen, den Nachmittag waren wir bei Brevillier im Herbst . . . Die Kinder sind alle wohl und ziemlich artig, mit dem französischen Meister bin ich recht gut zufrieden, besonders lernt Henry gut bei ihm, mit Henry wirst Du am besten zufrieden sein, er hat sich nach aller Leute Urteil zu seinem Vorteil verändert, und ich hoffe, es soll ein recht braver Junge werden.

2 *Frankfurt, 27. Oktober 1796*

Der Doktor Ebel hat dem Hölderlin einen sehr kläglichen Brief von Paris geschrieben, welchen er Dir mitteilen wird, er ist äußerst unzufrieden und in allen seinen Erwartungen betrogen worden, und würklich zu bedauren. Heinse hat mir aufgetragen, Dich von ihm zu grüßen, er ist wieder nach Aschaffenburg.

11 MARIE AN DANIEL RÄTZER

Im Winter 1796/97

Du fragst mich »wer bürgt dir für die daurenden guten Gesinnungen seiner Mutter u. Geschwister?« mein Herz bürgt mir dafür u. mein Betragen würde es tun u. mein Bestreben, die Liebe dieser Mutter u. Geschwister zu gewinnen wenn es erst so weit gekommen wäre. Louis sagte einmal als ich mir so etwas merken ließ »Marie braucht sich nur zu zeigen um zu gefallen u. wer sie näher kennt u. nicht Liebe u. Achtung für sie fühlt, ist ein schlechter Mensch«. Das ist nun freilich ein bißchen zu viel – aber sehr verzeihlich, denn die Eigenschaften die wir in einer geliebten Person zu finden glauben, denken wir, müssen auch von andren bemerkt u. geschätzt werden. – Sophie, der ich das aus deinem Brief vorgelesen was ihn angeht, sagte »du weißt was Louis antworten würde, u. ich bin seiner Meinung, wenigstens habe ich noch niemand gesehn der dich kennt u. nicht liebt, denn, meine ich, dein Bruder hat unrecht; was seine Familie dagegen einzuwenden hat, wird vorher geschehen u. wenn sie denn ihre Einwilligung gegeben, u. die Mutter, die ihren Sohn zärtlich liebt u. eine rechtschaffne gute Frau sein soll, wird dich schon deswegen lieben weil es durch dich glücklich wird«.

12 MARIE AN LUDWIG FREIHERRN RÜDT VON COLLENBERG

1 *Frankfurt, wohl 10. März 1797*

Mein Louis, wenn ich es nie gewußt hätte wie nahe du meiner Seele bist, so würde mir es deine Abreise gesagt haben; – ich war so gespannt den ganzen Abend und hatte mit meinen Gefühlen angehalten; als du wegwarst brachen sie los, meine gute Frau Gontard führte mich auf mein Zimmer, herzlich stimmte sie in meine aufgeregten Empfindungen, mit zarter sorgsamer Freundschaft und sanftem Trost suchte sie mich zu beruhigen, führte denn meine Blicke in eine heitrere Zukunft, und lockte mir so selbst unter meinen Tränen ein Lächlen hervor; erst als sie mich ruhiger glaubte und mir einige Tassen Tee gegeben verließ sie mich. – Deine Geschwister, sagst du, Louis, freuen sich auf mich? – verdanke ich ihr gutes Vorurteil nicht etwa einem zu schmeichelhaften Gemälde von mir? – mein guter Freund, wir sind so sehr geneigt, alles was wir Schönes und Gutes in und außer uns finden auf den Gegenstand unsrer Neigung überzutragen, und es ist so natürlich daß wir das, was wir für das Vollkommenste anerkennen – eine schöne

Täuschung der Liebe – wenigstens für das was uns allein glücklich machen kann, von jedermann, besonders von Freunden geachtet und geliebt zu sehn wünschen . . . Ja mein Louis, wir werden glücklich sein, ich denke mir die künftigen Tage so anmutig – es ist ein wohltätiger Gedanke, in das Leben eines guten Menschen Heiterkeit und Freude zu verbreiten.

2 *Frankfurt, 21. März 1797*

Louis sagt seiner Marie nicht wann er kommen will? also eine Überraschung? er soll es lieber sagen damit das kindische Mädchen sich vorher auf ihn freuen kann. – Du wirst gewiß hier im Hause mit Herzlichkeit aufgenommen werden. – Der beste zärtlichste Vater kann nicht mit treuerer Sorge für das Wohl seines liebsten Kindes bedacht sein, als der gute Herr Gontard für mich. Und seine liebenswürdige Frau, die mit ihrer sanfteren Freundschaft im Stillen ausdenkt was uns angenehm sein kann, es ist so recht die wahre Güte die aus dem Herzen fließt. Wenn du wiederkömmst, sollst du sie Mutter nennen, hat sie gesagt; unsre junge Mutter die kaum ein paar Jahr älter ist als ich; – sie sind beide so gut! es ist ihnen nicht genug daß sie ihr Wohlwollen gegen mich äußern, es soll es auch jedermann wissen daß deine Marie geliebt und geachtet war.

3 *Frankfurt, 2. April 1797*

Unsre liebenswürdige Mama befiehlt ihrem Sohn, mir zu sagen welchen Tag du abreisest; – und dir geziemt pünktlicher Gehorsam, – wohl gemerkt? – Denn sie befürchtet, eine überraschende Erscheinung möchte meinen Lebens-Geistern gefährlich werden, um also jedem traurigen Vorfall vorzubeugen weißt du was zu tun ist! – Falls aber unsrem hohen Befehl entgegen gehandelt würde, sei dir,

Louis, unsre ewige Ungnade hiermit angesagt, – gegeben im freundschaftlichen Rat etc. etc. – – – Im Ernste, guter Louis, du tust deiner Marie einen Gefallen wenn du ihr deine Ankunft bestimmst, ich könnte sonst gerade den Tag nicht zu Hause sein; möchtest du das wohl? – Wenn du bald kömmst, Louis, so siehst du noch wie schön unser R: neben dem freundschaftlichen S: aufgeblüht ist, aber du mußt dich eilen, die Kleinen wollen Suppe davon machen.

13 NIEDERSCHRIFT MARIES IN FRANKFURT

Schon schwingt der einsame Vogel der Nacht seine Fittiche durch dichte Schatten, verläßt den düstren Turm wo er, geschützt vor dem flammenden Licht des Tags, unter seiner Epheu-Laube in philosophischem Dunkel ruhte.
Liebling der Pallas! ich lausche und nähere mich deiner Auffoderung getreu dem verehrungswürdigen Sitz der Weisheit. Ich folge dir liebenswürdige Göttin in friedvolle Haine, wo Sokrates' heiliger Geist herumschwärmt, von dir mit allen deinen Schönheiten geschmückt.
Du liebst Kühle, den stillen Abend, den ruhigen Strahl des Monds, wo kein falsches Gepränge des Lebens täuscht. Hier verstellt sich wäßrigte Torheit umsonst, hier scherzt sie nicht in Farben falscher Freude gehüllt.
O Pallas! Schöpferin jeder Kunst, gesegnete Quelle der reinsten Freuden, du entzückest die Vernunft und besserst das Herz – in jeder Gestalt der Schönheit glänzend, welche den innren Sinn mit Vergnügen und Bewundrung fesselt.
Vor deinem unbefleckten nie entweihten Heiligtum knie ich – höre die Gelübde deiner bescheidensten demütigsten Verehrerin, in welcher keine wilden Begierden atmen, die von den sanften einfachen Vorschriften der Natur gelehrt,

fruchtlose Wünsche der Toren flieht, nach edleren Zwekken strebt.
Nicht Reichtümer, nicht glänzende Seifenblasen des Ehrgeizes, nicht Cytherens leicht verwelkende Blumen sind der Gegenstand meines Gebets. Laß dem Geiz, der Eitelkeit, dem Stolz jene beneideten Puppenspiele und verteil ihnen den traurigen Lohn ihrer Sorgen.
Mir aber schenke deine beßren Gaben, jede sittliche Schönheit des Herzens durch unermüdetes Nachdenken geläutert – statt Reichtümer das Lächeln froher Zufriedenheit – statt Macht die höchste ausgedehnteste Herrschaft über meinen Willen.

14 FRAGMENT DES »HYPERION« IN ABSCHRIFT MARIES

Ich sollte das Vergangne schlummren lassen. Aber ich weiß nicht warum? Das Bild des Ionischen Mädchens verfolgt mich jetzt öftrer wie je. Ich wollte dir gerne von etwas andrem schreiben, aber ich habe nichts in der Seele als die Tage die dahin sind.
Ich kann sie itzt so ungestört begehn, die Totenfeier meiner Jugend! Meer und Erde schläft in der Schwüle des Mittags u. selbst die Quelle, die sonst hier spielte, ist vertrocknet. Kein Lüftchen säuselt durch die Zweige! Ein leises Aechzen der Erde wenn der brennende Strahl den Boden spaltet! Aber das stört wohl nicht! Auch gibt die Cypresse die über mir trauert Schatten genug. –
Ach! da sie mir erschienen war, u. mein ungedultig Herz noch Ruhe fand in der Einen, daß ein solches Wesen unter uns auf Erden lebte, da ich sie noch dem Himmel gönnte dem sie angehörte, und der Welt die sich verschönerte

durch sie, da ich so in reiner Freude, in stiller seliger Genügsamkeit das süße Licht umschwebte – wenn ich neben ihr ging, und hörte, u. von nichts mehr wußte als dem herrlichen Geist ihrer Rede und sich am Ende kein Wort mehr fand für ihre Gefühle u. sie schweigend niedersah, errötend vom himmlischen Feuer, u. mir dann so sichtbar ward wie sie vergaß, daß ich noch um sie war – ich hätte sie um alles nicht an mich gemahnt – meine Seele fühlte nie sich göttlicher als wenn ich sie so betrachtete in ihrer heiligen Vergessenheit! – Warum konnt es nicht so bleiben? warum mußt ich an mich denken? ich armer Tor! warum mußt ich fodren daß das Herrliche mein sein sollte das meiner nicht bedurfte? Ich sehe nun klar, wie ich ihr gar nichts war. Die Welt achtete mich nie; das wäre nun wohl zu tragen! aber daß sie mich nie achtete, daß sie – man verweilt wohl auch an den verrütteten Ruinen über einem Grabe, sucht sich die unkenntliche Schrift zu deuten, weiß nichts heraus zu finden und geht vorüber – O ich wollte ganz schweigen über meinen Schmerz – aber du wirst gern den Glauben mir gönnen, daß es wohltätig ist, wo man sich nicht selbst helfen kann, sich an ein brüderlich Herz zu halten? – Ich möchte mir so gerne sagen daß ich sie wiederfinden werde in irgend einer fernen Welt des ewigen Daseins. – Ewiges Dasein? was nenne ich so? – Und sie gehet ihren Gang allein, sie eilet zum Ziel die Heldin; wie sollte sie sich umsehn nach diesem und jenem? –

Du wirst wenig Freude mehr haben an mir. Aber zürne nicht! Was ists das nicht verwelkte. O so ein armes Wesen! wovon man nicht weiß wozu es da ist wovon es ausging wohin es wiederkehrt, ob es früher fällt oder später, was ists am Ende? – – –

Ach! das Leben ist kurz, sehr kurz. Wir leben nur Augenblicke u. sehn denn Tod umher. Es gibt noch Augenblicke, wo es mich so weit über mich selbst erhebt, das herrliche Gefühl, der Mensch sei nicht fürs Einzelne geschaffen

15 ELISE VON MALSCHITZKY AN MARIE

Berlin, 8. Juni 1797

Du kannst denken Liebe wie es mich betrübt der gütigen Einladung von Mde Franz Gontard nicht profitieren zu können, danke ihr recht herzlich in meinem und in meines Mannes Namen. Es hätte mich unaussprechlich gefreut die gute Lieben alle wieder zu sehen welche mich mit so unaussprechlich viel Liebe und Freundschaft behandelt haben . . . aber liebe Marie meinen Segen hast du doch, wenn ich schon nicht bei dir bin; und dann hast du so viele gute Freundinnen bei dir, hast Md Gontard welche Mutterstelle bei dir vertritt, du kannst desto eher deine Elise missen.

Ich habe die Tagen eine außerordentliche Freude gehabt, Hr Borkenstein war hier mit seiner lieben Frau, ich kann dir gar nicht sagen welche Freude es mir machte; wir haben uns beinahe heiser von Frt gesprochen, und da habe ich denn so viele Neuigkeiten vernommen, welche schon lange vorgefallen sind in der Familie, von denen ich aber kein Wort gewußt, Borkenstein konnte sich nicht genug wundern daß ich nicht au courant wäre von allem was mich doch interessieren müßte, denn er wollte von mir noch was Neues hören. Zuletzt war unser Schluß »Verliebte leben nur für sich, und durch sich, vor ihnen ist die ganze Welt tot« Amen, amen!!!

16 AUGUST VON STEIGENTESCH AN LUDWIG FREIHERRN RÜDT VON COLLENBERG

Frankfurt, 30. September 1797

Frankfurt ist eine neue Welt. Der Menschenbach, der sonst ganz dünn durch die Straßen strömte, ist zur Flut aufgeschwollen, die sich in wilden Wogen in den Braunfels und die Messe wälzt. Sonst ist die Bekannte Welt sich ziemlich treu geblieben . . . Frau Susette ist noch immer vormittags unsichtbar, und hat gern, wenn man nachmittags viel spricht, um ihr das Sprechen zu ersparen. Aber alle drei werden heiter und belebt, wenn ich von dem Pärchen in Bödigheim erzähle, und da ich mit ganzer Seele an dem Pärchen hänge, so erzähl ich oft und viel, und das trägt mir freundliche Blicke ein. Wie schön und wie wohlfeil doch die Damen alle Mühe bezahlen können! Nur einen Gedanken wünschte ich verscheuchen zu können, der sich mir immer aufdringt. Der Braten, wenn sie Hunger hat, der Hund, den sie streichelt, der Vogel, den sie füttert, und ich, wenn ich erzähle, wir bekommen alle den nämlichen, freundlichen Blick, der sich nur etwas bewölkt, wenn Frau Susette einmal aus Irrtum ihren Gemahl fixiert.

17 MARIE AN DANIEL RÄTZER

Frankfurt, 17. Juni 1797

Ich bin in einer großen Verlegenheit und hole bei dir Rat. Ich habe Mutter um meinen Taufschein und ein Bewilligungsschreiben gebeten, das bekam ich denn auch vorgestren alles in der größten Ordnung, aber überall, von, . . . das frappierte mich, ich konnte nicht begreifen warum von – auszustreichen war keine Möglichkeit, mußte die Papiere Herrn Gontard geben – » – – was ist das, gehört Ihnen das von?« – – um meiner Mutter ihre vielleicht gute Meinung nicht lächerlich zu machen und ohne an die Folgen zu denken, sagte ich »ich weiß nicht mehr wie Sie, aber mir deuchts ganz dunkel als hätte ich schon einmal davon sprechen hören« – ich dachte denn würde weiter nicht mehr die Rede davon sein – – »Kind um Gottes willen wie kann man so leichtsinnig sein! glauben Sie mir, es ist wichtiger als Sie meinen wenn es Ihnen gehört, Sie wissen daß ich über diese Vorurteile ganz weg bin; wenn Sie einen Bürgerlichen heirateten, gäb ich keinen Heller für das von, aber weil es ein Adliger ist, kann es großen Nutzen haben, Rüdt muß auf verschiedne Vorteile Verzicht tun, was er herzlich zufrieden ist; für Sie aber, und wegen der Familie wäre es angenehm wenn er es nicht braucht, darum schreiben Sie gleich Ihrem Bruder, er soll Ihnen nur ein paar Worte schreiben zum Beweis daß Sie das von brauchen dürfen, wenigstens in Ihren Papieren wenn es Ihre Familie nicht öffentlich braucht. . . Da Lieber hast du die ganze Geschichte, nun mache daß ich meine Hände in Unschuld waschen kann . . . Herr Gontard meint, weil ein Rätzer Landvogt war u. du Regimentsfähig bist u. wir Verwandte in den ersten Familien haben – das weiß er noch von dir – es doch möglich sein könne, weil wir aber keinen Wert auf so was gelegt, mithin die Sache nie untersucht, und sich vielleicht jetzt durch Zufall entdeckt; – Grund müsse es haben. Durch seinen Befehl Lieber habe ich dir das so umständlich schreiben müssen; nur einen kleinen Beglaubigungsschein sollst du schicken, weil es von zu großem Nutzen für mich in der Folge sein könne, und es der Familie vorzeigen. . .

Mein Louis ist wiedergekommen u. grüßt dich brüderlich, Herr Gontard hat ihm die Papiere gezeigt. »Meine Marie habe ich darum nicht lieber wenns so ist, aber für sie wärs gut, es würde ihr außerordentlich viel Vorteil verschaffen.« Ich kann dir unmöglich sagen wie peinlich mir das ist.

18 SOPHIE DOLLFUS AN MARIE

1 *Frankfurt, 12. Januar 1798*

Kurtz oder lange deine Briefe freuen immer, sie sprechen so ganz zum Herzen, denn nur das Herz hat sie diktieret, welche Freude macht mir deine Freundschaft, und wie gerne höre ich von dir, daß ich die einzige bin, der du so ganz innig gut bist, ich beneide niemanden um deine Freundschaft, aber ich möchte doch gerne die erste sein, ich fodere dies mit einem gewissen Rechte, denn ich kenne kein Weib das ich mehr liebe wie dich, mit welchem Feuer habe ich noch diesen Abend mit der guten Lansberg von dir gesprochen; so wie du sonst, gleich der Morgensonne die ihre wohltätigen Strahlen über die Erde streut, und der jeder erwachende Mensch entgegen lacht, in unserem Zirkel empfangen wurdest, so erheiteren sich auch jetz unsere Gesichter, und unsere Zungen werden geläufig, zu deinem Lobe, wenn von dir die Rede, wir sehen dich gleich dem Bande an welches uns alle zusammen knüpfte und dem wir dies Bündnis ewig danken werden, wir liebten uns untereinander, und alle diese Liebe hat bei dir ihren Sammelplatz, wie schön war unser kleiner Zirkel als er noch durch dich belebt wurde, du hast ihn verlassen, doch unsere Gedanken folgten dir.

2 *Frankfurt, 5. Februar 1798*

Meine gute Marie schrieb mir einmal, daß selbst ein schlechter Strumpf von meinen Händen gestrickt ihr Freude machen würde, dieser Gedanke verbunden mit der Begierde das zu lernen, was andere so schön machen, hat mich bewogen, eine Haube zu unternehmen, ich habe diese Arbeit mit Freude gemacht, denn der Gedanke für dich zu arbeiten, tat mir wohl . . . Liebe Marie, wie oft denke ich an dich, doch gewiß nie ohne den Wunsch mit dir zu sein, du warst so offen gegen mich, und manches was du anderen nicht sagen würdest, sagtest du mir, ach ich war so froh in deiner Nähe, denn bei dir fande ich die wahre Herzlichkeit, die indem sie von Herzen kömmt auch wieder zu Herzen dringt. Ich bin diesen Abend mit Susette und der Sömmerring gewesen, du kannst dir wohl denken, daß da recht viel von dir die Rede war, die guten Menschen wissen wohl daß sie mir Freude damit machen, und wenn ich stumm gegen ihnen über sitze, so öffnen sie mir den Mund indem sie deinen Namen aussprechen.

Ich habe meinen Abend bei Susette zugebracht wo wir das Ende der Angniese Lielien gelesen, ich bin sehr froh meine Wette gewonnen zu haben, die Prinzess ist die Mutter, und der geheimnisvolle Charles der Vater, Northeim ist und bleibt der Geliebte, ich werde dir Gelegenheit geben, deine Schuld zu bezahlen, mache dich nur auf ein schönes dejeuner gefaßt, wenn ich zu dir komme. . . jetz lebe wohl beste Marie, grüße deinen Mann, und sage ihm daß ich ihm immer noch sehr gut sei. Liebe immer deine

Sophie.

3 *Frankfurt, 4. Juni 1799*

Wenn Dir Susette lange nicht geschrieben hat, so mußt du ihr verzeihen, sie hat itzt ihren Bruder und seine Frau bei sich, und das macht ihr viele Arbeit, denn die wollen unterhalten sein, da hat sie immer viele Leute bei sich, doch hat sie dich gewiß nicht vergessen, denn wenn sie von irgend jemanden mit Liebe spricht, so ist es von euch dreien.

19 DANIEL RÄTZER AN MARIE

21. Dezember 1798

Der lieben Freundin Gretel sage meine recht freundschaftlichen Grüße, bleibet mir noch Zeit vor Abgang der Post, so schreibe ich ihr wohl selbst noch ein paar Zeilen. Oft überfällt mich eine rechte Langeweile wenn ich an Frankfurt denke und an die vortrefflichen Menschen die ich dort kenne. So herrliche Tage lebet man nur einmal wie ich sie im Gontardschen Hause genossen habe. Sage es ihnen, Liebe, daß ich sie ihnen recht oft noch verdanke und mit glücklicher Rückerinnerung sie oft wieder mir vorstelle und dann so heiter und vergnügt dabei werde, als genösse ich dieses Glückes jedesmal aufs neue . . . Hat Me.G. ihre Büste abformen lassen? . . . Liebe Marie, könnt ich doch auch auf wenige Minuten nur hinüber nach Frankfurt mich versetzen, wie wohl würde mir werden; ich habe wirklich ein eigentliches Heimweh bekommen nach den lieben Leuten.

20 MARIANNE GONTARD AN MARIE

Frankfurt, 29. Juni 1799

Nun ist endlich der Ball vor den König (von Preußen) vorbei; der König war sehr gnädig. Er sprach mit jedermann, ganz so wie Er es als Kronprinz getan hat. . . Er tanzte mit der Bernay und mit der schönen Frau von Holzhausen, und die Königin tanzte mit ihm dem Bernay. Marie! Was ist die Königin und Ihre Schwester so schön, die 4 Schwestern waren alle griegs gekleidet, sie sahen aus wie 4 recht schöne schwebende Wechswood Figuren, mein Vater fand, es seien nur sie, und unsere Marie die sich so kleiden könnten, weil nur diese die Figuren und das ganze Wesen dazu hätten, er habe sich immer gefreut wenn er dich hätte ins Zimmer kommen sehen, wegen deiner schönen Art dich zu präsentieren...

Durch den Tod der armen Metzler, die grade den Tag vorher starb, konnte niemand von Bethmanns auf den Ball gehen und Susette hatte also Thurneysen den ganzen Abend nur allein für sich, du kannst dir also leicht denken wie vergnügt sie war, auch ist sie fast bis ganz zur letz geblieben, diese Pisallerschaft gehet noch immer fort ihren Gang.

II. JACOB FRIEDRICH GONTARD AN LUDWIG FREIHERRN RÜDT VON COLLENBERG

1 *Frankfurt, 14. März 1797*

Mit wahrer teilnehmender Freude habe ich von M*elle* Rätzer die erwünschte Nachricht erhalten, daß Ihre Frau Mutter in Ihre eheliche Verbindung eingewilligt hat; daß ich warmen aufrichtigen Anteil an Ihrem Glück nehme, brauch ich Ihnen nicht erst zu sagen, lieber Rüdt, hoffentlich sind Sie davon überzeugt, und ich wünsche nichts sehnlicher als Ihnen Beweise meiner vollkommenen Achtung und Freundschaft geben zu können. Nun lieber Rüdt, muß ich ich Sie an Ihr Versprechen erinnern, und Sie bitten der Mutter von M*elle* Rätzer so bald wie möglich zu schreiben, und sie um die Hand ihrer Tochter anzusuchen; könnten Sie Ihre Frau Mutter dazu vermögen ein paar Zeilen Ihrem Brief hinzuzufügen, so würden Sie die Familie von M*elle* Rätzer über ihr künftiges Schicksal sehr beruhigen und ich darf mir schmeicheln daß Ihre Frau Mutter Ihnen diesen Beweis ihrer elterlichen Liebe nicht versagen wird, ich muß es Ihnen schriftlich wiederholen, lieber Rüdt, M*elle* Rätzer stammt von einer durchaus würdigen braven Familie; da aber ihre Mutter weder reich noch von Adel ist, so ist es natürlich und ihr künftiges Glück erfordert es durchaus, daß Sie solche mit aller nur möglichen Schonung behandeln, doch was brauch ich Ihnen dies erst zu sagen, bei einem Mann, der denkt und fühlt wie Sie, sind dergleichen Anmerkungen überflüssig, selbst beleidigend.

Wir freuen uns herzlich darauf, lieber Rüdt, Sie wieder bei uns zu sehen, der Tag Ihrer Ankunft wird ein Fest für uns alle sein, und mit innigem Vergnügen werden wir Sie in unserm kleinen Familie-Cirkel aufnehmen von dem wir Sie schon jetzt als Mitglied betrachten, eigentlich sollten wir Ihnen recht böse sein, denn Sie rauben meiner Frau eine Freundin die sie wohl nicht zu ersetzen finden wird, doch gerne wollen wir Ihnen dies verzeihen, wenn Sie unsere Pflegetochter recht vollkommen glücklich machen.

2 *Frankfurt, 6. November 1797*

Verzeihen Sie, Lieber Rüdt, daß ich verschiedene Ihrer Briefe erst heute beantworte, durch ein langwieriges Fieber welches mein Bruder gehabt, wovon er jedoch völlig wieder hergestellt ist, wurden meine Geschäfte verdoppelt, kurz nachher kam mein Schwager und seine Frau von Hamburg hier an und gaben zu vielen Zerstreuungen Anlaß, Ende voriger Woche reisten sie wieder ab, und ich benutze den ersten ruhigen Augenblick, um Ihnen zu schreiben, und Ihnen meinen herzlichen Glückwunsch für die mir gegebene gute Nachricht von Ihrer lieben Frau abzustatten; wie sehr muß Ihnen, lieber Rüdt, die Hoffnung bald Vater zu werden froh und vergnügt machen, auch Ihre gute Frau wird die kleine Unannehmlichkeiten welche mit ihrem jetzigen Stand verbunden sind, geduldig ertragen, und Ihnen gewiß einen schönen gesunden Jungen schenken, der Vater und Mutter ähnlich sehen wird; wir nehmen gewiß warmen Anteil, an jeder Ihrer Freude, und wünschen nichts sehnlicher als Sie immer glücklich und vergnügt zu wissen. Gewiß sind wir über den abgeschlossenen Friede sehr froh, wir sind dadurch vor jedem neuen Besuch der Franzosen gesichert; da aber der Mensch nie zufrieden ist, so sind wir es auch nicht ganz bis auch der

Reichsfriede gemacht ist, alsdenn erst wird unser künftiges Schicksal gesichert sein, wir wünschen nur zu bleiben wie wir sind und fürchten uns vor jeder Änderung, Sie scheinen vollkommen so zu denken wie wir Frankfurter, ich glaube indessen daß Ihre Furcht vor Neuerung ungegründet ist, und bin der Meinung daß Ihre Ritterschaftliche Verfassung eben so bleiben wird, wie sie jetzt ist, Sie sind indessen glücklich keinen mächtigen Nachbar zu haben, der Appetit zu Ihren Gütern bekommen könnte, übrigens können Sie sich immer auf eine kleine Aderlaß von Ihrem Beutel gefaßt machen, Ihre Cassa wird bei dieser Gelegenheit nicht ungehudelt bleiben.

3 *Frankfurt, 21. Juni 1799*

Mit der innigsten Freude haben wir, mein lieber Rüdt, Ihren Brief soeben erhalten, nehmen Sie und Ihre gute liebe Frau unsere besten Glückwünsche an, und sein Sie versichert, daß niemand an allem was Ihnen begegnet mehr Anteil nehmen kann wie wir; unser ganzes Haus jubelt über Ihren kleinen Jungen, hoffentlich wird er unserm lieben Lottgen gleichen, eben so brav und artig werden wie dies liebe Kind, wir freuen uns schon herzlich Ihre zwei Kleinen bei uns zu sehen, kommen Sie nur recht bald, und geben Sie mir auch recht oft Nachricht von Ihrer guten Marie. Nun können Sie stolz sein, mein guter Rüdt, – ein männlicher Erbe ist doch eine ganz andere Sache wie so ein kleines Mädgen, doch müssen Sie mir mein kleines Lottgen nicht zurücksetzen, und es immer noch eben so lieb haben.

4 *Frankfurt, 6. September 1799*

Die Franzosen haben uns einen teuren Besuch gemacht, und einige Tage die äußere Toren unserer Stadt besetzt, sie sind jedoch ruhig wieder abgezogen, wir sind indessen über Hals und Kopf in die Stadt gezogen, und mußten Adlerflicht verlassen, welches uns gar nicht behagte ... Borckenstein & seine Frau sind noch hier. Meine Frau empfiehlt sich Ihnen bestens, und küßt Ihre Frau und Ihre Kinder herzlich. Leben Sie wohl und sein Sie meiner Freundschaft versichert.

Ein Stück vom fränkischen Landsturm ist heute durch unsere Stadt nach der Gegend von Mainz, meinen geringen politischen Kenntnissen nach sind dies Maßregeln, die unterbleiben hätten sollen, es ist gefährlich den Bauern vom Plug zu nehmen, und aus seinem Lande gehen zu lassen, nur zur Verteidigung seines eigenen Herdes sollte er gebraucht werden.

5 *Frankfurt, 11. Oktober 1799*

Es freut mich daß es mit der Wunde Ihres Bruders nichts zu bedeuten hat, hoffentlich wird er endlich das Kreuz bekommen, das er in so mancher Rücksicht verdient. In der Schweiz gehts bös, Hotze tot, und sein Corps hat viel gelitten. Hier hatten wir auch wieder einen Besuch der Franzosen, der aber nur mit unbedeutenden Unkosten verknüpft war, indessen war eine Art von Schlacht zwischen ihnen und dem Landsturm, wo letzterer zu kurz gekommen ist, und wir hörten und sahen eine starke Kanonade bei Nied, man wird indessen alles gewohnt, und hier war man bei dem ganzen Lärm ziemlich ruhig. In der Handlungs-Welt sieht es eben so stürmisch aus, wie in der politischen, in Hamburg sind seit kurzem 40 Häuser gefallen, und die

total Summa ihrer Banquerouten beträgt wenige 24 Millionen, in London und Amsterdam gehen die Kaufleute auch frisch zu allen T., nur hier ists still, und wir sind bis jetzt mit heiler Haut davon gekommen. Borckenstein ist nach Hamburg, ließ uns aber seine Frau hier und wird bald wiederkommen.
Meine Frau ist nicht recht wohl, wahrscheinlich ist die Witterung an ihrer Unpäßlichkeit schuld, und es wird nichts zu bedeuten haben. Die Kinder sind wohl.

6 *Frankfurt, 14. März 1800*

Verzeihen Sie mein lieber Rüdt, daß ich auf verschiedene Ihrer Briefe erst jetzt antworte, überhäufte Geschäfte, beständige Unruhe, und Kummer sind daran schuld, und Sie werden mein langes Stillschweigen entschuldigen wenn ich Ihnen die traurige Nachricht gebe, daß wir vorgestern unsere gute Mutter verloren haben. Sie starb an den Folgen eines Schlagflusses das sie vor 3 Wochen getroffen hat, und sie der Sprache beraubt, ich bin versichert daß Sie, lieber Rüdt, den wärmsten Anteil an unserm gerechten Schmerz nehmen, dergleichen Trennungen tun immer sehr wehe, wenn sie auch nicht unerwartet kommen, überhaupt ist der Winter ziemlich hart für unsere Familie, der Tod von Onkel Henry und der von meiner Mutter hat mich um ein gutes älter gemacht.

7 *Frankfurt, 6. Mai 1800*

Sie können mirs sicher glauben, bester Rüdt, daß es für mich und meine Frau das größte Fest wäre wenn wir auch nur zwei Tagen bei Ihnen zubringen könnten, ich sehe aber auf Ehre bis jetzt nicht ein, wie ich dies möglich machen kann, die Arbeit nimmt täglich zu und oft weiß ich nicht wo mir der Kopf steht, zu sehr würde es mich freuen zu Ihnen zu kommen, um bis jetzt gänzlich darauf Verzicht zu tun, aber versprechen darf ich nichts, lieber Rüdt, vielleicht wird es in einigen Wochen ruhiger, und wenn wir auch nicht die Pfingsten bei Ihnen sein können, so finde ich vielleicht im Laufe des Sommers ein paar Tagen wo ich abkommen kann. Die Franzosen sollen wieder bis gegen Heilbronn vorgerückt sein, dies bekümmert mich um Sie, sehen Sie Gefahr voraus, so schicken Sie mir Frau und Kinder und kommen Sie selbst, hier sind wir ruhig, wahrscheinlich wird nichts bei uns vorfallen. Heute ziehen wir auf Adlerflycht, und nächsten Sonnabend erwarten wir meinen Schwager und seine Frau.

8 *Frankfurt, 20. Februar 1801*

Nun lieber Rüdt habe ich auch einen Auftrag an Sie von meiner Frau, dessen Ausführung ihr sehr am Herzen liegt. Sie wünscht nämlich daß Sie so gütig wären ihr von einem Ihrer ehrlichen Pächter zwei gute Kühe zu verschaffen, die eine sollte frischmelkend und die andere trächtig sein, auf den Preis muß es nicht ankommen, nur möchte meine Frau schönes und gutes Vieh haben, auch sind wir durchaus nicht darmit pressiert, wir wünschten im Gegenteil solche erst in einigen Monaten zu haben, Sie wissen daß ich seit dem Tod meiner Mutter ihren Garten übernommen habe, es sind dabei einige Morgen Äcker und Wiesen, welche drei Kühe ernähren können, meine Frau möchte eine Landöconomie einrichten, die zwar wenig Nutzen, aber vielleicht einiges Vergnügen bringen wird; hier fehlt es uns aber an gutem Vieh, und ich weiß daß man bei Ihnen vieles hat. Sie würden uns folglich sehr verbinden wenn Sie uns zwei Kühe verschaffen wollten . . .

Endlich ist der sehnlichst erwünschte Friede zu Stande gekommen, schön ist er nicht, indessen immer besser wie Krieg, jetzt wirds ans Entschädigen im armen Reich gehen, und da es heilig ist, so wird jeder ein Stück wie von einer Reliquie haben wollen, unter diesen Reliquien können aber weder Ritterschaften noch Reichsstadten gehören, sie werden von lauter bösen Weltmenschen bewohnt, die man durchaus unangetastet lassen muß, sind Sie nicht auch dieser Meinung, lieber Rüdt? Schade daß man uns nicht darum befragen wird.

9 *Frankfurt, 20. März 1802*

Sollten Sie und Ihre liebe Frau nächstes Frühjahr nicht auf ein paar Wochen zu uns kommen können? Herzlich würden wir uns alle freuen Sie einmal wieder zu sehen, und so gerne ich zu Ihnen käme, so ist meine Abwesenheit von hier mit so vielen Schwierigkeiten verknüpft, daß ich mir wenig Hoffnung dazu machen darf.

Meine Frau und meine Kinder sind gesund und lassen Sie und Ihre gute Frau herzlich grüßen. Bleiben Sie mein Freund, und sein Sie meiner Achtung und Freundschaft versichert.

III. SUSETTE GONTARD AN MARIE FREIFRAU RÜDT VON COLLENBERG

1 *Frankfurt, 27. August 1797*

Daß ich es weiß, liebes, gutes Kind, daß Sie jetzt sich glücklich fühlen, ist das einzige, was mich für Ihren Verlust entschädigen kann, und daß ich es einsehe, daß gerade die Lage worin Sie sind, am besten für Ihren Charakter paßt, um ihn am schönsten zu bewahren, und zu bilden, daß es Ihnen jetzt leicht werden wird, wahre Zufriedenheit zu genießen. Wie freue ich mich schon auf alle die schönen Bilder Ihres künftigen häuslichen Glückes, auf die Gemälde, der stillen ländlichen Ruh, die Sie jetzt umgibt, und die wie ich glaube man doch nur ganz genießt, wenn man wie Sie in so wenigen, engen Beziehungen, mit einigen guten, gebildeten Menschen lebt, und alle Zerstreuungen entfernt sind. Ich werde Sie oft um Ihre Stille beneiden. In ein paar Tagen ziehn wir in die Stadt. Die Fremden fangen schon an zu kommen . . . Ich gehe fast alle Abend in Gesellschaft um nicht gar zu allein zu sein weil ich glaube daß es mir nicht taugt.

2 *Frankfurt, 21. Januar 1798*

Meine Zeit vergehet mir bei meiner einförmigen Lebensart immer so schnell daß es mir schwer wird, eine müßige Viertelstunde ganz für mich zu gewinnen, die Kinder beschäftigen mich auch mehr wie sonst; da ich mich besonders um ihre kleinen Handarbeiten zu bemühen habe, gibt es immer was zu kramen . . . Ich arbeite am liebsten für sie, denn sie machen mir viel Freude und hängen sehr an mich.

Ihre Jette und Lene werden alle Tage interessanter, sie treiben sich einander weiter, ohne daß sie selbst es merken, und vertragen sich doch, so viel es ihre Verschiedenheit zuläßt, recht gut, die Lene begreift alles schneller, ist aber dafür auch etwas stolz, und eingenommen von sich, welches sie oft bis zur Hartnäckigkeit äußert. Die Jette faßt langsam, aber ich glaube besser weil sie nicht so schnell sich traut, ist dabei sehr offen und ehrlich und tadelt sich leicht, bei der Lene läuft man Gefahr ihr manches hingehen zu lassen, weil sie selbst ihre Unarten mit ihrer natürlichen Grazie durchführt, alles kleidet ihr gut, ihre Bildung wird alle Tage schöner, ihr Gesicht fängt an Ausdruck zu bekommen, ihre Haare färben sich braun, das macht sie lebendiger aussehen, die Jette wird von Gesicht auch hübscher, aber sie hat keinen natürlichen Anstand, und da ich nicht dafür bin ihnen etwas anzubilden was so leicht bloße Manier und Affektation wird, setzt es mich zuweilen in Nachdenken; sie ist etwas mager und groß geworden, und das ändert die Bewegung wohl und dafür läßt sich wenig tun. Von der Maly sage ich nichts, ich traue mir selbst nicht. Das war einmal viel von Kindern erzählt! – Doch wovon könnte ich Sie besser unterhalten, als von dem was Ihnen gewiß noch am Herzen liegt.

Sollte, liebe Marie, eine innere Melancholie, die sich leicht in solchen Umständen einschleicht, Sie zur Mitteilung auffordern, verschließen Sie sich nicht, gehen Sie nicht an mir vorbei, glauben Sie von mir daß ich Sie teilnehmend anhören werde, solche Mißtöne zu schätzen weiß, vielleicht auch durch mich selbst zu behandeln gelernt habe, und so gerne Ihnen Erleichterung verschaffen möchte, glauben Sie mir nur darin daß es besser ist durch Mitteilung das Gemüt zu erleichtern als immer nur auf sich allein zu beruhen, und daß ich gerne alles aufbieten werde um Ihnen behülflich zu sein. Manches läßt sich doch besser durch Schreiben als mündlich ausmachen, das wissen Sie wohl, und sein Sie versichert daß ich Ihre Ideen nirgends aussetzen werde, ein Brief gehört nur für den, welchem er geschrieben ist.

3 *Frankfurt, 11. März 1798*

Ihr lieber Brief, beste Marie, und die allerliebste Tasse haben mir viel Freude gemacht. Wie sehr erkenne ich jeden Beweis Ihrer Anhänglichkeit an mich, und bin stolz, daß ein so gutes, rein fühlendes Herz mich liebt. Gewiß erwidere ich herzlich Ihre Empfindungen, und fühle die lebhaftesten Wünsche für Ihr wahres Glück und Ihr Wohlsein, möchten Sie doch recht glücklich alles Unangenehme überstehen, was Ihre liebsten Hoffnungen begleitet, und ich bald die frohe Nachricht davon bekommen, gerne möchte ich daß durch ein niedliches blondes Mädgen die Zahl meiner kleinen Susetten vermehrt würde, und ich erkenne mit Dankbarkeit daß Sie mich durch diese Wahl so auszeichnend ehren; sollte aber, liebe Marie, nur Ihr gutes Herz sie geleitet haben weil Sie wissen, daß Sie mir dadurch viel Freude machen, und Ihnen der Name Elise besser gefallen oder der, mir unbekannte, Ihrer verehrungswürdigen Mutter, bitte ich Sie sehr mir es nicht vorzuenthalten.

Es freut mich sehr daß Sie den kommenden Frühling so schön genießen, die Schilderung von Ihrer Gegend hat mich sehr gereizt, sie bald einmal zu sehen. – Sie werden mich dann überall herumführen, mir die schönsten Punkte der Aussicht zeigen. Das kleine Kind muß mit dabei sein, weil es nicht so lange von seiner guten Mutter entfernt bleiben kann. Ihr lieber Louis wird es uns gerne nachtragen. Wir setzen uns dann zuweilen um zu ruhen unter einer Baumgruppe, das kleine Kind verlanget nach Nahrung, Sie nehmen es sanft und zart, und ich genieße ganz den rührendsten schönsten Anblick den ich kenne, unter dem Gewölbe des reinen Himmels! im Freien! mitten in der schönen Natur! fühle mich gestärkt, und glücklich. – –

4 *Frankfurt, 12. Mai 1798*

Mit teilnehmender Freude! Liebe Marie, hörte ich gestern die Nachricht Ihrer glücklichen Niederkunft, worüber ich seit einiger Zeit in Sorgen war. Noch gestern Abend, indem ich am Fenster unter dem Schatten meines großen Kastanienbaums saß, träumte ich mich zu Ihnen hin und dachte, jetzt müßte wohl bald der lange gewünschte und gefürchtete Augenblick kommen, welcher nun ein ganz neues Licht über Ihr künftiges Leben verbreitet! – Neue Liebe! zärtliche süße Sorgen! erfüllen und beglücken jetzt Ihr Herz. Genießen Sie ganz und ungestört das reinste Glück des Lebens. Sie werden wohl jetzt viel mit den Nahrungssorgen, für das kleine liebe Kind zu tun haben, es ist in unserer Lage und Erziehungs-Verdorbenheit ein schweres Geschäfte, aber ich kenne keines welches besser sich belohnet. Diese Freude ist gewiß aller Mühe und selbst aller Schmerzen wert. Hüten Sie sich nur, liebe Marie, für jeden kleinsten Druck und für Zugluft, und sorgen Sie daß Sie niemals zuviel übrig behalten.

Ich lebe jetzt sehr einsam, aber weil das mein Geschmack ist, sehr vergnügt auf dem Lande, mein Garten macht mir angenehme Beschäftigung, und sonst gibt es auch immer genung zu tun sich die Zeit zu vertreiben.

5 *Frankfurt, 27. März 1799*

Ich bin jetzt in Erwartung, meinen guten Henry und Eugenie bald hier zu sehen, wenn Kriegsgerüchte sie nicht abhalten. In einigen Wochen werden wir hinaus ziehen, und ich wünsche sehr daß meine gänzliche Einsamkeit durch sie unterbrochen wird, sonst wird es mir ein trauriger Aufenthalt sein, weil auch überdies alles dort mir die Erinnerung an den vorigen unangenehmen Sommer zurückruft; Sie kennen in diesem Stücke meine schwache Seite, und werden gewiß mit mir wünschen daß ich nicht ganz allein bleibe. Wir haben die Zeit über etwas ruhiger wie den Winter gelebt, doch gibt es immer noch Gesellschaften und ich gehe auch zuweilen hin, doch nicht immer.

6 *Frankfurt, 23. Juni 1799*

Mit inniger Freude! liebe Marie, habe ich gestern die frohe Nachricht Ihrer glücklichen Entbindung vernommen, und daß Sie einen Jungen haben, vermehrt gewiß noch Ihr Glück. Ich habe mich gestern so lebhaft in Ihre Lage versetzt daß ich würklich diese Nacht träumte, ich hätte das liebe Kind in den Armen, und brächte es auf Ihr Bette, es hatte große blaue Augen, eine gebogene Nase, und war übrigens wie Lottchen. Jetzt erwarten Sie lauter frohe Aussichten! Sie werden sich gewiß bei der schönen Jahreszeit leicht erholen, werden ruhig nach Ihr liebes Bödigheim zurückkehren welches die lange Entbehrung Ihnen noch werter machte, die schönste Zeit des Sommers, der Ernte genießen, werden mit leichtem Schritt wieder Ihre Gegenden durchwandern und Ihre Hügel ersteigen, Ihr liebend Herz wird in noch größerem Umfange sich fühlen, im Blick auf Ihren schlafenden kleinen Engel; das liebe, herzige Lottchen wird bald um Sie herum springen, und Blumen in den Schoß Ihnen bringen, und um ihr Brüderchen spielen. – – – Wie gerne, liebe Marie, male ich mir die Bilder Ihres Glückes mit lieblichen Farben, weil ich immer den herzlichsten Anteil an Ihnen nehmen werde, und wenn auch oft lange Zeit vergehet, daß ich es Ihnen nicht sage, so denken Sie darum doch nicht daß ich mich gegen Sie geändert habe.

7 *Frankfurt, 7. April 1802*

Der Gedanke war mir schon oft recht unangenehm, liebe Marie! so lange Ihre Schuldnerin zu bleiben, aber Sie wissen nicht wie viel es mir Überwindung kostet zu schreiben, und wie ich so ungern geschehene Dinge berühre, weil die Vergangenheit vorzüglich voll Gegenstände der Trauer für mich ist. – Soll man denn immer klagen? – Wenn man glücklich ist, wird man so wortarm, und taugt zum Schreiben noch weniger. Mir ist es immer so gegangen und es war für mich immer eine schwere Sache.–

Ich bin überzeugt, liebe Marie, daß Sie von mir nicht glauben, daß ich Sie vergessen hätte weil ich so lange schwieg, Sie kennen mich zu gut dazu, und wissen wohl daß Worte es bei mir nicht ausmachen. Wie oft wünschte ich mir schon in meiner Einsamkeit die alten Zeiten zurück, wo Sie noch an meiner Seite lebten, wir sagten uns nur wenig, aber wir verstanden uns doch, wir kannten uns, und wenn wir gleich eigentlich nie vertraut zusammen waren, hatten wir doch zu einander das größte Zutrauen, oft wünsche ich mir jetzt ein solches Verhältnis, es würde mir manchen Kummer lindern, aber ich habe nicht die Hoffnung wieder eine Freundin zu meinem Umgang zu finden.

Meinen großen unersetzlichen Verlust berühre ich nicht, meine Gefühle darüber aufzuschließen wäre mehr als ich tragen könnte, ich verhülle sie gern in heilige Dunkelheit, ein dichter Schleier decke sie für immer! – – – – –

Was soll ich Ihnen denn sonst noch erzählen, gute Marie? – Wir ziehen in einigen Wochen in den Garten, und ich hoffe es soll mir wohltun, denn ich fühle mich etwas gelähmt, von so manchen Gemütsbewegungen die ich diesen Winter über hatte, im Ganzen ist aber meine Gesundheit viel daurhafter geworden, sonst hätte ich so vieles nicht aushalten können ohne selbst krank zu werden. Meine Kinder sind alle wohl, mein Henry wird am nächsten Sonntag in Hanau konfirmiert, bald nachher wird er wieder zu uns kommen.

IV. SUSETTE GONTARDS KRANKHEIT UND TOD
SCHRIFTLICHE NACHRUFE

1 MARIA BELLI-GONTARD, LEBENS-ERINNERUNGEN

Im Juni gaben meine Eltern ein großes Diner, Frau Gontard-Borkenstein, meine Tante, war auch anwesend; nie erschien sie mir so reizend wie an jenem Tage; noch weiß ich ihre Kleidung, sie bestand in einem weißen Atlas-Unterkleid, darüber ein schwarzes Tüllkleid, kurze Ärmel, und einem kleinen weißen Crepphut mit einer Feder; Hals, Arme, Brust und Gesicht so weiß wie Alabaster; sie trug keinen Schmuck. Die anwesenden Herren umgaben sie unaufhörlich; Graf Schlick, der österreichische Gesandte, Herr Baron von Schall, dessen Attaché, und Herr von Hiersinger, der französische Gesandte, plauderten beständig mit ihr.

Wenige Tage darauf hatte ich mich heftig erkältet, Ehrmann fürchtete eine ernste Krankheit. Tante Süsette kam mich zu besuchen, da es schon besser ging; wie lieb und schön war sie wieder in ihrem einfachen braunen Kattunkleide, ihre Haare waren nur leicht aufgesteckt; beim Weggehen gab sie mir die Hand und versprach bald wieder zu kommen.

Am folgenden Tage brachen bei ihren Kindern die Röteln aus, sie pflegte sie, ward angesteckt und starb, ein Opfer ihrer mütterlichen Pflicht.

2 ISAAK VON SINCLAIR AN HÖLDERLIN

Homburg, 30. Juni 1802

Lieber Hölderlin!

So schrecklich mir die Nachricht ist, die ich Dir zu geben habe, so kann ich doch nicht das dem Zufall überlassen, wogegen die Hülfe der Freundschaft zu gering ist . . . Der edle Gegenstand Deiner Liebe ist nicht mehr, aber er war doch Dein, und wenn es schrecklicher ist, ihn zu verlieren, so ist es kränkender, nicht der Liebe würdig geachtet zu werden. Jenes ist Dein, dies ist mein Schicksal. Trost weiß ich Dir keinen zu geben, besser, als Du selbst hast. Du glaubtest an Unsterblichkeit, da sie noch lebte, Du wirst gewiß itzt mehr denn vorher glauben, da das Leben Deiner Liebe sich vom Vergänglichen geschieden hat. Und was ist größer und edler als ein Herz, das seine Welt überlebt, und das, schon frühe, das Schicksal zu dem ernsten Gefühl stimmt, in dem allein uns Leben, Frieden und Ewigkeit beschieden ist. Ich rede Dir Mut zu mit unerschrockenem Herzen. Wie ich ohne alle Furcht bin, darf ich zur Liebe die Wahrheit reden.

Am 22ten dieses Monats ist die G. gestorben, an den Röteln, am 10ten Tag ihrer Krankheit. Ihre Kinder hatten sie mit ihr und überstanden sie glücklich. Sie hatte den verflossenen Winter einen gefährlichen Husten gehabt, der ihre Lunge schwächte. Sie ist sich bis zuletzt gleich geblieben. Ihr Tod war wie ihr Leben.

Es hat mich tief gerührt, und ich weine, indem ich dies schreibe. Seit Deiner Trennung hatte ich sie auch nicht mehr gesehen, und ich hielt es für unwürdig, mich nach einem Wesen zu erkundigen, das das wandellose Leben der Gottheit lebte. . .

Seit Du mich verlassen hast, hat mich mancherlei Schicksal betroffen. Ich bin ruhiger und kälter geworden, und ich kann Dir versprechen, daß Du an der Brust Deines Freundes ausruhen kannst. Du kennst alle meine Fehler, ich hoffe, keiner soll mehr eine Mißhelligkeit zwischen uns hervorbringen. Ich lade Dich also ein, zu mir zu kommen, und bei mir zu bleiben, so lange ich hier bin . . . und wenn das Schicksal gebieten sollte, so werden wir als ein treues Paar seine Bahn gehen. Itzt kann ich 200 fl. jährlich füglich entbehren, die kann ich Dir geben, und freie Wohnung und was dazu gehört. Nimm dies nicht als meine bloße Bitte, sondern auch als meinen Rat an, so sehr ich Dir, da ich Deine Lage nicht kenne, raten kann, weil es der Fall sein könnte, daß Du dort den Frieden fändest, der Dir nötig ist. Melde mir Deine Entschließung. Auch will ich zu Dir nach Bourdeaux reisen, wenn Du willst, und Dich abholen.

Freund Ebel läßt Dich grüßen, er ist seit dem Januar in Frankfurt. Er war bei der G. in ihrer Krankheit, und ihr Trost in ihren letzten Stunden. Dein Sinclair.

3 HENRY VON LILIENSTERN AN LUDWIG RÜDT VON COLLENBERG

Frankfurt, 6. Juli 1802

Ich gestehe, ich hasse alle die neue Experimenten unserer Herrn Docters; hätte H. Dr. und Prof. Sömmerring an seiner Frau nicht so manche Neuheit probieren wollen, wodurch die arme Frau das Opfer wurde; wie auch der neuere Beweis an der verehrungs- und schätzbaren Gontard-Borkenstein, die ihm schon den ganzen verflossenen Winter an einem Stich in der Seite klagte und er ihr nichts dafür oder vielmehr nicht ernstlich brauchte; hierzu kamen die

Röden durch eines seiner Kinder ins Haus und sie erhielt solche durch eines ihrer Kinder, man beschuldiget ihn daß er ihr die Röden nicht genug in den ersten Tägen durch Mittels herausgetrieben hat; wie Prof. Weidemann sie zum ersten Mal sahe, er sogleich sagte, die Frau ist verloren, denn der Gift ist ihr auf die Lunge gefallen, und wenn wir auch so glücklich sein sollten sie zu retten, so wird sie schwindsüchtig werden. Die Mad. Manskopf hat sie schon lang gebeten gehabt, vor ihr Hüstlen und täglich in der Früh Auswurf einen Docter ordentlich zu gebrauchen, allein sie sagte, dies würde Sömmerring beleidigen; der Gontard soll schrecklich getan haben, und gleich in der ersten Stunde nach ihrem Tode weggereist, anfänglich wollte er nacher Hamburg und Cobes Brevillier hat ihn um ihn nicht allein zu lassen bis Vilbel vier Stunden begleitet . . . in dieser Zeit hatte er durch Zureden seinen Plan verändert und ist, um der Leiche zu entgehen und Condolenz-Visiten, nur bis Kassel gegangen; viele Leute wie es hier leider ist, und leicht sprechen können weil ihnen kein Schmerz umgibt, haben ihm verdacht daß er weggegangen ist, . . . ich habe ihn noch nicht gesehen, er beschäftiget sich sehr. Er hat viel verloren, die Menschen mögen sagen was sie wollen, und haben sie auch nicht ganz so vergnügt gelebt als sie es gesollt hätten, so weiß recht gut wer dies auf seinem Gewissen hat.

4 MARIE AN DANIEL RÄTZER

Bödigheim, 18. August 1802

Dies Jahr kostet mir viel, viel viel ist mir zerstört was nimmer zu ersetzen ist ... zwei liebe Freundinnen habe ich verloren die auch du liebtest – ich glaube dir den Verlust meiner guten Sömmerring schon geklagt zu haben. . . – Susette meine gute meine ewig geliebte unvergeßliche Susette war seit dem Tode ihrer in Frankfurt vielleicht einzigen Freundin sehr niedergeschlagen und melancholisch – ihr letzter lieber Brief an mich trug ganz das Gepräge einer wehmütig betrübten Seele die wenig mehr an dieser Welt hängt und die sie nun auch seit 6–8 Wochen verlassen hat. . . Denke dir die Lage des unglücklichen Mannes! noch ist er sehr niedergeschlagen, mich griff dieser Verlust schrecklich an, nicht ohne bittren Schmerz denke ich an die Gute! und daß ich sie hier nirgends mehr finden kann, ich liebte sie so zärtlich so treu! und wohl mir daß ich nicht am Glauben an sie wankte, daß ich sie immer mit treuer Freundschaft verteidigte; ein Trost für sie sollte mirs sein daß sie nie glücklich gewesen wäre und daß ihrs nun bei ihrer Freundin wohl ist – aber ich hab sie verloren!

5 C.U. BÖHLENDORFF ÜBER HÖLDERLIN UND SUSETTE GONTARD

Bericht Georg Wilhem Keßlers. Berlin, 9. März 1803

Ich erfuhr jetzt, daß Böhlendorff ein Bekannter, ein Freund Hölderlins sei, und ich erzählte ihm unverhohlen, was ich nach einer mangelhaften Erinnerung von dessen Verhältnis zu K.-s wußte. Jetzt erst entdeckte ich, wie tief Böhlendorff diesen Hölderlin verehrte und liebte. Er hielt jene Begebenheit in der vorgetragenen Gestalt für schlechthin unvereinbar mit Hölderlins Charakter und Sinn. Ein Weib in Frankfurt hatte, wie Böhlendorff erzählte, tiefe unendliche Folgen auf sein Wesen gehabt. Menschen, die ihn nicht faßten, machten ihn traurig; Eine lehrte ihn ganz, was Liebe sei.

6 MARGARETE GONTARD AN JOHANN GOTTFRIED EBEL

Frankfurt, 8. Dezember, wohl 1803

Recht innig betrübt mich die Nachricht, die Sie mir über unsern armen unglücklichen Hörderling geben; warum mußte doch so in allem die Ähnlichkeit, die ich in den Schicksalen Torquato Tassos und ihm fand, so völlig übereintreffen. – Nach meinem Gefühl fürchtet' ich lange schon dies Ende mit ihm; ach warum mußte es so erfüllt werden. – Warum konnten diese Menschen, die so viel Sinn für wahres Glück in sich vereinigten, nicht besser geleitet werden; wie vollkommen hätte denn der Ausgang sein müssen, der jetzt so zerstörend, so schmerzlich für alle sein mußte, die um dies Verhältnis wußten. – Bei dieser stets regen Phantasie, bei diesem ewigen Streben nach Vollkommenheit, dem doch überall die platteste Alltäglichkeit entgegengesetzt wurde, mußte dies höhere Wesen (noch immer kann ich mich von diesem Gedanken nicht trennen) so enden! – Die Tote ist glücklich, in allen ihren Schicksalen war doch überall Unglück und Disharmonie; sie ruhe sanft!

7 WILHELM HEINSE AN SAMUEL THOMAS SÖMMERRING

Aschaffenburg, 27. Juni 1802

O wären auch wir noch in unsrer Blüte wieder frei in das ewig Göttliche verschwunden! Nur die Ceremonien der Hinterlaßnen machen den Moment, wo es geschehen ist, traurig. Gewiß, o gewiß! wen die Götter lieben, der stirbt jung; wenn er die Schönheiten des irdischen Lebens und

dessen Freuden erlangt hat – ich mag mich nicht in den Roman von Leiden hineindenken, der gewöhnlich drauf folgt.
Es wäre freilich jetzt die schönste Zeit, auf den Feldberg zu steigen, und das Weltgetümmel unter unsern Füßen zu sehen; aber ich kann schlechterdings nicht abkommen, es ist ganz unschicklich. O wie gern wär ich auf einige Tage mit Ihnen wieder heiter wie der Aether über den Wolken! Wir würden uns an traurig süßen Erinnerungen der vorigen Wallfahrten weiden. Ach uns wurden die holden Engel für dieses Labyrinth durch die Welt zu früh hinweggenommen!

V. DIOTIMA AN HYPERION

(Ein Rollengedicht)

Wenn aus der Ferne, da wir geschieden sind,
Ich dir noch kennbar bin, die Vergangenheit,
O du Teilhaber meiner Leiden!
Einiges Gute bezeichnen dir kann,

So sage, wie erwartet die Freundin dich?
In jenen Gärten, da nach entsetzlicher
Und dunkler Zeit wir uns gefunden?
Hier an den Strömen der heilgen Urwelt.

Das muß ich sagen, einiges Gutes war
In deinen Blicken, als in den Fernen du
Dich einmal fröhlich umgesehen,
Immer verschlossener Mensch, mit finstrem

Aussehn. Wie flossen Stunden dahin, wie still
War meine Seele über der Wahrheit, daß
Ich so getrennt gewesen wäre?
Ja! ich gestand es, ich war die Deine.

Wahrhaftig! wie du alles Bekannte mir
In mein Gedächtnis bringen und schreiben willst,
Mit Briefen, so ergeht es mir auch,
Daß ich Vergangenes alles sage.

Wars Frühling? war es Sommer? die Nachtigall
Mit süßem Liede lebte mit Vögeln, die
Nicht ferne waren im Gebüsche,
Und mit Gerüchen umgaben Bäum uns.

Die klaren Gänge, niedres Gesträuch und Sand,
Auf dem wir traten, machten erfreulicher
Und lieblicher die Hyazinthe
Oder die Tulpe, Viole, Nelke.

Um Wänd und Mauern grünte der Efeu, grünt'
Ein selig Dunkel hoher Alleen. Oft
Des Abends, Morgens waren dort wir,
Redeten manches und sahn uns froh an.

In meinen Armen lebte der Jüngling auf,
Der, noch verlassen, aus den Gefilden kam,
Die er mir wies, mit einer Schwermut,
Aber die Namen der seltnen Orte

Und alles Schöne hatt' er behalten, das
An seligen Gestaden, auch mir sehr wert,
Im heimatlichen Lande blühet
Oder verborgen, aus hoher Aussicht,

Allwo das Meer auch einer beschauen kann,
Doch keiner sein will. Nehme vorlieb, und denk
An die, die noch vergnügt ist, darum,
Weil der entzückende Tag uns anschien,

Der mit Geständnis oder der Hände Druck
Anhub, der uns vereinet. Ach! wehe mir!
Es waren schöne Tage. Aber
Traurige Dämmerung folgte nachher.

Du seiest so allein in der schönen Welt,
Behauptest du mir immer, Geliebter! das
Weißt aber du nicht,

BILDNISSE

1 Der Weiße Hirsch. Gartenfront. Lithographie von A. Fay. Frühes 19. Jahrhundert. Frankfurt a. M., Hist. Museum

2 Der Weiße Hirsch. Gesamtanlage mit Garten. Zeichnung von C. Th. Reiffenstein 1872. Frankfurt a. M., Hist. Museum

3 Jacob Friedrich Gontard (1764-1843). Miniatur. Um 1790

4 Susette Gontard (1769-1802). Büste von Landolin Ohmacht, 1795. Frankfurt a. M., Privatbesitz

5 Marie Rätzer (1772-1849), seit 1797 Freifrau Rüdt von Collenberg. Ölbild. Bödigheim, Freiherrn Rüdt von Collenberg

6 Ludwig Zeerleder (1772-1840). Wohl Stahlstich in: Erinnerung an Ludwig Zeerleder 1843

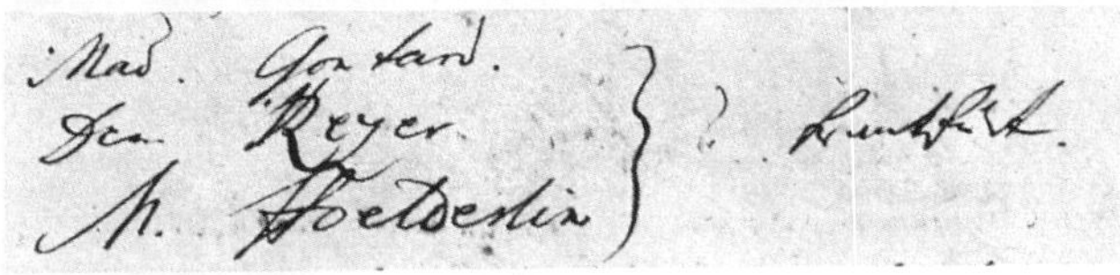

7 Museum Fridericianum zu Kassel. Kupferstich. Um 1800
8 Eintrag Hölderlins im Besucherbuch der Gemäldegalerie Kassel, Gemäldegalerie

9 Wilhelm Heinse (1749-1803). Kreidemanier von F. W. Bollinger. Marbach a. N., Schiller-Nationalmuseum

10 Bad Driburg. Kupferstich. Um 1790

11 Hölderlin. Getuschter Schattenriß. Wohl 1797. Im Handexemplar seines ›Hyperion‹. Marbach a. N., Schiller-Nationalmuseum

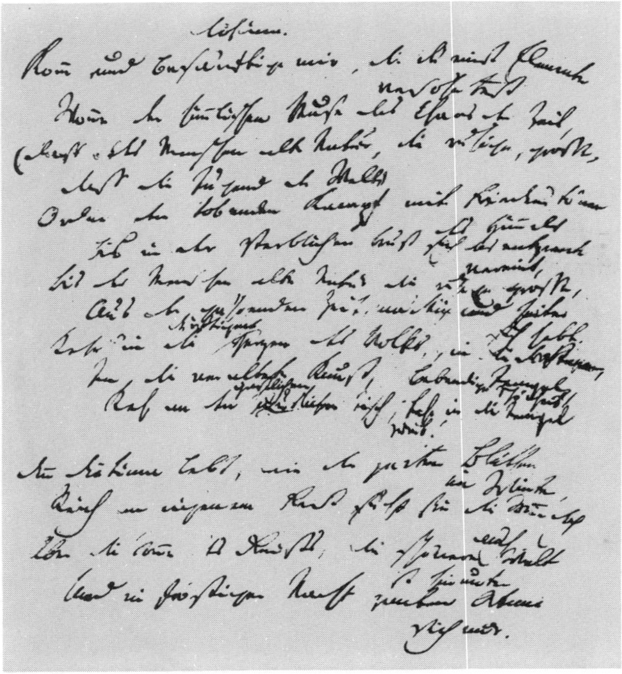

12 Hölderlins Gedicht »Diotima« in Distichen. Homburger Quartheft. Depositum Stuttgart, Württ. Landesbibliothek

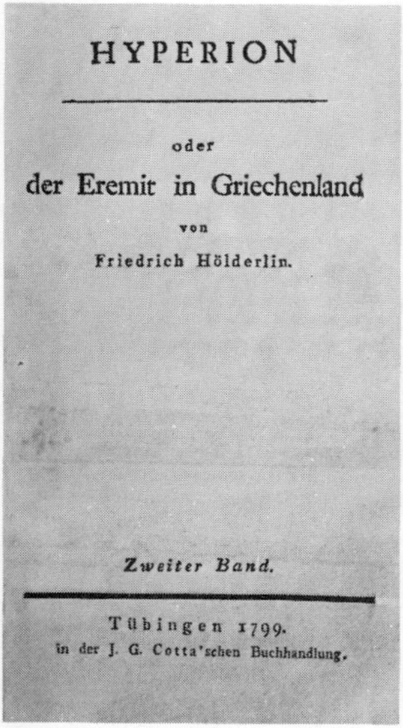
HYPERION

oder

der Eremit in Griechenland

von

Friedrich Hölderlin.

Zweiter Band.

Tübingen 1799.

in der J. G. Cotta'schen Buchhandlung.

13 Hyperion. II. Band. Titelblatt
14 Widmung des II. Bandes an Susette Gontard. Marbach a. N., Schiller-Nationalmuseum

15 Adlerflychtscher Hof. Gouachebild von Johann Georg Meyer. 1779. Frankfurt a. M., Hist. Museum

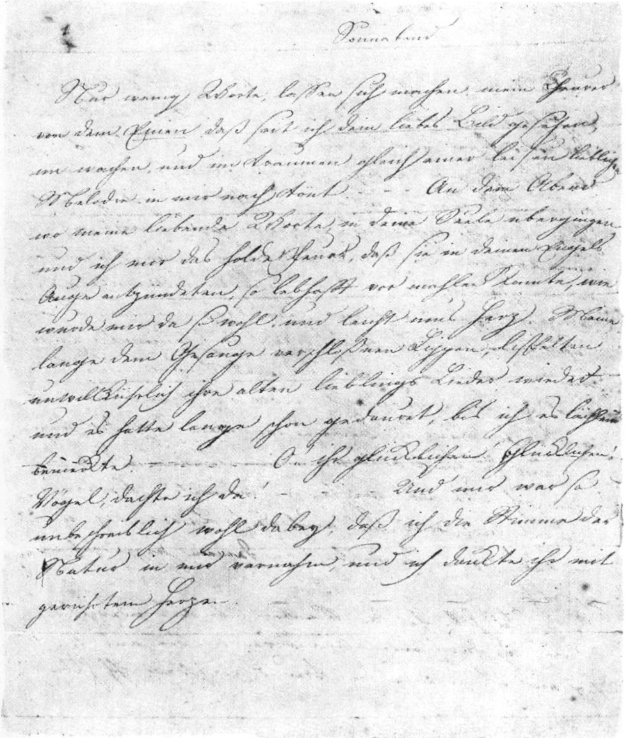

Sonnabend

Nur wenig Worte, lassen sich machen, mein Theurer
von dem Schönen das seit ich dein liebes Lied gesehen,
im wachen, und im Traumen gleich einer lieblichen
Melodie in mir nachtönt — — An dem Abend
wo meine liebende Worte zu deiner Seele übergingen
und ich mir das holde Feuer, daß sie in deinem Auge
entzündeten, so lebhaft vorstellen konnte, nun
wurde mir da so wohl, und leicht ums Herz. Meine
lange dem Gesange verschloßnen Lippen, lispelten
unwillkührlich ihre alten Lieblings Lieder wieder
und es hatte lange schon gedauert, bis ich es [illegible]
bemerkte. —— O! ihr glücklichen, glücklichen!
Vögel, dachte ich da! — — Und mir war so
unbeschreiblich wohl dabey, daß ich die Stimme der
Natur in mir vernahm, und ich dankte ihr mit
gerührtem Herzen.

16 Susette Gontard an Hölderlin. Herbst 1799. Stuttgart, Württ. Landesbibliothek

17 Margarethe Elisabeth Sömmerring (um 1770-1802). Alabasterrelief von Landolin Ohmacht. Frankfurt a. M., Hist. Museum

18 Susette Gontard (1769-1802). Büste von Landolin Ohmacht. Im Familienarchiv Manskopf 1944 vernichtet

19 Jacob Friedrich Gontard im Alter. Gipsrelief. Frankfurt a. M., Privatbesitz

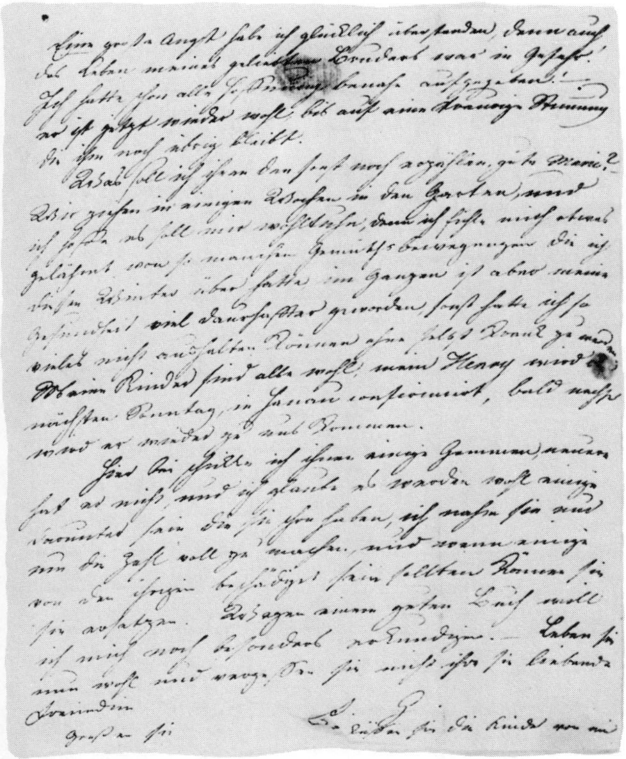

Eine große Angst habe ich glücklich überstanden, denn auch das Leben meines geliebten Bruders war in Gefahr. Ich hatte schon alle Hoffnung danach aufgegeben. Er ist jetzt wieder wohl, bis auf eine traurige Stimmung die ihm noch übrig bleibt.

Was soll ich Ihnen denn sonst noch erzählen, gute Marie? Wir gehen in einigen Wochen in den Garten, und ich hoffe es soll mir wohlthun; denn ich fühle mich etwas erschöpft von so manchen Gemüthsbewegungen die ich diesen Winter über hatte im Ganzen ist aber meine Gesundheit viel dauerhafter geworden, sonst hätte ich so vieles nicht aushalten können ohne selbst krank zu werden. Meine Kinder sind alle wohl, mein Henry wird [illegible] nächsten Sonntag, in Hanau confirmirt, bald nachher wird er wieder zu uns kommen.

Hier bei schicke ich Ihnen einige Saamen, manchen hat er nicht, und ich glaube es werden wohl einige darunter sein die Sie schon haben, ich nahm sie nur um die Zahl voll zu machen, und wenn einige von den übrigen beschädigt sein sollten können Sie sie ersetzen. Wegen einem guten Buch will ich mich noch besonders erkundigen. — Leben Sie nun wohl und vergessen Sie nicht Ihre Sie liebende Freundin

Grüßen Sie [illegible]

Küssen Sie die Kinder von mir

20 Susette Gontard an Marie Rüdt von Collenberg. 7. April 1802. Frankfurt, Freies Deutsches Hochstift

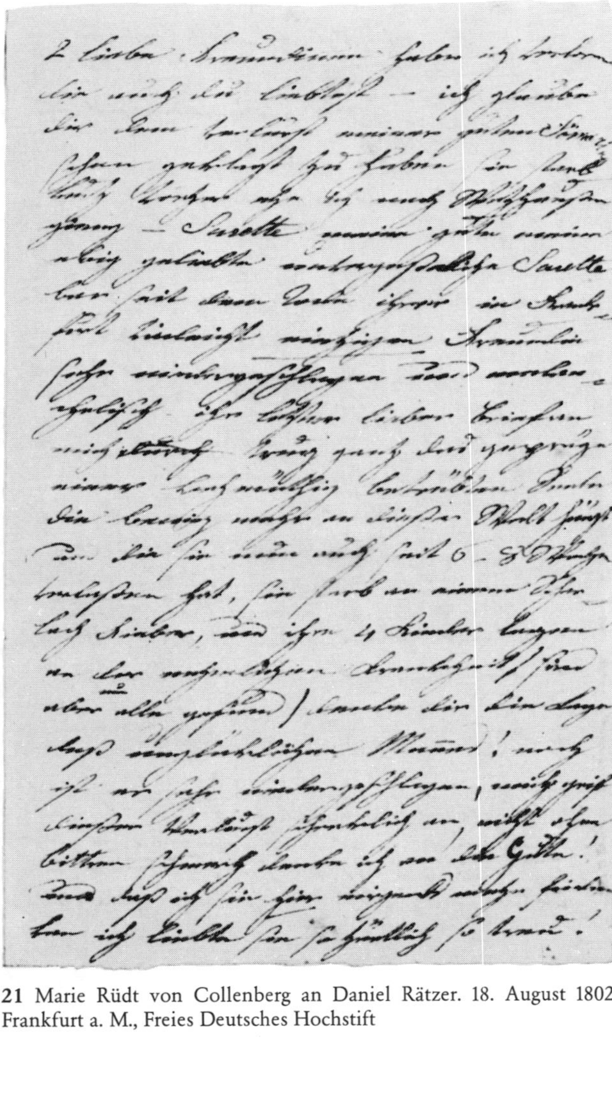

21 Marie Rüdt von Collenberg an Daniel Rätzer. 18. August 1802. Frankfurt a. M., Freies Deutsches Hochstift

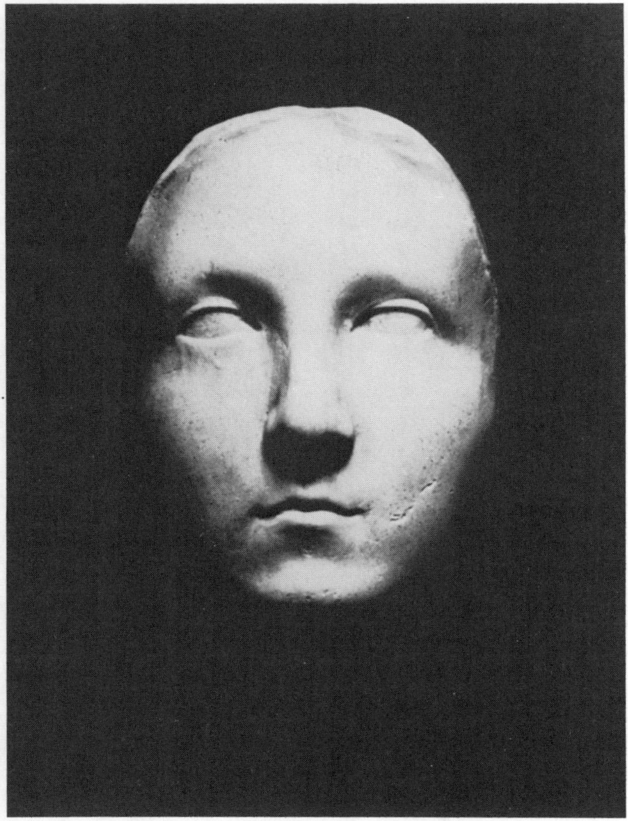

22 Susette Gontard. Maske von Landolin Ohmacht. Frankfurt a. M., Privatbesitz

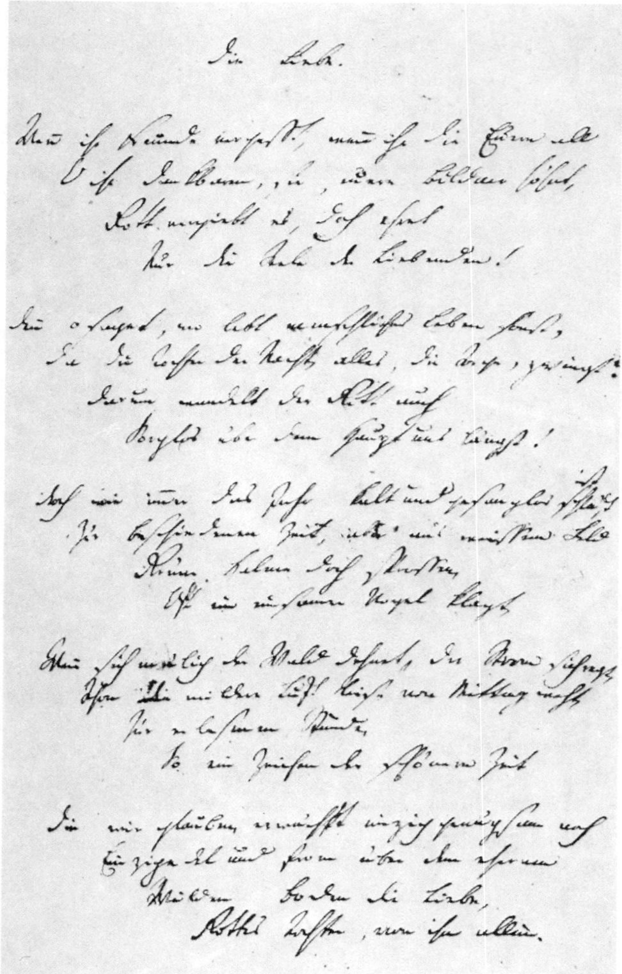

23 Hölderlins Ode ›Die Liebe‹. Wohl 1800. Stuttgart, Württ. Landesbibliothek

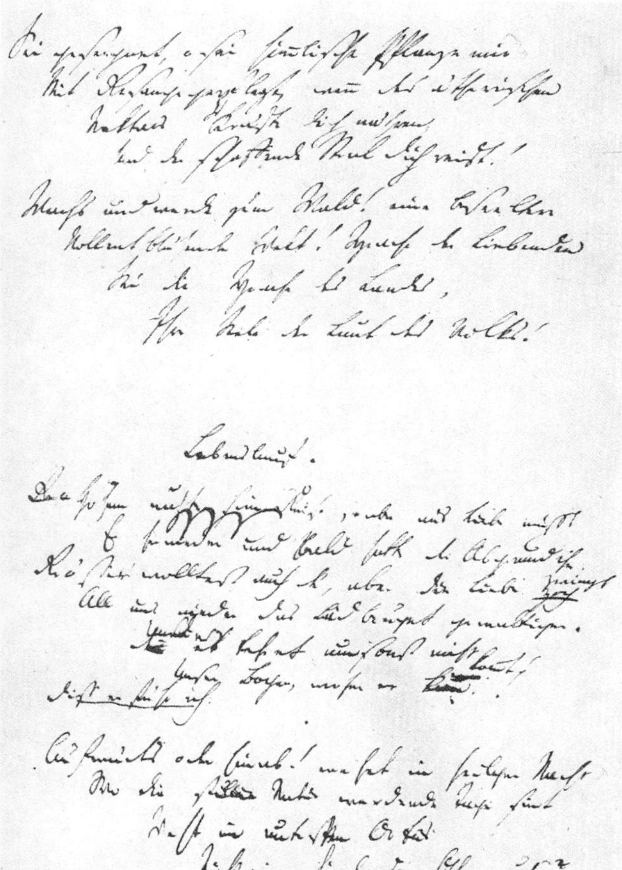
Lebenslauf.

ANHANG

I. ERLÄUTERUNGEN

VORBEMERKUNGEN

1. Aufbau der Sammlung. Die Texte gliedern sich in zwei Hauptteile, diese in mehrere Abteilungen oder Kapitel, von denen die meisten wieder mehrere Stücke umfassen.

In beiden Hauptteilen ist der Blickpunkt, unmittelbar oder auch mittelbar, die Gestalt Susette Gontards, in jedem aber auf andere Art.

Im I. Teil steht im Mittelpunkte »Diotima«, und neben ihr der Mensch, den sie liebte wie er sie, den sie als erste in seinem menschlichen Adel und seinem dichterischen Rang – »Wenige sind wie Du!« – erkannte; der Dichter, der sie durch seinen Gesang unsterblich gemacht hat – und den erst ihre Liebe und ihr Glaube an ihn zur Höhe des »größten aller elegischen Dichter der Deutschen«, und darüber empor zur einsamen Höhe des hymnischen Dichters, erhoben hat. In der Mitte des I. Teils, der sich in sieben Abteilungen aufbaut, steht das Massiv der Briefe Susette Gontards an Hölderlin (IV). Es ist das Kernstück der ganzen Sammlung: hier zeugt die Liebende und Leidende von sich selber. Dieses Massiv ist gleichsam flankiert von je drei Höhenzügen: auf der einen Seite Bekenntnisbriefe Hölderlins aus der ersten Hälfte seines Lebens im Haus Gontard (I), seine Frankfurter Diotima-Gedichte (II) und einige Auszüge aus seinem ›Hyperion‹ (III); auf der anderen Seite zunächst, als im Umfang leider geringes Gegenstück zu Diotimas Briefen, die drei erhaltnen Entwürfe Hölderlins zu Briefen an sie (V), danach sieben Briefe nach der Wende seines äußeren Glückes, Stimmen der Resignation und des Verlangens nach geistig-seelischer Selbstbehauptung und nach Freiheit zum Schaffen (VI), endlich als zweites, gipfelreiches Massiv seine Homburger und Stuttgarter Diotima-Gedichte (VII).

Die Briefe Diotimas, die Briefentwürfe Hölderlins und die Gedichte, auch die unvollendeten, sind im vollständigen Wortlaut geboten. Das verstand sich von selbst. Die andern Briefe Hölderlins mußten aus Raum- und sachlichen Gründen auf solche Aus-

züge beschränkt werden, aus denen sein Erlebnis und sein Bild Diotimas, der Einbruch der Krise in sein äußeres Leben und die Verschärfung dieser Krise, die schließlich seinen Weggang aus dem Hause Gontard nach sich zog, hervorgehen. Ergänzend und den Zusammenhang vermittelnd sind nicht selten andere Textstellen in den Erläuterungen angebracht.
Auf Auszüge mußte auch weitaus die Mehrzahl der Texte des II. Teils beschränkt bleiben. Darin tritt Hölderlin als Person und als Dichter zurück, und darin steht im Mittelpunkt nicht »Diotima«, sondern Susette Gontard, in der großbürgerlichen (und hugenottischen) Ausdrucksweise von damals: »Madame Gontard«. In der räumlichen Mitte steht auch hier ihr Selbstzeugnis: ihre sieben erhaltenen Freundschaftsbriefe an Marie Freifrau Rüdt von Collenberg geb. Rätzer, die frühere Erzieherin der Gontardschen Mädchen (III). Davor zunächst ein vielgliedriges Kapitel (I): Stükke, die von verschiednen Seiten her ein Licht auf ihre Persönlichkeit, ihr Leben im Alltag und in ihrem Lebenskreise werfen. Darunter sind aber auch solche, von denen aus zugleich ein Licht auf Charakter und Verhalten ihres Mannes, Jacob (Cobus) Friedrich Gontard, fällt. So folgen zur Ergänzung neun freundschaftliche Briefe Gontards an Maries Mann, Ludwig (Louis) Freiherrn Rüdt von Collenberg (II). – Susette Gontards letzter Brief an Marie Rüdt ist vom 7. April 1802. Am 22. Juni starb sie. So schließen sich Berichte über ihre Krankheit und Stimmen der Trauer über ihren Tod, private »Nachrufe«, sinnvoll an (IV). Den Beschluß aber macht ein Gedicht Hölderlins aus der Zeit der Krankheit: ein ergreifendes Rollengedicht, in dem er noch einmal die Gestalt seiner Diotima, wie sie ihn ruft – »O du Teilhaber meiner Leiden!« – beschwört.
2. Zum Lebenskreise der Gontards. Das Licht, das im I. Kapitel des II. Teils auf die Gontards fällt, geht vornehmlich von der Persönlichkeit aus, die erst vor gut zwei Jahrzehnten für die biographische Hölderlin-Forschung entdeckt worden ist: Marie (von) Rätzer aus Bern. Im Hause Gontard haben zwei junge Frauen fast gleichen Alters, zwar verschiednen Naturells, doch beide begabt mit Schönheit, Liebreiz und Zauber, jahrelang in Freundschaft miteinander gelebt. Das Licht, das von dem herzgewinnenden Wesen

der Bernerin ausstrahlt, strahlt auf sie zurück. Sie war daher in den Erläuterungen (Kapitel I 3 des II. Teils) »vorzustellen«. Das gilt aber auch für den jungen österreichischen Offizier, der um Marie warb und sie am 10. Juli 1797 nach Bödigheim, dem Stammsitz der uradligen Familie (östlich des Odenwaldes), heimführte. Auch von Ludwig Rüdt von Collenberg geht Licht auf die Gontards aus, zu deren engerem Lebenskreise sie beide, Marie und Ludwig, gehörten. Es schien daher in den Erläuterungen angebracht, anhand ihrer Briefe den kleinen »Roman« ihrer Liebe zu skizzieren: zum einen, weil er sich unter den Augen der Gontards abspielte und von ihnen gefördert wurde; zum andern, weil ihre Briefe intim reizvolle, z. T. überschwengliche Zeugnisse des in die Klassik hinein fortlebenden Geistes der Empfindsamkeit sind. Man lese besonders Ludwigs Werbebrief – Brief eines ob seiner Schönheit auffallenden Premierleutnants – aus dem »Feldlager bei Amberg« (in der Erläuterung zu Kapitel I 11 des II. Teils).
Das schöne, wohlbeschaffene Paar gehört zu den Gontards; es fand sich bei ihnen. Das heißt aber wohl: Marie und Ludwig haben mit dem »Roman« ihrer Liebe die intime »Atmosphäre« des Hauses – die etwas anderes ist als das soziale »Milieu«, aber ebenso bedeutsam sein kann – mitbestimmt. Und eben die »Atmosphäre« berührte wohl auch den Dichter, der selbst in der Liebe lebte. Marie nennt ihn nur zweimal, im ersten, rein glücklichen Jahr seines Lebens im Hause; aber vielleicht, weil auch sie liebte, nahm sie seine Hyperion-Dichtung von dem »Ionischen Mädchen« auf (s. Kapitel I 14 der II. Teils).
3. Art der Erläuterungen. Sie sollen Lesehilfen sein, Schlüssel zum Verständnis – und womöglich Genuß – der Texte. Bei den Gedichten verbot sich schon aus Raumgründen geschlossene Interpretation. Im allgemeinen mußten Angaben über das antike Silbenmaß, Erklärungen mythologischer Namen und schwieriger Ausdrücke, Hinweise auf Stilzüge und gleiche oder ähnliche Motive oder Wendungen genügen. Bei einigen größeren Gedichten ist der Bau knapp skizziert. – Bei den Prosa-Texten des II. Teils hatte Biographisches, zuweilen Psychologisches den Vorrang. Etwas kompliziert war die Erläuterungstechnik bei den Briefen Diotimas. Sie sind z. T. sehr lang und bestehen öfters aus umfang-

reichen Abschnitten. Nun spricht Diotima mehrmals Grundmotive ihres Denkens und Empfindens wie »Natur«, »Opfer« aus. Sie mußten zuerst mit knapper Erläuterung versehen werden, auf die später zu verweisen war. Mangels Zeilenzählung mußte man sich behelfen mit Angaben wie: Dritter Abschnitt, oder: »Nachmittags«; darauf folgt das betr. Stichwort mit Erläuterung oder Querverweis.

(Die Nennung Susette Gontards und Marie Rätzers mit den bloßen Vornamen bittet der Herausgeber nicht gleichzusetzen mit der gleichartigen, burschikosen Anbiederung an »femmes célèbres« der Gegenwart.)

4. Register. Es ist Personen-Register und verzeichnet (mit wenigen Ausnahmen) nur solche Personen, die Verfasser von Texten sind oder in den Texten vorkommen. Es gibt außer Namen und Vornamen Geburts- und Todesjahr (nur selten die Tage), ggf. Verwandtschaftsgrad, Beruf und je nachdem Schicksale an, die außer der Reichweite des betr. Textes liegen; besondere Bewandtnisse und Erlebnisse werden in den Erläuterungen erklärt (wobei kleine Überschneidungen vorkommen mögen). Die allgemeinen Verhältnisse einer Person findet der Leser also grundsätzlich im Register.

5. Abkürzungen und Stellenangaben. Es werden folgende Abkürzungen gebraucht:

Erl. = Erläuterung(en),
ET = Erster (I.) Teil,
ZT = Zweiter (II.) Teil.

ET bzw. ZT steht jedoch vor einer Ziffer nur dann, wenn der Verweis einem Text des andern Teils gilt.

ZT I 4 also = II. Teil, Kap. I, 4. Stück.

Besteht dieses Stück aus mehreren Gliedern, so wird die Ziffer des betr. Gliedes nach Komma hinzugefügt; also

ZT I 4, 2.

Gelegentlich werden zwei Stücke oder Glieder zusammen erläutert; dann lautet die Angabe mit Punkt dazwischen:

ZT I 1.2 bzw. ZT I 12, 2.3.

6. Rechtschreibung und Zeichensetzung. Beides ist in den handschriftlichen Originalen recht verschieden. Korrektheit der

Rechtschreibung galt damals, besonders bei Frauen, noch nicht als Kriterium der Bildungshöhe. In diesem Lesebuche sind die Texte dem heutigen Brauch angeglichen, soweit das nicht dem Reiz des Originals zu großen Eintrag tat. Vollkommene Folgerichtigkeit und Einheitlichkeit ist nicht angestrebt worden. Das gilt vornehmlich für die Zeichensetzung, und ganz besonders für die in den Briefen Susette Gontards. Sie staut den Fluß der Worte oft durch ein Komma, ohne daß zu entscheiden ist, ob dadurch das vorhergehende Satzglied hervorgehoben werden soll, oder sie setzt nur ein Komma zwischen zwei Nebensätzen, die zu verschiedenen Hauptsätzen gehören. Hier war Strichpunkt geboten. Anderseits jagen sich öfters Satzglieder ohne Kommata: Zeichen der Eile oder des Affekts? Hier war Schonung geboten. – Im II. Teil entfernen sich vom »Normalen« am weitesten die Schwestern Sophie Dollfus und Marianne Gontard sowie Henry von Lilienstern (ZT IV 3). Als Probe sei hier der Brief ZT I 18,1 von Sophie Dollfus an Marie geboten.

»Kurtz oder lange deine Briefe freuen immer, sie spregen so ganz zum hertzen, den nuhr das hertz hat sie diktiret, welge freude macht mir deine Freundschaft, und wie gerne höre ich von dir, das ich die einzige bin, der du so ganz inig gut bist, ich beneide nimanden um deine Freundschaft aber ich möchte doch gerne die erste sein, ich fodere dis mit einem gewissem rechte, den ich kenne kein weib das ich mehr liebe wie dich, mit welgem feuer habe ich noch diesen abend mit der guten Lansberg von dir gesprogen, so wie du sonst, gleig der morgen sonne die ihre wohltähtigen strahlen über die erde streud, und der geder erwachende Mensch entgegen lacht, in unserem zirkel emphangen wurdest, so erheiteren sich auch ietz unsere gesigter, und unsere zungen werden geleufig, zu deinem lobe wen von dir die rede, mir sehen dich gleig dem bande an welges uns alle zusammen knüpfte und dem mir dis bündnis ewig danken werden, wir liebten uns untereinander, und alle diese liebe hat bei dir ihren samelplatz, wie schön wahr unser kleiner zirkel als er noch durch dich belebt wurde, du hast ihn verlassen, doch unsere gedanken folgten dir.«

ERSTER TEIL

I 1. Am 28. Dezember 1795 kam Hölderlin, der in Nürtingen ungeduldig, zuletzt ratlos auf den Ruf nach Frankfurt gewartet hatte, dort an; etwa zehn Tage später nahm er im Hause des »Handelsmanns und Bankherrn« Jacob (Cobus) Friedrich Gontard den Unterricht des achtjährigen Henry (und seiner drei Schwestern) auf. Die Frau des Hauses, Susette geb. Borkenstein aus Hamburg, kannte sein ›Fragment von Hyperion‹ (1794). Seine Ähnlichkeit mit ihrem Bruder soll sie überrascht haben. – Am 11. Januar schrieb er seinem Bruder, nach seinem ersten Urteil habe er »die besten Menschen zu Freunden«. Dagegen ist sein Brief an Neuffer, nur vier Tage später, schmerzlich verhalten. Er legt darin das »demütigende Geständnis« ab, daß er »die Menschen nie verstehen lerne, ohne einige goldne kindische Ahndungen aufzuopfern«. Das Wort von der Armut des Herzens nimmt das Wort im ›Fragment‹ auf: »Ach! der Gott in uns ist immer einsam und arm« (vgl. II 12 und die Erl.). In der Resignation verrät sich aber wohl schon Betroffenheit von der beseelten Schönheit der Frau des Hauses als einem Bild der »ewigen Schönheit«; nur glaubt er – da spricht noch der Schüler Fichtes – sich »der ewigen Schönheit mehr durch eignes Streben und Wirken« nähern zu müssen.

I 2. Am 10. Juli floh die Familie, von der nur der Hausherr blieb, vor dem Anrücken der Franzosen, denen sich Frankfurt am 14. ergab, nach Kassel. Der Brief ist kurz vorher geschrieben, in dem Sommerhause vor der Stadt (s. ZT I 3,4; I 6). Wieder denkt der Dichter an »die ewige Schönheit«: in der Erfahrung ihres Daseins ist die Resignation des vorigen Briefes aufgelöst. Im Roman sagt Hyperion zu Diotima: »noch ist die Quelle der ewigen Schönheit nicht versiegt«. Der Brief ist gleichsam der Prosa-Kommentar zu dem Reim-Gedicht ›Diotima‹ (II 1): hier wie dort ist Hölderlin – dies ein Grundzug seines Wesens – der Dankende und Preisende, der sich »von des Lebens Angst genesen« fühlt und bekennt: »Wie so anders ists geworden, .. Seit ich dieses Eine fand«. – Den Einklang von »Lieblichkeit und Hoheit« in Susettes Wesen empfand 1793 auch Zeerleder (s. den französichen Vers in ZT I 2,1).

I 3. Zeugnis gleicher Hochstimmung wie der vorige Brief, mit ihm in überschwenglichen Wendungen verwandt. Aus dem Grunde seines Denkens versteht Hölderlin Diotimas Wesen als »Ein seliges Eins«: harmonisch-entgegengesetzte Züge sind »zu Einem göttlichen Ganzen vereint«. Über das beigelegte »Gedicht« s. die Erl. zu II 1. »Ein zartes geistiges himmlischreizendes Gesicht«: etwas davon blickt aus der einen Büste L. Ohmachts (s. Abb. 4). – »Wen die Götter lieben, . .«: vgl. Goethes Verse (1777): »Alles geben die Götter, die unendlichen, Ihren Lieblingen ganz, Alle Freuden, die unendlichen, Alle Schmerzen, die unendlichen, ganz«. Nach »großer Freude« sollte Hölderlin auch »großes Leid« erfahren. Es begann kaum ein halbes Jahr später.

I 4. Am 10. Juli schrieb Hölderlin auch seiner Mutter einen ruhigen, auf ihre Sorgen eingehenden Brief. Der an Neuffer zeugt bestürzend von einem Umschwung seiner Stimmung, vom Eintritt der Krise seines Lebens im Haus Gontard. Die sozial bestimmten Gründe legt er der Mutter erst im November, und nochmals nach der Trennung am 10. Oktober 1798 dar (VI 1.6). – Der 10. Juli war der Hochzeitstag der allbeliebten Marie Rätzer, der Erzieherin der Mädchen. Er wurde wahrscheinlich im Weißen Hirsch begangen. Wenn Hölderlin an diesem Glückstag zweier Menschen seiner Umwelt zwei Briefe schrieb, ohne das Fest zu erwähnen, wird er kaum daran teilgenommen und mag, allein geblieben, das Zwiespältige seiner Stellung, sein Unbehaustsein – und die äußere Hoffnungslosigkeit seiner Liebe, die sich nur in Dichtung bekennen durfte, empfunden haben. Darauf deutet das Nachwort im Brief an die Mutter: Er gratuliert Bekannten zu ihrer festen Anstellung und fügt hinzu: »Ich wollte, ich könnte mich auch zu so etwas entschließen. Man hat doch seinen eignen Herd«. Doch bleibt erschreckend und unerklärt der wilde Ausbruch: »O! gib mir meine Jugend wieder! Ich bin zerrissen von Liebe und Haß«.

II 1.2. Die hier gebotnen zwei Fassungen der Reim-Hymne werden zusammen erläutert. Besonders geht es um die Mühsal ihres Werdens, das wie ihr Druck nicht unter einem Glücksstern stand. – »Ich lege Dir ein Gedicht an Sie bei, das ich zu Ende des vorigen

Winters machte«. Es begleitete den freudigen Brief I 3 vom Februar 1797. Es sollte vom »Glücke« des Verfassers zeugen, nichts weiter. Was Neuffer bekam, war aber nicht vom »Ende des vorigen Winters« (1796), sondern die letzte Fassung. Die älteste, verschollene hieß ›Athenäa‹: zuerst, und sehr früh, sah der Dichter in Susette »die Athenerin« (II 6). Diotima – nach der Priesterin, deren Lehre, »was Liebe sei« (ZT IV 5), Sokrates in Platons ›Gastmahl‹ vermittelt – wurde sie ihm bald darauf; ihren Namen trägt eine 2. Fassung (unvollständig in zwei Abschriften, die längere von Susette selbst). Daraus wurde im Sommer 1796 die eine der hier gebotnen Fassungen. Diese schickte Hölderlin mit andern Gedichten am 24. Juli Schiller für dessen Musen-Almanach 1797, der im Herbst 1796 erschien. Als er seine Beiträge nicht darin fand, erbat er am 20. November »die unglücklichen Verse .. zur Durchsicht« zurück. Schiller antwortete am 24., sie seien zu spät gekommen; für den nächsten Almanach erhoffe er vom »Talent« des Verfassers »einige reife und bleibende Früchte«: eine Abwertung der gesandten Stücke. Schiller gab dann abgeklärte Ratschläge – »Aufforderungen« und »Warnungen« –, ohne das Gesetz von Hölderlins Dichten zu erkennen. Im Blick auf das ›Diotima‹-Gedicht warnte er vor »Weitschweifigkeit«: »Wenige bedeutende Züge in ein einfaches Ganzes verbunden, würden es zu einem schönen Gedichte gemacht haben«. Hölderlin komprimierte nun die Hymne zu der andern hier gebotnen Fassung, schickte sie Neuffer, erbat sie aber am 10. Juli 1797 zurück und sandte Schiller im August »das umgearbeitete und abgekürzte Lied an Diotima«, das jetzt im Almanach »wohl eine Stelle finden dürfte«. Schiller nahm auch diese Fassung nicht auf. Vom Grunde schwieg er, und Hölderlin fragte nicht danach. Sicher sehr enttäuscht, gab er das Gedicht im August 1799 Neuffer für dessen Taschenbuch auf 1800.

Allem nach lag ihm viel am Druck der Hymne, vollends im vornehmsten Almanach (vielleicht auch in Gedanken an Diotimas Freude darüber). Als es aber endlich erschien, war es eigentlich überholt: formal ein Abschied von der Reimlyrik im Gefolge Schillers; die Strophenform der letzten Fassung war bestimmt durch die ›Klage der Ceres‹. 1797 im August nannte Hölderlin das

Gedicht »Lied«; 1799 im Herbst aber war er schon unterwegs zur Großform der Ode und der Elegie: zu der Zeit, da ›Diotima‹ erschien, schrieb er die Vorfassung, ›Elegie‹, von ›Menons Klagen um Diotima‹.

Mit dem »Lied« und der ›Elegie‹ schließt sich ein Ring: der Liebe Glück – der Liebe Leid. Diese zweite Wendung prägt der Dichter 1800 in der Ode ›Die Heimat‹. »Wen die Götter lieben, dem wird große Freude, großes Leid zu Teil«: so schrieb er im Februar 1797 (I 3). In der ›Heimat‹-Ode weiß er: »sie, die uns das himmlische Feuer leihn, Die Götter schenken heiliges Leid uns auch. Drum bleibe dies. Ein Sohn der Erde Schein ich; zu lieben gemacht, zu leiden«.

Hat Diotima den Druck vor Augen bekommen? In Briefen erwähnt sie nie ein bestimmtes Gedicht. Aber in IV 14 schreibt sie: »Deine lieben Gedichte habe ich alle mit unaussprechlicher Freude gelesen!« Das klingt in Ton und Wortstellung anders als in IV 10: da will sie seine »lieben Schriften Gedichte, und Briefe .. durchlesen«. Dort könnten die Gedichte, darunter ›Diotima‹, im Taschenbuch gemeint sein. (Dann könnten sich auch die Worte in IV 12: »Du hattest ein Buch in der Hand!« statt auf den II. ›Hyperion‹-Band auf das Taschenbuch beziehen; doch das ist nicht sicher.)

Wie dem sein mag: gewiß war ihr das Gedicht so teuer wie dem Dichter. Und vielleicht spielte 1799 beim Entschluß, es zum Druck zu geben, ein tiefpersönliches Motiv mit: Es mochte ihn – und konnte vielleicht sie – gemahnen an »die seligen Stunden unserer ersten ganz neuen Liebe«, – an die »ungestörten Stunden, wo wir und wir nur umeinander waren«, die Stunden, an die sie nach der Trennung eines das andre erinnerten (IV 11; V 1).

II 3. Vom Frühsommer 1797. Reizvolles Momentbild gemeinsamen Erlebens der Natur, deren Schauspiel der Dichter Diotima weist. Das Metrum, Hexameter und halber Pentameter, ist nur hier gewählt und im Verein mit dem Wohllaut der Verse dem Vorgang und der Stimmung glücklich angemessen. Das Frühsommer-Gewitter ist nicht elementares Geschehen, nur wohltätig-erfreuliches Schauspiel, das der Himmel »wie in liebendem Streit« mit der

Erde aufführt. Nur der lapidare Satz: »und die Sonne verlischt«, mit dem die Kette der und-Sätze endet, bringt in das Bild einen dunkleren Farbton; um so heller glänzt das Folgende. – Im selben Metrum, ebenfalls 1797, schrieb Neuffer ›Das Gewitter. An Hölderlin‹. Er stellt Natur- und Zeit-Gewitter in Analogie pedantisch nebeneinander (»So auch ziehen Gewitter herauf am Himmel der Menschheit«). Hätte Hölderlin sein Gedicht vollendet, so hätte er ein »reines« Natur-Schauspiel der Verjüngung geschaffen, die auch den Liebenden zuteil wird; dafür spricht der Eingang, die Aufforderung an Diotima.

II 4. Das Grundmotiv, das auch die folgenden Gedichte bestimmt: Diotimas Einsamkeit »in der gealterten Welt«, geht gereift und gestrafft in den Schlußteil des folgenden Gedichtes ein; nur wird dort die Anrede an sie, entsprechend dem vorhergehenden Gebete, zum die Fürbitte begründenden Zeugnis über sie. Die »Jugend der Welt« und »die schönere Zeit« ist die griechische.

II 5. Die »himmlische Muse« ist Urania, die schon die erste der Tübinger Hymnen als »Göttin der Harmonie« feiert: »Thronend auf des alten Chaos Wogen, Majestätisch lächelnd winktest du, Und die wilden Elemente flogen Liebend sich auf deine Winke zu«. In ›Diotima‹ (II 1) werden uralte Vergangenheit der Kosmogonie und Gegenwart der Geliebten aufeinander bezogen: »Wie melodisch bei des alten Chaos Zwist Urania, Steht sie, göttlich rein erhalten, im Ruin der Zeiten da«. Hyperion sieht in Diotima die Erscheinung Uranias »mitten im seufzenden Chaos« (III 2). Diotima ist zwar »reich an eigenem Geist« – in Prosa heißt es dafür gerne »selbstständig« (vgl. VI 7) –, aber auch sie bedarf eben der zentralen »Sonne des Geists«. Der Schluß des Gebetes, wo Urania als »lebendige Schönheit« inständig angefleht wird, hat zugleich kultischen und sozialen Sinn auf höchster Stufe.

II 6. Auch hier fürbittendes Gebet und das Motiv der Einsamkeit Diotimas. Die »Athenerin« (»Athenäa«, vgl. die Erl. zu II 1) ist sie noch in ›Menons Klagen . .‹ (VII 11, Str. 8). Hölderlin soll Neuffer, als der ihn besuchte und Frau Gontard vorgestellt wurde, zugeflüstert haben: »Nicht wahr, eine Griechin?«; doch ist das in dieser Form wenig glaubhaft. Das »Land der Seligen«: Elysium; »Phidias' Zeit«: das Perikleische Zeitalter, dessen größter Bildhauer Phidias war.

II 7. Alkäische Strophe, benannt nach dem lesbischen Dichter Alkaios; nebst der asklepiadeischen die Lieblingsstrophe Hölderlins, der jeweils mit feinem Gespür die eine oder andere wählt. – Als Schwester der »zärtlichgroßen Seelen« Griechenlands muß Diotima »bei Barbaren« unverstanden sein, muß schweigen und dulden. Darin eben ist sie »Heldin« (VII 2; VII 11, Str. 8). Im Herbst 1799 schrieb ihr Hölderlin: »Du hast immer . . mit Heldenkraft geduldet . .« (V 3). – In Str. 2 tritt jäh ein Umschwung von Klage zu Prophetie des Tages der Zukunft ein, der Diotima, die jetzt Duldende, »mit Helden« preist und ihr »gleicht«: ähnlich sieht Hyperion die Welt, die er bauen will, als »Kopie« ihres Wesens (III 3). – Aus der Kurzode wird 1800 die machtvolle Großode VII 9.

II 8.9. Asklepiadeische Strophen wie in 10.11.12. Anders als in den vorigen Stücken tritt das Ich des Dichters in die Gedichte ein, und in dichterischem Schimmer scheinen Momente des wirklichen Lebens auf, in ›Abbitte‹ etwas von »Zwist der Liebenden«. Im Bekenntnis eigner Empfindung bleibt doch, wie die Anreden am Anfang sofort erkennen lassen, der Blick auf Diotima beherrschend.

II 10. Das Gedicht, das anders als das vorige zeitraffend einen Vorgang bespricht, hat formal eine zweifache Klammer: es beginnt und endet mit einem Anruf der Natur, zuerst in Besorgnis und Frage, zuletzt mit Erleichterung und Dank; die Kranke ist zuerst »Freundin«, zuletzt »Liebling« der Natur. An die drei Strophen wachsen 1800 noch zwei an, die aber anders gerichtet werden (VII 8).

II 11. Mit andern »Gedichtchen« im Juni 1798 an Neuffer für dessen Taschenbuch auf 1799 gesandt, begleitet von dem Brief der Klage über »die harten Urteile der Menschen« (VI 5). Was dort

Klage, ist hier, in den wenn-Sätzchen, Angriff auf die »Barbaren« der Gegenwart; da klingt kurz ein Ton auf wie gegen Schluß von Hyperions »Scheltrede« wider die Deutschen. Die Strophe wird 1800 umgearbeitet und erweitert zu der schlackenlosen Großode ›Die Liebe‹, einer der schönsten und gläubigsten Oden (VII 6). – »Gott vergibt es«: Anfang 1799 schreibt Hölderlin seiner Mutter von den »Schriftgelehrten und Pharisäern unserer Zeit«: »weil es ihnen Gott vergibt, daß sie Christum ärger töten als die Juden, .. weil sie ihn, den Lebendigen, zum leeren Götzenbilde machen, .. vergeb ichs ihnen auch«.

II 12. Wie das vorige »Gedichtchen« 1798 geschrieben und Neuffer zugeschickt; von den Diotima-Kurzoden die komprimierteste und die ergreifendste. Sie gibt Einblick in Erwägungen, in Versuchungen der Liebenden, sich zu trennen, bevor die Trennung über sie kam (vgl. den Brief VI 2). 1800 gibt diese Strophe den Grund ab, auf dem die vollendete Großode ›Der Abschied‹ (VII 10) gebaut wird. (Die Verse haben ein Lebensschicksal entschieden: sie haben Gottfried Kinkel, den späteren Freiheitskämpfer von 1848, und seine Braut »nach langem Schwanken zu dem Entschluß gebracht, nie wieder voneinander zu lassen«.) – Die zweite Strophenhälfte ist wohl so zu verstehen: Wir kennen unser Bestes wenig, wenn wir eigenwillig »klug« planen; in Wahrheit lenkt unser Schicksal und »waltet ein Gott in uns«. Diese Wendung ist vorgebildet bei Ovid: »est deus in nobis«; sie gehört aber zum Kern von Hölderlins Glauben. Hyperion im Thalia-Fragment: »Ach! der Gott in uns ist immer einsam und arm«; im Roman: »Es ist ein Gott in uns, .. der lenkt, wie Wasserbäche, das Schicksal«. In einem Brief schreibt Hölderlin, sein »eigen zweifelnd Herz« wolle »manchmal .. den Gott leugnen, der in den Menschen ist«. Vgl. auch das Zitat in der Erl. zu VI 5.

Die Gesamtheit der Frankfurter Kurzoden, deren Themen ganz verschieden sind, hat gleichsam zum Motto den Titel einer von ihnen: ›Die Kürze‹. Sie heißen mit Recht epigrammatische Oden. In ›Menschenbeifall‹ gedenkt der Dichter einer Zeit, da er »stolzer und wilder, Wortereicher und leerer war«. Die Kurzoden sind

Früchte der Selbsterziehung zu sprachlicher Zucht. Der Dichter ging durch diese Schule bewußt hindurch, eh er sich in Homburg und Stuttgart an den Bau von Großoden wagte, zu deren schönsten die Diotima-Oden gehören. Er selber gab freilich 1798, als sich das Ende seines Glücks abzeichnete, der Wortkargheit seiner »Gedichtchen« einen tiefmelancholischen Grund und Sinn: »Wie mein Glück ist mein Lied«.

III 1. ».. daß Du Deinen lieben Hipperion auch einen Roman nennst, ich denke mir aber immer dabei ein schönes Gedicht«: so schrieb Susette dem Dichter (IV 6, »Den 19ten März« 1799). Ihr Eindruck konnte besonders vom I. Bande gelten, der seit dem Frühjahr 1797 vorlag; der II. erschien erst im Herbst 1799. Beide gliedern sich in zwei Bücher; Band I 2 enthält Hyperions Begegnung mit Diotima und das Glück von ihrer beider Liebe. Im ganzen Werk ist aber die Erzähltechnik im Sinne zu behalten. Es ist ein Briefroman, in dessen Stücken Begebnisse, Gespräche, Stimmungen, Gedanken nebeneinander zu Worte kommen können. Hyperion schreibt aber als »der Eremit in Griechenland« – dies der Untertitel –: Er ist es geworden durch noch gar nicht lang zurückliegende Abschnitte seines Lebens. Er überblickt sie nun, deutet und beurteilt sie. »Fern und tot sind meine Geliebten«, schreibt er gleich zu Anfang: sein Mentor Adamas, sein Kampfgefährte Alabanda – und seine Diotima. – Hier kann weder die »Handlung« nachgezeichnet noch sorgsam der weltanschauliche Kern bloßgelegt werden. Es sollen nur einige Auszüge geboten werden, und zwar solche – das gilt vornehmlich für den 1. und den 2. –, die vermitteln können, was Hölderlin in dem glücklichen Jahre 1796 in der Begegnung mit Susette Gontard erfuhr – und wie er diese Erfahrung in hohe Dichtung, in hymnische Prosa-Gedichte verwandelte, die Susettes Eindruck rechtfertigen: »ein schönes Gedicht«.

Das 1. Stück ist in Band I 2 der Hauptteil des 3. Briefes. Zuvor erzählt Hyperion: Einer Einladung folgend, hat er sich zur Insel Kalaurea (vor der Westküste der Peloponnes) übersetzen lassen. Schon vor der Fahrt war er »still und bewegt«, auf der Insel dann »voll unbeschreiblichen Sehnens und Friedens«, beherrscht von einer »fremden Macht«. Dann, »in einem Walde«, findet er Diotima. Er ist im Innersten betroffen und ahnt, was ihm »erschien«: »Friede der Schönheit! göttlicher Friede!« Nun der im Text gebotne Abschnitt. Hyperion weiß, daß Diotima tot ist; von ihrem Sterben hat er (gegen Ende des Werkes) durch ihren Abschiedsbrief (woraus III 4), von ihrem Tode durch ihren Nachbarn erfahren. Jetzt aber, im Nachklang der ersten Begegnung und als Auftakt seiner weitern Erzählung, ermißt er, was ihm durch die Begegnung widerfahren und was darin das Bleibende ist. Erfahren hat er als gegenwärtig »die Vollendung«, die sich der Mensch als Zustand im Jenseits denkt; erfahren hat er »das Höchste«: »in diesem Kreise der Menschennatur und der Dinge war es da«. Es »erschien« ihm, »das Göttliche«, in Diotima, aber es ist nicht von Diotimas Erscheinung abhängig, es vergeht nicht mit ihr. So kann Hyperion glauben: »es war in der Welt, es kann wiederkehren in ihr«. Der Ernst, in dem er spricht, prägt sich in dem gefaßten Gang der kurzen Glaubenssätze aus. Und es verdient bemerkt zu werden, daß in den Worten: »es war in der Welt« ein Satz vom »Wort« oder »Licht« im Eingang des Johannes-Evangeliums nachklingt: »es war in der Welt«.

Das »Höchste« aber, das über alle Erscheinung hinaus »Eins ist und Alles« – hén kaì pãn –, heißt »Schönheit«. Hinter Hyperion steht hier der Dichter als Mitbegründer des ästhetischen Idealismus der Goethe-Zeit, und hinter dem Dichter Platon. »Schönheit« ist ein allumfassender ontologischer Begriff. So heißt es in einer – aus bestimmten Gründen nicht dem vollendeten Werke vorangestellten, aber gewiß für Band I gültigen – Vorrede Hölderlins: »jenes Sein, im einzigen Sinne des Worts, .. ist vorhanden – als Schönheit; es wartet, um mit Hyperion zu reden, ein neues Reich auf uns, wo die Schönheit Königin ist«. Und Band I schließt mit der kühnen Prophetie: »Es wird nur Eine Schönheit sein; und Menschheit und Natur wird sich vereinen in Eine allumfassende Gottheit«.

Der »ewigen Schönheit« – der Möglichkeit ihrer irdischen Gegenwart – sann Hölderlin in I 1 (und I 2) nach. In Diotima »erschien« sie Hyperion, in Susette Gontard dem Dichter.

III 2. Das Grundmotiv des vorigen Stückes – »die Vollendung« als Erscheinung im Diesseits – wird hier aufgenommen, aber variiert und konkretisiert: Die Liebenden stehn einander gegenüber (man beachte die Entsprechung: »sie aber stand vor mir . .« – »Ich stand vor ihr . .«): sie »bedürfnislos«, in sich ruhend, er »voll wilder Widersprüche«. Es ist die Konstellation, die auch in den ›Diotima‹-Hymnen und in der Kurzode ›Abbitte‹ berührt wird (II 1. 2. 8). Diotima steht »in wandelloser Schönheit« und, nach der zweiten Hymne, in »stiller Schöne« da: darin gleicht sie »der Natur, der wandellosen, stillen und schönen«. (Das Adjektiv spricht Sinclair in ZT IV 2 nach: Frau Gontard lebte »das wandellose Leben der Gottheit«.) – »in dieser stillen Seele«: Susette schreibt einmal: »ich . . tue besser, mit meiner stillen Seele allein zu leben« (IV 13). – »Urania«: vgl. II 5 und die Erl.

III 3. Aus dem Briefe: »Der Vulkan bricht los« in Band II 1. Des Abends, nach der Waffenübung ihrer Truppe, sitzen Hyperion und Alabanda im Gespräch beisammen, wo »mitten in unsrer lächelnden Stille die Geschichte der Alten wie eine Wolke aufsteigt aus dem heiligen Boden, der uns trägt«. – »mein Adamas«: der geistige Erwecker des jungen Hyperion. Er ist schließlich, nachdem er Hyperion gleichsam geweiht hat – »Sei, wie dieser!«, der Sonnengott –, weggezogen in die »Tiefe von Asien, wo ein Volk von seltner Trefflichkeit verborgen sein soll«. Die Welt, die er nun mitzubauen kommen soll, ist auch die Welt Diotimas: nicht nur, weil sie darin, wie Hyperion ihr kurz zuvor schreibt, »in entzükkender Glorie blühn« wird, sondern weil diese neue Welt »die Kopie« ihres Wesens sein soll. Es ist ihre vollkommene Harmonie, ihre »Elysiumsstille«, die der neuen Welt das Maß geben kann. Dazu stimmt, was sie ihm schreibt: »Lebe wohl! vollende, wie es der Geist dir gebeut! und laß den Krieg zu lange nicht dauern, um des Friedens willen, Hyperion, des schönen, neuen, goldenen Friedens willen . . .«.

III 4. Aus Band II 2. In dem Brief an Susette, der den Band begleitete, schrieb Hölderlin: »Verzeih mirs, daß Diotima stirbt. Du erinnerst Dich, wir haben uns ehmals nicht ganz darüber vereinigen können. Ich glaubte, es wäre, der ganzen Anlage nach, notwendig« (V 3). Er hatte recht. – Diotima erklärt ihr Hinsterben mit dem verzehrenden Feuer, das der Geliebte in ihr entzündet hat. Ihr Abschiedsbrief aber ist eine Feier des Todes, der nicht Tod ist, sondern Vereinigung mit dem Ein und All, mit »der göttlichen Welt«: »Wir sterben, um zu leben«. Diotima fährt fort: »Ich werde sein; ich frage nicht, was ich werde«. Da klingt zum Schluß auf, was Hyperion in III 1 von dem »Höchsten«, das ihm erschienen ist, sagt: »Ich frage nicht mehr, wo es sei; .. Ich frage nicht mehr, was es sei«. – In dem Brief ist der tiefste Lebensglaube Hölderlins beschlossen, der am Schlusse nochmals in dem berühmten Prosa-Hymnus Sprache findet, – ein Glaube, aus dem er im März 1801 schreibt, er habe zu Anfang seines Lebens in Homburg, nach der Trennung also, »gerungen bis zur tödlichen Ermattung, um das höhere Leben im Glauben und im Schauen festzuhalten«.

Diotimas Abschied mündet aus in ein Vermächtnis. Am Schluß des I. Bandes hat sie gesagt: »Du wirst Erzieher unsers Volks sein«. Das ist er nicht geworden. Jetzt schreibt sie: »Dir ist dein Lorbeer nicht gereift und deine Myrten verblühten« (Symbole des Ruhmes und des schönen Lebens); aber sie gibt diesem »negativen« Schicksal Sinn: »denn Priester sollst du sein der göttlichen Natur, und die dichterischen Tage keimen dir schon«: wohl Tage dichterisch begeisterten Schaffens. Der Hymnus, den Hyperion am Schluß anstimmt, ist ein Natur-Hymnus und Anfang solchen Priestertums. Hyperion, der Priester und Künder »der göttlichen Natur«, ist Hölderlin, der Dichter.

IV 1a. Henrys Briefchen ist den Briefen Susette Gontards gleichsam als Auftakt vorgefügt: ein rührendes Zeugnis der Anhänglichkeit des Elfjährigen (deren Äußerung gleich danach von seinem Vater unterbunden wurde). »Hölder«, nachher »Holder«: die Kinder mögen so wie so gesagt haben. Die Mutter schreibt in ihren Briefen nie so. – »Hegel« war dank Hölderlins Fürsprache (s. die Erl. zu ZT I 10, 1) seit Anfang 1797 Hofmeister in der mit den Gontards verwandten und befreundeten Familie des Weinhändlers Gogel am nahen Roßmarkt, »Hänisch« Hofmeister bei Cobus' Bruder Franz, dessen Tochter Maria Belli-Gontard ihn in ihren ›Lebens-Erinnerungen‹ sehr abfällig zeichnet. Nähere Beziehung zu Hölderlin ist nicht bekannt. – »Jette«: die zehnjährige Henriette, die älteste der drei Töchter Susettes. – »Posselt«: angesehener Zeithistoriker und Publizist, seit 1796 bei Cotta Herausgeber der bedeutenden Monatsschrift ›Europäische Annalen‹, worin er besonders die französischen Angelegenheiten mit Kenntnis, Freimut und Weitblick vermittelte. Vermutlich hielt und las sie Hegel mit Hölderlin gemeinsam. – Die Frage des Hausherrn nach Hölderlin beweist, daß er auf den jähen Weggang des Hofmeisters nicht gefaßt war (und daß dieser nicht, wie behauptet, mit dem Gesinde essen mußte, sondern mit der Familie zu Tische saß).

IV. *Vorbemerkung.* In den Erläuterungen dieses Kapitels wird Susette Gontard immer Diotima genannt: mit diesem Namen lebt sie als Hölderlins »Athenerin« fort. Ihre Briefe an den Dichter in Homburg wurden 1920/21 von einer Nachkommin seines Stiefbruders Karl Gok freigegeben. Sie sind seither, besonders in der Insel-Bücherei Nr. 455, in Zehntausenden von Exemplaren verbreitet und haben immer wieder fühlende Herzen ergriffen durch die Unbedingtheit und Tiefe der Empfindung, die verhaltne Leidenschaft, den Glauben an den Menschen und den Dichter – in einer Zeit, da er klagte: »es sind so wenige, die noch Glauben an mich haben« (VI 5) – und die Tragik der Liebe, von der die letzten Stücke schon beschattet sind. Nebst Hölderlins Gedichten sind die Briefe das Kernstück des I. Teils dieser Sammlung. Es sind siebzehn, doch vier oder fünf sind dazwischen verschollen oder vernichtet. (Diotima erwähnt in IV 5, 1. Abschn. »Briefe von ältern Zeiten«, d. h. solche, die ihr Hölderlin schon während des gemeinsamen Lebens im Weißen Hirsch heimlich übergeben hatte; sie bewahrte sie auf, gab jedoch sicher nur mündlich Antwort.) – Die Briefe sind nur teilweise genau datiert, teilweise nach sachlichen Kriterien datierbar. Ihre Reihenfolge dürfte feststehen. Sie setzen Ende September/Anfang Oktober 1798 ein und enden am 8. Mai 1800. Daß danach bis zu Diotimas Krankheit und Tod (am 22. Juni 1802) noch Briefe gewechselt wurden, erscheint nach mehreren Zeugnissen als ausgeschlossen (vgl. besonders die Nachbemerkung zu IV 17).

Diotimas Briefe an Hölderlin, samt denen an ihre Freundin Marie Rüdt von Collenberg (ZT III), sprechen ihr Wesen unmittelbar beredter aus, als es der Versuch psychologischer und charakterologischer Analyse zu vermitteln vermöchte. Hauptzüge ihrer Gestalt werden im Nachwort gezeichnet. In den Erläuterungen ist jedoch oft auf mehrfach auftretende Motive – Gedanken, Empfindungen, Stimmungen – hinzuweisen. Dabei ist Kürze geboten und Vollständigkeit nicht erstrebt. Auch der Sachkommentar kann nicht erschöpfend sein. Er muß vornehmlich Datierungen, Räumlichkeiten, Personen, Ereignisse und besondere sprachliche Wendungen erklären.

In dem hier gebotnen Text waren Eingriffe in Schreibung und besonders in Zeichensetzung als Lesehilfen notwendig. Strenge Folgerichtigkeit war nicht erreichbar. Daß dabei etwas von dem Timbre der Handschriften getrübt wurde, mußte der leichteren Lesbarkeit wegen in Kauf genommen werden. Aber keine Transkription und kein Druck kann ja ganz den Reiz des Originals bewahren.

Diotimas Briefe sind trotz, vielleicht gar eben wegen ihrer Moment-Gebundenheit einer großen Dichtung in Briefen verwandt. Sie zeugen als Ganzes von einem tragischen Schicksal. Vielleicht aber tut der Leser gut daran, wenn er diese Zeugnisse seltener Liebes- und Leidenskraft nicht nacheinander wegliest, sondern einzeln auf sich wirken läßt.

IV 1. Der letzte Abschnitt, »Freitag Morgend«, beginnt: »Seit ich Dich gestern sah«: wohl in der »Komödie«. Er enthält Hinweise auf die Wohnung im Weißen Hirsch – der 1872 abgebrochen wurde –; doch ergibt sich daraus kein deutliches Bild: Hölderlin selbst war ja »im Bilde«. Anhand der Abb. 2 und einiger Andeutungen läßt sich nur sagen: Das Erdgeschoß bestand vorwiegend aus Gesellschaftsräumen; die Familie wohnte im 1. Stock, Hölderlin in zwei Mansardenzimmern (im Anfangsteil schreibt Diotima: »kamen sonst meine Kinder, von Dir, zu mir herunter«; vgl. IV 15, Anfang). Diotima will Hölderlin in ihrem »Zimmer an der Trep-

pe« empfangen. In IV 6 (»Dienstag den 12ten März«) schreibt sie: »Nachmittags schien die Sonne mir so lieblich ins Zimmer«: dieses lag also an der Südwest-, der Schmalfront des Gebäudes mit Blick auf den großen Garten. –
»Monument«: »exegi monumentum aere perennius«, sagt Horaz von seinem Werke. Diotima denkt an ein kunstloses Denkmal ihrer Liebe nur für den Geliebten, doch ist ihr deren Gültigkeit, ja wohl Urbildlichkeit bewußt, die sie »durch geschriebene Worte« der »Zeit« entziehen will. Der Relativsatz ist sehr komprimiert: »das unauslöschlich (ist und das) die (alles verändernde) Zeit doch unverändert (läßt und) schonet«. – »Feldberg«: vom »freien Feld« aus vorm Eschenheimer Nordtor. Homburg liegt am Frankfurt zugewandten Fuß des Taunus. Vgl. IV 6 (»Den 19ten März«) und, als Gegenstück, Hölderlins Brief vom Frühjahr 1799 (zit. in der Erl. zu VII 4). – »Deinen Brief«: er galt gewiß auch der Mutter, die ja schrieb: »Du konntest nicht zuerst schreiben«, und zeichnete offenbar Hölderlins Wohnen bei Glaser Wagner in der Haingasse. – »Hipperion«: der II. Band erschien erst im Herbst 1799; s. V3. – »daß ich nie ändere«: das bloße Verbum konnte damals noch »sich ändern« bedeuten.

IV 2. »Mein Brief«: verloren; für Hölderlin ein »kalter trockner Brief«. – »daß mein Herz mir stirbt«: vgl. in IV 11 das ergreifende Vorgefühl: »daß ohne Dich mein Leben hinwelkt und langsam stirbt«. – »Natur«: ihr Naturglaube verbindet Diotima mit Hölderlin und mag von ihm zu seiner Innigkeit erweckt sein. Sie bekennt ihn gleich nachher (»Morgends«) nochmals, sehr spirituell, als Glauben an die Einheit von Makro- und Mikrokosmos: die Welt und uns, die Liebenden, erhält »der nämliche Geist der Harmonie und Liebe«. Vgl. auch das zauberhafte Stimmungsbekenntnis, das IV 12 eröffnet, und in IV 11 das »Vertrauen auf die Liebe, die die gütige Natur uns ins Herz legte«. – »dankend beten«: wie der Dichter ist die unkirchlich Denkende, die sich ein »dankbares Herz« zuspricht, stets zu frommem Dank bereit. Dazu gehört auch das Gefühl, von dem »Genius der Liebe« (so auch IV 3, Eingang) geleitet zu sein; vgl. besonders in IV 17: »Vertrauen auf die geheimen Mächte die unsere Schritte leiten«. – »stille Seligkeit«: vgl. Hölderlin (I 3): »ein Tod für unsre stille Seligkeit, wenn sie zur Sprache werden muß«. – »der Schmerz«: Diotimas Glaube an seine läuternde Kraft wird ihr letztes Wort zu dem Scheidenden sein: IV 17.

IV 3. »Genius«: vgl. in IV 2: »daß der Genius der Liebe mich . . leitete«. – »wie freue ich mich . .«: ebenso IV 5 (gegen Schluß): »Dein lieber Hyperion wird meinen Geist beleben, wie freue ich mich schon darauf!«; IV 12 (»Donnerstag«): »Du hattest ein Buch in der Hand! wie freut es mich schon«.

IV 4. Anfang Februar 1799 geschrieben: der eingangs erwähnte »Besuch« war von dem Ehepaar Rüdt von Collenberg aus Bödigheim, das bis Mitte Februar blieb. Wenn Diotima den Freundesbesuch »lange gefürchtet« hatte, so wegen der Zerstreuungen und Schwierigkeiten, Hölderlin zu sehen; blickte sie doch nach IV 5 auch dem Besuch ihres geliebten Bruders im Mai bang entgegen. – »unbeschreiblich«: vgl. IV 12 (gegen Schluß): »Was wir leiden müssen ist unbeschreiblich, aber warum wirs leiden ist auch unbeschreiblich«.

IV 5. »allein«: nach dem Besuch der Rüdts, die Mitte Februar schieden; der Brief ist also noch im Februar geschrieben. – »Dein . . in mir gewordenes Traumbild«: nach »in mir« wohl ein Wort wie »blaß« zu ergänzen. – »Briefe von ältern Zeiten«: s. die Vorbemerkung zu IV. – »in dieser armen, alles tötenden Zeit«: wohl Echo von Gedanken des Dichters, der 1797 Diotima »recht in dies arme geist- und ordnungslose Jahrhundert verirrt« sah (und schon 1795 Neuffers Liebe als »ein Wunder in der jetzigen herzlosen kleinen Welt« wertete); vgl. die Gedichte II 4.5.6; VII 6. – »diese Beziehung der Liebe . .«: im Herbst 1799 sinnt Hölderlin solchen Gedanken völliger Entsagung nach; s. den Schluß von V 3. – »Deine künftige Bestimmung«: im höhern wie im beruflichen Sinn immer wieder Gegenstand von Diotimas Sorge; so im nächsten Abschnitt, wo sie dieser Bestimmung ihre Liebe notfalls zu opfern bereit ist: »laß mich kein Hindernis sein«. – »Revolutionen«: vgl. IV 11: »bei den großen Revolutionen in der Hamburger handelnden Welt«: weniger politische Umstürze als »Kriegsunruhen«, die sie nachher erwähnt, und Wirtschaftskrisen. – »Opfer«: vgl. IV 11: »besser ein Opfer der Liebe! als ohne sie noch leben«, und die Ode ›Der Abschied‹ (VII 10, Lesart): ».. Muß der Liebenden Herz vergehn Und manches als sühnendes Opfertier«. – »Reise«: Sie fand im Juli doch statt. – »ungetörte Vernunft«: nicht Verschreibung; einfaches »tören« damals noch möglich, z.B. Ludwig Tieck: »Wir tören die Männer«. – »fortkäme«: bald darauf wurde Henry auf drei Jahre nach Hanau gegeben. – »Mädchen«: Diotimas Urteil über ihre Entwicklung s. in ZT III 2. – »Hadermann«: reformierter Kandidat der Theologie. – »Musik«: vgl. IV 12 (Eingang) und ZT I 2, 1. – »Hyperion«: Der II. Band erschien im Herbst 1799; s. V 3. – »wie freue ich mich ..«: vgl. IV 3 und die Erl.

IV 6. »Angst«: sie fällt Diotima von nun an immer stärker an; vgl. z.B. IV 13 (Anfang) und die Erl. – »wieder finden«: vgl. besonders IV 14 (»Donnerstag«): »ich kann den Glauben nie aufgeben, daß wir uns wieder finden in der Welt, und noch Freude haben werden«. Visionär gestaltet Hölderlin diesen Glauben in VII 10.11. – »Nachmittags«: »Naturgesetze«: vgl. IV 2 »Natur« und die Erl. – »Roman«: nicht gefunden. – »Den 14ten März«: »Landschaft«: nachher als »Grabstätte« bezeichnet. »Kupferstiche«: nicht auszumachen. Ihre Durchsicht deutet auf Gemeinsamkeit künstlerischer Interessen. – »Mutter«: sie lebte seit 1791 als Witwe bei ihrer Tochter und starb im März 1793, von ihr innig geliebt und tief betrauert. – »Den 19ten März«: »Homburg«: vgl. IV 1 »Feldberg« und die Erl. – »Dein Bild«: vgl. IV 5: »Dein verlöschendes in mir (blaß?) gewordenes Traumbild«. – »mißmutig«, weil »nicht verstanden«: vgl. Böhlendorffs Wort (ZT IV 5): »Menschen, die ihn nicht faßten, machten ihn traurig«. – »die unrechten Menschen«: Diotima hat sicher bestimmte Personen im Sinne, will sie aber nicht nennen; vgl. ihre einsichtige Warnung in IV 8. – »Gesellschaft der Menschen .. Einsamkeit«: vgl. IV 5, letzter Abschn. – »la Fontaine«: eilfertiger Schreiber von Moderomanen. – »Den 26ten März«: »Festtage«: Ostern, am 24. März; »unsere Kirche«, in welche die unkirchlich Denkende »einmal wieder«, aus Konvention ging: die der französisch-reformierten Gemeinde.

»hinaus in unsern Garten«: offenbar nicht etwa der hinterm Weißen Hirsch, sondern der Adlerflychtsche Hof. Diotima nennt dieses ganze Anwesen einfach »Garten«; s. besonders IV 10, Anfang Oktober 1799: »hinaus (aus der Stadtwohnung) in den Garten hätte ich auf keine Weise kommen können weil zum Unglück gerade die Äpfel gebrochen werden und ich auch wegen dem Wetter keine Ausrede hätte«; ferner IV 15 vom 5. März 1800: »bis wir einmal wieder im Garten wohnen«. Der Adlerflychtsche Hof (an dessen Stelle am Öderweg heute der gleichnamige Platz liegt): s. Abb. 15, die Erl. zu IV 7, die zu ZT II 4 (und das Register). Vom Weißen Hirsch dahin war es wenig mehr als 1 km. – Meint Diotima den Hof, so erklärt das ihre wehmütige Bemerkung, in ihr sei es nicht »so heiter und klar« gewesen wie draußen, und auch ihre Mitteilung: »Ich sehe jedesmal, wenn ich hinausgehe, nach dem Seitenfenster«, nämlich eines Zimmers im »Weidenhof«; s. IV 7 und die Erl. Aus den zit. Stellen ergibt sich der Anschein, daß der Hof mitsamt den Obstgärten von Cobus fürs ganze Jahr gepachtet wurde, und besonders der Schluß, daß Diotima noch im Oktober 1799, nach ihrer Rückkehr in die Stadt, erwogen hatte, sich mit Hölderlin dort draußen, wo niemand um den Weg war, zu treffen.

»mir«: damit endet ein Bogen, der folgende fehlt. Diotima beschwor wohl darin das Schreckbild endgültiger Trennung, weiter Entfernung, selbst innerer Entfremdung in der Ferne; sie redet davon noch in dem mit »will« beginnenden Bogen: Hölderlin soll sie nicht »mißtrauisch« nennen, weil sie eben auch von der Gefahr der Entfremdung, des Verlöschens des Bildes vom andern (vgl. IV 5, Eingang), gesprochen habe. Der Satz: »Du weißt . .« läßt auf Erfahrung und auf Gespräch über »Mißtrauen« schließen. Vgl. IV 12 (»Montag« und »Mittwoch«). – »Den 2ten April«: »Kleid«: am 27. März sendet Diotima Marie Rüdt, ebenfalls als Geschenk ihres Bruders, »zum Andenken . . ein Kleid von einem besondern Schnitt«, woraus sie »nicht recht klug werden kann«. – »Wilhelmine«: die Haushälterin. – »Den 4ten April«; die Art des Brieftausches bezieht sich auf den Hölderlin von den zwei vorigen Sommern her vertrauten Adlerflychtschen Hof; s. darüber die Erl. zu IV 7. Man zog am 8. Mai hinaus. – »die bekannte

Ecke«: am Weißen Hirsch am Großen Hirschgraben. – »Heute . .«: der 4. April war ein Donnerstag, an dem offenbar eine Aufführung in der »Komödie« stattfand. – »daß es uns aussetzt«; beider Anwesenheit im Theater. Das Verbum mit wen-, doch ohne wem-Fall im Sinne von »den Blicken, dem Verdacht aussetzen« ist in der Goethezeit nicht selten, z.B. Goethe, ›Dichtung und Wahrheit‹: »daß sie .. sich dort nicht hätte aussetzen wollen«.

IV 7. Sicher Schlußteil eines sonst verlornen, wie IV 6 tagebuchartigen Briefes vom April, mit Blei hastig in Erwartung Hölderlins geschrieben am Morgen nach dem Umzug der Familie auf den schon in den Sommern 1797 und 1798 bezognen Adlerflychtschen Hof, nördlich der Stadt vorm Eschenheimer Tor, mit »Hekke« und »Pappeln-Allee« davor (s. Abb. 15). – »Weidenhof«: wohlbeleumdetes Gasthaus an der Zeil. Hölderlin nächtigte dort, wenn er, Diotima (und Hegel) zu sehn, nach Frankfurt kam. – »2 Monate warten«: wohl wegen der Anwesenheit Henry Borkensteins und seiner Frau, von deren Kommen »in der Mitte des Mai« vermutlich, wie schon in IV 5, etwas in dem verlornen Teile stand. – »letzt«: bei der letzten Zusammenkunft, am 5. April.

IV 8. Der erhaltne Teil ist gegen Ende Juni bis 3./4. Juli 1799 geschrieben, während der Anwesenheit des Bruders und seiner Frau. Der Umfang des verlornen Teils: wohl ein Quart-Doppelblatt. Der Inhalt ist, soweit er Äußerliches betrifft, leidlich erschließbar aus Diotimas Brief an Marie Rüdt vom 23. 6. Im ersten Abschnitt (ZT III 6) freut sie sich mit Marie über die Geburt ihres zweiten Kindes und malt »die Bilder ihres Glückes« auf dem Land aus. Im zweiten schreibt sie: »Wir leben auch jetzt sehr vergnügt, meine Geschwister .. sind schon 6 Wochen hier, mein Bruder wird übermorgen für Pyrmont abreisen, .. und dann nach 3 Wochen noch bis über die Messe bei uns bleiben. Meine Kinder sind auch alle recht wohl, unsern Henry haben wir auf einige Zeit dem Herrn Hadermann in Hanau anvertraut, weil wir jetzt ein wenig zerstreut leben, meine Maly ist auch recht wohl und läuft wieder sehr gut«. Wohl sicher hat Diotima dem Erzieher ihrer Kinder –

dem sie in IV 5 ihren Wunsch vertraut, daß Henry »fortkäme« – seine Unterbringung in Hanau und die Gründe dafür mitgeteilt (wenn nicht gar Hölderlin es war, der es geraten). Endlich muß sie Sommerpläne besprochen haben, besonders den der Reise nach Thüringen. Aus dem Hinweis, wie viel ihr »an der Ausführung dieses Plans gelegen«, läßt sich wohl auf den mit dem ersten Wort – »könnte« – endenden Nebensatz schließen, etwa: Die Aussicht, daß ich Jena und Weimar, wo Du warest, kennen lernen »könnte, freut mich sehr«; vielleicht wagte die um Hölderlins »künftige Bestimmung« Besorgte gar zu hoffen, daß sie mit Schiller darüber sprechen »könnte«. – Diotima sucht dann Hölderlin mit den Reiseplänen und mit ihrer Abwesenheit zu befreunden. – »Deine künftige Bestimmung«: so schon in IV 5; s. dort die Erl. Vielleicht hatte der Dichter Diotima in seinem letzten Briefe den Anfang Juni gefaßten Plan einer Monatsschrift mitgeteilt und sie zu raten »aufgefodert«. Die folgenden Sätze, gipfelnd in den Worten: »Wenige sind wie Du!«, sind das reinste und schönste Bekenntnis des Glaubens an den Menschen und seine eigentliche »Bestimmung« (die er ein halbes Jahr zuvor seiner Mutter zu erklären sich bemüht hatte: »in den höhern und reinern Beschäftigungen zu leben, zu denen mich Gott vorzüglich bestimmt hat«). Die Sätze sind zugleich Warnung aus tiefer Einsicht in sein gefährdetes Wesen, das schon »einmal vom Schicksal überwältiget« worden ist. – Diotima verweist den Geliebten auf seine »wahren Freunde«: wen sie nicht dafür hält, läßt sich nur vermuten. Vgl. in IV 6 ihre Warnung, im Zweifel an sich selbst »die unrechten Menschen zu wählen«. – »helfe Dich durch«: der Akkusativ war nicht ungewöhnlich. – »Erhaltung«: vgl. IV 16: »erhalte Dich« und die Erl. – »Unterricht«: »Privatvorlesungen« erwog Hölderlin im Herbst (V 2), um sich »durchzuhelfen«. – »Ehre machen«: sicher kannte Diotima Regungen der Art des Dichters, die besonders die erbitterte Ode ›Abschied‹ (VII 3) bezeugt. – »edeler Naturen«: in der Widmung des I. Bandes von ›Hyperion‹ (1797) an Diotima schrieb der Dichter: »Der Einfluß edler Naturen ist dem Künstler so notwendig, wie das Tagslicht der Pflanze«. – »Den 3ten Juli«: »Genius der Liebe«: vgl. IV 2: »daß der Genius der Liebe mich so unsichtbar leitete«, und IV 3. – »Donnerstag Morgen«: die Mahnung zur

Nachsicht mit den Menschen ist sicher durch unmutige Worte Hölderlins hervorgerufen.

IV 9. »Ungefähr den 8ten« August 1799 begonnen, auf dem Hof an einem Donnerstag, erst zehn Tage nach Rückkehr von Weimar und Jena. Den Grund dafür gibt Diotima sogleich an. Vor ihrem Berichte muß sie »sprechen von dem letzten Mal, da ich Dich sah«, ohne doch einen Brief übergeben zu können: das war am 1. August. Ähnlich schildert dann die Verstörte ihre »unnennbare Stimmung«, hier verbunden mit einer Art Halluzination, am Anfang von IV 13. Wie verstört sie war, wie verstört sie noch jetzt schreibt, geht aus der beschwörenden Bitte am Schluß des zweiten Abschnitts hervor. Das setzt sich auch in dem Abschnitt »Den 10ten« fort. – »im Hause«: im Weißen Hirsch; »hier im Hause«: auf dem Hofe; »dem Ganzen schaden«: der Familie und der Firma. – »Opfer«: vgl. IV 5 »Opfer« und die Erl. – »Pflicht«: vgl. besonders IV 2 (»Morgends«): »wir haben heilige Pflichten für diese Welt«. – »Abends . .«: »Nun möchte ich gerne . ., aber . .«: in dieser Formel prägt sich mehrmals der Kontrast von Neigung und Wirklichkeit in Diotimas Leben aus; z.B. in IV 8 (»Donnerstag Morgen«, Anfang). – »Journal«: von seinem fast schon besiegelten Scheitern berichtet Hölderlin im September in V 2. – »unsere Sonne«: vgl. ›An Diotima‹ (II 4): »Deine Sonne, die schönere Zeit, ist untergegangen«. Die äußere Situation wird der »im Dunkeln« Schreibenden symbolisch.

»Den 18ten« August: »8 Tage später«: am 19. Juli. Die Reise dauerte »nur 10 Tage« und endete am 29. Juli; der Besuch Schillers fand am 27. statt. – »Tischbein«: Goethes Freund in Rom; seit 1778 vorwiegend in Rom, später »Direktor« der Akademie zu Neapel; mit Diotima von Frankfurt her bekannt. In »Homer« sah er den größten Anreger der antiken Bildkunst. Seine »Werke«: wohl besonders ›Homer nach Antiken gezeichnet‹ (1801). – »Bemerkungen«: für das Journal. Hölderlin schrieb offenbar davon. – »Landgut von Wieland«: Oßmannstedt bei Weimar. Dort war Wielands Jugendgeliebte Sophie von La Roche zu Besuch mit ihrer Enkelin Sophie Brentano (die dann »als Muse und Grazie auf Wielands Aristipp«, einen Briefroman aus hellenistischer Zeit, wirkte und schon im September 1800 starb; nach Wieland »die schönste Seele .., die je in Engelsgestalt unter den Menschen wandelte«; nach ihrem Bruder Clemens »von Gott mit den seltensten Gaben des Geistes und des Herzens ausgestattet«). – »Wohnung«: diejenige Charlottes von Kalb, der alten Dame zur Verfügung gestellt. – »fuhren wir«: mit Susette ihre Schwägerin, Sophie und Gunda Brentano. Sophie »Mereau«: mit Schiller als Mitarbeiterin an seinen Almanachen näher bekannt. Der Besuch bei Schiller fiel – das erhöht die heimliche Tragik der Umstände – zwischen Hölderlins Brief an ihn vom 5. Juli, mit der Werbung für das Journal, und Schillers späte Absage vom 24. August. Diotima wußte von dem Journal-Plan und von der Bedeutung seines Gelingens für Hölderlins Existenz. Aber sie war – trotz des Eindrucks, den sie tags zuvor auf Wieland gemacht hatte – zu befangen in der Vorstellung von der Größe Schillers, um den, zudem allzu kurzen, Besuch zu einem Gespräch über Hölderlin zu nutzen. Er erfuhr nicht einmal, daß dieser der Erzieher ihrer Kinder gewesen sei, und hielt sie für eine Verwandte Sophie Brentanos. Sie beging den Fehler, das Wort dem jungen Mädchen zu überlassen, das »von dem eleganten Diner«, das Goethe der La Roche gegeben hatte, »viel zu erzählen wußte«: so schrieb Schiller am 30. Juli Goethe. Er bescheinigte in diesem Briefe Sophie »eine sehr angenehme Bildung«. Die »sehr angenehme Bildung« der ebenso schönen wie befangenen Frau hatte er wohl übersehen. – Mit welchen Empfindungen, und mit welchen Gedanken an Hölderlin und seine Lage, Diotima von dem rein konventionellen Besuche wegkam, darüber schweigt sie.

IV 10. Anfang Oktober 1799 geschrieben, wohl am 2. oder 3., Mittwoch oder Donnerstag, nach Rückkehr in die Stadt: der »Garten«, in dem »gerade die Äpfel gebrochen werden«, ist der Adlerflychtsche Hof; s. IV 6 (»Den 26ten März«) und die Erl. – »Notwendigkeit«: Diotima hat eine »bange Ahnung«, als müsse ihr Hölderlin etwas von einer längeren oder gar von seiner nahen endgültigen Entfernung mitteilen. – »Ecke«: nach IV 6 »die bekannte Ecke« am Weißen Hirsch. – »Hipperion«: offenbar hatte der Dichter mitgeteilt, der II. Band erscheine nächstens; vgl. jedoch

IV 12: »Du hattest ein Buch in der Hand!« und die Erl. sowie V 3. – »Revolutionen«: wirtschaftliche Zusammenbrüche. Die Hansestadt Hamburg war in den Koalitionskriegen neutral geblieben und dadurch zu Reichtum gekommen; der Wohlstand hatte jedoch ein leichtfertiges Spekulantentum bewirkt, dessen Folge nun zahlreiche Bankrotte waren. Darüber schreibt Cobus dem Freiherrn Rüdt am 11. Oktober (ZT II 5). Borkensteins Weinhandel wurde nicht betroffen. Frankfurt kam, wie Cobus schreibt, »bis jetzt mit heiler Haut davon«. Aber Sophie Brentano schrieb Wieland am 17. Oktober aus Frankfurt: »Übrigens sieht man hier lauter verschobene Gesichter; die sonderbare Katastrophe in unserm ganzen Stand wirkt mehr oder weniger auf alles was dazu gehört«. (Von der hochgradigen Erbitterung der »reichen Kaufleute in Frankfurt durch die jetzigen Zeitumstände« schreibt Hölderlin schon Jahrs zuvor, im Oktober 1798, in VI 6.) – »immer besser werden«: das ist der ergreifend stille Ton, mit dem Diotimas Abschiedsbrief (IV 17) an den Geliebten ausklingt. – »die tägliche Sorge«: vermutlich erhielt Diotima von Hölderlin am selben (oder am folgenden) Tage den Brief, der aus dem Entwurf V 2 hervorging und offen von solcher Sorge gesprochen haben muß. Auf diese seine »gerade Sprache« ging sie, freilich mehr warnend als ratend, in IV 11 ein (s. dort die Erl. zu »Deine künftige Lage«). – Verallgemeinert aber ist die persönliche Sorge in der erschütternden Ode ›Der Abschied‹ (VII 10): »Da die knechtische jetzt alles, die Sorge, zwingt«.

IV 11. Am Donnerstag, 31. Oktober 1799 geschrieben: Hölderlin war in Gedanken schon im November, an dessen erstem Donnerstag er Diotima sehen sollte. – »das letztemal«: Anfang Oktober. Auf die Nachricht von ihrer Krankheit – die sie am Schluß als »bloß eine Erkältung« erklärt – erwidert Hölderlin in V 3 leidenschaftlich: »Deine Krankheit, Dein Brief – es trat mir wieder . . so klar vor die Augen, daß Du immer, immer leidest«. Auf ihr trostloses Bekenntnis: »daß ohne Dich mein Leben hinwelkt und langsam stirbt« erwidert er ebenda: »dieser ewige Kampf und Widerspruch im Innern, der muß Dich freilich langsam töten«. – »die seligen Stunden«: Hölderlin seinerseits erinnert im Sommer 1799

(V 1) an ihre »ungestörten Stunden« und an sein Wort von damals. – Nach der Zeile von Strichen: »träumte mir«: öfters erwähnt Diotima einen Traum; vgl. ZT I 3, 2; ZT III 6. – »Blumen«: Hyperion sagt von Diotima: »Unter den Blumen war ihr Herz zu Hause, als wär es eine von ihnen«. – »Gedichte«: vgl. IV 14 (letzter Abschn.): »Deine lieben Gedichte . .« und die Erl. – »künftige Lage«: Diotima hat jetzt sicher den Brief Hölderlins in Händen und im Sinne, dem der Entwurf V 2 zugrunde lag. In der Reinschrift muß gestanden haben, was sie nachher wiedergibt: er wolle, »in einem gewissen Falle, dem Rat und Ausspruch von Schiller folgen«, nämlich nach Jena gehen; das erregt ihre eifersüchtige Sorge und, am Schluß, ihre beschwörende Warnung, »dahin zurück« zu kehren. Diese begründet sie in IV 13 (letzter Abschnitt; s. dort die Erl.). – Nach der Zeile von Strichen: »Opfer«: vgl. IV 5 »Opfer« und die Erl. – »fehlen«: vgl. IV 12 (»Montag«): »wenn man gegen die Liebe fehlt«, und die Erl. – »Natur«: vgl. IV 2 »Natur« und die Erl. – »wegen Dir«: Diotima meint Vorhaltungen ihres Mannes; vgl. IV 9 (»Den 10ten«). – »drüben ins Haus«: gemeint ist wohl Cobus' gastfreier Onkel Johann Heinrich Gontard (vgl. die Erl. zu ZT II 6).

IV 12. Der erste Abschnitt gehört zu denen, die am reinsten und schönsten von Diotimas Wesen zeugen, wie es in Liebe und Leid gereift war. Der am »Sonnabend« begonnene, am »Donnerstag« beendigte Brief ist vom 2. bis 7. November geschrieben: am 5. schrieb Cobus nach Bödigheim: »Zeerleder . . ist seit gestern hier«. Dieser hatte Susette Gontard 1793/94 nahegestanden und ihr damals, als Ausdruck tiefer Neigung, das ›Fragment von Hyperion‹ aus Schillers ›Thalia‹ abgeschrieben; s. seine Tagebucheinträge ZT I 2. Enkel des berühmten Naturforschers und Dichters Albrecht von Haller, Sohn eines angesehenen Bankiers, nachmals selber Finanzmann von Rang und verdienter Patriot; nach seines Bruders Bernhard ›Erinnerung an Ludwig Zeerleder‹ (1843) ein Mann, dem »das äußere Wesen wie der innere Wert . . die Herzen gewinnen« mußte: »geschmückt durch regelmäßige und ausdrucksvolle Gesichtsbildung, . . durch natürliche Anmut, durch . . feine, hoch und echt gebildete Sitte«, die, »wenn auch der Strom zuweilen über die Ufer sich ergoß, doch das richtige Bette nie ganz verließ und den Damm nie zerstörte«. Diotima fand ihn jetzt, wie sie nach dem Wiedersehen am »Sonntag Abend« schreibt, »sehr verändert«: er hatte von seiner Neigung Abstand gewonnen, war zum Manne gereift und kam als halb Entwurzelter: beim Umsturz der alten Berner Verfassung durch den Übergriff der Franzosen im Frühjahr 1798 hatte er sich als Major durch Umsicht, List und Mut hervorgetan, sich darauf als Diplomat in Wien verdient gemacht, bald aber, inmitten allgemeiner Auflösung, in die des Bankhauses sich schicken müssen und stand nun in der Gründung einer neuen Existenz. – Wie besonders der Satz: »ich beteure Dir noch einmal«, aber auch der ganze Abschnitt erkennen läßt – dessen Inhalt Diotima am »Donnerstag« aufnimmt und zu Anfang fast beschwörend fortführt –, muß sie dem Dichter vor dem Abschied mündlich von Zeerleder, seiner Neigung zu ihr und ihrem Gefühl für ihn als »Bruder, und Freund« erzählt und eine Unruhe von ihm zu stillen versucht haben. – »fehlt«: vgl. IV 11 »fehlen« und die Erl. sowie in dem Abschnitt »Donnerstag«: »als beleidigte ich die Liebe«. Wie der Dichter (vgl. die Ode ›Die Liebe‹, VII 6) empfindet Diotima die Liebe als höhere Macht. – »B ...«: wohl Brevillier: Vetter Cobus Gontards; vgl. ZT I 10,1 und die Erl. – »mit Zutrauen sprechen«: stärker ausgedrückt am »Donnerstag«. Anscheinend konnte und wollte Diotima so weder zu ihrem geliebten Bruder noch zu ihrer Freundin Elisabeth Sömmerring sprechen. – »mich findest Du ..«: am »Donnerstag« gegen Schluß eindringlich wiederholt. – »Donnerstag«: »ein Buch«: wohl der II. Band des ›Hyperion‹, kürzlich erschienen, von Diotima seit dem Abschied erwartet, ihr am Abend überreicht mit der Widmung: »Wem sonst als Dir«, begleitet von V 3. (Über die Möglichkeit, daß das Buch Neuffers Taschenbuch auf 1800 war, s. die Erl. zu II 1, gegen Schluß.) – Letzter Abschn.: »gehe nicht«: bei diesem Wetter nach Homburg zurück, wohl gar noch in der Nacht. – »künftig (wenn es sein wird)«: beredtes Zeichen der Unsicherheit über die heimlichen Zusammenkünfte. Die angstvollen Umstände, unter denen Diotima diesen Brief gegen Abend mit dem Hölderlins tauschte, sind es, von denen sie, mit noch immer nachzitternder Erregung, am Eingang von IV 13 spricht und die ihr

»Furcht« davor einflößten, »es diesen Winter .. wieder zu versuchen auf solche Art«.

IV 13. Wohl Ende Dezember 1799, eher Anfang Januar geschrieben; Neujahr fiel auf einen Mittwoch. – »Angst«: mit der erschütternden Schilderung vgl. die in IV 9 vom 8. August. – »Briefe«: u.a. der aus dem Entwurf V 3 hervorgegangene; ein anderer Teil enthielt die Bitte des Einsamen, Diotima möge ihm »erzählen«, wie sie mit ihrer »Gesellschaft zufrieden« sei, worauf sie wehmütig von dem leichtlebigen Hamburger Lebensstil ihrer »Geschwister« – ihres Bruders und seiner Frau – berichtet. Ihr folgendes Bekenntnis: »ich passe zu den weltlichen Verhältnissen nicht« deutet auf den ans Tragische grenzenden Konflikt, in dem sie seit ihrer Liebe lebte; mußte sie sich doch immer »den weltlichen Verhältnissen« anpassen. – »meiner stillen Seele«: Hyperion sagt von Diotima (III 2): ». . es war alles in dieser Einen stillen Seele erfüllt«. – »Zeerleder«: s. IV 12 (»Montag«) und die Erl. Von ihrer dort ausgesprochnen Hoffnung, »wieder einmal« mit einem vertrauten Menschen »mit Zutrauen«, auch von Hölderlin, sprechen zu können, erwähnt Diotima gar nichts mehr, es sei denn, der Eingang von IV 15 bezöge sich auf den Freund aus Bern.
Der biographisch wichtigste Teil des Briefes ist der letzte Abschnitt. Diotima begründet ihre »Abneigung« gegen Hölderlins Plan, nach Jena zu gehen, die sie in IV 11 ausgesprochen hat. Er muß darauf mit einer Nachfrage und einer Erklärung erwidert haben. Diese tut sie kurz und beiläufig ab: sie habe davon »auch nicht die leiseste Ahndung gehabt«, auch habe ihr »niemand was gesagt«. Worum es sich dabei handelte, ist unklar, – vielleicht um das, was der Dichter im Juni 1798 Neuffer, der ihn gebeten hatte, die Dichterin Sophie Mereau um Beiträge zu seinem Taschenbuch anzugehen, verächtlich schrieb: »Der Mereau konnt ich nicht wohl schreiben, weil man sagt, ich habe einen Liebeshandel mit ihr oder wer weiß mit wem? in Jena gehabt«. (Darauf folgt die Klage VI 5.)
»das Haus einer Dame«: das Mietshaus Charlottes von Kalb, in dem Diotima am 26. Juli Sophie von La Roche besuchte und das Schiller, wie sie erfahren, im Winter 1799/1800 bezog. Aus Dioti-

mas Worten hat man Eifersucht auf Charlotte von Kalb geschlossen; aber sicher bestand, von seiten Hölerlins jedenfalls, keine leidenschaftlichere Bindung, aus der er, wie Diotima in IV 11 schreibt, »mit zerrißnen Gefühlen« in ihre Arme sich »gerettet« hätte. Und doch ist die »Schwachheit«, die sie ihm gesteht, Eifersucht, verbunden mit Sorge um sein inneres Gleichgewicht. Die Eifersucht kann nur auf eine andere Beziehung gerichtet sein, von der ihr Hölderlin mündlich berichtet haben muß. Es ist die Freundschaft mit der jungen, klugen, verwitweten Gesellschafterin Charlottes in Waltershausen, Wilhelmine Marianne Kirms. Von ihr schrieb Hölderlin seinem Freunde Neuffer am 19. Januar 1795 aus Jena: »In Waltershausen hatt ich im Hause eine Freundin, die ich ungerne verlor ... Sie ist ein äußerst verständiges, festes, und gutes Weib«. Das klingt unbefangen. Nun ging aber im Meininger Bekanntenkreise der Kirms ein »on dit« um, das den Hofmeister und die Gesellschafterin Charlottes in Verbindung brachte; Eingeweihte nahmen später an, es müsse dem Dichter peinlich sein, daran erinnert zu werden (s. die Erl. zu ZT I 15 und ZT IV 5). Die Kirms hatte Mitte Juli 1795 eine Tochter zur Welt gebracht, die am 20. September 1796 starb. Und Hölderlin schrieb Anfang 1798 im Rückblick auf ungutes Erleben in Tübingen: »Ich hab es genug abgebüßt durch die Frivolität, die sich dadurch in meinen Charakter einschlich, und aus der ich nur durch unaussprechlich schmerzliche Erfahrungen mich wieder loswand. Das ist die reine Wahrheit«. In der Gegenwart will sich (für ihre Mentalität charakteristisch) die Auffassung durchsetzen, Hölderlin sei der Vater des Kindes der Kirms gewesen. Solange jedoch nicht in einem Kirchenbuche der Taufeintrag gefunden ist, bleibt Unsicherheit. Das Erwachen aus jener »Frivolität« war dann eben »nur durch unaussprechlich schmerzliche Erfahrungen«, die wirkliche Befreiung davon erst durch die Begegnung mit Diotima möglich. Vielleicht erhält so diese Begegnung einen dunklen, aber sehr bewegten Hintergrund. Diotima aber besorgte, daß in Jena und Weimar ein Gespenst der Vergangenheit nach ihrem Geliebten greifen und zwischen sie und ihn treten könnte. (Sie wußte sicher nicht, daß Wilhelmine Marianne Kirms bald nach dem Tod ihres Kindes in ihre sächsische Heimat zurückgekehrt und Anfang

1799 in Dresden eine zweite, gutbürgerliche und glückliche Ehe eingegangen war.)

IV 14. »in Deine Vaterstadt gewesen«: sicher noch nicht im Winter 1799/1800. – »Landesleute«: auch Landauer: er war im Januar geschäftlich in Frankfurt, traf sich auch mit Hölderlin und legte ihm die Heimkehr nahe. – »Dahin«: in die Heimat Nürtingen. Die ergreifende Frage vorher, mit dem einschränkenden Zusatz: »Nie ganz?« und den Strichen davor und danach, verrät wieder die Unsicherheit und Sorge in der Agonie des Briefwechsels; vgl. den Schluß der Erl. zu IV 12. – »Blumen«: vgl. IV 11 »Blumen« und die Erl. – »Donnerstag«, 6. Februar: »krank«: am 29. Januar beruhigte Hölderlin die Mutter seiner Gesundheit wegen. – »Du erhältst Dich«: vgl. IV 16: »erhalte Dich« und die Erl. – »Gedichte«: vielleicht die in Neuffers Taschenbuch auf 1800, worin die Reimhymne ›Diotima‹ stand (II 2; s. den Schluß der Erl. dazu).

IV 15. Am Mittwoch, 5. März 1800 geschrieben. Das erste Blatt fehlt. Auf die Rückseite schrieb Hölderlin später den titellosen Entwurf: »Was ist des Menschen Leben«. – »Er«: sicher nicht Henry Gontard, der ja in Hanau war, auch kaum Henry Borkenstein; offenbar ein Freund, der auch dem Dichter vertraut, wenn auch nicht persönlich bekannt war. Vielleicht doch Ludwig Zeerleder, von dem Diotima in IV 14 schreibt, er werde nach der Rückkehr von Hamburg wohl »ein wenig hier bleiben«. In ihm hoffte sie ja schon im November »wieder einmal einen Menschen um sich zu haben«, mit dem sie »mit Zutrauen sprechen« und auch von Hölderlin sprechen könne. Seltsam aber bleibt der Satz: »in seiner Seele werde ich Ruhe finden«. – Zweiter Abschn.: »Was es auch sei ..«: Diotima meint damit, daß alles gut sei, was Hölderlin beschließe und beginne, und was sie »morgen« von ihm hören werde. Aber das Hauptsätzchen ist ein allumfassender Glaubenssatz des Dichters. Am 19. März, genau vierzehn Tage später, schrieb er seiner Schwester, die soeben Witwe geworden war: »Und so ists mein gewisser Glaube, daß am Ende alles gut ist«. Schon im ›Fragment von Hyperion‹ und wieder dann in ›Patmos‹ heißt es: »Alles ist gut«. Vgl. auch den Schluß von Goethes Altersgedicht ›Der Bräutigam‹: »Wie es auch sei, das Leben, es ist gut«. – »Verwandten«: der Bruder mit seiner Frau, von dem Diotima am 30. Januar (IV 14) schrieb, er werde »Ende März« wieder kommen. Cobus erwähnt aber am 14. März in einem Brief an Ludwig Rüdt nichts davon; vermutlich also kamen die Hamburger erst Mitte Mai, gleich auf den Sommersitz; s. IV 17 vom 7. Mai. – »Veränderung«: wohl durch den zu gewärtigenden Tod von Cobus' Mutter; s. IV 16. – »Bestimmung«: Diotima meint, ob diese Hölderlin bald abrufen und darum schon vor dem Mai Nachricht von ihm nötig machen werde. Wie sehr sie der Gedanke an seine »künftige Bestimmung« und an seine damit verbundene Entfernung beschäftigt und angreift, zeigt die Wiederholung am Schluß. – Dritter Abschn.: »im Garten«: auf dem Adlerflychtschen Hof, wohin die Familie am 6. Mai zog. – »Landauer«: er war im Januar in Frankfurt und kam regelmäßig zur Frühjahrs- und Herbstmesse. Diotimas Gedanken nahm Hölderlin nachweislich einmal in Hauptwil im März 1801 auf: nur so ist seine verdeckte Bitte an den musischen Kaufmann zu verstehen: »Bester! wenn Du nach Frankfurt kommst, so denk an mich. Willst Du?« Die Diskretion der Bitte wird schon durch die Frage und besonders durch das folgende, ergreifende Sätzchen gesteigert: »Ich werde hoffentlich immer meiner Freunde wert sein«. Damit schließt der Brief. Allem nach war Landauer nur Übermittler von Nachrichten, niemals Überbringer von Briefen.

IV 16. Am 13. März 1800 geschrieben: nach Cobus' Nachricht an den Freiherrn Rüdt starb seine Mutter Susanna Maria geb. d'Orville »an den Folgen eines Schlagflusses«, mit fünfundsechzig Jahren, am 12. März (ZT II 6). Ihre Schwiegertochter stand ihr nicht näher. Über das schöne Anwesen, das ihrem jüngeren Sohne zufiel, s. IV 17 und ZT II 8. – »erhalte Dich«: vgl. IV 8: »Du bist der Welt auch schuldig .. an Deine Erhaltung besonders zu denken«; IV 14 (»Donnerstag«): »Du erhältst Dich ich weiß es um meinentwillen«. (In denselben Tagen, am 19. März, schreibt Hölderlin seiner Schwester nach dem Tod ihres Mannes: »erhalte Dich nur!«)

IV 17. Der erste Teil ist am Mittwoch, 7. Mai 1800, einen Tag nach dem Umzug auf den Adlerflychtschen Hof geschrieben. Entsprechend dem Bescheid in IV 15 der erste Brief seit dem vom 5. März – der letzte Brief Diotimas an Hölderlin (und der vorletzte ihrer bekannten Briefe; s. den an Marie Rüdt vom 7. April 1802 und die Erl.). – Am 2. März war Professor Breunlin in Blaubeuren, der Mann von Hölderlins Schwester, gestorben; am 19. hatte er ihr seine Teilnahme bezeugt und baldigen Besuch verheißen. Seinen Entschluß, im Frühsommer heimzukehren, muß er Diotima entweder schon in dem Briefe, den er am 6. März gegen IV 15 austauschte, oder im April durch Landauer, der zur Messe kam, mitgeteilt und – wenn Landauer der Übermittler war – die Lage seiner Schwester geltend gemacht haben. Diotimas Wendung: »Deiner guten Schwester alles zu sein was Du kannst« ist vielleicht Widerhall seiner Worte vom 19. März: »Kann ich Dir etwas sein, so brauchst Du es nur zu sagen«. – Der Brief, auf vier Seiten, ist hastig und nervös mit Blei geschrieben; die Hand verrät besonders im zweiten Teil »Spannung und Unruhe«; die letzte Seite ist infolge Faltung und Zerknitterung immer schwerer, zuletzt kaum mehr lesbar. Die Liebende ist darauf gefaßt, daß das kurze, heimliche Wiedersehen am »Donnerstag« für lange, vielleicht für immer, das letzte sein werde. Sie ringt denn auch, ihrer »Angst« entgegen, nach Fassung, nach »Zuversicht« und »Heiterkeit« im »Schmerz«, an dessen läuternde Kraft sie den Glauben am Schluß bekennt, wie sie im ersten Teil den Glauben: »ich werde Dich wiedersehen« bekennt und einige Zeilen danach bekräftigt.

Zweiter Abschn.: Den »Garten am Main«, ein schönes, großes Anwesen mit Wohnhaus, erbte Cobus von seiner Mutter. Der Wunsch, ländlich zu leben und zu schaffen, bezeugt noch einmal Diotimas Naturliebe, die, in mehr empfindsamer Form, schon vor der Begegnung mit Hölderlin da war; s. ZT I 3,3 und die Erl. Der »Landwirtschaft« wegen wandte sich Cobus am 20. Februar 1801 mit der Bitte um Beschaffung zweier guten Kühe an Ludwig Rüdt; s. ZT II 8. – Dritter Abschnitt: Ob sich »Zeerleder« auf der Rückreise von Hamburg nach Bern nochmals einige Zeit in Frankfurt aufhielt, ob gar er es war, der im Weißen Hirsch Hölderlins »Zimmer oben« beziehen durfte, ist nicht bekannt (s. den Eingang von

IV 15 und die Erl.). – »die geheimen Mächte«: vgl. IV 2 »dankend beten« und die Erl. – »Nur bitte ich Dich«: zum letzten Male spricht Diotima den Dichter frei; so schon in IV 5: ». . dann versprich mir Dich frei von mir zu machen«. – »Donnerstag Morgen«: »stumm und leer«: der letzte Brief nimmt einen Ton vom Eingang des ersten auf. – »nicht zurückkommen«: nach dem kurzen Austausch der Briefe durch die Hecke. – Unsicher zu lesen sind ein paar letzte Wendungen, die darum im Text offen gelassen sind. Nach »gestärkt« am ehesten »in unsern Seelen«; nach »der Segen« am ehesten »des Himmels«, vielleicht »der Liebe«. Die drei Gedankenstriche nach »sei mit Dir.« sind von Diotimas Hand: ein Siegel des Endes.

Nach diesem Schluß, nach diesem Abschied: wie soll man sich eine Fortsetzung des Briefwechsels denken? Der aus Ratlosigkeit und Angst kommende Vermittlungsvorschlag im ersten Teil – »alle halbe Jahr durch den Briefträger« – ist sicher nicht verwirklicht worden. Gegen einen weiteren Briefwechsel spricht die am Schluß der Erl. zu IV 15 zitierte Bitte Hölderlins an Landauer. Und warum sollte die Erhaltung der Briefe Diotimas gerade mit diesem Abschiedsbrief abbrechen? Nein: sie begrub ihren »großen unersetzlichen Verlust« tief in ihrem Innern: so in ihrem letzten Brief an Marie Rüdt (ZT III 7). Sie war nun frei von ihrer Angst, doch ihrem Schmerze treu. Und Hölderlin? Er gab sein Gefühl nicht mehr in Briefen aus: er hortete und verewigte es in den großen Stuttgarter Diotima-Oden, die er aus mehr keimhaften Frankfurter Kurzoden großzog, und in der Elegie ›Menons Klagen um Diotima‹, die den großen Bogen von Klage zu Dank schlägt.

V 1. Hölderlins Briefe an Susette Gontard vom Oktober 1798 bis zum Mai 1800 sind wohl für immer verloren. In Abschrift erhalten sind nur drei unvollständige Entwürfe. Der Dichter brach sie vermutlich ab, weil ihm bewußt wurde, in wie leidenschaftliche Ausbrüche er hineingeriet; weil er besorgte, daß die Geliebte, selber ratlos, um Maß und Besonnenheit ringend, allzu tief erschüttert würde. Sachliche Mitteilungen gingen gewiß in die Briefe ein;

über der Sorge um sein Schicksal wollte er jedoch nicht »die zarten Töne des innersten Lebens ... verlieren« (V 3, Schluß).

V 1 ist im Sommer 1799, in der zweiten Juni- oder August-Hälfte geschrieben. Das ergibt sich aus dem zweiten Teil: »Die Franzosen« wurden 1799 von den Österreichern und Russen dreimal »in Italien geschlagen«: nach dem 27. April »wieder« am 17.–19. Juni und am 15. August. – Die zwei ersten Abschnitte sind geprägt vom Bild des Feuers, das den bloßen Stoff des Lebens, »das Stroh der Welt« in Geist, »in Flamme verwandelt«. Es ist eines der Urbilder Hölderlins. Er nimmt es aber hier in tiefer Niedergeschlagenheit auf. Er denkt »an große Männer«, ermißt seinen Abstand von ihrem Wirken und fühlt sich neben ihnen als Bettler, ja als »lebendig Toter«. Dieses »Schreckenswort« ist schon einmal über ihn gefallen: »ein lebender Toter« schien er seinem Freunde Magenau in dem rat- und freudlosen Nürtinger Sommer 1795. Im Sommer 1799 aber – das gibt der pathetisch-deprimierte Erguß zu bedenken – arbeitet er intensiv am ›Tod des Empedokles‹; am 4. Juni gibt er seinem Bruder, mit einem seiner tiefsinnigsten Briefe, eine Probe, worin es heißt: »Und wenn ich oft Auf stiller Bergeshöhe saß und staunend Der Menschen wechselnd Irrsal übersann, .. Und nah mein eignes Welken ahnete, Dann atmete der Aether .. Mir heilend um die liebeswunde Brust, Und, wie Gewölk der Flamme, löseten Im hohen Blau die Sorgen mir sich auf«. Auch hat Hölderlin damals mit Sinclair und Muhrbeck so anregenden Kontakt, daß sie oft sich meiden müssen, »weil jeder .. seinen ganzen Sinn, unzerstreut und unberauscht von andern Ideen und Interessen, zu seinem Geschäfte braucht«.

Führt Hölderlin damals innerlich ein Doppelleben? Es mag wohl sein, daß er sich in aller geistigen Anspannung eben doch als »lebendig Toter« vorkommt, wenn er dem Gedanken an die nun »verschwundene Gottheit«, an den »beseelenden Schutzgott unserer Liebe« (VII 10) verfällt. Von der Geliebten getrennt, fühlt er das »Licht der Liebe« erlöschen; »scheinest du denn auch Toten?«, so fragt er, der leben muß »wie die Schatten« (VII 11, Str. 3, 4). Um so inständiger erinnert er im dritten Abschnitt des Briefes die Geliebte an ihre »ungestörten Stunden« von einst. (Man beachte die vielgliedrige Kette mit »und«.) So gedenkt Susette in

IV 11 der »seligen Stunden unserer ersten ganz neuen Liebe«. Damals habe er gesagt: »O! wenn das Glück ein halbes Jahr nur dauret!« An ein ähnliches Wort erinnert er sie jetzt. Das Raum-Bild – »die Welt durchwandern« – hat er in I 2 (und 3) mit einem ebenso hoch greifenden Zeit-Bild bezeichnet: »woran mein Geist Jahrtausende verweilen kann«. Und wie vor drei Jahren sieht er noch jetzt im Wesen der Geliebten »alles in innigem .. Bunde vereint« – »Und das ists, was meine Treue ewig macht«.

»Muhrbeck« weilte den Sommer über in Homburg: einer der »jungen Männer voll Geist und reinen Triebs«, die Hölderlin im November 1798 in Rastatt rasch zu Freunden gewonnen hatte; damals von ihm hoch eingeschätzt: »ein Pommeraner, der itzt auf Reisen ist, und unter den Menschen und der Natur seine rastlose Seele zu einem kühnen philosophischen Werke beflügelt«. Freundschaft, wie sie Hölderlin in der kleinen Szene schildert, ist ihm Keimzelle der Zukunft. Ihre Gewißheit trägt die Freunde über das offensichtliche Bedauern ob des Rückschlags der republikanischen Sache hinweg. Aber sofort stellt sich dem Dichter auch die Trauer darob ein, daß in seinem Tage, dem das »Licht der Liebe« fehlt, solche »echtglücklichen Augenblicke auch nur Augenblicke sind« (so in VI 2).

V 2. Spätestens am 12. September 1799 geschrieben. Um sein Leben in Homburg zu fristen und in Susettes Nähe bleiben zu können, hatte sich Hölderlin in der ersten Juni-Hälfte den Plan einer »poetischen Monatschrift« zurechtgelegt, für deren Verlag er Steinkopf in Stuttgart – nach Schiller einen »unbedeutenden Anfänger von Verleger« – gewann. Seine eigenen »Hauptmaterialien« für den ersten »Jahrgang« meinte er »größtenteils schon fertig liegen« zu haben. Der anfangs aussichtsreiche, dann mißgeschickte Gang der Vorbereitungen braucht hier nicht genau verfolgt zu werden; das Wesentliche geht aus dem Brief hervor. Die Werbebriefe, mit denen Hölderlin im Juli auf Kosten seines ›Empedokles‹ kostbare Zeit verlor, wurden gar nicht oder hinhaltend oder ablehnend beantwortet. Die für ihn wohl wichtigste Absage kam von Schiller, der auf Grund seiner Erfahrungen am 24. August überhaupt von dem Unternehmen abriet. Der Enttäusch-

te zählt nun wohl neben Goethe auch Schiller zu den »Berühmten«, denen er sich »ungefähr« – welche Bescheidenheit im Selbstbewußtsein! – ebenbürtig glauben darf und denen er »ein wenig Handwerksneid« zuspricht. Er wird bitter und ratlos: »Schämen sich denn die Menschen meiner so ganz?« Schon voriges Jahr hat er geklagt: »es sind so wenige, die noch Glauben an mich haben« (VI 5). Auf »das Urteil einiger weniger« beruft er sich jetzt. Der Brief von »Jung in Mainz«, sicher ein Bekenntnis des Glaubens, ist mit Susettes Nachlaß verloren; der Freund stellte Hölderlin Proben der Übersetzung seines geliebten Ossian zur Verfügung. Wenn der Ratlose nun dem Verleger vorschlagen will, er möge seine für die Zeitschrift bestimmten Arbeiten »geradezu annehmen« zum Verlag, so ist das ein Strohhalm. Es wurde daraus so wenig wie aus der Zeitschrift. Ob der Dichter deren Redaktion regelmäßig und längere Zeit gewachsen gewesen wäre, ist allerdings sehr fraglich.
In dem abgesandten Brief muß Hölderlin Susette Gontard mitgeteilt haben, er wolle, »in einem gewissen Falle, dem Rat und Ausspruch von Schiller folgen«: so gibt sie seine Mitteilung wieder in IV 11. – Wie schwer dem Dichter die »gerade Sprache« seines Briefes – gegenüber der Frau, der er zuvor sagt: »das Leben, das ich für Dich lebe« – gefallen sein mag, ist vorstellbar. Aus welcher Tiefe seines Innern aber mag das so nüchterne Wort: »in einem Schicksal, wie das meinige ist« aufsteigen ... Anderswo sagt er: »das Schicksal, das ich auch im Unglück liebe«. – Der abbrechende Satz ist wohl zunächst durch »nicht« zu ergänzen: der Brief sollte so für einen Augenblick zu seinem Eingang zurückkehren, dann aber – nun »das Nötige« gesagt war – doch »die zarten Töne des innersten Lebens« anschlagen.

V 3. »Hyperion«: Band II erschien im Herbst 1799. In IV 12 schrieb Susette: »Du hattest ein Buch in der Hand!«: wohl diesen Band; doch vgl. die Erl. dazu und die zu II 1.2 (Schluß). – Diotimas Sterben und Abschiedsbrief: s. III 4 und die Erl. – »zum Künstler bilden«: der reife Hölderlin sieht den Dichter gern als Künstler an. Das entspricht seiner strengen Kunstauffassung und seiner Bewunderung der »alten Kunstwerke« mit ihrem »durch und durch

bestimmten und überdachten Gang«. Er fordert »gründlichen Kunstverstand« als »die heilige Ägide, die den Genius vor der Vergänglichkeit bewahrt«. Seit Homburg ist er in diesem Sinne »Künstler«. Seiner »oft mit schweigender Verzweiflung« gepaarten Sehnsucht nach Vollendung als »Künstler« steht aber auch ergreifende Gelassenheit gegenüber. Zur gleichen Zeit schreibt er: »Sollte auch mein Inneres nie recht zu einer klaren .. Sprache kommen, .. so weiß ich, was ich gewollt habe, – und daß ich mehr gewollt habe, als der Anschein meiner geringen Versuche vermuten läßt«.
Der folgende Ausbruch leidenschaftlicher Klage und Anklage ist Widerhall der zwei ersten Abschnitte von IV 11, worin Susette ihre Krankheit erwähnt, dann einen ergreifenden Traum erzählt, danach aber in Rat- und Trostlosigkeit zurückfällt. »Ich fühlte es lebhaft, daß ohne Dich mein Leben hinwelkt und langsam stirbt«. Das Echo des Dichters: »dieser ewige Kampf und Widerspruch im Innern, der muß Dich freilich langsam töten«. Susettes Brief öffnet ihm die Augen, so sehr er »sonst verblinden möchte«, wohl: die Augen zutun möchte. In seinem Briefe schlägt er nun Motive an, die schon in Frankfurter Diotima-Gedichten erklungen sind: Schweigen, Leiden, Dulden »mit Heldenkraft«. – »zu verkümmern ..«: über der Dumpfheit im Unglück dem lebendigen Empfinden absterben; ähnlich im Brief an Ebel (VI 7): Frau Gontard bedürfe, »um nicht endlich zu vertrauern, eines festen klaren Worts«. Der folgende Satz meint sicher nicht gemeinsamen Tod, sondern Ausbruch aus aller Bindung in die Freiheit. Kaum denkbar, daß dies auch in dem abgesandten Briefe stand. Der Empörte faßt sich denn auch sofort und redet – wie gelegentlich Susette – von »Verleugnung«, ja von einer Kraft aus Hoffnungslosigkeit. Dies aber kommt dem Abschiedssatz am Schluß ihres letzten Briefes (IV 17) nahe ...

VI 1. Der Brief an den Bruder und der fast gleichzeitige an die Mutter (VI 2) haben zum Hintergrund konkrete Erfahrungen im Haus Gontard und in der reichen Handelsstadt; aber Faktisches, das der besorgten Mutter, wenn auch verhüllt, mitgeteilt wird, ist hier umgeschmolzen und vergeistigt, das persönliche Leiden am

»tausendfachen Etwas der Gesellschaft und der Tätigkeit der Menschen« verallgemeinert. Doch prägt sich dieses Leiden im Pathos der Sätze aus, die öfters jambisch rhythmisiert und darin der Prosa des ›Hyperion‹ verwandt sind. Auch spricht der Dichter hier als Künstler (vgl. V 3 »zum Künstler bilden« und die Erl.), – als Künstler, der sein Werk bedenkt, darum unter den Zerstreuungen durch jenes »tausendfache Etwas« leidet und danach verlangt, »mit gehaltner Seele« schaffen und als belebendes Element in sich »das stete, stille Feuer« hegen zu können, das er »in den alten Meisterwerken aller Art, als herrschenden Charakter, immer mehr« findet: ein vor dem Hintergrund des Leidens an der Umwelt bedeutsames Zeugnis.

VI 2. Der erste Brief an die Mutter seit einem vom August. In diesem deutete Hölderlin auf eine Frage von ihr schon die »Schwierigkeiten« in seinem »Verhältnisse« an, schonend, doch mit dem Geständnis: »Freiheit und Ruhe ist das einzige, was ich suche, und brauche« (vgl. VI 3 und die Erl. dazu). Erst auf die neuerliche Frage der Mutter nach seiner »Gesinnung« mochte er jetzt, nach langem Zaudern, »aufrichtig reden«. Das hatte jedoch seine Grenze; er konnte ja der Mutter nicht – nach Worten der Ode ›Empedokles‹ – sagen: »Hielte die Liebe mich nicht«. Er konnte ihr den Gedanken, seine »Lage zu verlassen«, wieder nur andeutend mit seiner Stellung zwischen »zwei Partien« im Haus und mit den vielsagenden Stichworten erklären: »die vernünftige Sorge für meinen Charakter . . und das gerechteste Bedürfnis meines Geistes«.
So bestürzend aber wie jener Ausbruch am 10. Juli (I 4): »Ich bin zerrissen von Liebe und Haß« ist die Erklärung, er habe unter all dem »die ganzen zwei Jahre über« gelitten und es schon »in den ersten Monaten unwidersprechlich« vorausgesehen. Doch hatte er Schiller aus Kassel am 24. Juli 1796, als er ihm das Reimgedicht ›Diotima‹ (II 1) für seinen Musenalmanach schickte, anvertraut, er lebe »seit vorigem Winter in Frankfurt sehr glücklich. Es sind wirklich seltne Menschen, unter denen ich bin, und um so schätzbarer für mich, weil ich sie so zu rechter Zeit fand«. Ausdrücklich meinte er mit den »seltnen Menschen« die ganze Familie. Und am 30. Januar 1797 hatte er der Mutter, die ihn in einer offnen Pfarre

sehen wollte, gestanden: »daß ich für mein Wesen, und meine Bedürfnisse, meine gegenwärtige Lage für die angemessenste halte«; es sei nicht leicht, »edle Menschen zu verlassen, .. und einen gebildeten Umgang aufzugeben«; ja, er habe der Mutter Wunsch mit Herrn und Frau Gontard besprochen: »Wir haben mit herzlichem Anteil über Ihren lieben Brief zusammen gesprochen. Wir haben Sie gewiß verstanden«. Sah er etwa seit dem Juli 1797 die Zeit bis dahin mit andern Augen? (In IV 11 erinnert Susette sich und ihn an »die seligen Stunden unserer ersten ganz neuen Liebe«, wo er einmal sagte: »O! wenn das Glück ein halbes Jahr nur dauret!«) Neben- und gegeneinandergestellt, offenbaren die zitierten Äußerungen das zunehmend Tragische der Situation des Dichters. –
Die Darlegungen des Briefes enden mit dem Bekenntnis zu tapferer Resignation, mit dem Vorsatz: »alle Kunst und alle Vorsicht zu gebrauchen, um die Gesellschaft, worin ich lebe, nicht sehr störend auf mich wirken zu lassen, und still und fest auf meinem eignen Wesen zu beruhen«. Darauf folgt der Schluß des Textes, mit der Hoffnung, es werde »nun stiller« im Hause. »Besuche, Feste«: so am 10. Juli die Hochzeit Marie Rätzers, die dann mit ihrem Mann noch mehrere Wochen in Frankfurt geblieben war, und kurz zurückliegend ein vierwöchiger Besuch von Susettes Bruder Henry Borkenstein und seiner Frau, die überhaupt so oft wie möglich kamen und Ansprüche stellten. Über jenen letzten Besuch schreibt Simon Moritz von Bethmann am 9. Dezember: »Wir haben einen Monat lang Herrn und Frau Borkenstein-Rodde aus Hamburg hier gehabt. Es ist eine hübsche und liebenswürdige Frau .. Die vier Wochen ihres Aufenthalts sind für mich sehr angenehm vergangen; ich bin jeden Morgen mit ihr ausgeritten, und habe abends bei ihrer Schwägerin, der liebenswürdigen Susette, geplaudert«.

VI 3. Zuvor faßt Hölderlin einen Besuch daheim ins Auge und begründet seinen Wunsch: »Ich suche Ruhe, mein Bruder! Die werd ich finden .. im Umgang mit unsrer teuren Familie ... ich suche nur Ruhe. Halte mich nicht für feig und schlaff. Meine seit Jahren so mannigfach, so oft erschütterte Natur will nur sich sammeln, um dann einmal wieder frisch an eine Arbeit zu gehn«. Das ist wie ein Nachhall von VI 2 und führt zu dem resignierten Bekenntnis im Text, das aber alsbald ins Allgemeine ausgreift, die Not aller jungen Dichter der Zeit berührt und dem »Dichterklima« nachtrauert, worin – so ist zu ergänzen – die Griechen gelebt und »Meisterwerke aller Art« (VI 1) geschaffen haben.

VI 4. Der Lebenskreis der Schwester in Blaubeuren war Hölderlin bekannt: wirklich ein Kreis »goldner Mittelmäßigkeit«, mittelbürgerlichen Stils, – der ihm doch nicht gemäßer war als der großbürgerliche in der Handelsstadt. Aus den Erfahrungen in dieser ergab sich ihm das Wertprädikat »echte Menschen«. In Frankfurt erschien ihm doch ein Neffe Gontards als »echtvortrefflicher Mensch«; in Homburg fand er dann die landgräfliche Familie »aus echtedeln Menschen« bestehend. Sein Hyperion aber spricht den Deutschen echtes Menschentum ab in der berühmten Litanei: »Handwerker siehst du, aber keine Menschen, . .«. – »Man lernt schweigen«: vgl. dagegen den Selbstvorwurf in V 3.

VI 5. Zuvor führt Hölderlin äußere Umstände an, warum er Neuffer so spät antworte; dann: »Manche Leiden haben mich auch indolent gemacht. Vergib, . . und laß, um unserer alten Tage willen! mich Dein Herz nicht auch verlieren, denn ich brauch es sehr«. Die Klage, die dann jäh hervorbricht, ist trauriger als in VI 3: dort Lebensmüdigkeit, hier Sorge, dem Lebensende – keinesfalls einem Freitod – entgegen- oder doch aus dem Vaterlande fortgetrieben zu werden. Die »harten Urteile« mögen seiner Beziehung zur Frau des Hauses wie seinem Dichtertum zumal gelten. Sein Glaube an seine »Bestimmung« wurde immer fester, die Menschen jedoch versagten ihm solchen Glauben; konnte er doch, außer einer Handvoll Almanach-Gedichte und dem ›Fragment von Hyperion‹, nur den I. Band seines Romans aufweisen, der auch Gutwilligen noch kein Bild von dem Ganzen und seinem Rang vermittelte. Dem schwindenden Glauben der Menschen setzt er im nächsten Brief an Neuffer den eignen Glauben entgegen: »Ich weiß es wohl, daß ich noch nichts bin, und vielleicht, ich werde nie nichts werden. Aber hebt das meinen Glauben auf? und ist mein Glaube darum Eitelkeit und Einbildung? Ich denke nicht ... Lassen wir uns irre machen an uns selbst, an unserm theion, .. dann ist auch alle Kunst und alle Müh umsonst«. (Mit dem Begriff des »theion«, des Göttlichen, der dem Dichter vielleicht aus Platons ›Phaidros‹ zukam, vgl. die Erl. zu II 12.)

VI 6. Der erste Brief aus Homburg. Hölderlin bemüht sich nach Kräften, der Mutter »die längstvorbereitete Veränderung« plausibel zu machen; er beruft sich wieder, ähnlich wie in VI 2, auf seine »reellsten Bedürfnisse«: »Nötig war es schlechterdings, mich irgend einmal in einer unabhängigen Lage für mein künftiges Fach vorzubereiten«. Aber die wirkliche Trennung kam doch jäh. Das erste Zeugnis danach ist Henrys rührendes Briefchen vom 27. September (IV 1a). Den Vorfall beleuchtet wohl am getreuesten Susettes erster Brief (IV 1). Danach kam es, wohl in ihrem Beisein, zu einer Auseinandersetzung und zu besonders demütigenden Äußerungen des Hausherrn, auf die hin Hölderlin, für die geliebte Frau wie für sich selbst erbittert und von ihrem vorschnell-ratlosen Rat bestimmt, das Haus verließ. Sicher ist, daß in der Fortsetzung des Briefes der Hergang mit Rücksicht auf die Mutter verharmlost und ein förmlicher Abschied von Gontard als Akt der Höflichkeit hingestellt wird: »wir schieden höflich auseinander«. Die Gründe der Trennung aber: die »beinahe täglichen Kränkungen«, die sein Selbstgefühl zugleich untergraben und empören mußten, sowie den Entschluß, zugunsten seiner »künftigen Bestimmung« eine »unabhängige Lage« zu wagen: das legt Hölderlin der Mutter offen dar. Daß die Kränkungen nicht nur den geistigen Menschen, sondern auch den Liebenden treffen mußten, das allerdings konnte er ihr nicht sagen. Auch zu Neuffer schweigt er ja von seiner Liebe seit Mitte 1797. Was sich aber der Mensch an privater Mitteilung versagen mußte, ging rein in seine Dichtung ein. – Die Erbitterung der »reichen Kaufleute in Frankfurt« hatte ihren Grund in Kriegslasten und Wirtschaftskrise; davon schreibt Gontard in ZT II 5.

VI 7. Der Brief bezeugt am Anfang tiefes Vertrauen zu dem seit September 1796 in Paris lebenden Ebel. Aus dem Vertrauen kommt die Bitte um ein »festes klares Wort« an beider »edle Freundin«. Der Anlaß war vielleicht ihr Brief vom 31. Oktober (IV 11), worin sie schrieb: »Ich fühlte es lebhaft, daß ohne Dich mein Leben hinwelkt und langsam stirbt«. – Der Dichter hielt immer viel vom Wort als Zuspruch. Hyperion schreibt: »Ein freundlich Wort aus eines tapfern Mannes Herzen, .. ist wie ein geistig Wasser, das aus der Tiefe der Berge quillt«. Im März 1801 sagt er seinem Bruder: »Ein Wort der unbefangenen Seele ist so viel, ..«. Und er bedurfte dessen immer wieder.

VII 1. Nachdem Achilleus vor Troja seine »Geliebte« Briseis, die ihm als Beute zugefallen war, an Agamemnon hat abgeben müssen, setzt er sich abseits des griechischen Lagers »ans Meergestad« und klagt sein Leid seiner Mutter Thetis, der »Göttin des Meers«; sie steigt »vom Grunde der See« herauf und tröstet ihn: dies im 1. Gesang der ›Ilias‹ die Szene, die Hölderlin lyrisch im ersten Teil seiner Elegie nachbildet, die streng in zweimal sieben Distichen gebaut ist. Der zweite Teil berührt im 2. Distichon das »tertium comparationis« – den als »Schmach« empfundenen Verlust der Geliebten –, im 1. aber auch schon das Trennende: der Dichter kann nicht wie der »Göttersohn« einem »der Himmlischen klagen sein heimliches Leid«. Statt dessen aber ruft er nun die »Guten Götter« an: Licht und Erde und Aether, die er von je geliebt und »sehnend und rein« gefühlt. Sie, die »ewigen Götter« der Natur – die auch der heimkehrende »Flüchtling« in der Elegie ›Der Wanderer‹ (2. Fassung) anruft –: sie sollen ihm sein Leiden sänftigen. Die folgenden finalen Wunschsätze gelten seinem Dichtertum, zu dem er dank der Stillung seines Leides frei werden möchte: frei zum Dank »mit frommem Gesang«. Darum seine Bitte: »Daß die Seele mir nicht allzu frühe verstummt«. So bittet er, der Einsame, auch in der schönen Ode ›Mein Eigentum‹, worin er im »Gesang« sein »freundlich Asyl« findet: »daß zu Frühe die Parze den Traum nicht ende«. So wird dem Achilleus-Mythos, dessen Aneignung wohl etwas gesucht ist, das heilige Verlangen des Dichters abgewonnen. Die Elegie ist kaum allzu bald nach der Trennung der Liebenden entstanden.

VII 2. Im Frühjahr 1799 geschrieben. Einzig vorhandnes Zeugnis einer großen Elegie: über v. 7 steht die Nummer 4. Ohne diesen Anhalt wäre das schöne Stück wohl kaum als Bruchstück zu erkennen. Vermutlich sollte es so enden, wie es vorliegt: was konnte auf diesen triumphierenden Schluß noch folgen? – Im vorhandnen Teil ist die »Elegie« ein Dankgedicht. Leiden am Getrenntsein wird wohl klagend bezeugt, aber doch fast aufgesogen von der Gewißheit dessen, was bleibt und was der Dichter seiner »Heldin« – Heldin im Dulden – verdankt. Heldin ist Diotima auch noch in VII 11, Str. 8 (vgl. II 7 und die Erl.); Lehrerin, wie die Diotima des Sokrates, ist sie auch in VII 5 und VII 11, Str. 7/8. Der Lebensmut, zu dem der Anfang des zweiten Teils aufruft, ist verbunden mit der Hoffnung der »Einsamen«, dank ihrer Treue zu »inniger Liebe .. und göttlichem Geiste« zu siegen »über das Schicksal«. (Der »göttliche Geist« ist hier wohl der »Gott in uns« wie in II 12; vgl. die Erl. dazu). Dieser Sieg verbürgt den Nachruhm »in kommenden Jahren . ., wenn einst wieder der Genius gilt«, der jetzt von seinen »Feinden« gedemütigt wird (VII 3. Der Genius ist in II 11 der »tiefere Geist«, den die Menge »klein und gemein versteht«). – »wo ich duld und bilde«: die Assonanz der Konsonanten bindet die beiden Verben zusammen; das Bilden meint das Schaffen dichterischer »Gebilde«.
Das Gedicht war wohl, wenn ganz ausgeführt, ein vorläufiger Versuch, in Klage, Bekenntnis und Dank das zu sagen, was dem Dichter in gültigster Form zu sagen in VII 11 gelang.
Auf ›Menons Klagen‹ weist schön voraus der Satz: »näher zum Licht wandern, zum Aether hinauf Sie«; vgl. VII 11, Str. 9: »wer so Liebte, gehet, er muß, gehet zu Göttern die Bahn«.

VII 3. Die asklepiadeische Ode ›Abschied‹ – nicht zu verwechseln mit VII 10 ›Der Abschied‹ – ist unvollendet geblieben (und erst aus dem Nachlaß veröffentlicht worden). Der Grund dafür ist unschwer zu vermuten. Das Gedicht als Ganzes ist von dem Leitmotiv des Todes bestimmt; Str. 1 aber ist ein wilder Ausbruch der

Empörung, die sich in den drei wogenhaft anbrandenden wenn-Sätzen äußert, denen in Str. 2 das dreifache »dann« der pathetischen, verzweifelten Bitt- oder Wunschsätze nachtönt. Das ist in aller Leidenschaft doch meisterhaft gebaut. »des Genius Feinden«: vgl. VII 2: »wenn einst wieder der Genius gilt«. – »ins feige Grab«: zuerst »ins stumme Grab«; Sinn vielleicht: das den Feigen, »des Genius Feinden« nicht Gewachsenen birgt; vielleicht aber – entsprechend der ursprünglichen Bedeutung des Adjektivs: dem Tod verfallend –: in das der Vergänglichkeit verfallende Grab. – »am einsamen Scheidewege«: wie anders in VII 11, Str. 7: »o du, die schon am Scheidewege mir damals, Da ich versank vor dir, tröstend ein Schöneres wies«!
So sehr die Empörung und Verzweiflung in dem Gedicht erschüttern mag: der Dichter mag es eben darum aufgegeben haben. Es ist wohl im Sommer 1799 hingeschrieben; man möchte es in der Nähe der »Scheltrede« wider die Deutschen, gegen Schluß des ›Hyperion‹, ansetzen. Verwandte Töne schlägt Hölderlin auch in dem Brief-Entwurf V 3 an.

VII 4. Das bis auf einen Vers vollendete schöne Gedicht, das des Kontrastes zum vorigen wegen hier eingefügt wurde, kann 1799 oder 1800 entstanden sein, nach v. 3, der offenbar wilde Heckenrosen meint, im Frühsommer. Die Landschaft ist stilisiert ungefähr die Umgebung seiner Wohnung in Homburg, die Hölderlin seiner Schwester einmal schildert: »ich wohne gegen das Feld hinaus, habe Gärten vor dem Fenster und einen Hügel mit Eichbäumen, und kaum ein paar Schritte in ein schönes Wiestal. Da geh ich dann hinaus, wenn ich von meiner Arbeit müde bin, steige auf den Hügel und setze mich in die Sonne, und sehe über Frankfurt in die weiten Fernen hinaus, und diese unschuldigen Augenblicke geben mir dann wieder Mut und Kraft zu leben und zu schaffen«. – Zu dem in Str. 2 fehlenden Vers hätte wohl ein Verbum wie »lernte« gehört; vgl. VII 2. 5. 11, Str. 7/8. Man beachte, wie nach der ruhigen Schilderung mit »doch nirgend« (Strophensprung!) und mit dem Anruf der fernen Geliebten Pathos aufbricht, das sich am Schluß doch mäßigt und beruhigt.

VII 5. Das Motiv des »Lernens« von Diotima tritt mehrmals in Homburg und Stuttgart auf (s. VII 2 und die Erl., auch VII 4). Hier dankt ihr der Dichter die Heilung seines (rastlosen, kranken) Sinnes, so daß er nun die Erscheinungen der Natur »göttlich stille ehren« und das Licht der Sonne als ein »Herrliches« erkennen kann. Die Anrede an das Gestirn geht in Str. 3 zum innig dankenden Anruf Diotimas über. Aber alles ist nun (wie schon in v. 7/8) in der Form der Vergangenheit gesagt; es ist »Gedenken«: Gedenken daran, daß »des Himmels Botin« Auge und Sinn des Dichters für die Dinge der Natur, auch die »stillen«, unscheinbaren geöffnet hat. Gedenken aber ist »Erinnerung«, bleibender Besitz.

VII 6. Diese und die vier folgenden Oden entstehen in dem Stuttgarter Sommer 1800 – wohl der schaffensreichsten Zeit Hölderlins – aus Frankfurter Kurzoden. Aus der Einen Strophe ›Das Unverzeihliche‹ (II 11), die jetzt stark verändert wird, genauer: aus der Wendung: »den Frieden der Liebenden« erwachsen wie aus einem Samenkorn sechs vollendete Strophen. Die Liebe wird nicht in ihrer Wirkung auf den von ihr betroffenen Menschen beschrieben, sondern als göttliches Wesen gefeiert, als »Gottes Tochter«, die »von ihm allein« stammt (vielleicht gemeint: so wie Athene, die Göttin des Geistes, mutterlos dem Haupt des Zeus entsprang). Nur in ihr, aus ihr noch gibt es wahrhaft »menschliches Leben«; dessen Feindin aber ist »die Sorge«, das Aufgehen in der »Notdurft«; sie ist »die knechtische«, die unfreie, die menschenunwürdige – und doch »zwingt« sie »jetzt alles« unter ihr Joch. Ein solches Leben in der bloßen Sorge und Notdurft ist verlassen von dem »Gott«: mit ironischer Bitterkeit endet die 2. Strophe.
Doch nun setzt der »Gegensatz« ein mit dem schönen, homerisch breit ausgeführten Gleichnis vom Nahen des Vorfrühlings: Gleichnis »der schönern Zeit,/Die wir glauben«, so wie wir im Winter des Frühlings gewiß sind. (Bedeutsam der Strophensprung, der einzige in dieser Ode.) Die »schönere Zeit« ist einmal schon in Frankfurt (II 4) berufen worden: dort war es die der Griechen, jetzt ist es die Zukunft. Und aus dem Gleichnis erwächst nun ganz »organisch« das Bild der Liebe als Pflanze: sie ist »himmlische Pflanze«, von Kräften des Himmels genährt und gereift.

Zugleich aber tritt nun, für einen Augenblick, das Ich des Dichters hervor: die »himmlische Pflanze« soll von ihm »gesegnet« und »mit Gesange gepflegt« sein; damit will er zu seinem irdischen Teil das Wirken der himmlischen Kräfte fördern. Als Segnender und Fürbittender ist er gleichsam Priester im Sinne von Diotimas Vermächtnis-Wort an Hyperion-Hölderlin (III 4): »Priester sollst du sein der göttlichen Natur«.

Die pathetisch-innige Schlußstrophe hält einerseits das Bild der Pflanze durch und weitet es unendlich aus, nimmt aber anderseits einen Grundton des Eingangs auf: »die Seele der Liebenden« – »Ihre Seele«, und rundet so das Gedicht ab. – Die Wünsche des Dichters mögen manchem als Wunsch-Bild und daher als »unrealistisch« gelten; man sollte sie aber als Vermächtnis-Ruf in alle Zukunft hinein gelten lassen, besonders in Zeiten hinein, »da die knechtische jetzt alles, die Sorge, zwingt«.

(Wie sich Hölderlin Einzelnes anverwandelt, zeigt vielleicht ein Teil der Schlußstrophe. »Hast du nicht Herz und Sinn, Selbst nicht Sprache der Liebe Für die Sprache der liebenden; Leblos starrt sie dich an«, die Natur nämlich: so steht es in einer Ode ›Das Wort der Natur‹ von Hölderlins Freund Karl Philipp Conz. Das Gedicht erschien im Herbst 1799 in Neuffers Taschenbuch für Frauenzimmer auf 1800, worin auch Hölderlin zahlreich vertreten war. Er las es also sicher. Seine Ode schrieb er im Sommer 1800. Zufall oder Aneignung? Wenn dies, dann Anverwandlung. Conzens »Sprache der Liebe« gegenüber der Natur schließt diese auf; Hölderlins »Sprache der Liebenden« soll »die Sprache des Landes« werden, sie soll die Welt verwandeln.)

VII 7. Umformung und Erweiterung der Einen, gleichnamigen Frankfurter Strophe: »Hoch auf strebte mein Geist, aber die Liebe zog Schön ihn nieder; das Leid beugt ihn gewaltiger; So durchlauf ich des Lebens Bogen und kehre, woher ich kam«. Die Stuttgarter Fassung von 1800 verändert das Ich zum allgemeinen Du und Wir; das Ich spart sie dem ergreifenden Bekenntnis in Str. 3 auf; vor allem aber verwandelt sie sich einen tiefsinnigen Satz des vorsokratischen Philosophen Heraklit an (in Übersetzung von H. Diels): »wie es (das Eine) auseinander strebend ineinander geht:

gegenstrebige Vereinigung wie bei Bogen und Leier«. Was Hölderlin in diesen »Rahmen-Satz« einspannt, ist sein Grundmotiv Liebe–Leid. Heraklitisch ist auch noch der schicksalswillige Ruf: »Aufwärts oder hinab!« Auch wenn es »hinab«, der Nacht entgegen, geht, ist das »heilge Nacht, Wo die stumme Natur werdende Tage sinnt«, Künftiges vorbereitet; ja, auch im Orkus besteht »ein Grades, ein Recht noch«. (»im schiefesten Orkus« – vgl. »ein schiefes, unrichtiges Urteil« –: Bezug zu »ein Grades, ein Recht«, also etwa: »im recht-beugenden, unfreundlichen Orkus«; da kündigt sich der dunkle Stil der späten ›Nachtgesänge‹ an.) Der Dichter hat dieses Auf und Ab erfahren, deutet es dankbar als Willen der »Alleserhaltenden«, die auch ihn erhalten und geleitet haben, und prägt nun in Str. 4 den ergreifenden Spruch, den er gleichsam in ihrem Namen ausgibt: Der Mensch soll »Alles« prüfen, was ihm begegnet, damit er durch diese Erfahrungen, auch die leidvollen, gekräftigt werde (»gehärtet und geweiht«, heißt es in einem Briefe) und lerne zu »danken für Alles«. Dank ist Bindung; und dieser umfassende Dank macht es möglich – so hieß es zuerst –, »Daß er lerne die Freiheit, Aufzubrechen, wohin er will«. (Das dafür eingesetzte Verbum »verstehen« bedeutet wohl begreifen ebenso wie beherrschen.) – Eine Art Variation dieser großartigen Schlußstrophe ist Str. 2 der Ode ›Dichtermut‹: »Was geschiehet, es sei alles gesegnet dir, Sei zur Freude gewandt! oder was könnte denn Dich beleidigen, Herz! was Da begegnen, wohin du sollst?«

VII 8. Erweiterung der gleichnamigen Ode II 10, anscheinend aber nicht zu befriedigendem Abschluß gebracht. In Str. 4 leitet der Anruf: »Heilge Natur«, der dem Anruf am Eingang entspricht, zur Rede des Dichters von sich selbst über, und Str. 5 will sich nicht recht zu dem Hauptmotiv – Krankheit und Genesung der Geliebten – schicken. Der Dichter empfand wohl eben dies. Er formte den Schluß von Str. 3 um, so daß der Satz nun lautete: »und schon Glänzt in zärtlicher Jugend Seine Blume den Tagsgott an«, und schrieb im Anschluß daran eine Strophe, die mit der Anrede: »Neugeborene« beginnt und sie als »freudiges Licht unserer dämmernden Kranken Erde willkommen« heißt, in der Hyerbolik aber gesucht wirkt.

VII 9. Eigenartige, den Vergleich herausfordernde Erweiterung, genauer: »Erfüllung« der zweistrophigen Frankfurter ›Diotima‹-Ode (II 7): Das Gefüge von Str. 1 bleibt bestehen. (Bedeutsame Änderungen: »welkest hinweg« wird ersetzt durch die zum Schweigen gehörende Gebärde: »siehest zur Erd'«; die »Barbaren« fallen weg: die »Scheltrede« wider sie im ›Hyperion‹ scheint überwunden.) Aber an »die Deinen«, die der »Athenerin« Diotima Verwandten, schließt sich nun ein Preis der Griechen, der sich bis zu dem Wort »Die Göttermenschen« steigert. (»An Lust und Tat den himmlischen Mächten gleich« heißen sie in einem verworfenen Vers.) Dann biegt die neue Form zu der Kurzode zurück mit dem Vers: »Die zärtlichgroßen Seelen, die nimmer sind«; dieser Schluß der Rühmung ist nun zugleich Auftakt einer »Totenklage«. Wie in der Kurzode setzt jedoch mitten in der Strophe der Umschwung ein: »Die Zeit doch heilt«. Nochmals eine Ausweitung in Form der Verkündigung, ehe das Gedicht mit dem letzten Satze wörtlich in die Kurzode einstimmt und die Anrede des Eingangs, erst jetzt mit Nennung des Namens, aufnimmt. Besonders schön der Satz: »Sieh! eh noch unser Hügel, o Liebe, sinkt«.

VII 10. Die neunstrophige Ode, ein erschütterndes Gedicht, ist auf der Einen Frankfurter Strophe ›Die Liebenden‹ (II 12) errichtet. Aus dieser geht nach der das Verbindungsglied bildenden, lakonisch schroffen und schmerzlich erregten Frage: »Den verraten?« das unbedingte Bekenntnis zur Treue gegen den »Gott in uns« hervor, der nun als der »beseelende Schutzgott unserer Liebe« erkannt wird. (In VII 3 ist Diotima des Dichters »liebender Schutzgeist«, dessen Ferne für ihn tödlich ist.) Mit dem Bekenntnis könnte das Gedicht als Kurzode wohl leidlich schließen; es wäre ergreifend, doch »kurzatmig«. Nun aber setzt, als »Gegensatz«, Klage ein. Der Unbedingtheit stellt sich die Wirklichkeit entgegen. In ihr bestimmt »der Weltsinn« die Norm; in ihr überlistet »der Gebrauch« (in älterer Sprache öfters = Sitte, also leere Konvention) »die Seele Tag für Tag« (und macht sie endlich fügsam. Der Sinn könnte auch sein: Die tägliche Anspannung, »die Seele« rein zu bewahren, »verbraucht« sie langsam). Aber viel mehr noch: Das Schicksal, das über »der Liebenden Herz« ver-

hängt ist, hat viel tieferen Grund. Die Liebe – in der als »Gottes Tochter« allein noch echt »menschliches Leben« lebt (VII 6) – ist tragisch beschattet, »der Liebenden Herz« muß »vergehn«: ein Opfer, das »Götter und Menschen .. zu sühnen« vermag. (Das Pronomen »sie zu sühnen« muß sich auf »Götter und Menschen« beziehen, nicht auf »die Furcht«, denn in einer Vorfassung steht dafür »Haß«, aber ebenfalls »sie zu sühnen«; dieses Verbum bedeutet also »versöhnen«.) Götter und Menschen aber sind geschieden von alters her durch tiefgründende, wörtlich »grundlose«, unausrottbare und »ungestalte«, in Hölderlins Sinn etwa dämonisch-naturhafte Furcht. Das führt in die Nähe der Anmerkungen zu den Trauerspielen des Sophokles. – Ans Herz greifen mag besonders der die Strophe eröffnende Satz: »Wohl! ich wußt es zuvor«; vgl. damit VII 3: »Aber weiß ich es nicht?«
Nun kehrt das Gedicht in schmerzlicher Entsagung zum Du der Geliebten, zum Wir der Liebenden zurück. »Laß mich schweigen!«: wieder ein lakonischer Strophenanfang wie vorher »Den verraten?« und nachher »Hingehn will ich«; die Zäsur des Verses ist bewußt vorverlegt (wie auch in VII 7: »Dies erfuhr ich.«). Die Schicksalswilligkeit äußert sich besonders in der Bitte, die Geliebte möge selbst ihm den »Lethetrank« reichen: da klingt ein mythisches Motiv, mit dem »heilgen Gift« aber vielleicht zugleich das Motiv von Sokrates' Tod aus dem Schierlingsbecher an. – »daß alles, Haß und Liebe, vergessen sei«: vgl. das erschreckende Bekenntnis in I 4: »Ich bin zerrissen von Liebe und Haß«.
Und nun fällt zum ersten Mal der Name der Geliebten. Er fällt an der Wende des Gedichtes, in dem Satze zaghafter Hoffnung (»Vielleicht ..«). Das Adverb »hier«: was besagt es? Nach »Hingehn will ich« (= dahingehen) wohl einen Bereich wie Elysium oder die Insel der »Seligen«, die gleich danach genannt werden. Darauf der Vorgang, wie ein »Fremdeln« in Erkennen und Erinnern übergeht. Der Schlußsatz lautet in der Vorfassung ganz anders: »Und befreiet, in Lüfte Fliegt in Flammen der Geist uns auf«. Nun hatte Karl Philipp Conz 1793 am Schluß seiner Ode ›Die Geduld des Weisen‹ Herakles' Flammentod auf dem Scheiterhaufen gefeiert: »Hoch ... ob ihm schlägt die Gewaltige! Doch das Sterbliche nur sinkt; das Unsterbliche Siegt; Er flieget, befreiet, Zu den ewigen

Göttern auf«. Wohl möglich, daß Hölderlin das Gedicht seines Freundes kannte und den Schlußsatz im Ohr behielt. Jedenfalls aber fand er bald den zauberhaften Schluß, das herrliche Bild, dessen Symbolik der Leser sich selbst entschlüsseln mag; kaum wagt man dran zu rühren: »Und die Lilie duftet Golden über dem Bach uns auf«. Das ist wohl verwandt der Kunst Philipp Otto Runges.

VII 11. »Ich hatt' es nie so ganz erfahren, .. daß eine neue Seligkeit dem Herzen aufgeht, wenn es aushält und die Mitternacht des Grams durchduldet, und daß .. göttlich erst in tiefem Leid das Lebenslied der Welt uns tönt«. Dieser schöne Satz im letzten Brief Hyperions könnte als Motto über ›Menons Klagen‹ stehen. Denn der Name Menon – wohl aus Platons gleichnamigem Dialog – bedeutet »der Ausharrende«.

»Der größte aller elegischen Dichter der Deutschen«: solchen Rang sprach Achim von Arnim 1828 dem Dichter der Elegie zu. Als Bekenntnis wie als Kunstgebilde ist diese in der Goethe-Zeit, wie mit Recht gesagt, am ehesten mit Goethes ›Marienbader Elegie‹ vergleichbar. Sie stellt gewissermaßen, wie ebenfalls gesagt, Abschluß und Vollendung der mehr persönlichen Lyrik Hölderlins dar. Sie vollendet diese als »gründlichste« Auseinandersetzung mit dem Leid. Die Auseinandersetzung endet mit dem Sieg über das Leid, besser: mit der Sinngebung des Leides.

Das Gedicht wurde wohl im Sommer 1800 aus einer schlicht ›Elegie‹ benannten Vorfassung vollendet. Gedruckt wurde es in zwei Musen-Almanachen für 1802/03: deren Herausgeber zerriß es und sah es unsinnigerweise als Folge von »Elegien« an (was vielleicht schuld daran war, daß Goethe in einer abfälligen Äußerung über den ersten Almanach das Gedicht überging und mit andern Beiträgen in einen Topf warf). So wurde der große Spannungsbogen der Elegie zerbrochen: ein Bogen von Klage zu Dank, vom »traurigen Traum« zum Erwachen: »es war wie ein Traum!« (Str. 1.9), vom Ich-Verlust – »auch mich hab ich verloren mit ihr« (Str. 4) – zum Aufbruch in ein neues »Jahr der Seele« (Schluß von Str. 9). Das Klaggedicht wird über mehrmaliges Auf und Ab der Stimmung zum Dankgedicht. Darin unterscheidet es sich von der ›Marienbader Elegie‹, die trostlos endet: »Mir ist das All, ich bin

mir selbst verloren .. (Die Götter) trennen mich – und richten mich zu Grunde«.
Diotima wird erst am Schluß von Str. 3, und nur da, mit Namen angeredet, besser: sie tritt aus den »Bildern hellerer Zeit« einen Augenblick hervor, ist aber noch ferne. Bisher hat Menon in Klage, zager Hoffnung und Erinnerung an diese Bilder nur von sich geredet. Nun geht das Ich ins Wir der Liebenden ein, und das trostlose Gleichnis in Str. 1 wird überlagert von dem hellen Bild der »liebenden Schwäne«. Aber nochmals, noch in Str. 4, und tiefer sinkt der Einsame zurück; das Eingangsmotiv klingt auf: »Darum irr ich umher« (und nochmals in Str. 7: »so lange .. Hab ich .. dich in der Irre gesucht«; doch da ist das schon Rückblick). Die Klage steigert sich zu dem erschütternden Bild am Schluß von Str. 5. In Str. 6 aber setzt über ratlose Fragen (vgl. Str. 3) und eine freie Umgestaltung des Tantalos-Mythos hinweg eine Bewegung aufwärts ein in einer Vision von höchster Kraft und Schönheit, auf die der christliche, im schwäbischen Pietismus lebendige Gedanke der »Wiederbringung Aller« eingewirkt haben dürfte. Von dieser prophetischen Vision aus (in deren Mitte »die lichte Gestalt« am ehesten Diotima sein mag) wendet sich Menon in Str. 7/8 der Geliebten zu, die ihm nun zu seinem beglückten Staunen »erscheint«, ihm gegenwärtig ist. Sie war es, die ihm »am Scheidewege .. tröstend ein Schöneres wies«; sie lehrt ihn jetzt (vgl. VII 5 und die Erl.) zu glauben, »daß unsterblicher doch, denn Sorg und Zürnen, die Freude, Und ein goldener Tag täglich am Ende noch ist«. Das soll er »andern wiedersagen«, und das heißt: sie verweist ihn auf seinen Dichterberuf. (Man denkt wohl an briefliche Worte Susettes: »Du bist der Welt auch schuldig zu geben, was Dir verklärt in höherer Gestalt erscheint«.) Mit dieser Verweisung geht ein belebender göttlicher Ruf einher, der eben um des Berufes willen von dem, der sich unter »Toten« wähnte (Str. 3), ein »Bleiben im Leben« fordert, – ein Ruf, auf den der Gerufene begeistert antwortet: »Leben will ich denn auch! schon grünts! wie von heiliger Leier Ruft es von silbernen Bergen Apollons voran!« (Es sind die beschneiten Gipfel des Musen-Berges Parnaß.) Ein »Schöneres« wies ihm Diotima und lehrte ihn, »Großes zu sehn, und froher die Götter zu singen«. So weiß er nun: »Großes zu fin-

den, ist viel, ist viel noch übrig«. Darum will er leben. So bittet er ›Am Quell der Donau‹ die gütigen Götter: »umgebet mich leicht, Damit ich bleiben möge, denn noch ist manches zu singen«. Das ist Hölderlins sehnlicher Wunsch an der Schwelle zur andern »Hälfte des Lebens«. So bricht er auf, »Großes zu finden«: es sind die Themen seiner Hymnen, seiner abend- und vaterländischen Gesänge.

Das Bekenntnis zur Freude leitet von Str. 8 über zum Dank in Str. 9. Freude aber – »freie, klare, geistige Freude« – gehört wie Dank zur Frömmigkeit; beide gehen aus Bejahung, Sinngebung, »Dankwürdigkeit« alles Erfahrenen hervor; so ist »alle Trauer nur der Weg zu wahrer heiliger Freude«. Freude gehört zum »Dichtermut«: »Was geschiehet, es sei alles gesegnet dir, Sei zur Freude gewandt!« – Die Verweisung auf den Dichterberuf ist auch Erwekkung des Dichtermutes und Dichtergeistes. Über Str. 9, die mit Abstand am weitesten ausholt, könnte als Leitwort »Begeisterung« stehen. Sie prägt den Einen weitgespannten Satz, der anhebt mit der Bitte um Geleit der Liebenden an all die »guten Genien, die gerne bei Liebenden sind«, und mit dem Nebensatz, ähnlich wie in Str. 6, in eine Vision übergeht. Diese ist der wohl schönste und schwierigste Teil der Elegie. »Dort . ., oder auch hier«: so liegen sich zwei Räume gegenüber, in denen sich die Liebenden »begegnen« sollen. Der eine bedeutet wohl ein Jenseits, das mit griechischen Zügen ausgestattet ist, einen »Himmel«, wo »die Seligen all niederzukehren bereit«: es ist die Wiederkehr der Götter und »Göttermenschen«, von denen ›Germanien‹ sagt: »Und länger säumt von Göttermenschen Die heilige Schar nicht mehr im blauen Himmel«. Der andere Raum: ein ideales Diesseits, »auf tauender Insel«, ein immer taufrischer Bereich, als Insel der »Welt« entrückt; ein Bereich, wo »die Unsrigen« sich finden, seien es die Gleichgesinnten, mit den Liebenden Verbundnen, oder wie in der Vorfassung »Dichter der Liebe«; ein Bereich, in dem »wieder der Genius gilt« (VII 2) und »die Gesänge wahr« sind, »ein Wahres«, von dessen Erscheinen ›Germanien‹ kündet, Wort und Ton werden lassen. Hier soll es sein, wo »von neuem ein Jahr unserer Seele beginnt«. In der ›Elegie‹ hieß es noch »unserer Liebe«: nun ist alles »verseelt«, vergeistigt.

Der Schönheit und dem Zauber dieser Vision wird sich ein musisch Empfänglicher nicht entziehen können. Die Frau aber, der das Gedicht aus Leid und Freude galt und die ihrerseits »den Glauben nie aufgeben« konnte, »daß wir uns wiederfinden in der Welt« (IV 14): Diotima hat, wenn überhaupt, nur die handschriftliche Vorfassung, wohl kaum im Druck den ersten Teil des, wie erwähnt, zerstückten Gedichtes zu lesen bekommen. Der zweite Teil, im Herbst 1802, erschien dafür zu spät ...
Der Dichter aber hat lange nachher noch eine Art Gegenstück zu ›Menons Klagen‹, wenn auch in anderer, in odischer Form, geschaffen: das Rollengedicht, das diese Textsammlung beschließt.

ZWEITER TEIL

I 1, 1.2. Das Reisetagebuch des Weißenfelser Superintendenten ist nur in Auszügen über seinen bevorzugten Verkehr mit der Großfamilie Gontard bekannt (von der Madame de Staël schrieb: »tout le monde s'appelle Gontard«). Sein so günstiges Urteil über die Frankfurter Gesellschaft sticht sehr ab von dem Ludwig Zeerleders (I 2, 1). – »eine herrliche biedere Frau«: Susanna Maria Gontard-d'Orville; seit 1781 Witwe von Daniel Andreas, von dessen »Leben und Ende« sie dem Gast erzählte; Mutter Franz und Cobus Gontards; nach Maria Belli-Gontard »eine Schönheit .. noch in ihrem Alter«; »Spuren der glänzenden Schönheit« erkennt in ihrem Porträt auch Carl Jügel in seinem Gontardschen Familienbuch ›Das Puppenhaus‹ (1857); er liest aber auch andere Züge heraus: »daß die Seele in dem unbedingten Vertrauen auf die Unwandelbarkeit des Glückes und der Zufriedenheit bereits irre geworden, .. daß eben dieses Vertrauen schon einem gewissen Grade von Härte Platz gemacht habe, .. Solche Charaktere fangen dann an, ihren Gleichmut zu verlieren«. Susette stand ihr nicht näher. Von ihr erbte Cobus 1800 das herrliche Anwesen an der »Windmühl« am Untern Mainufer (s. ET IV 17; ZT II 8). – »Manskopf«: Jacob Wilhelm, Mann von Cobus' Schwester Johanna Helena. »Mamsell Gontard«: Cobus' Schwester Gredel. »Mamsell

Borkenstein«: Susettes Schwester Amalia (deren Besuch Susette im Herbst 1801, nicht lang vor ihrem Tode, sehr erfreute). »Madame Brevillier«: Cornelia Gertrude geb. Gontard, Schwester von Cobus' Vater.

Susette nahm an den Geselligkeiten, die Schmidt schildert, nicht teil. Sie hatte am 13. Juni mit achtzehn Jahren, nach einjähriger Ehe, Henry, ihr erstes Kind, geboren. Außer dem guten Eindruck des Geistlichen von der Frankfurter Gesellschaft ist das Merkwürdigste die von der Schwiegermutter »rührend« vorgetragene »Geschichte ihrer im Kindbette wahnsinnig gewordenen Schwiegertochter«. Schon im ersten Bericht erwähnt er, sie habe »in dem ersten Wochenbette den Verstand verloren«. Die Schwiegermutter »erzählte die Geschichte« dem Gaste, dieser hielt aber nur das Faktum fest. Sein Vermerk ist das einzige Zeugnis, ein ärztliches Gutachten nicht bekannt. (In der Familie allerdings lebte das Faktum fort: noch 1870 schrieb ein Modeschriftsteller, daß durch das erste Wochenbett mit Fieber »ihr reiner und schöner Geist lange Zeit verstört blieb«.) Was der Familie 1787 Wahnsinn schien, war (nach freundlicher, erschöpfender Auskunft Prof. Paul August Königs von der Tübinger Frauenklinik) offenbar Wochenbettpsychose, die nach 3–6 Monaten abzuklingen pflegt. Die drei rasch aufeinander folgenden Niederkünfte (1789, 90, 91) blieben davon frei. – Die dürftige Angabe des Gastes sagt nichts darüber, ob sich die Psychose als tiefe Depression mit völliger Apathie und Unansprechbarkeit oder als starke Erregbarkeit, vielleicht mit aggressivem Gebaren, äußerte. Nur vorsichtig läßt sich an Ursachen denken: die große Jugendlichkeit der Mutter; ihre Verpflanzung aus dem ihr vertrauten Hamburger Milieu in ein fremdes, worin sie sich den Ansprüchen der großen Verwandtschaft ihres Mannes zu bequemen hatte; unterschwellige Enttäuschung ihres in jungen Jahren zur Empfindsamkeit neigenden Wesens (s. I 3,3) darüber, daß ihre musischen, geistigen, seelischen Bedürfnisse darbten in der Ehe mit einem Manne, dem »les affaires avant tout« gingen. Von da aus würde sich erklären, daß ihr 1793/94 der geist- und gefühlvolle junge Berner »Bruder, und Freund« wurde (ET IV 12, »Montag«). Spuren hinterließ die Psychose nicht. Seit dem Sommer 1793, wo Susette zum ersten Male als Persönlichkeit erscheint, erweckt das Einssein von Schönheit, Lauterkeit und Geistigkeit Bewunderung, Neigung, Liebe. Das zeigen – ganz abgesehen von Hölderlins Briefen und Gedichten – mehrfach die folgenden Stücke.

I 2,1. Über Susettes Wiedersehen mit Zeerleder 1799, und seine Persönlichkeit, s. ET IV 12 (»Montag«) und die Erl. Welt- und Geschäftskenntnis halber ging der junge Berner Bankierssohn 1793 auf Reisen: nach Frankfurt und für länger nach Hamburg, von da nach England wieder über Frankfurt, wo er fast einen Monat blieb; im Spätjahr 1794 ein drittes Mal nach Frankfurt, wo er sich vier Monate verweilte, eh er sich in Werther-Stimmung »halbverzweifelt« losriß, daheim die Leitung des Geschäfts übernahm und dort Abstand von seiner Neigung gewann. Im Untergang des alten Bern zum Mann gereift, wie Frau Gontard fand, »sehr verändert«, kam er im Herbst 1799 auf der Reise nach Hamburg nochmals nach Frankfurt. – »die Bethmann«: die vor den »Metzlers« führende Bankiersfamilie; ihr Chef, Simon Moritz, führte den Gast in die Gesellschaft ein. Dieser war den patrizischen Stil Berns gewöhnt; besonders daher wohl sein abfälliges Urteil. »Emigrierte Franzosen« waren gemeinhin wenig beliebt. »Heinrich Gontard«-du Bosc: ihm gehörte der Weiße Hirsch, in dem er als Chef der Firma ein großes Haus zu machen liebte. Die »jungen Gontard«, deren »Lebensart« Zeerleder rühmt: seine Neffen Franz und Cobus. – Die Zeichnung Susettes stimmt, wenn auch prosaischer, in manchem zu der enthusiastischen von Hölderlin (ET I 2.3); der Berner sieht sie jedoch glücklich »in ihrem häuslichen Cirkel«, der bei Hölderlin gar nicht sichtbar wird, und hebt sie von dem gesellschaftlichen Hintergrund ab, der Dichter dagegen von dem »geist- und ordnungslosen Jahrhundert«. Daß sie von »großen Gesellschaften« nicht viel hielt, deutet sie selber in ET IV mehrmals an; daß sie in solchen höchst anziehend wirken konnte, geht aus ZT IV 1 hervor. Der französische Satz – »Hier lieb ich ihre Anmut, ihre Hoheit da« – ist wohl (ohne »et«) ein Alexandriner-Vers. Dazu Hölderlin ET I 2: »Lieblichkeit und Hoheit«, I 3: »Majestät und Zärtlichkeit«.

I 2,2. Die Willkommensszene, die der Ankömmling schildert, ist nur eines der reizvollen Streiflichter, an denen der II. Hauptteil dieser Sammlung reich ist. Wie im vorigen Jahr Susettes Wesen, so fühlt sich jetzt der Gast die Szene und seine Empfindungen zu »beschreiben« unfähig. Die Grenze zwischen Gefühl und Wort bekennt auch Hölderlin in ET I 2.3. Und beide sprechen voller Dank, nur in verschiedner Art, von dem erhebenden bzw. läuternden Einfluß der Begegnung mit der Frau, die für den Berner »die Vollkommne« ist. Er fragt: »wo könnte ich auch wieder finden, was ich hier habe«; der Dichter sagt: »daß selten so etwas geahndet, und schwerlich wieder gefunden wird in dieser Welt«. – »Donamar«: ›Graf Donamar‹, erfolgreicher Briefroman in 3 Bändchen von dem Ästhetiker Friedrich Bouterwek, 1791–93; dem Berner also sofort bekannt, wie wohl auch Hölderlin und nachweislich dessen Stiftsfreund Rudolf Magenau; der schrieb im November 1792 von den Anfängen des ›Hyperion‹, Hölderlin schreibe »an einem 2ten Donamar«. – Bei seinem dritten Besuch, im Winter 1794/95, schrieb Zeerleder für Susette das soeben in Schillers ›Thalia‹ erschienene ›Fragment von Hyperion‹ ab: ein mittelbarer Ausdruck seiner Neigung, und zugleich ein weiteres Beispiel seines literarischen Bildungsstrebens. Von ihm war wohl auch eine mit »Zl. B.« chiffrierte, günstige Rezension des I. ›Hyperion‹-Bandes, der als »Produkt einer blühenden, tieffühlenden, und bis zu Ideen sich erhebenden Einbildungskraft« gerühmt wurde.

I 3,1. ». . zwei so edle Seelen bei einander«: dieses Wort in Daniels Brief könnte mottohaft über so manchem der folgenden Stücke stehen. Fünf Jahre lebten im Hause Gontard zwei junge Frauen von bezauberndem – und verschiednem – Wesen neben- und miteinander, in einer Freundschaft, die auch die äußere Trennung überstand. Das ist bemerkenswert (und erst seit zwei Jahrzehnten bekannt). Die Erscheinung der Hausgenossin ist hier in Hauptzügen zu vergegenwärtigen. Aber zahlreiche Zeugnisse, aus denen helles Licht auf sie fällt, waren in den Text nicht aufzunehmen. Denn maßgebend für die Auswahl mußte das Licht sein, das von ihr und von ihr Nahestehenden auf Susette, Cobus und den

Lebensstil des Hauses fällt. – Der Dichter tritt in diesem II. Hauptteil zurück. Aber die menschliche »Atmosphäre« – nicht gleich dem sozialen »Milieu« –, die gewiß nicht unbedeutend für sein Leben und Lebensgefühl war, wird durch nicht wenige Stücke dieses Teils vermittelt. –

Marie kam aus Bern im Sommer 1792, zwanzigjährig, als Erzieherin der Mädchen ins Haus Gontard. Ihr Bruder, klug und heiter, war Geschäftsmann; er liebte Bergwanderungen, Natur- und Volkskunde und lieferte seinem Freund Ebel Beiträge zu seinem Werk: ›Schilderung der Gebirgsvölker der Schweiz‹. Die Familie war patrizisch, doch unbemittelt. Nach dem frühen Tod des Vaters mußten die Mädchen eine Stellung suchen; Maries ältere Schwester Elise trat schon vor ihr eine gleiche Stelle bei Cobus' Bruder Franz an und vermittelte ihr wohl die ihrige. Beide sollten in der Fremde »ihr Glück machen« (über Elise s. I 15).

Marie fühlte sich zeitlebens als Kind ihrer Heimat. (Eine vornehme Bekannte wollte ihre »Seelenruhe«, ihr harmonisches Wesen daraus erklären, daß in »hohen Gebürgen, besonders aber den schweizerischen .. die reine ätherische Luft .. die Seele sanft und heiter stimmt, die Leidenschaften dämpft und ihnen das Scharfe, Bittere benimmt«.) »Das Bild der Freude«: so nennt sie ihre älteste Tochter. Sie war es, wie spätere Briefe an sie zeigen, schon in ihrer Heimat. Was dann in Frankfurt von ihr ausstrahlte und die Herzen von Frauen wie von Männern gewann, war die »Gesundheit« und Wohlbeschaffenheit ihres ganzen Wesens; Lieblichkeit und Herzlichkeit wirkte zusammen mit Anmut und Schönheit, an der besonders ihr reiches Blondhaar auffallen mochte. So war in Kassel »die Malerzunft .. ganz von ihr bezaubert« (I 9). – In Frankfurt litt sie anfänglich unter »Anfällen des schwarzen Heimwehes«, auch unter »Verlegenheit . . in Gesellschaften«. Daniel, dem sie das gestand, riet ihr, sich einfach so zu geben, wie sie sei. Sie blieb denn auch in anspruchsvollen Verhältnissen sie selbst, auch nach ihrer Einheirat in eine uradlige Familie. Das Haus Gontard tat wohl das Seinige dazu. Im Frühsommer muß sie Daniel von der »Liebe oder Achtung« geschrieben haben, die sie erfuhr: darauf sein Glückwunsch. Was er dann von der Wirkung ihres Wesens sagt, nimmt um Jahre vorweg, was sie in I 11 als Urteil von Ludwig

Rüdt und Sophie Dollfus wiedergibt. In der Klage des Bruders, »sanfte Ergießung des Herzens« entbehren zu müssen, lebt der Geist der Empfindsamkeit (vgl. dazu I 3,3 und die Erl.).

I 3,2. Daß Marie, wie sie Daniel geschrieben haben muß, zu Susette ausführlich – »bis in die tiefe Nacht« – von ihm sprach und die Zuhörerin dann von ihm und seinem Besuche träumte, ist eines der zu I 2,2 vermerkten intimen Streiflichter: hier auf den Umgang der beiden jungen Frauen, der dann besonders beredt aus der Szene im ersten Teil von I 12,1 spricht. (Einen ergreifenden Traum gibt Susette selbst im 2. Abschnitt von ET IV 11 wieder.) – Daniel drechselt nun aus dem Traume von ihm ein Kompliment: »eines der liebenswürdigsten Frauenzimmer«. Mit »Ausbildung« in ihrem »Umgange« meint er dem Folgenden nach moralische Bildung. Solche Bildung erfuhr Zeerleder als Wirklichkeit; nur vierzehn Tage später schrieb er: »ich läutre mich in ihrem Umgange« (I 2,2). Beide sprechen von Susettes »Sanftmut«, und beide – Zeerleder in I 2,1 – sehen in ihrer Erscheinung, wie ja auch Hölderlin in ET I 2.3, verschiedene Züge harmonisch »vereinigt«. (Daniels Wort von der »Schönheit der Seele« könnte von Schillers Zentralbegriff der »schönen Seele« in der Schrift ›Über Anmut und Würde‹ inspiriert sein.

I 3,3. »Rispivogel«: wohl schweizerischer Scherzname Maries, vielleicht »Bachstelze«. – Geschrieben bald nach einem Besuche Daniels in der Stadt, als Gast der Gontards. Es blieb bei diesem einen Besuche. In I 19 gedenkt Daniel wehmütig-dankbar der »herrlichen Tage« und der »vortrefflichen Menschen«. Das Dorf Hausen, wo Marie schreibt, lag nicht weit nordwestlich der Stadt. Wohlhabende Familien mieteten, meist schon im Frühjahr, nahe der Stadt eine Sommerwohnung, von wo der Hausherr werktags zu seinen Geschäften hineinfuhr, und blieben dort bis zur Herbstmesse. So die Gontards auch in den folgenden Jahren mit Hölderlin. (Weite Ferienreisen zu fernen Orten machte man damals noch nicht.) Nach den ›Ansichten von Frankfurt a. M.‹ (1818) lag Hausen »im schönen Niddagrunde, wo es von Spaziergängern, besonders am Freitage, fleißig besucht wird ... Anziehender sind die verschiedenen Fußpfade, jener besonders, der sich durch den Wiesengrund zieht und einen herrlichen Blick über üppige Fluren bis zu den Gipfeln des Taunus gewährt«. Maries launige Schilderung geht unvermerkt in eine Art Parodie –»à la Susette« – über: diese war offenbar für empfindsame Stimmungen bekannt. Die Begegnung mit dem Dichter ließ dann aus Empfindsamkeit zutiefst wahre Empfindung werden. – Die »vernünftige Art zu leben« bedeutet: naturnahe, natürlich-einfache Art. Diese beschreibt Marie am Schluß der Fortsetzung ihres Briefes – der die Form eines summarischen Tagebuchs annimmt und zeigt, wie oft die Familie draußen von Verwandten und Freunden »überfallen« wurde –: »Herr Gontard wird mich gleich zum Tee rufen, er geht früh in die Stadt und muß den Brief mitnehmen; nur das soll ich durch Befehl dir sagen, daß wir alle ganz außerordentlich vergnügt sind, die herrlichsten Gegenden aufgefunden, und unsre Wäldchen, o! die sind so schön wie du dir es nicht vorstellen kannst. Wir stehn früh auf, frühstücken in der Jasminlauben und haben bis jetzt noch nichts von der Hitze gelitten, der Garten wird ganz allerliebst, abends begießen wir alle mit aufgeschürzten Kleidchen alls was möglich ist«. – Der leicht anzügliche Schluß: »Apropos, du sollst Zeerleder nicht vergessen zu sagen, wie sehr wir hier zufrieden sind, und uns etwas von ihm schreiben, jemand will es gern«. (Wer »jemand« war, braucht nach I 2 nicht erklärt zu werden.)

I 3,4. »du Fays Garten«: Anwesen der mit den Gontards verwandten Tuchhändler-Familie: »auf der Pfingstweid« östlich der Stadt vorm Allerheiligen-Tor (heute Zoologischer Garten). Auf dem nahen Röderberg standen viele Garten- und Sommerhäuser. – Wie sehr Marie den Bruder liebte, bezeugt der zweite Abschnitt. »letzt«: letzthin, neulich. »cocolieren«: nicht sicher lesbar, vielleicht »cajolieren«, jedenfalls »verwöhnen, verhätscheln«. – »flöten«: Hölderlin spielte Flöte schon in Maulbronn, meisterhaft dann in Tübingen, wo ihn der berühmte Flötenspieler Dulon unterrichtete; Marie, wie hier bezeugt, »Gitarre«, Susette »Clavier« (I 2,1). Gewiß wurde auch gemeinsam musiziert; Susette erwähnt in dem ergreifenden Abschnitt »Sonnabend« von IV 12

ihren »Gesang« und ihre »alten Lieblings-Lieder«. Was Hölderlin auf der Flöte spielte, ist nicht bekannt. – Hier, »auf der Pfingstweid«, fand der Besuch Bengels bei seinem »Freund« statt (I 6); hier schrieb Marie ihr rührendes Briefchen I 5, Hölderlin den freudigen Brief ET I 2; hier fanden sich Diotima und der Dichter zu »ungestörten Stunden«, deren er in ET V 1 mit begeisterter Leidenschaft gedenkt.
Wenn Frau Gontard den »Nachtball bei Sophie Bethmann« – deren Haus nach Zeerleder »das erste und größte Haus« in Frankfurt, aber »bei weitem nicht das beste« war (I 2,1) – mit Marie besucht hätte, so hätte diese das wohl sicher erwähnt. Über Hölderlin, und von ihm selbst, gibt es kein Zeugnis, daß er an solchen gesellschaftlichen Vergnügungen teilgenommen hätte. Er wurde wohl außerhalb des Weißen Hirsches gar nicht dazu eingeladen. Und innerhalb des Hauses fühlte er sich dabei später mit Bitterkeit als »das fünfte Rad am Wagen« (ET VI 2).

I 4,1.2. Ebel war mit dem von Jena heimkehrenden Hölderlin, wohl auf Wunsch Sinclairs, Anfang Juni 1795 in Heidelberg zusammengetroffen und hatte ihn daraufhin den Gontards empfohlen. Nachdem er das Hölderlin mitgeteilt hatte, legte dieser am 2. September dem raschgewonnenen Freund seine Erziehungsgrundsätze dar. Doch mußte er bis Anfang Dezember auf den Ruf nach Frankfurt warten. – Hölderlin gilt dem sympathischen jungen Berner als »aufgeklärter Mann«: das geht wohl auf Ebel zurück und heißt so viel wie gebildet und frei von orthodoxen oder freigeisterischen Dogmen. (Hölderlin hatte seinem Bruder am 21. August 1794 seinen Begriff von wahrer Aufklärung, durch die man »zum Manne reift«, dargelegt: Freiheit von aller ungeprüften Autorität, »von der stockfinstern Aufklärung«, von »Freigeisterei und . . Freiheitsschwindel«.) – Daniel war 1795 zu Besuch in Frankfurt, später nicht mehr, mit Hölderlin also nicht bekannt. »Wegen Marien sicher« konnte er aus einem andern Grunde sein.

I 5. Aus dem gemieteten »Garten« der Familie du Fay (s. I 3,4), wo auch Hölderlin den glücklichen Brief ET I 2 schrieb. Reizvolles

Streiflicht auf die noch heimliche Neigung Maries zu »Louis« Freiherrn Rüdt von Collenberg, österreichischem Offizier, – und ebenso auf die – wie Susette im Rückblick schreibt – »seligen Stunden unserer ersten ganz neuen Liebe« (ET IV 11, 1. Abschn.). – In ihrer Aufregung setzt sich Marie meist über Satzzeichen hinweg.

I 6,1.2. Noch unveröffentlicht. Bengel, Promotionsgenosse Neuffers, dann wie sein Reisegefährte Flatt Stiftsrepetent, durfte mit kirchlichem Stipendium eine Bildungsreise machen, die neun Monate währte und nach Jena und Weimar, Göttingen und Hamburg führte. Der Besuch fand knapp drei Wochen vor der Flucht der Gontards (am 10. Juli) statt. – »Freund Hölderlin«: die Verbindung in Tübingen war enger als bisher bekannt. Die Gespräche berührten wohl auch aktuelle philosophische Probleme der Theologen im Anschluß an Kant und Fichte. Hölderlin erwähnt den Besuch nirgends. – »Garten«: die gemietete Sommerwohnung; s. I 3,4 und die Erl.; I 5. Den Grund, weshalb Hölderlin »mit seiner Lage so vergnügt« war, konnten die Besucher nicht kennen. – »Offenbach«: dort wurde Wielands bejahrte Jugendliebe besucht, die Erzählerin Sophie von La Roche, bekannt besonders durch ihren Erstling: ›Geschichte des Fräulein von Sternheim‹ (1771). Ihr autoritäres Reden belustigte Bengel so, wie ihn der »altfränkische« Römer mit dem Kaisersaal langweilte.

I 7. Der ganze Eintrag (s. Abb. 8) ist von Hölderlin, undatiert, sicher aus der zweiten Juli-Hälfte: am 13. kam die kleine Gesellschaft in der kunstsinnigen Residenz an. Eigentlich sollte es nach Hamburg gehen, aber Frau Gontard fand, wie Hölderlin schrieb, die Stadt »in so mancher Rücksicht interessant«, daß man vier Wochen blieb. Ob dies der einzige Grund war, steht dahin. Mehr über den Aufenthalt s. in I 8,1.

I 8,1. Von der »Natur« um Kassel schreibt Wilhelm Heinse: »Die Täler, welche die Fulda durchfließt, sind .. romantisch und erfreulich, und die Spaziergänge dahin lohnend«. Einer der Bergzüge rings, der Habichtswald, geht in die Wilhelmshöhe über, 1796 noch »der Weiße Stein« genannt, berühmt durch die Wasserspiele, die Hölderlin »unter die ersten in Deutschland« zählt. – »brave Künstler«: Mitglieder der Akademie, besonders Johann Heinrich Tischbein, Bruder von Goethes Freund in Rom, Inspektor der Galerie. Diese enthielt 236 erlesene Gemälde, so von Rubens, Rembrandt, Claude Lorrain. »Museum«: Fridericianum (s. Abb. 7), der schöne klassizistische Bau, nach Heinses Urteil »Italiens würdig«. Er barg außer Kopien und Abgüssen Originale bedeutender griechischer Statuen. Sie besonders mögen dem Dichter »wahrhaft glückliche Tage« gemacht haben. In Kassel erlebte er zum ersten Mal hohe bildende Kunst. Cicerone für die Frauen und ihn war wohl der Kenner Heinse.

I 8,2. Am 9. August reiste die Gesellschaft mit Heinse nach dem kleinen, aufblühenden Bad Driburg, wo sie am 11. ankam. Zweimal mußte nördlich von Kassel auf Fähren die Weser überquert werden; ebenso Mitte September auf der Rückfahrt in die Residenz, wo man sich nochmals bis etwa Anfang Oktober aufhielt. Einer nächtlich-stimmungsvollen Fahrt über die Weser auf der Rückreise vom »Land des Varustals« gedenkt die Heldin der Idylle ›Emilie vor ihrem Brauttag‹: »Ein schöner Strom Erweckt' ein wenig mir das Aug; es standen Im breiten Boot die Schiffer am Gestad, Die Pferde traten folgsam in die Fähre, Und ruhig schifften wir. Erheitert war Die Nacht, und auf die Wellen leuchtet' .. Aus blauer Luft das stille Mondlicht nieder«. – »sehr still«: der Erbpächter des Bades, Freiherr von Sierstorpff, schrieb seiner Frau am 25. August: »Hier ist alles vorbei, .. nur die Gontardsche Familie wird hier auf unbestimmte Zeit bleiben, man sieht sie fast gar nicht, sie bleiben immer auf ihren Zimmern, eine Anekdote davon mündlich«. Das vorletzte Sätzchen dürfte vornehmlich die Abende meinen, an denen sich der Herr des Bades die Geselligkeit seiner Gäste angelegen sein ließ. Die »Anekdote« dagegen betrifft wohl das häufige Beisammensein der Liebenden, das ja schon in Frankfurt Marie Rätzer auffiel (I 5). – Driburgs Lage »unter herrlichen Bergen und Wäldern« wurde in Berichten der Zeit mehrfach gerühmt ob ihrer unberührten, romantischen Schönheit. Heinse schrieb: »Driburg ist ein romantisches quellenreiches Tal von einem Amphitheater waldichter Höhen umgeben. Auf dem sogenannten Knochenberge übersieht man den ganzen Strich Hügel und Gebirge gen Osten bis an Brocken ... Nach Viermühlen zu sind angenehme Spaziergänge nah und eine Stunde fern. Nach einer Glashütte im Gebirg ist der schönste«. – Hölderlin und Heinse erwähnen gleichlautend das Tal, »wo Hermann die Legionen des Varus schlug«: eine lokalpatriotische Version. – »Mineralwasser«: angeblich wurde Hölderlin dadurch von einem ihn oft peinigenden Kopfweh befreit. – »Hardt«: Dorf bei Nürtingen; im Wald dabei der Ulrichstein: ein Geschiebe zweier Felsplatten, ein »Winkel«, in dem sich Herzog Ulrich 1519 auf der Flucht verborgen haben soll. Dem ›Winkel von Hardt‹ gilt ein später »Nachtgesang« und galt ein sehr frühes, verlorenes Gedicht. »Hermannsschlacht«: Klopstocks Drama mit Chören (1767).

I 9. »Schweizerin«: Marie Rätzer aus Bern. »Ried«: Rüdt von Collenberg. »Tizianischer Teint« als Zug der Schönheit der »Dame Gontard« ist nur hier, von dem Kunstkenner und -enthusiasten, erwähnt. Von Hölderlin schweigt er: er übersah ihn wohl, als fünftes Rad am Wagen. Der Jüngere dagegen schrieb: »wirklich ein durch und durch trefflicher Mensch. Es ist nichts Schöners als so ein heitres Alter, wie dieser Mann hat«. Der »berühmte Verfasser des Ardinghello«, wie er ihn ebenda nennt, war damals siebenundvierzig Jahre alt ... Susette sagt gutmütig: »unser alter Heinse« (I 10,1). Er war für weibliche Schönheit empfindlich, doch würde die Atmosphäre in Driburg getrübt, wenn es, wie behauptet, so wäre, daß der »Erotiker« an den Abenden durch Gespräche, die um seinen ›Ardinghello‹ kreisten, eine stark erotische Atmosphäre verbreitet und gar »der Liebe des jungen Paares mit wohlwollenden Augen« zugesehen hätte.

I 10,1. Die Gesellschaft in Driburg war wohl Anfang Oktober in das am 8. September befreite Frankfurt heimgekehrt; Cobus war noch abwesend, vermutlich in Nürnberg, in Geschäften oder aus Besorgnis, die Franzosen könnten zurückkommen und wie im Juli angesehene Bürger als Geiseln entführen, um von der Reichsstadt Kontribution zu erpressen. – »Brevillier«: Vetter von Cobus,

Sohn der in I 1,2 Erwähnten; laut IV 3 nach Susettes Tod um den kopflosen Witwer besorgt. – »im Herbst«: in der Weinlese, bei der wohl Hölderlin mit den Kindern zugegen war. Dabei war auch der mit den Gontards verwandte Weinhändler Gogel; er unterhielt sich wohl dort mit dem Hofmeister, denn er bekundete ihm wenige Tage später sein Interesse, Hegel als Hofmeister seiner zwei Knaben zu gewinnen; übrigens solle Hölderlin »von ihm und seiner Familie .. nicht zu viel Gutes schreiben, weil gespannte Erwartung immer schlecht befriediget würde«. Hegel kam im Januar 1797. – »Heinse« kehrte erst jetzt von Kassel und Göttingen nach Aschaffenburg, wo er Bibliothekar des Kurfürsten von Mainz war, zurück. – Daß sich Henry »zu seinem Vorteil verändert« hatte, ging gewiß auf den Einfluß des Erziehers zurück. Nach dessen Weggang schrieb ihm die Mutter von nachteiliger Veränderung (ET IV 5).

I 10,2. Ebel war im September, um dem Herd der Revolutionsideen nahe zu sein, nach dem im Direktorium schon korrupten Paris gegangen. Sein »kläglicher Brief« ist verloren. Hölderlin antwortete am 10. Januar 1797 mit einem, wie mit Recht gesagt, wundervollen Briefe. Er schrieb u. a.: »Ich glaube an eine künftige Revolution der Gesinnungen und Vorstellungsarten, die alles Bisherige schamrot machen wird. Und dazu kann Deutschland vielleicht sehr viel beitragen. Je stiller ein Staat aufwächst, um so herrlicher wird er, wenn er zur Reife kömmt«. Und Hölderlin nahm den Freund bei seinem eignen Wort, »man solle von nun an dem Vaterlande leben«. Ebel kam aber erst im Januar 1802 nach Frankfurt zurück.

I 11. »Louis«: Ludwig Freiherr Rüdt von Collenberg, österreichischer Premierleutnant, der Marie schon seit dem Frühsommer liebte (s. I 5). Im Folgenden tritt er stärker hervor. Von ihm wie von Marie aus fällt helles Licht auf das Haus Gontard, das ihn freundschaftlich aufnahm und seine Ehe mit Marie förderte; daher darf wohl hier ein Blick auf ihn geworfen und ihm selbst und seiner – sit venia verbo – »Romanze« mit Marie, soweit es angeht, das sprechende Wort gegeben werden. Sein Bild und Wesen zeichnete später seine Tochter Charlotte: »Er erregte durch seine Schönheit allgemeine Bewunderung, besaß etwas Chevalereskes, .. Man sagte in seiner Jugend von ihm, daß er eine ›königliche Physiognomie‹ habe, nicht ohne poetisch gemütliche Auffassung, voll Sinn für Ideale, enthusiasmusfähig, freundschaftstreu und anhänglich«. Er war auch – für einen jungen uradligen Offizier nicht eben gewöhnlich – hochempfindsam. Davon zeugt der Brief, mit dem er um Maries Liebe warb. Der Brief eröffnet den Hergang, der zu dem im Text stehenden Briefe Maries an Daniel führt. Er ist vom 13. August – fünf Wochen nach der Flucht der Gontards – aus dem »Feldlager bei Amberg in der Oberpfalz« (wo Erzherzog Karl am 24. den Feldzug für sich entschied). Der überschwengliche Brief ist zugleich ein Zeitdokument und sei ohne größere Abstriche geboten. »Schon längstens hätte ich Ihnen Liebste Teuerste Marie geschrieben, da ich mir aber immer Hoffnung machte, die Gontardische Familie bei unserem Rückzug irgendwo zu sehen, und .. von Ihnen Liebenswürdigstes Mädgen etwas zu erfahren, unterließ ichs bis jetzt .... Das Ungemach was wir ausstehen ist schrecklich, jedoch weit schrecklicher waren meine Sorgen, als sich die Gefahr Frankfurt näherte, ich eilte hin um dich Englisches Mädgen noch einmal an dieses für dich allein schlagendes Herz zu drücken, um alles was in meinen Kräften steht dir Liebe Marie anzubieten; mein Wagen und Pferde waren da um deine Befehle zu erwarten (Verzeihe Liebe Gute daß ich mich dem vertraulichen Du bediene,) .. Wie vom Donner gerührt stund ich da, als man mir sagte, Marie sei einen Tag vor meiner Ankunft nach Hamburg abgereist. Was ich da empfand, ist über alle Ausdrücke, das Gefühl übersteigt alle Worte. – – – Mit Tränen in den Augen, mit Wehmut und Schmerz kehrte ich also gleich zu meinem Bataillon zurück ... Ich verzweifle doch nicht, und verspreche mir bald von allen denen schrecklichen Ereignissen noch ein erträgliches Ende. Und dann Liebe Marie wenn der schöne Mund der mir so oft gesagt hat daß du mir gut bist, es noch wiederholt (oder sollte er es schon vergessen haben, nein, kein Mißtrauen, es ist ohnmöglich daß Unwahrheit über so schöne Lippen kommt) Dann eile ich zu dir Liebe um .. mich nimmermehr von dir zu trennen. O! Marie, dann tausch ich nicht mit dem Größten und Reichsten der Erde, dich Göttliches Mädgen zu besitzen ist der größte meiner Wünsche, ist mir über alles ... Ich beschwöre dich Teuerstes Mädgen bei allem was dir heilig ist, ich beschwöre dich bei unserer Liebe (wenn sie dir je wert war) mir recht bald zu schreiben ...«.

Ludwig dachte daran, den Dienst zu quittieren; vorerst aber mußte die Heeresabteilung, zu der sein älterer Bruder Carl und er gehörten, den Feind über Lahn und Westerwald verfolgen. Am 23. November schrieb Carl nach Hause: »Der Louis .. seufzt nach die Winterquartier nach Frankfurt die nicht kommen wollen, und studiert wie er sich vom Soldatenleben losmachen will«. Wohl um dieselbe Zeit hörte Marie, wie sie Daniel mitteilte, »sobald Louis Urlaub bekommen könne, wolle er auf ein paar Tage hierher und denn sogleich zu seiner Mutter reisen« – sicher, um sie seinem Wunsch geneigt zu machen –; also werde sich ihr »Schicksal bald mehr entwicklen«. In demselben Briefe schrieb sie Daniel vorher: »Louis hat mich jetzt in 6 Monaten nicht gesehn und nichts von mir gehört, er hat mir einmal geschrieben und keine Antwort bekommen; wohl schon lange habe ich gewünscht ihn wieder zu sehn, aber es ist auch gut so; er hat jetzt Zeit gehabt drüber nachzudenken, meine Gegenwart hat ihn nicht gestört«. Sie muß ihm aber im Oktober, nach der Rückkehr von Kassel, dann doch geschrieben und ihren Brief in Abschrift einem Brief an Daniel beigelegt haben; denn dieser gibt mit gönnerischer Miene am 1. November »der Art, wie sie sich benommen hat«, seinen »ganzen Beifall«: »Deine Antwort .. ist sittsam und verständig«. Ihre Liebe zu Louis, so sagt er, »spricht ein wenig für ihn, aber daß Herr Gontard ihm gut ist, das ist nun freilich viel mehr«. Marie hielt also ihre und Ludwigs Neigung vor den ihr Nahestehenden nicht mehr geheim; sie holte sich wohl Rat bei dem besonnenen Cobus (und gewiß auch bei Susette). Daniel sieht ein: »Du liebest ihn, er hat seine Gesinnungen nicht geändert«; er wirft jedoch eine grundsätzliche, sozialkritische Frage auf: »darf ein Mädchen in jeden der Stände, welche die Zivilisierung hervorgebracht hat, hineintreten?« Im vorliegenden Fall möchte er »fast verneinend antworten«; denn: »Wer bürgt dir für die fortdauernd guten Gesinnungen der Geschwister Rüdt, der Mutter, falls sie jetzt einwilligen?«

Diese Frage nun nimmt Marie in ihrer Erwiderung wörtlich auf. Ihre Antwort ist selbstgewiß: »Mein Herz bürgt mir...«. Die Worte Ludwigs aber, auf die sie sich zur Entkräftung sozialer Bedenken beruft, zeugen wie die von Sophie Dollfus von dem herzgewinnenden Wesen und Benehmen der jungen Bernerin in Frankfurt, das besonders nochmals aus I 18 hervorblickt. Von »Liebe und (oder) Achtung«, die man seiner Schwester »überall« schenke, sprach schon 1793 Daniel (I 3,1). »Die Malerzunft zu Kassel war ganz von ihr bezaubert«, so kennzeichnet der Augenmensch Heinse die Wirkung ihrer »blühenden« Schönheit (I 9), und diese war verbunden mit Anmut, Natürlichkeit und Herzlichkeit.

I 12,1. Ludwig hat den lang ersehnten Urlaub (s. die Erl. zu I 11) erhalten, war gegen Ende Februar in Frankfurt und ist nun in Bödigheim bei seiner Mutter. Marie hat sehnlich auf Nachricht geharrt: »Zehn Tage bist du schon weg, und heute erst einen Brief?« So beginnt der ihre; »Donnerstag hoffte ich – Herr Gontard verstand meinen fragenden Blick als er nach Hause kam; ›ich habe nichts, liebes Kind, gerne wollte ich was Gutes geben; vielleicht morgen‹ – und morgen war wieder nichts«. Ludwigs Brief aus Bödigheim war vom 8. März, wie der aus dem »Feldlager« sehr empfindsam: »Wie schmerzhaft die Trennung von dir Liebenswürdigstes Mädgen ist, kann ich dir nicht beschreiben, aber wohl fühlen; ich würde mich nie dem (schmerzlichen) Gefühl unterworfen haben, .. wenn ich nicht durch mein Hiersein unsere Verbindung beschleunigte«. Am 11. März folgt der entscheidungsvolle Brief: »Endlich, Liebe Marie! sind sie gesprochen die Worte die uns zur Befestigung unseres Glücks noch fehlten, ich entdeckte mich nämlich meiner Guten Mutter, .. Sie hörte mich sehr gelassen an, und fand keinen Anstand, als ob du dich wohl auf dem Lande gewöhnen könntest«. Die Fortsetzung ist von überschwenglichem Glücksgefühl erfüllt, und auf Maries Brief hin schreibt er am 17. März: »Welche grenzlose Freude machte mir dein Liebe volles Schreiben, Englische Marie! Als wäre es mit großen Buchstaben auf meine Stirne geschrieben, fragten mich meine Tante und Schwägerin: ›Louis, Sie haben gewiß einen Brief von Ihrer lieben Marie erhalten‹ – Antworten konnte ich nicht,

die Gefühle hemmten mir die Sprache, ich gab ihnen den Brief, und eilte ins Freie um mir Luft zu machen, hier dankte ich, unter einem blauen hellen Himmel, .. dem Höheren Segnenden Wesen ..; als ich zurückkam, strömte Lob von allen Seiten über deinen Brief, auch von meiner guten Mutter, welche eben dazu kam als er vorgelesen wurde«.
Wie der junge Edelmann seine »grenzlose Freude« ins Freie hinausträgt und dort »dem Höheren Segnenden Wesen« dankt: das ist, ganz wahr empfunden, nochmals Geist der Empfindsamkeit; es ist zugleich eine der früher (zu I 2,2; I 3,2) vermerkten reizvollen Streiflichter auf Verhalten und Charakter der Person, ebenso wie die kleine Szene nach Ludwigs Rückkehr ins Schloß. (Übergabe und Vorlesen von Briefen gehörte zur Kultur der Zeit.) Das gleiche gilt für die nächtliche Szene zwischen Frau Gontard und der vor Ludwigs »Abreise« nach Bödigheim, wo sich ihr Schicksal entscheiden soll, »gespannten«, doch beherrschten, danach aber von ihren »aufgeregten Empfindungen« überwältigten Marie. Susette sänftigt diese mit überlegen »sanftem Trost«: ihre – im Verhältnis zu Cobus' aktiver Hilfsbereitschaft – »sanftere Freundschaft« rühmt die Hausgenossin auch im folgenden Auszug, und ihre »Sanftmut« haben schon Zeerleder und Daniel Rätzer als einen Zug ihres Wesens empfunden (I 2,2; I 3,2). – »Deine Geschwister«: Ludwigs Bruder Friedrich und seine Frau in Bödigheim. Von ihrer Vorfreude auf Marie hat Ludwig ihr am 8. März berichtet. (Carl Rüdt, der älteste Bruder, stand im Felde nördlich von Frankfurt, kannte aber offenbar Marie, auch die Gontards; denn von ihm schrieb Ludwig am 11. März, nachdem er sich seiner Mutter »entdeckt« hatte: »ich .. berufte mich bei der Beschreibung von dir .. auf meinen ältesten Bruder, der .. gewiß alles Mögliche zu unserer Verbindung beitragen wird«.) – »geachtet und geliebt«: ebendiese Formel im folgenden Stück; vgl. ferner das Wort Ludwigs in I 11, das Daniels in I 3,1.

I 12,2.3. Der Brief vom 21. März beantwortet den in der vorigen Erl. zitierten Ludwigs vom 17. und dankt zuerst für »freundschaftliches Zuvorkommen« seiner Schwägerin, deren Briefchen »Güte des Herzens und feines Gefühl« beweise. Daß er in Bödigheim

»unumgänglich notwendig« sei – wohl um die künftige Einrichtung zu treffen –, hat Ludwig schon am 11. März mitgeteilt. Auch dieser Brief Maries erregt in ihm »grenzenlose Freude« und überschwengliches Gefühl: »dein gefühlvolles Herz und Seelengröße leuchtet aus jeder Silbe, – wer dich doch erreichen könnte? – vergebliche Mühe würde sich jeder Sterblicher geben; – und den unerreichbaren weiblichen Engel darf ich mein nennen, wer kann ihn ausdenken den allumfassenden Gedanken«. Über die Gontards schreibt er: »Von der vortrefflichen Denkungsart deiner Lieben Pfleg-Eltern war ich immer überzeugt, auch ich werde alle meine Kräfte aufbieten, mich ihrem freundschaftlichen Wohlwollen verdient zu machen«.

Die beiden Stücke sprechen für sich selbst, besser: sie sprechen gleichermaßen für Cobus' und Susettes Freundschaft und Güte: »Sie sind beide so gut!« Susette als »unsre junge Mutter«: sie war 1769, Marie 1772 geboren. – Die von den »Kleinen« in Kresse gesäten R und S: sicher Rätzer(-Rüdt?) und Susette. – Am 21. März fährt Marie fort: »Wenn du wüßtest was für Plänchen im Werke sind«: man dachte in Frankfurt wohl schon jetzt daran, die Hochzeit auszurichten, was dann (für den 10. Juli) auch geschah: vielleicht in dem vornehmen Hause von Cobus' zweitem Onkel, dem Seidenhändler Alexander Gontard am Roßmarkt, wahrscheinlicher im Weißen Hirsch mit seinen Repräsentationsräumen im Erdgeschoß.

Im Dezember 1796 hatte der junge Offizier Urlaub nach Frankfurt bekommen, um »seine Quittierung daselbst abwarten« zu können. Er erhielt sie im nächsten Frühjahr. Im Juni ging er nochmals nach Bödigheim; acht Tage danach schreibt Marie: »sonst die süße Gewohnheit dich täglich zu sehn, von dir zu hören du seiest mir gut«. Dann: »Mein Louis, wenn du recht gut warst und deine Augen mit Liebe und Zufriedenheit auf mich geheftet, wie mir denn so wohl war und ein unnennbares großes Heiliges Gefühl sich in mir regte; – .. ich hätte oft so gerne die schönen Gefühle die du in mir hervorbrachtest dir entdeckt, allein die Furcht, du möchtest es für Überspannung halten, hielt mich zurück, doch glaube mir, mein bester Louis, nie habe ich den Wert deiner Liebe inniger empfunden, als in solchen Augenblicken, wenn deine

schöne Seele so ganz in deinen Zügen ruhig lag .. du wirst mir gut bleiben, nicht wahr?« (Einem geliebten Menschen »gut sein«: eine Maries Wesen bezeichnende Lieblingswendung.)
Mit diesem Geständnis herzlicher Liebe, gleichsam am Vorabend der Hochzeit, beschließt sich der »Roman«, der sich 1796/97 zwischen den zwei wohlbeschaffenen Menschen abspielte und aus dem heraus sie in eine glückliche Ehe hineingingen. Die überraschende formal-juristische Ebnung ihres gemeinsamen Weges, die sich fast gleichzeitig mit I 17 eröffnete, ist nur gleichsam Epilog zu diesem »Roman«. Er spielte sich unter den Augen Susettes ab, deren eignes Glück sich bald darauf verdüsterte. Schon darum, und weil sie das Glück der jüngern Freundin förderte, schien er hier der Nachzeichnung an Hand von Briefen wert.
Und Hölderlin? Der »Roman« bestimmte, das ist kaum anders denkbar, die »Atmosphäre« des Hauses mit. Aber Marie erwähnt ihn nach den flüchtigen Nennungen im Frühsommer 1796 (I 3,4; I 5) niemals mehr, er sie gar nie. Beider Aug' und Sinn ging anderswohin. Daß sie am Dichter nicht vorbeisah, zeigt ihre Abschrift I 14. Und in seine Dichtung ist vielleicht ihre Gestalt, ganz Urbild geworden, doch eingegangen. Sein ›Empedokles‹ stellt neben Panthea, die Schwester Diotimas im ›Hyperion‹, – neben die dem Geist ganz Offene, von ihm Gefährdete in gleicher Schönheit und Reinheit Delia, die schon im ersten Gespräche mit der Freundin dem schönen Maß, in der Totenklage dem gesicherten, schönen Leben das Wort redet: »Dich entzündet, große Seele! der Tod Des Großen, aber es sonnen Die Herzen der Sterblichen auch An mildem Lichte sich gern und heften Die Augen an Bleibendes«. So darf die Frage gestellt werden – nicht mehr – , ob dem Dichter in Marie und Susette, und gerade in ihrem herzlichen Nebeneinander, zwei Bilder des Verhaltens aufgegangen sein könnten, die dann als Urbilder in sein Trauer- und Festspiel eingingen. – Auch könnte man versucht sein, eine schöne Ode, die in der Handschrift verschollen und seit Mörike treffend ›An eine Verlobte‹ benannt ist, als Huldigung und Glückwunsch an Marie zu ihrem Verlöbnis zu verstehen. Zwar, wenn es von dem Geliebten heißt, daß er (als Soldat) »im Felde schläft«, so braucht sich das in jener Zeit der Kriege nicht gerade auf Ludwig zu beziehen. Schwe-

rer wiegt, was von dem Mädchen gesagt wird: »Es blüht von eignem Geist und liebem Herzensgesange die Musentochter«. Als solche konnte Marie wohl gepriesen werden, und besonders erinnert die Wendung »von eignem Geist« an die Frankfurter Distichen ›Diotima‹ (ET II 5): »Reich an eigenem Geist, sucht sie die Sonne doch auch«. Aber andere Kriterien, besonders der Stil und der Schluß der Ode, verweisen sie wohl ins Jahr 1800.

I 13. Ein »Prosa-Gedicht«: auch nach Eigenheiten der Schreibung, worin sich die Aussprache niederschlägt (»einsamme«), wohl eigne Niederschrift Maries – die einzige der Art, die sich gefunden hat; eine Vorlage ist jedenfalls nicht bekannt. Die Zeit ist schwer zu bestimmen; nach den letzten zwei Abschnitten vielleicht kurz vor oder nach dem Eintritt in die uradlige Familie geschrieben. (Der »düstre Turm«, in dem der »Vogel der Nacht« haust, könnte der wuchtige Bergfried sein, der über Schloß und Burgruine Bödigheim aufragt.) Das »Gebet« und die »Gelübde« an »Pallas« – Athene, deren »Liebling« und heiliger Vogel die Eule ist – sprechen anders als Freundeszeugnisse, doch ebenso stark Maries Charakter, ihre sittliche Gesinnung und Neigung aus. »Sittliche Schönheit des Herzens«: das trifft ihr Wesen. (In Bödigheim, in ihren früheren Jahren dort, schrieb sie auf ein Blättchen vier kurze Zeilen, die wohl als Verse gedacht waren: »Weihrauch verlangt, wer nach Ehren/und Würden strebt, mir aber,/der Bescheidnen, genügen / liebliche Blumendüfte«.) Das »Prosa-Gedicht« kommt nicht über den Bereich des Dilettantismus im Goetheschen Sinn hinaus, läßt aber doch Stilgefühl spüren und zeugt von mythologischer und literarischer Bildung. »Cytherens . . Blumen«: Cythere war Beiname der Aphrodite. In der Wendung: »Sokrates' heiliger Geist« wirkt vielleicht ein gewisser Einfluß Hölderlins, der 1798 in einer Kurzode »Heiliger Sokrates« sagt (und schon 1793 in einem Briefe »der göttliche Sokrates . . mit seiner himmlischen Weisheit« sagte). Von seiner Dichtung blieb Marie nicht unberührt: das zeigt das folgende Stück.

I 14. Der Text steht auf zwei Blättchen, die aus einem Notizbuch herausgerissen sind. Er ist sicher in Frankfurt hingeschrieben, am

ehesten 1796, im ersten Jahr von Hölderlins Anwesenheit. Was Marie abschrieb, hatte der Dichter wohl 1794 in Waltershausen für das ›Fragment von Hyperion‹ geschrieben, das im November in Schillers ›Thalia‹ erschien. Doch ist von dem Marie vorliegenden Text nicht viel in den Druck eingegangen: vornehmlich der zweite Abschnitt, die beklemmend wirkende Skizze der räumlichen Situation des Erzählers, doch ohne die tiefmelancholische Einleitung: »Ich kann sie itzt so ungestört begehn, die Totenfeier meiner Jugend!« Hyperions Selbstvorwürfe sind stärker und trauriger, der Gedanke an ein Wiedersehen zaghafter als in der ›Thalia‹, wo Hyperion schreibt: »Ich werde sie wiederfinden, in irgend einer Periode des ewigen Daseins. Gewiß! was sich verwandt ist, kann sich nicht ewig fliehen«. So ist der vorläufige, durch den Druck überholte Text doch ein Stück von eigenem Gewicht.
Ob Marie noch anderes von Hölderlin abschrieb, etwa in das verlorene Notizbuch hinein, ist nicht bekannt; warum gerade diesen, einen Verlust der Geliebten so tief beklagenden, Text, ist kaum auch nur vermutbar. Berührte sie Hyperions Selbstanklage als Konfession des Dichters? Traf sie der Pessimismus der letzten zwei Abschnitte? Bezauberte sie »das Bild des Ionischen Mädchens« und Hyperions Wort von ihm: »das Herrliche .. das meiner nicht bedurfte«? Wurde sie, die »Musentochter«, von der Dichtung als solcher, von der Kraft der Sprache, bewegt? Jedenfalls war sie der Dichtung des Hausgenossen offen. Und als alte Dame – deren Lieblingsbuch übrigens Homer war – erstand oder erhielt sie seine Gedichte, die in 2. Auflage 1843, in seinem Todesjahr, erschienen. Mit welchen Empfindungen sie besonders die an Diotima gelesen, was sie aus ihren Erinnerungen dazugetan haben mag: man weiß es nicht. Vielleicht mochte ihr das alles, nach einem Briefwort von Susettes schönster Tochter Helene, »wie ein liebes Lied ... im Herzen nachklingen«.

I 15. Maries ältere Schwester in Berlin, dereinst in Frankfurt als Erzieherin der Kinder Franz Gontards wie Marie sehr beliebt und »chère amie« genannt, wurde mit ihrem Mann, dem preußischen Major, von Franz Gontards Frau oder in deren Auftrag von Marie selbst zu ihrer Hochzeit am 10. Juli eingeladen. Susettes »Mutterstelle«: s. I 12, 2.3. – Was Elise von Henry Borkenstein, von seinem letzten Besuch in Frankfurt und seinen »Neuigkeiten« berichtet, läuft in wohlbedachtem Gang dem letzten, humorvoll anzüglichen Satze zu. Er kann sich nur auf Frau Gontard und den Hofmeister beziehen. Ihr herzlicher Umgang, wie er sich nach außen hin gab, mußte auf die Dauer, und zwar nicht nur in der nächsten Umgebung, auffallen und Gerede auslösen. Ebenfalls 1797, am 5. August, schrieb ein kluger, gebildeter Bankangestellter in Frankfurt, der schon früher öfters zu Besuch in Meiningen, von daher flüchtig mit Hölderlin bekannt war und dort manches über ihn gehört hatte (vgl. damit IV 5): Ernst Schwendler schrieb in einem Briefe: »Er hat mit fast niemand Umgang, sondern lebt bloß sich, seinen Studien, – und einige setzen hinzu – der Mutter seiner Zöglinge, die ein angenehmes Weib sein soll. Dies bewog mich, von seiner Einladung, die die Höflichkeit erfordert hatte, keinen Gebrauch zu machen«. Darin lag wohl mittelbar ein moralisches Urteil, zumal Schwendler fortfuhr: »Er muß vermuten, daß ich seine sonstigen Verhältnisse kenne, und ich bin ihm deswegen wahrscheinlich nicht sehr willkommen«. (Über diese »Verhältnisse« s. den letzten Abschn. von ET IV 13 und die Erl.) – Fast zehn Jahre später sagte Sinclair zu Bettina Brentano: »Ich darf ihn hier in Frankfurt gar nicht nennen, da schreit man die fürchterlichsten Dinge über ihn aus, bloß weil er eine Frau geliebt hat, um den Hyperion zu schreiben«.

I 16. Der Rittmeister – ein Kriegskamerad Ludwigs –, Kavalier und Lustspiel-Dichter, ironisiert nur allzu gerne; »alle drei«: außer Susette Sophie Dollfus und Marianne Gontard. Besonders gerne – wohl weil er ihr gleichgültig war – medisiert er über »Frau Susette«. Doch steht Beobachtung dahinter. Sie ist »vormittags unsichtbar«: wohl weil sie da Hölderlins Unterricht zuhört oder sonst, wie Marie in I 5 erwähnt, mit ihm zusammen ist. Nachmittags in Gesellschaft schweigt sie gerne, um sich »das Sprechen zu ersparen«: vielleicht ist dieses Schweigen ähnlich dem, das Hölderlin von ihr dichtet (ET II 7): »Du schweigst und duldest, und sie verstehn dich nicht«. Wenn Steigentesch Maries Mann so schreibt, wußte man nicht nur in Frankfurt, sondern auch in Bödigheim, daß die Eheleute, wie es Lilienstern nach dem Tod der Frau ausdrückt, »nicht ganz . . vergnügt« (glücklich) lebten (IV 3). Um so lauterer und vornehmer Maries »Nachruf«: »wohl mir, daß ich nicht am Glauben an sie wankte« (IV 4).

I 17. Maries Brief zeugt gleichermaßen vom Charakter Ludwigs (am Schlusse) und Cobus Gontards, der seine Gesinnung gegen die »Pflegetochter« – so nennt er sie in II 1 – sofort in praktischen Rat umsetzt. »Regimentsfähig« war Daniel als Patrizier; allerdings zählte seine Familie, die einst einen »Landvogt« gestellt hatte, im 18. Jahrhundert nicht mehr zu den »regierenden« Geschlechtern. Die Frage des »von« wurde von Daniel sofort geklärt. Am 28. Juni schrieb er Marie: »Es gehört uns als patrizischer Familie. Ich habe hierüber aus der Staatskanzlei einen Extrakt mit dem Kanzlei-Siegel, vom Kanzler unterschrieben und mit dem großen Staatssiegel besiegelt. Unterschreibe dich also ruhig Marie von Rätzer, das Glück ist dir da im Schlafe gekommen«.

I 18, 1–3. Die herzwarmen Briefe Sophies an die nicht mehr gegenwärtige Marie vergegenwärtigen doch im Rückblick ihre Art und deren Wirkung auf den »kleinen Zirkel« in Frankfurt, die sie im 1. gar nach poetischen Vergleichen greifen läßt: »gleich der Morgensonne . .«, »gleich dem Bande welches uns alle zusammen knüpfte«. Im 2. Briefe trifft sie wohl den Kern von Wesen und Wirkung der Freundin: »die wahre Herzlichkeit, die indem sie von Herzen kömmt auch wieder zu Herzen dringt«. Mit »Angniese von Lilien«, die sie mit Susette las, meint Sophie den Roman ›Agnes von Lilien‹, der 1796/97 anonym in Schillers ›Horen‹ (1798 als Buch) erschien und zunächst Goethe zugeschrieben wurde, aber von Caroline von Wolzogen war. Zu der Versicherung im 3. Brief, vom 4. Juni, Susette habe Marie »gewiß nicht vergessen«, stimmt diejenige von Susette selbst am Schluß ihres Briefes vom 23. Juni (III 6).

I 19. »Gretel«, Cobus' Schwester, war offenbar zu Weihnachten Gast der Rüdts in Bödigheim. Vielleicht erfuhr Marie durch sie mündlich von Hölderlins Weggang Ende September; dieser ist, wie seine Person überhaupt, in keinem der Briefe an die Rüdts von Susette, Cobus oder andern erwähnt. Gretel wußte von Susettes Liebe und verstand sie (s. IV 6). – Daniel war im Frühjahr 1795 Gast im Weißen Hirsch gewesen (s. I 3,3). Es war bei diesem einzigen Besuch geblieben, an den er nun mit Dank und Wehmut denkt. Ein letztes Mal in dieser Sammlung wird das Lob der »vortrefflichen Menschen« laut: »So herrliche Tage lebet man nur einmal wie ich sie im Gontardschen Hause genossen habe«. – Seine Frage: »Hat Me. Gontard ihre Büste abformen lassen?« kann nur eine der beiden Alabaster-Büsten von Landolin Ohmacht betreffen (s. Abb. 4 und 18). Die eine ist 1795 gemacht; die andere, ernstere, möchte man später ansetzen.

I 20. Friedrich Wilhelm III., seit 1797 König, vermählt mit Luise von Mecklenburg-Strelitz, hatte 1792 als »Kronprinz« beim Feldzug gegen Frankreich in der Reichsstadt geweilt und liebte sie seitdem. Der Ball war am 27. Juni 1799 im »Roten Haus«, einer Nobelherberge auf der Zeil. – »Bernay«: Spezereihändler, und seine Frau, geb. Chiron. »Frau von Holzhausen«: Sicher Karoline, geb. von Ziegesar, geb. 1775; 1793 vermählt mit Justinian Georg von Holzhausen.

»Griegs«: griechisch; die Empire-Tracht mit hauchdünnem, unter der Brust gegürtetem Kleid. »Wechswood«: Wedgwood, berühmter, von der Antike beeinflußter englischer Kunsttöpfer. – »Thurneysen«: wohl entfernter Verwandter als Mann der mit Cobus' Mutter nahverwandten Jeanne Renée Susanne d'Orville, die 1815 als Witwe Cobus' dritte Frau wurde.

Marianne Gontard, ältere Schwester der schon 1792 mit neunzehn Jahren verheirateten Sophie Dollfus, Tochter Johann Heinrich Gontards, der im Weißen Hirsch ein großes Haus machte (s. I 2,1), damals im 28. Jahr, war noch und blieb ledig. In Briefen wird sie zuweilen gutmütig verspottet. Dies zusammen mag leidlich zur Erklärung ihres bissigen Berichtes über Susettes Benehmen auf dem illustren Königs-Ball – »den ganzen Abend .. fast bis ganz zur letz« – beitragen. »pisallerschaft«: so viel wie »Ersatzwesen«. Ersatz für wen? Das Wort ist nicht einfach abzutun. Aber Susettes Verhalten, besonders nach der äußeren Trennung von dem Dichter, wird in weiterem Zusammenhang im Nachwort zu erörtern sein.

II 1. »Herr Gontard wird dir morgen schreiben«, so kündigte Marie am 13. März Ludwig den Brief an, und Cobus hielt Wort. Am 21. schreibt sie von ihm als dem »guten Herrn Gontard«, ja als dem »besten zärtlichsten Vater«, der wie ein solcher »für das Wohl seines liebsten Kindes bedacht« sei (I 12,2). Cobus' Brief bestätigt diese Gesinnung gegen seine und Susettes »Pflegetochter« (so am Schlusse). Er beweist auch, wie sehr der Geschäftsmann den jungen Freiherrn, den er immer einfach »Rüdt« anredet und dessen »Freund« er sich nennt, liebgewonnen hat und wie fest er Ludwig – »einem Mann, der denkt und fühlt wie Sie« – vertraut. – »Ihr Versprechen«: sicher mündlich gegeben. – »weder reich noch von Adel«: der eine Umstand blieb bestehen, der andre wurde im Juni plötzlich und glücklich behoben (s. I 17 und die Erl.). – »eine Freundin die sie wohl nicht zu ersetzen finden wird«: Susette selbst schreibt in ihrem ersten Brief an Marie (III 1): »daß Sie jetzt sich glücklich fühlen, ist das einzige, was mich für Ihren Verlust entschädigen kann«; in ihrem letzten Briefe (III 7) spricht sie davon, daß sie und Marie »das größte Zutrauen« verband und daß ihr »ein solches Verhältnis . . manchen Kummer lindern« würde; – »aber ich habe nicht die Hoffnung wieder eine Freundin zu meinem Umgang zu finden«.
In der Fortsetzung wird Cobus verständlicherweise diskret geschäftlich: »Sie haben mir während Ihrem Aufenthalt bei uns über Ihre ökonomischen Verhältnisse hinlängliche Auskunft gegeben, und mich über das Schicksal unserer Pflegetochter vollkommen beruhigt, Sie müssen aber bedenken daß es nur unsere Pflegetochter ist, und dann, daß wir ihrer Mutter das nämliche Zutrauen einflößen müssen, welches ich in Sie hege«. Er bittet daher Rüdt um schriftliche Auskunft über seine »ökonomische Lage« und um die Erlaubnis, Maries Mutter davon zu unterrichten: »meine Bitte (ist) bloß Folge von denjenigen Pflichten, die mir durch das Zutrauen der Familie von Melle Rätzer in mich auferlegt worden sind«.

II 2. Die Rüdts waren nach der Hochzeit noch bis Mitte August Gäste der Gontards gewesen. Am 22. hatte ihnen Cobus Maries »Gitarre sorgfältig verpackt« nachgeschickt und geschrieben: »Daß uns allen die Trennung von Ihnen und Ihrer lieben Frau recht herzlich leid tat, . . kommen Sie bald wieder zu uns, und vergessen Sie Ihre Freunde in Frankfurt nicht«. Marie hatte Susette am 27. geschrieben (III 1).
»mein Schwager«: Henry Borkenstein. Zu seinem und seiner Frau Herbstbesuch vgl. Hölderlins unmutige Worte in ET VI 2 (und die Erl., darin Bethmanns Brief). – »Hoffnung«: Maries erstes Kind, ein Mädchen, kam Anfang Mai 1798 zur Welt (s. III 4).
Die politischen Bemerkungen Gontards wurden (wie »Gewiß« zeigt) durch einen Brief Ludwigs ausgelöst, der der Freude »über den abgeschlossenen Friede« Ausdruck gab: es war der Friedensschluß von Campo Formio, am 17. Oktober, zwischen Österreich und Frankreich. Ein »Besuch der Franzosen« hatte am 14. Juli 1796, an dem sich Frankfurt ergab, stattgefunden und unmittelbar am 22. April 1797 gedroht, war aber gerade noch durch das Eintreffen eines Eilkuriers unterbunden worden, der im Auftrag Buonapartes den beiden Heerführern auf Grund des Waffenstillstands von Leoben – am 18. April, ebenfalls nur zwischen Österreich und Frankreich – Halt gebot. Der »Reichsfriede« dagegen sollte auf dem Rastatter Kongreß ausgehandelt werden, der im Dezember 1797 eröffnet, im April 1799 aber nach schleppenden Verhandlungen gesprengt wurde und den Zerfall des Reiches offenbarte. Gontard weiß sich mit Rüdt einig in konservativer Gesinnung: er ist Gegner »jeder Änderung« und »Neuerung«, die den Status der Freien Reichsstadt sowie des Ritterkantons Franken beträfe, zu dem die Rüdts und ihr Besitz gehörten. (Dieser war doch einmal gefährdet von einem »mächtigen Nachbar«, dem Fürsten von Leiningen.) – Gontards Bemerkungen mögen einseitig sein, aber sie zeigen, wie fest der Nachfahr eines Hugenotten – und das gilt wohl auch für seinesgleichen – in der Reichsstadt heimisch, wie stark sein reichsstädtisches Selbstbewußtsein war.

II 3. Ähnlich wie II 2 enthalten kurze Briefe Gontards vom März und April 1799 neben herzlicher Teilnahme – »kommen Sie recht bald wieder zu uns, und sein Sie versichert daß wir Sie alle recht herzlich lieb haben, und immer lieb behalten werden« – Bemerkungen über militärische Vorgänge nach dem Wiederausbruch der Feindseligkeiten. Das vorliegende Briefchen ist nur Ausdruck der Mitfreude über die Geburt des Stammhalters der Rüdts – und der Zärtlichkeit gegenüber »unserm lieben Lottgen«, dem Erstling, mit dem die Eltern in Frankfurt zu Besuch gewesen waren. Vgl. Susettes Glückwunschbrief III 6.

II 4. Vor dem gebotnen Auszug teilt Cobus mit, seine Frau habe Marie am 20. August einen Brief und von ihr bestellte Sachen in einer »Schachtel über Heilbronn« geschickt. (Die Rüdts waren dorthin gereist, wohl mit ihrer Schwägerin, die in Heilbronn aufgewachsen war.) Dieser Brief Susettes ist nicht erhalten; vielleicht ging die Sendung verloren: die Gegend um Heilbronn war Kriegsschauplatz. (Vgl. die Vorbemerkung zu III 7.)
»einen teuren Besuch«: wohl nicht ironisch gemeint, sondern »kostspielig« in Form einer Kontribution. – »Adlersflicht«: der Adlerflychtsche Hof nördlich der Stadt, seit 1797 der Sommersitz der Gontards; s. Abb. 15. Gewöhnlich blieb die Familie draußen bis zur Herbstmesse, die gegen Mitte September begann.

II 5. Ludwigs Bruder Carl war im September 1799 als Oberst in Oberitalien verwundet worden, »Hotze« als Kommandeur eines »Corps« gefallen in der für die Österreicher unglücklichen Schlacht bei Zürich (25./26. September), die sie zum Rückzug über den Oberrhein zwang. – »Landsturm«: vgl. II 4 Schluß. »Nied«: Nidda, am gleichnamigen Nebenfluß des Mains, nordöstlich von Frankfurt. – »Handlungswelt«: vgl. damit Susettes Mitteilung (ET IV 10): »Mein Bruder hat bei den großen Revolutionen in der Hamburger handelnden Welt nicht verloren«; s. die Erl. Doch brach Henry wohl der Krise wegen seinen Besuch ab, den er vorher »bis Ende Oktober« hatte ausdehnen wollen (ET IV 9). – »Meine Frau ist nicht recht wohl«: auf förmliche Krankheit blickt sie am 31. Oktober, zu Anfang von ET IV 11, zurück.

II 6. Nach Cobus' Nachricht starb seine Mutter am 12., nach andrer Auskunft am 14. März; jedenfalls teilte er ihren Tod den Rüdts – ein Zeichen seiner Freundschaft – fast sofort mit; ebenso tat es Susette gegenüber Hölderlin, ganz kurz und sachlich (ET IV 16). Über die Mutter s. I 1 und die Erl. Der Schmerz des Sohnes ist unverkennbar echt und stark; echt auch die Trauer um seinen »Onkel Henry«, Johann Heinrich Gontard, der am 26. November 1799 gestorben war. Über ihn schrieb August von Steigentesch – der doch sonst so gerne medisierte (s. I 16) – am 20. Dezember seinem Freunde Rüdt: »Um den alten Gontard tut es mir sehr leid. Du hast recht, es war das beste Haus in Frankfurt. Man sah bei ihm doch immer einige ehrliche Gesichter aus der Fremde, die ohne Prozentspekulationen dastanden, und sich das Essen schmecken ließen. Ich habe unter seinen Augen manche frohe Stunde erlebt«.

II 7. Die Bödigheimer hatten die Gontards offenbar zu »Pfingsten« eingeladen. Cobus' Versicherung, daß für ihn und Susette der Besuch »das größte Fest wäre«, ist im Kern trotz der hyperbolischen Wendung aufrichtig, so aufrichtig wie seine Absage, die er hier etwas ausführlicher begründet, während er sonst als Grund verspäteter Antwort lakonisch »überhäufte Geschäfte« (II 6) anzuführen pflegt. Von einem Besuch in Bödigheim »im Laufe des Sommers« ist nichts bekannt. – »Die Franzosen . .«: vgl. die Vorbemerkung zu II 4. – »Heute . .«: Susette schrieb Hölderlin tags darauf, an einem Mittwoch, in ihrem letzten Briefe (ET IV 17): »Gestern sind wir erst hierher gezogen und mein Bruder kommt erst Sonnabend«. Wieder tags darauf, »Donnerstag Morgen«, schrieb sie den letzten Teil des Briefes.

II 8. Susette hatte Hölderlin ihren Wunsch, in dem »Garten am Main«, den Cobus von seiner Mutter geerbt hatte, »eigne Bäume zu pflanzen, . . und eine kleine Landwirtschaft zu haben«, schon voriges Frühjahr in ihrem letzten Briefe mitgeteilt, aber hinzugefügt: »Ich habe ein Jahr zur Einrichtung Zeit gewonnen, . . und so muß künftigen Sommer alles fertig sein« (ET IV 17, 2. Abschn.). Ob Rüdt ihr noch 1801 »zwei gute Kühe« beschafft hat, ist nicht

bekannt; 1802 im April, in ihrem letzten Brief an Marie (III 7), erwähnt sie ihren Plan nicht und sagt nur: »wir ziehen in einigen Wochen in den Garten, und ich hoffe es soll mir wohltun«. Sie hat wohl dem »romantischen« Wunsch, »eine kleine Landwirtschaft zu haben«, entsagt, noch eh ihn ihre Krankheit und ihr Tod zunichte machten. Der Wunsch an sich aber zeugt noch einmal von ihrer Neigung, auf eine »vernünftige Art zu leben«, wie 1795 in Hausen (s. I 3,3).
»der sehnlichst erwünschte Friede«: durch den Schluß von Lunéville am 9. Februar. Das linksrheinische Gebiet wurde an Frankreich abgetreten; die enteigneten Territorialherren sollten »im armen Reich« entschädigt werden. Betroffen waren besonders die drei geistlichen Kurfürsten; dies erklärt wohl den Sarkasmus der folgenden Sätze. Drei Tage später, am 23. Februar, schrieb Hölderlin aus Hauptwil seiner Schwester von seiner Freude über den »ausgemachten Frieden«, die er ins Freie hinaustrug, und von seinem Zukunftsglauben: »es wird nun recht gut werden in der Welt ... alles dünkt mir seltne Tage, die Tage der schönen Menschlichkeit, die Tage sicherer, furchtloser Güte, und Gesinnungen herbeizuführen, die eben so heiter als heilig, und eben so erhaben als einfach sind«. Von der Verstümmelung des Reiches kein Wort. Gontard dachte von dem Frieden nüchterner, realistischer: »schön ist er nicht, indessen immer besser wie Krieg«.

II 9. Der für längere Zeit letzte Brief Gontards an Rüdt. »Sie wissen daß ich nicht Herr meiner Zeit bin«, schrieb er in dem weggelaßnen Teil, und in dem ebenfalls weggelaßnen Brief vom 7. August 1801: »ich bin .. leider an meinem Pult festgebunden, und Gott weiß wenn es mir gelingen wird, mich losmachen zu können«. Er hing an den Bödigheimern, und er liebte ihre Kinder – zu denen gegen Ende Juli noch ein Bub gekommen war –: »küssen sie Ihre 3 Kinder in unserm Namen, Lotte aber zweimal, Ihre Jungens mögen noch so schön sein, die kleine Lotte wird immer einen Vorzug behalten«. Seine Frau, so schreibt er jetzt, am 20. März, beiläufig, sei »gesund«. Wußte er nichts von ihrem »gefährlichen Husten, der ihre Lunge schwächte«, und ihrem Blutauswurf im Winter? (IV 2.3) Nahm er die Symptome nicht recht ernst? Mochte er zu den Bödigheimer Freunden nicht darüber reden? Auch sie erklärte am 7. April ihre »Gesundheit viel daurhafter« (III 7). Da bleibt wohl ein Rätsel.

III 1. Auf dem Adlerflychtschen Hof etwa vierzehn Tage nach dem Abschied der Rüdts geschrieben, die nach der Hochzeit noch bis Mitte August Gast der Gontards gewesen waren. – »für Ihren Verlust entschädigen«: Gontard schrieb Rüdt schon am 14. März, fünf Monate vor dem Abschied: »eigentlich sollten wir Ihnen recht böse sein, denn Sie rauben meiner Frau eine Freundin die sie wohl nicht zu ersetzen finden wird« (II 1). Die sieben erhaltnen Briefe Susettes an Marie nach Bödigheim sind alle herzlich und freundschaftlich, zuweilen wie hier in der Anrede »liebes, gutes Kind« gleichsam von der »Mutter« (I 12,2) diktiert, – und doch erwecken die Worte öfters den Eindruck, als seien sie wie hinter einem Schleier gesprochen, durch den das Antlitz undeutlich hervorscheint. – »alle Zerstreuungen entfernt«: von lästigen »Zerstreuungen« in ihrem eignen Tag ist in Susettes Briefen öfters die Rede; daher, so sagt sie, werde sie Marie »oft um ihre Stille beneiden«. Sie meint es aufrichtig – und doch gesteht sie gleich darauf ihr abendliches Bedürfnis nach »Zerstreuungen« geselliger Art, »um nicht gar zu allein zu sein«: das Alleinsein »taugt« ihr nicht. Nach der Trennung von Hölderlin, im Frühjahr 1799, gesteht sie ihm in ET IV 5 (letzter Abschn.): »oft habe ich Tage, wo ich ganz aus dem Gleichgewichte bin, nur bei den Gedanken an Dich stürzen Tränen mir aus den Augen, ich muß mich zwingen, und suchte Gesellschaft, um daß ich gehalten werde, ich habe den ganzen Winter mir selbst zur Last herumgeschwärmt . .«, und in IV 6 (»Den 19ten März«): »Die Gesellschaft der Menschen ist mir so wenig und oft ist mir doch die Einsamkeit zur Last, so sehr, daß ich das gleichgültigste Gespräch vorziehe, doch es ist nur wie Täuschung, und am Ende gestehe ich mir immer daß ich herzlich froh bin wieder allein, ohne Zwang zu sein«.

In Susettes Brief an Marie mag das Bedürfnis nach »Gesellschaft« durch die Lücke nach deren Abschied mitbedingt sein. Doch mag sich hier diskret die Frage nach dem Menschen aufdrängen, der von allen ihr am nächsten stand. Konnte er sie damals nicht davor bewahren, »gar zu allein zu sein«? (Gut zwei Monate später, in ET VI 1, spricht er bitter selbst vom »tausendfachen Etwas der Gesellschaft . ., das gestaltlos, seel- und lieblos uns verfolgt, zerstreut«.)

III 2. Was die Mutter von ihren Mädchen berichtet, zeigt sie bei aller Liebe doch als unvoreingenommene, von mütterlicher Eitelkeit freie Beobachterin und Erzieherin. Die Kinder waren damals neun, siebeneinhalb und sechs Jahre alt. »Lene« (Helene), deren »Bildung . . alle Tage schöner« ist, wurde so schön wie die Mutter. Susette ist frei von leerer Konvention: an »Jette« (Henriette) vermißt sie »natürlichen Anstand«, lehnt es jedoch ab, ihren Töchtern »etwas anzubilden was so leicht bloße Manier und Affektation wird«. Diese Einstellung, in der wohl auch Erziehungsgrundsätze Hölderlins wirken, bestimmt Jahrs darauf auch ihren kritischeren Bericht an ihn über die Kinder (gegen Schluß von ET IV 5). Am meisten liebte sie offenbar die beinleidende »Maly« (Amalie). – Ihrem nächsten Briefe legt die Mutter Briefchen Jettes und Lenes bei; Jette schreibt – ihre Schreibweise sei hier bewahrt –: »wir gehn fast alle Tage in unsern Garten   da denk ich ach were doch die chere amie auch bei uns und thäte mit uns und mit der Mutter säen und pflanzen dann woltenwirlustigsein liebe Marie wenn ein mal unsere Blumen aufgehn sowill ich dir auch ein Sträesgen schiken«.
Wie die Gontards erfahren hatten, sah Marie ihrer ersten Niederkunft entgegen. Susette billigt ihren Verzicht auf einen Besuch in Frankfurt: »Zerstreuungen sind in solchen Fällen oft mehr schädlich als nützlich. Gesunde Luft, Bewegung, Beschäftigung, innere Ruhe sichern uns am besten die Gesundheit der Kinder auf die wir einen so nahen Einfluß haben«. Wenn sie dann für möglich hält, daß »eine innere Melancholie . . sich leicht in solchen Umständen einschleicht«, spricht sie, wenn auch diskret, aus eigener Erfahrung; weiß sie doch »solche Mißtöne« richtig einzuschätzen, die sie »vielleicht auch . . selbst zu behandeln gelernt« hat. Dazu vgl. I 1 und den letzten Teil der Erl. dazu.

III 3. Marie dachte offenbar daran, ihr erstes Kind, wenn es ein Mädchen sei, »Susette« zu nennen. Es wurde aber dann auf den

Namen Charlotte getauft und von den Gontards als »Lottgen« zärtlich geliebt. Eine der »kleinen Susetten« war die im Oktober 1796 geborene Tochter Elisabeth Sömmerrings; s. I 10,1. – Aus dem zweiten Teil des Briefes spricht gleichermaßen Kinder- und Naturliebe Susettes wie Sehnsucht nach naturgemäßem Leben. Am Schlusse klingt leis ein Ton der Wehmut mit: »mitten in der schönen Natur« würde sie sich »gestärkt, und glücklich« fühlen. Ihr Wunsch, die »Gegend« um Bödigheim, die ihr Marie geschildert hatte, »einmal zu sehen«, hat sich ihr nie erfüllt.

III 4. Sicher schon im Sommersitze der Gontards, auf dem Adlerflychtschen Hof, geschrieben, den sie schon 1797 bezogen hatten: Susette erwähnt den »Kastanienbaum« vor ihrem Fenster; Hölderlin schreibt seiner Schwester 1797 im April von dem »Landhaus bei der Stadt«: »man wohnt mitten im Grünen, am Garten unter Wiesen, hat Kastanienbäume um sich herum und Pappeln, und reiche Obstgärten und die herrliche Aussicht aufs Gebirg«; die Umgebung scheint aber auch durch den Anfang des Gedichtes ›Die Muße‹ von 1797 hindurch, besonders aus den Versen: »Auf die Wiese geh ich hinaus, wo .. an tausend Zweigen des Hains, wie an brennenden Kerzen, Mir das Flämmchen des Lebens glänzt, die rötliche Blüte«: die der Kastanienbäume. – In der Bemerkung über das eigene Stillen des Kindes als »ein schweres Geschäft« macht sich ähnlich wie in III 2 eine entschiedne Distanzierung von Mode und Konvention bemerkbar; »in unserer Lage« meint wohl den sozialen Status, zu dem eine das Kind stillende Amme gehörte. In dem Wort aber von der »Erziehungs-Verdorbenheit« der Gegenwart ist vielleicht wieder etwas von Hölderlins – und hinter ihm von Rousseaus – Kulturkritik drin.

III 5. Nach den Ostertagen geschrieben: »Den 26ten März« schreibt Susette in ET IV 6: »Die Festtage sind überstanden! und das ist mir immer lieb! weil es ruhiger um mich wird«. Eben dort erwähnt sie auch den erwarteten Besuch der Hamburger Verwandten, die am 15. Mai gleich auf den Adlerflychtschen Hof kamen. »Kriegsgerüchte«: der neue Krieg zwischen Österreich und Frankreich war schon Wirklichkeit; schon vor einer förmlichen

Kriegserklärung (am 12. März) vollzog sich seit Mitte Februar der Aufmarsch der feindlichen Armeen an Lech und Rhein. (Hölderlin schrieb aus Homburg seiner Mutter schon im ersten Drittel des März von dem »Krieg, der nun eben wieder ausbricht«.) Doch gingen die Operationen, wenigstens bis zum Herbst (s. II 2.5), hauptsächlich in Süddeutschland vor sich. – »In einigen Wochen . . hinaus«: auf den Hof, am 8. Mai (ET IV 7, »Donnerstag den 9ten Morgends«).

Susette leidet unter ihrer »gänzlichen Einsamkeit«, erwähnt aber gleich darauf den unruhigen »Winter«, von dem sie Hölderlin ET IV 5 gestanden hat: »ich habe den ganzen Winter mir selbst zur Last herumgeschwärmt«. Sie kann an sich Alleinsein wohl ertragen, nur »Einsamkeit« im Leid ist ihr »oft . . zur Last« – und doch betäuben dann »Gesellschaften« nur unzulänglich ihre »gänzliche Einsamkeit«. – Ihr Leben auf dem Hofe wird durch »Erinnerung« an den vorigen Sommer belastet sein: so deutet sie der Freundin an. Was für sie den Sommer 1798 getrübt hat, darüber gibt es nur Vermutung. Es war der letzte Sommer des Lebens mit Hölderlin: vielleicht eine Zeit, in der seine Stellung zwischen den »zwei Partien« im Hause (s. ET VI 2) immer gespannter, Kränkung häufiger und verletzender, der Gedanke an Trennung immer bedrängender wurde. Es war jedenfalls die Zeit – im Juni 1798 –, da er ratlos über »die harten Urteile der Menschen« klagte (ET VI 5).

III 6. Der Glückwunschbrief ging nach Heilbronn: in die feste Reichsstadt, wohl zu Verwandten ihrer Schwägerin, hatte sich Marie sicherheitshalber im März aus dem offnen Bödigheim begeben, um dort ihre zweite Niederkunft zu erwarten. Der Brief ist wie der zweite Teil von III 3 auf den Ton mütterlicher Zärtlichkeit gestimmt. Auch der Traum zeugt davon. Eindrücke und Stimmungen gingen Susette anscheinend gern in den Schlaf nach: vgl. I 3,2 und ihre ergreifende Erzählung im zweiten Abschnitt von ET IV 11.

III 7. Die auffällig lange Zeitspanne zwischen III 6 und 7 wird kaum überbrückt durch den für den 20. August 1799 bezeugten Brief (s. die Vorbemerkung zu II 4). Trotz Susettes Entschuldigung ist Verlust von Briefen aus den Jahren 1800/1801 zu vermuten.

Susettes letzter Brief an Marie, ihr letzter überhaupt, kommt im Tone solchen an Hölderlin nahe. Der Grundton ist Resignation, Wehmut. Marie sah darin »das Gepräge einer wehmütig betrübten Seele die wenig mehr an dieser Welt hängt« (IV 4). Die Deutung ihres Lebens: »vorzüglich voll Gegenstände der Trauer« nimmt in gewissem Sinn vorweg, was Marie und Gredel Gontard nach ihrem Tode sagen (IV 4.6). Wie drei Jahre zuvor (in III 5) redet Susette von ihrer »Einsamkeit« und wünscht »die alten Zeiten« mit Marie zurück. Sie hat nicht »die Hoffnung wieder eine Freundin . . zu finden«. Sicher denkt sie dabei auch an ihre vor einem Vierteljahr verstorbene Freundin Elisabeth Sömmerring. Im ausgelaßnen Teil erwähnt sie den Besuch ihrer Schwester Amalia im vorigen Herbst: »Sie glauben nicht wie wohltätig mir ihre Gegenwart war . . wir liebten uns mehr wie jemals und die Trennung von einander war sehr bitter«.

Vom sommerlichen Leben im »Garten« – es ist jetzt der ererbte am Main – erhofft sie wohltätige Wirkung. Von ihrer seit dem Winter anfälligen Lunge (s. IV 2.3) kein Wort; sie fühlt sich viel gesünder und widerstandskräftiger.

Das alles ist wehmütig und vertraulich, aber doch sachlich und ruhig hingeschrieben. Dazwischen aber, nach der Mitteilung des wohltätigen Besuchs der Schwester, bricht unvermittelt Pathos hervor. Die sich jagenden Hauptsätzchen seien hier nochmals vor Augen geführt:

»Meinen großen unersetzlichen Verlust berühre ich nicht, meine Gefühle darüber aufzuschließen wäre mehr als ich tragen könnte, ich verhülle sie gern in heilige Dunkelheit, ein dichter Schleier decke sie für immer! – – – – –«

Der Herausgeber dieser Sammlung hat seinerzeit den »Verlust« mit dem Schmerz über den Tod der Freundin Sömmerring erklärt und außerdem Maries Worte in ihrem »Nachruf« (IV 4) herangezogen: Susette war »seit dem Tode ihrer in Frankfurt vielleicht einzigen Freundin sehr melancholisch und niedergeschlagen«. Aber die Freundschaft mit Frau Sömmerring war nach ihren Erwähnungen in Susettes Briefen an Hölderlin nicht so innig, daß jenes Pathos als solches und besonders der Wunsch, die Gefühle über den »großen unersetzlichen Verlust« zu hüllen »in heilige Dunkelheit«, ganz erklärbar würden.

In den sieben Briefen Susettes an Marie fällt nie der Name Hölderlins. Auch nicht in diesem letzten Briefe. Aber es scheint doch, daß sie hier, in dem Blick auf »die Vergangenheit«, die für sie »vorzüglich voll Gegenstände der Trauer« ist, vor der Bödigheimer Freundin dieses Eine Mal den »Schleier« vor dem Leid um die Trennung von dem Dichter lüftet. Marie hatte ja das Sichfinden der beiden Menschen (s. I 5), ihr Glück in Driburg und nach der Rückkehr miterlebt; ihr hatte ja Susette auch schon im März 1799 (III 5) ihre »gänzliche Einsamkeit« bekannt, deren Ursache Marie wohl erraten konnte. – Wenn aber Susette mit dem »Verlust« den Verlust Hölderlins meint, so beweist das wohl triftig, daß sie seit seinem Weggang von Homburg im Frühsommer 1800 keinerlei direkte Verbindung mehr mit ihm hatte. Aber bedarf es denn noch eines solchen Beweises nach dem letzten Abschnitt ihres letzten Briefes an ihn, vom 7. Mai 1800 (ET IV 17, »Donnerstag Morgen«)? Der letzte, bruchstückhafte Satz darin:

»Leb wohl! Leb wohl! der Segen   sei mit Dir.«

IV 1. Maria Belli-Gontard war 1802 vierzehnjährig. Ihre Erinnerungen sind öfters von Altersphantasie gefärbt; doch wird ihr Bericht über Susettes letzte Tage im Kern wahr sein. Er vermittelt ein letztes, schönes Bild von ihr in Fest- und Alltag. Zwei Monate vor der bezaubernden Erscheinung, die ihre Nichte zeichnet, schrieb sie Marie von ihrer »Einsamkeit« (III 7). Von ihrer Kinderliebe zeugen Briefe an Hölderlin und an Marie. Ihrer Schönheit wie ihrer Stellung in der Frankfurter Gesellschaft wohlbewußt, ging sie doch nie in dieser auf; daß sie, von Hölderlin getrennt, sich gelegentlich von ihrem Schmerz ablenken ließ oder auch aus Laune spielte, belebt ihr Bild (vgl. ihr Geständnis gegen Schluß von ET IV 5, auch IV 6; dazu ZT I 20).

IV 2. Hölderlin hatte Sinclair in einem verlorenen Brief am 11. Dezember 1801 seine bevorstehende Abreise nach Bordeaux mitgeteilt und ihm seither nicht mehr geschrieben. Sinclair glaubte ihn noch in Bordeaux und ließ den Brief über Landauer in Stuttgart gehen. Hölderlin war aber etwa Mitte Juni überraschend, und von der weiten Reise angegriffen, von Kehl über Stuttgart nach Nürtingen heimgekehrt und bald darauf zu Landauer gegangen. Am 3. Juli berichtete dieser den Seinigen von der Beruhigung seines Zustandes. Gleich darauf muß ihn Sinclairs Brief erreicht haben. Die Erschütterung trieb ihn zurück in »der Mutter Haus«. Von ihm gibt es kein Wort, wie er die Todesnachricht aufnahm; etwas stand wohl in einem verlorenen Brief an Sinclair vom 2. August 1802. Erst nach Monaten wird ein Echo hörbar: von »manchen Erschütterungen und Rührungen« schreibt er andeutend Böhlendorff, – nicht mehr. – Eine These, er sei von Kehl nach Frankfurt gegangen und habe Diotimas Todeskampf miterlebt, ist Phantasie und wird widerlegt durch den Schluß von Sinclairs Brief: weder dieser noch Ebel wußten etwas davon. – Sinclairs Mitteilung über »gefährlichen Husten« wird präzisiert durch IV 3. »Ihr Tod war wie ihr Leben«: in knappster Form der schönste Nachruf.

IV 3. Sömmerring, dessen Frau am 11. Januar 1802 starb, war bei den Gontards Hausfreund, nicht Hausarzt; daher der Rat der Schwägerin Susettes, Frau Manskopf, »einen Docter ordentlich zu gebrauchen«. Diotima war nicht nur in Gefahr, »schwindsüchtig« zu werden, sie war es schon. Die Röteln waren nur der letzte Angriff, der zerbrach, was schon zermürbt war: zermürbt durch zehrende Krankheit, aber auch durch Leid, durch »gänzliche Einsamkeit« – so zu Marie in III 5 – und durch das Gefühl, das sie Hölderlin bekannte: »daß ohne Dich mein Leben hinwelkt und langsam stirbt« (ET IV 11). – Gontards Verhalten zeigt, daß er seine Frau trotz allem liebte. Seinem Schmerz setzte er die gewohnte Arbeit entgegen: »er beschäftiget sich sehr«. Lilienstern weiß von der Entfremdung der Eheleute; er weiß auch, »wer dies auf seinem Gewissen hat«. Der Bürger tritt ein für den Bürger, gegen den Störenfried. Die Frage der Schuld soll im Nachwort erörtert werden.

IV 4. Marie fragt nicht nach Schuld. Sie gedenkt in Pietät und Dank und Trauer der beiden Toten. Susettes letztem Briefe (III 7) hat sie Lebensmüdigkeit abgefühlt. Ihr ist es Genugtuung, daß sie »nicht am Glauben an sie wankte« (während andere sich wohl beirren ließen). Sie weiß nur, ohne es zu begründen, »daß sie nie glücklich gewesen wäre«. Darin begegnet sie Gredel Gontard (IV 6). – So zeugt ihr Brief in dieser Sammlung nochmals für die Lauterkeit der »blühenden Schweizerin«, die in Frankfurt, wie so oft bezeugt, die Herzen gewann und in Kassel »die Malerzunft« bezauberte (I 9).

IV 5. Keßler lernte Böhlendorff in Berlin kennen, wo er, nach Studium der Rechte in Jena, derzeit Hofmeister war und der Kurländer als Literat Fuß zu fassen suchte, aber scheiterte; durch eine häßliche Fehde zermürbt, nach Keßlers Befund »sehr krank an Hypochondrie«, kehrte er, ein Schicksalsbruder Lenzens, im August in seine baltische Heimat zurück. (Diese war noch zwei Jahrzehnte der Schauplatz seines Irrsals, das Johannes Bobrowski in einer dichterischen Skizze nachgezeichnet hat.) – Böhlendorff kannte und verehrte Hölderlin von Homburg, vom Sommer 1799 her; er sah damals in ihm einen »Republikaner . . im Geist und in der Wahrheit«, in ›Hyperion‹ eine »Schrift, die Epoche zu machen im tiefsten Sinne verdient«. Und er glaubt nun an Hölderlin, an seinen lauteren »Charakter und Sinn«; Keßler seinerseits, der als verwaister Pfarrerssohn seine Jugend bei gebildeten Verwandten in Meiningen – unfern von Waltershausen – verlebt und dort von Hölderlin gehört hatte, ihn aber nicht kannte: Keßler berichtet aus, wie er zugibt, »mangelhafter Erinnerung von dessen Verhältnis zu K.-s« (Wilhelmine Marianne Kirms; darüber s. die Erl. zum letzten Abschn. von ET IV 13). – Von Homburg her wußte Böhlendorff, der damals schrieb, der Verfasser des ›Hyperion‹ sei »so edel als sein Buch«, auch von Hölderlins Liebe. Wie in Platons ›Gastmahl‹ die Diotima des Sokrates, so die Diotima des Freundes: sie »lehrte ihn ganz, was Liebe sei«. Vielleicht hörte Böhlendorff den Ausdruck von dem Dichter selbst: schon 1793 hatte dieser in einem Brief geschrieben, wie im ›Gastmahl‹ Sokrates, der Schüler Diotimas, »mit seiner himmlischen Weisheit sie alle lehrt, was Liebe sei«. Dann wäre die Frau, die für den Dichter Diotima war, ihrem platonischen Namen gemäß erhöht zur Priesterin und

Lehrerin der Liebe. Als Lehrerin im Bereiche höheren Lebens wird sie denn auch mehrmals in Gedichten gefeiert, so in ›Menons Klagen . .‹ (ET VII 11, Str. 7): »Du, die Großes zu sehn, und froher die Götter zu singen, Schweigend, wie sie, mich einst stille begeisternd gelehrt«.

IV 6. Wohl 1803 geschrieben, oder erst 1804, ein halbes Jahr nach Hölderlins Ankunft in Homburg. Die »traurige Nachricht« erhielt Ebel, der gerade in Mainz war, wohl von Sinclair. Außer Gredel waren es diese beiden, und Böhlendorff, die »um dies Verhältnis wußten« und es verstanden; wer sonst, ist nicht bezeugt. Gredel fand Ähnlichkeit »in den Schicksalen« Tassos und Hölderlins, Ähnlichkeit des Wesens Diotima: »Noch heute las ich im Tasso, und fand unverkennbare Züge von Dir« (ET IV 8). Gredel ergeht sich in ratlosem »Warum«; ihre Frage: »Warum konnten diese Menschen . . nicht besser geleitet werden« ist nicht nur Klage, sondern Vorwurf an die Vorsehung. Sie fürchtete »lange schon dies Ende mit ihm« und sieht die Ursache in dem zermürbenden Widerstand der »plattesten Alltäglichkeit«: darum »mußte dies höhere Wesen . . so enden« – ein tragisches Muß. Wie tief die Außenseiterin der Gontards mit Hölderlins Dichtung vertraut war, ist nicht bekannt; die Persönlichkeit sieht sie auf dem höchsten menschlichen Rang: »dies höhere Wesen«. Ihr trostloses Wort von Susette und »allen ihren Schicksalen« ist nicht ganz enträtselbar, trifft aber das Maries in IV 4 und übertrifft es.

IV 7. Der pathetische Ausruf zu Anfang, der in nuce Heinses Glaubensbekenntnis enthält, ist hervorgerufen durch Sömmerrings Nachricht vom Tod Susettes, den wohl der Arzt schmerzlich mit dem seiner Frau (am 11. Januar) zusammensah. »Wen die Götter lieben, . .«: Sentenz des Komödiendichters Menander. – Sömmerring muß Heinse einen Ausflug »auf den Feldberg« nahegelegt haben; die »vorigen Wallfahrten« beweisen mehrmaligen Besuch droben, wohl mit den Frauen, vielleicht auch mit Hölderlin (der im April 1797 den Berg bestiegen und in einem Briefe die unermeßliche Rund- und Fernsicht beschrieben hatte). In dem

Gegensatz: »heiter wie der Aether« – das göttliche Element, das beide Dichter verehrten – und: »dieses Labyrinth durch die Welt« klingt ein pessimistischer Unterton der sinnenfrohen Weltanschauung des alternden ›Ardinghello‹-Dichters mit. Die beiden Frauen aber waren im Leben »die holden Engel«: Geleiterinnen, hold und huldvoll zumal, durch das »Labyrinth der Welt«.

V. Zwei späte Handschriften Hölderlins enthalten drei Stücke eines Briefwechsels zwischen Hyperion und Diotima. Nach dem ersten, längsten ist Hyperion »aus der Einsamkeit heraus«, nicht mehr »der Eremit«. Versuche zu einer andern, spätern Fassung des Romans oder zu einer Fortsetzung? Eher das letztere. (Daß Hölderlin vom Tode der Geliebten wußte, ist kein Gegenargument.) Die Zeit der Niederschrift? Vielleicht noch in Homburg 1804–06, eher in den ersten Jahren im Turme. In jedem Falle verraten die Stücke, daß die Tote gleichsam in und mit ihrem Dichter umging. Nun füllt der erste Brief, der abbricht: »Mit seligen Wohnungen pranget«, genau die erste Hälfte zweier ineinandergelegter Doppelblätter. Die andere Hälfte aber (S. 5–8) ist vollständig mit der titellosen alkäischen Ode beschrieben, die beginnt: »Wenn aus der Ferne, da wir geschieden sind«. Die Ode bricht auf S. 8 ganz unten, mitten im 3. Vers von Str. 13 ab. Daß Fortsetzung und Schluß verloren wären, dafür gibt es keinerlei Anzeichen.

Dem handschriftlichen Befund nach scheint die Ode, mehr oder weniger unmittelbar, dem Dichter, während er sich mit dem Plan zu dem Briefwechsel der getrennten Liebenden befaßte, »eingefallen« zu sein. Das ist wohl wichtig, doch kann das Gedicht als Gedicht wie als Motiv-Träger für sich selbst bestehen. Diotima spricht »aus der Ferne« zu Hyperion. Soll der Ode ein Titel zukommen, so am ehesten: ›Diotima an Hyperion‹. Ein Rollengedicht also, das einzige unter den Diotima-Gedichten. Ein ergreifendes Gedicht, ergreifend durch den wehmütig-innigen Ton, durch das Fehlen der »Freude«, die sich in ›Menons Klagen‹ (ET VII 11, Str. 8) über das Leid erhebt, durch das Bemühen, in die »traurige Dämmerung« herauf »die Vergangenheit« zu beschwö-

ren, sie gemeinsam zu »vergegenwärtigen« (s. Str. 5), ohne daß sie doch ein helles, tröstliches Licht auszustrahlen vermag. Ergreifend auch durch die Kennzeichnung des Geliebten: »Immer verschlossener Mensch, mit finstrem / Aussehn« (welch scharfer Strophensprung!), die so grell absticht von seiner einstigen Erinnerung an die »ungestörten Stunden«, wo beide so »glänzend an Seel und Herz und Auge und Angesicht« waren (ET V 1).
Und doch: Wer sich dem traurig-schönen Gedichte hingibt, wird sich gleichsam über Sprünge der Linienführung hinwegsetzen müssen und finden, daß in die elegische Sprache mehrmals prosaische Wendungen eindringen. »Das muß ich sagen« – »so ergeht es mir auch« – »mit Vögeln, die Nicht ferne waren« – »Nehme vorlieb«. Der Hinweis auf solche sandigen Stellen soll nicht den Zauber auflösen, den anderseits Verse von so schlichter Schönheit der Liebessprache wie in Str. 8 ausüben können: »Oft Des Abends, Morgens waren dort wir, Redeten manches und sahn uns froh an«. Das ganze Gedicht führt zu der Frage nach der Verfassung des Menschen, der es so zu machen fähig war. Es ist die Verfassung eines Menschen, in dessen Geist sich Wahn und Wirklichkeit nicht mehr scheiden, sich gar zu einer ans Herz rührenden Einheit verbinden. Hier aber würde eindringliche »Analyse« zudringlich. Gewagt mag daher auch die Frage sein, was Str. 2 als Ganzes, was besonders der 4. Vers bedeutet:

»So sage, wie erwartet die Freundin dich?
In jenen Gärten, da nach entsetzlicher
Und dunkler Zeit wir uns gefunden?
Hier an den Strömen der heilgen Urwelt.«

Diotima fragt zunächst. Der 1. Vers mag eine Frage in dem ratlosen Abschnitt des Briefes vom 10. August 1799 (ET IV 9) ins Gedächtnis rufen: »O sage! Wo finden wir uns wieder? .. Wo finde ich Ruhe?« Die »Freundin« präzisiert dann ihre Frage: »In jenen Gärten, da .. wir uns gefunden?« Ob man dabei an den »Garten auf der Pfingstweid« im Frühsommer 1796 (I 3,4) und an den Adlerflychtschen Hof, den ja Diotima mehrmals einfach „Garten“ nennt, denken darf, steht dahin. Soll nun in dem 4. Vers die

Frage weitergehn, soll in der Handschrift nur das Fragezeichen fehlen? Wohl sicher nicht. Was aber ist die »heilge Urwelt«? Griechenland? Auch das wohl nicht. Es ist die Unterwelt, an deren »Strömen«, Styx und Kokytos, »die Freundin« den Geliebten »erwartet«. Sie ruft ihn »aus der Ferne«. Es ist die Ferne der Totenwelt.

II. NACHWORT

1. DIE FAMILIE – DIE »GESELLSCHAFT«

Am 9. Juli 1786 wurde die siebzehnjährige Susette Borkenstein in Hamburg ihrem Frankfurter Vetter 2. Grades Jacob Friedrich Gontard angetraut. Die blutjunge Frau trat in einen fremden, enggeschloßnen, wohl verwirrend umfangreichen Familienkreis und in die vierte Generation der Frankfurter Gontards ein, die seit hundert Jahren – bürgerrechtlich seit 1740 – in der Reichs-, Krönungs- und Handelsstadt heimisch geworden waren. Ihr Stammvater Pierre (1662–1725) war Bürger von Grenoble in der Dauphiné gewesen, die einst zum Königreich Burgund gehört hatte. Vorfahren dort waren vielleicht von Adel, der Familienname vielleicht einmal Vorname, jedenfalls eindeutig germanisch-burgundischer Herkunft (Gundhart: der Kampfstarke). Im Jahr nach Aufhebung des Edikts von Nantes (1685) war Pierre, seinem reformierten Glauben treu, in Frankfurt eingewandert. Schon sein Sohn Jacob Friedrich (I., 1702–66) war »der glänzendste Vertreter seiner Familie und der ganzen französisch-reformierten Gemeinde«, geschäft- wie gesellschaftlich einer der führenden Männer der Stadt gewesen: »ein königlicher Kaufmann« mit »schönen aristokratischen Gesichtszügen« (Al. Dietz, Frankfurter Handelsgeschichte), und der Ahnherr einer Gontardschen Großfamilie geworden, die in drei Hauptzweigen blühte, dem reformierten Bekenntnis treu blieb und zwar eng zusammenhielt, sich aber in der zweiten Hälfte des Jahrhunderts auch mit einheimischen großbürgerlichen Familien – Manskopf, Wichelhausen, Schönemann – versippte. Jacob Friedrich (I.) hatte die mit englischen Woll- und Baumwollwaren handelnde Firma J.Fr. Gontard & Söhne gegründet und ihr eine Bank angegliedert. Er hatte als Stammhaus das Große Kaufhaus (Neue Kräme 7) erbaut, das stattliche Anwesen zum Weißen Hirsch erworben und am Untern Mainufer, »an der Windmühl«, den schönen von Lersnerschen Garten erstanden, wo er ein neues Lusthaus mit Scheuer und Stallung baute. Mit all dem hatte er den Grund des dauerhaften

Wohlstands und Ansehens der Réfugié-Familie gelegt. Teilhaber und Nachfolger wurden seine Söhne Daniel Andreas (1727–81) und Johann Heinrich (1736–99); der zweite Sohn, Alexander (1733–1819), gründete am Roßmarkt eine bedeutende Seidenhandlung. Als 1773 die Witwe des großen Gontard gestorben war, fiel das Stammhaus an Daniel Andreas, der Weiße Hirsch an Johann Heinrich. Die Erbmasse betrug damals 309 683 Reichstaler (464 525 Gulden; 1795 wurde das Firmenkapital allein auf 500 000 Gulden geschätzt). Seit Daniel Andreas' Tod war Johann Heinrich Chef der Firma; die Söhne des Toten, Franz und Cobus, wurden jüngere Teilhaber.

Den Weißen Hirsch, in dem auch das junge Paar (nach gewissen Anzeichen nicht von Anfang an, vielleicht gar erst von 1795 an) wohnte, machte Johann Heinrich zu einem gesellschaftlichen Anziehungspunkte, besonders wohl in den neunziger Jahren. Ludwig Zeerleder zwar, der Berner Patrizier, urteilt 1793 abfällig über den Stil dort wie in den großen, alten Häusern Bethmann und Metzler (ZT I 2,1). Dem steht jedoch das Wort des verwöhnten August von Steigentesch nach des »alten Gontard« Tod gegenüber, womit er das Urteil Ludwig Rüdts von Collenberg aufnimmt: »Du hast recht, es war das beste Haus der Stadt« (ZT II 6, Erl.). Und Marie Rätzer schreibt einmal, im Mai 1795, ihrem Bruder: »nachher ... ging (ich) noch allein in Hirsch wo eine ganz außerordentlich große Gesellschaft war, den ganzen Winter wars nicht so brillant, ich amüsierte mich mehr als gewöhnlich«.

In der zweiten Hälfte des Jahrhunderts waren die Gontards nicht nur fest eingebürgert in der Reichsstadt, sondern auch »integriert« in die großbürgerliche »Gesellschaft«. Ihr geselliges Leben war rege und reichte weit über den Familienverband hinaus. Beziehung bestand auch zu den führenden Bürgerhäusern Bethmann-Metzler; ob zu den alten Patrizierfamilien von Adlerflycht, deren Hof Gontard 1797–1800 mietete, und von Holzhausen (deren »Holzhausische Öde« dem Hofe gegenüberlag), ist nicht bekannt. Der Königsball im Juni 1799, den Frau Gontard mitmachte, war gewiß den Vornehmsten vorbehalten (ZT I 20). Ein »großes Diner«, wie es Franz Gontard im Juni 1802 gab, wozu ausländische Diplomaten geladen waren (ZT IV 1), war sicher nicht selten; es diente ja auch dem geschäftlichen Rufe. Während der Messe, bei der sich, wie Steigentesch 1797 schrieb, »der Menschenbach ... zur Flut aufgeschwollen« durch die Stadt »wälzte«, waren wie auch sonst auswärtige »Geschäftsfreunde« zu Gast zu laden, wie es Frau Gontard von Landauer und anderen »Landesleuten« Hölderlins erwähnt (ET IV 14.15). Ihr machten die häufigen Besuche der Hamburger »Geschwister« wohl Freude, aber auch »viele Arbeit, denn die wollen unterhalten sein, da hat sie immer viele Leute bei sich« (ZT I 18,3); außerdem aber brachten die beiden, zu Susettes Befremden, 1799 »die fatale, jetzt in Hamburg Mode gewordene Art« mit und suchten »in der Nachbarschaft ihren kleinen galanten verliebten Zeitvertreib« (ET IV 12).

Man macht »Lustpartien«: solche bietet Gontard in den Tagen nach Höderlins Weggang seiner Frau an, um die Empörte zu begütigen (ET IV 1). Man fährt – eigne Equipage ist »Statussymbol« – Vergnügens halber nach dem nahen Wilhelmsbad oder, bescheidner, »in ein Wäldgen ½ Stunde vor der Stadt ... Hier versammelt sich bei schönen Wetter die Frankfurter beau monde, promeniert unter den schattigten Bäumen, zehrt von den mitgebrachten Lebensmitteln, und genießt bei einer nicht rauschenden Musik eines einfachen, aber würdigen Vergnügens« (ZT I 1,2).

Das Jahr 1797 – in dessen Mitte sich Hölderlins Glück verdunkelte – war für das Haus Gontard-Borkenstein ein Jahr, in dem sich, nach seinem unmutigen Wort vom November, »Besuche, Feste und Gott weiß! was alles« drängten (ET VI 2): kurz zuvor der vierwöchige, anspruchsvolle Besuch der Hamburger, im Juli Maries Vermählung mit Ludwig Rüdt von Collenberg, nach der das Paar noch wochenlang zu Gast blieb; ihrem Bruder schrieb die Allbeliebte: »Die Feste die mir gegeben worden und besonders den Hochzeittag will ich Gretchen beschreiben« (ihrer jüngern Schwester; der Brief ist nicht bekannt).

In den neunziger Jahren wurde das gesellschaftliche Leben nuanciert zum einen durch französische Emigranten; »fatale Emigranten« kannte Susette (ZT I 2,1; ET IV 11), zum andern durch österreichische Offiziere: Frankfurt war ja wichtiger Etappen- und Durchzugsplatz. (Ein Streiflicht, kaum mehr vorstellbar: Am

22. April 1797 wurde in und um Frankfurt der Waffenstillstand von Leoben bekannt, der gerade noch einen Handstreich der französischen Kavallerie vereitelte; am 23. waren, wie Ludwig Rüdt berichtet, »in der ... Oper etlich und 20 Offiziers« der Franzosen.) –

Man arbeitete tüchtig in Frankfurt, man verdiente – Kriegsläufte hin oder her –, und man genoß seinen Wohlstand. Ähnlich, und eindrucksvoll beredt, charakterisierte 1796 der schwäbische Pfarrerssohn E.G. Bengel in seinem Reisetagebuch (ungedruckt; s.ZT I 6, Erl.) den Lebensstil in Hamburg. Daß die Frauen in der »Gesellschaft« ihre Rolle spielten, bedarf keines Wortes. Von den Gontardschen Frauen wurde mehreren Schönheit, glänzende Schönheit nachgerühmt, so der Frau von Daniel Andreas (ZT I 1, Erl.), ihrer Tochter Helene und Susettes gleichnamiger Tochter. Und vielleicht standen die reichsstädtischen Frauen überhaupt im Ruf der Schönheit. 1794 schrieb Amalie von Imhoff in Weimar neckisch-anzüglich ihrem Vetter Fritz von Stein, dem Sohn Charlottes, Freund und Reisegefährten Zeerleders – dessen mehrwöchigen Aufenthalt in Frankfurt er als »Gefälligkeit« ausgegeben hatte –:

»bloße Gefälligkeit war es doch nun wohl nicht ... ich habe immer gehört daß die Reichsstädterinnen gefährlich sind; unter dem allgemeinen Reichsfähnlein der Schönheit üben sie eine despotische Gewalt aus, der sich sogar die Demokraten unterwerfen müssen«.

Es gab in der Stadt bedeutende und reiche Handelsherren von z.T. alter einheimischer Familie, von hoher Kultur und verständigem Kunstsinn. Einer davon war der Weinhändler Johann Noë Gogel (II., gest. 1781), Vater von Hegels gleichnamigem Brotherrn (III., 1758–1825) und Bruder Johann Peter Gogels (1728–82), der seit 1765 Maria Gontard, eine Schwester von Daniel Andreas, zur Frau gehabt hatte, mit dessen Generation also recht nahe verwandt gewesen war. In dieser Familie war Kunstsammlertum Tradition. Johann Noë (II.) hatte das stattliche Haus zur Goldenen Kette am vornehmen Roßmarkt durch Gemäldegalerie (»Kunstkammer«) und Bibliothek zu einem Schatzkästlein gestaltet. Von den Frankfurter Gontards ist aus dem 18. Jahrhundert Ähnliches nicht überliefert: nichts von Kunst- oder Bücherliebe, von literarischen Interessen oder gar von entschieden musischem Sinne. Sie konnten ja aber in Frankfurt ihr Leben auch nicht auf eine lange geistige Tradition gründen. Sie mußten mit und nach dem Réfugié Pierre ihre materielle Existenz von unten auf- und weiterbauen. Das haben sie meisterhaft geleistet. Wenn der hinkende Vergleich angeht: sie waren Festungsbaumeister, ihre Festung war die Firma; Schloßbaumeister waren sie nicht.

2. J.FR. GONTARD: »GESCHÄFT« UND »GEMÜT«

Jacob Friedrich Gontard – von der Familie gut frankfurterisch, wie auch von seiner Frau, »Cobus« gerufen – steht in der Hölderlin-Biographie gemeinhin als der Mann der Devise: »Les affaires avant tout«; dazu als der Ehemann und Vater, der erklärt haben soll, den Börsenkurs verstehe er aufs Haar, von Erziehung der Kinder nichts; die sei Sache seiner Frau. Dem gilt es nachzugehen.

Die Geschäftsbücher der Firma – die gelegentlich auch geldbedürftige Fürsten belieh – sind verschollen. Es ist daher nicht bekannt, welcher Bereich dem jüngsten Teilhaber zufiel. Er mußte sich einarbeiten, sich bewähren, und er hatte wohl Ehrgeiz, es »zu etwas zu bringen«. Eine Übersicht über die privaten Vermögensverhältnisse des Ehepaares bis 1802 – sie mutet hoffentlich den Leser nicht banausisch an – ergibt: Bei der Heirat Mitte 1786 waren beide nicht reich. Er brachte 10 000, sie 10–11 000 Gulden mit: Beträge, die gut mittelbürgerliches Maß kaum überstiegen. Am Ende des Jahres betrug sein Konto in der Firma 21 600 Gulden, 1802 genau das Zehnfache. 1837 errechnete der alte Cobus für seine Enkel – seine vier Kinder waren ja alle tot – das von seiner Frau stammende Vermögen auf rund 110 000 Gulden. Darin waren ihre Erbschaften: 1793 von ihrer Mutter rund 54 000, 1795 von ihrer Großmutter rund 7 900 Gulden. Seit Mitte der neunziger Jahre war also das Ehepaar wenn nicht reich, so doch wohlhabend.

»Les affaires avant tout.« Während der Sommer-Aufenthalte der

Familie vor der Stadt – auf der Pfingstweid, in Hausen, auf dem Adlerflychtschen Hofe – fährt der Hausherr werktags zu den gewohnten Geschäften ins Große Kaufhaus und zur Börse. »Überhäufte Geschäfte« oder ähnlich: so steht es immer wieder in seinen (insgesamt fünfzehn) freundschaftlichen Briefen an Ludwig Rüdt in Bödigheim von 1797–1802. So gern er die Freunde dort, auch nur über Pfingsten, besuchen würde: er glaubt es sich versagen zu müssen. (Und als Franz Gontard in eine Gemütskrankheit fiel, soll seine Sorge um den Bruder und Freund nicht größer gewesen sein als die um die Firma: daß der Kranke »zu einem unbedachten Gebrauch seiner Unterschrift« verleitet werden könnte.)

So war, es kann kein Zweifel daran sein, Cobus Gontard. Er war aber nicht nur so. Das machte schon der erste Gontardsche Familien-Biograph geltend: der Buchhändler Carl Jügel (1783–1869), der 1816 Schwiegersohn von Johann Friedrich Schönemann (einem Bruder von Goethes Lili) und von Cobus' Schwester Maria Magdalena geworden war. Jügel kannte also den alternden und alten Cobus aus der Nähe. In seinem reiz- und liebevollen Erinnerungsbuche ›Das Puppenhaus, ein Erbstück in der Gontardschen Familie‹ (1857; 1921 neu herausgegeben von Wilhelm Pfeiffer-Belli) spricht er ihm die »allen Gontards angeborene Gutmütigkeit« zu, die jedoch öfters der Anlage zu »heftiger«, zu »nervöser Reizbarkeit« erlag. Die Gesinnung des alten Gontard – die sich wohl schon früher anbahnte – und seinen Tageslauf skizziert Jügel so:

»Es war seinem Herzen Bedürfnis geworden, einen Halt zu finden, in dem sich die verschiedenen Zweige seiner Familie konzentrieren konnten, für deren Wohlergehen er unablässig besorgt und bemüht war ... Die Kundgebungen solcher Regungen waren gewiß nicht selten vom wohltuenden Dufte der Gemütlichkeit und des guten Herzens durchweht; mir erschienen dieselben jedoch stets wie Duft und Blüte der Nachtviolen ... – Mit der ankommenden Morgenpost fingen sie sich zu schließen an, zur Börsenzeit war alles fest zu, und erst nach Abgang der Nachmittagspost fing der Kelch der Gemütlichkeit an, sich allmählich wieder zu erschließen.«

Cobus hatte Familiensinn, und er liebte mit nüchterner, kritisch wacher Liebe nach Susettes Tod seine halberwachsenen Kinder; das bezeugen einige (unveröffentlichte) Briefe an seinen Henry, der 1803/04 in Lausanne die Handelschaft erlernte.

Rein menschlich liebenswert aber zeigt er sich in seinem Verhalten zu der jungen Fremdlingin Marie Rätzer, die wie so viele Herzen in Frankfurt auch das seinige gewann und aufschloß. (Das geht besonders aus ZT I 12. 17 und den Erläuterungen dazu hervor und sei hier nicht nochmals gegenwärtig gemacht.) Und kaum weniger schließt er den jungen Offizier in sein Herz, der um Marie wirbt und sie heimführt. Als einziger auf Seiten seiner »Pflegetochter« unterzeichnet Jacob Friedrich Gontard den ausführlichen Ehe-Kontrakt. Der reichsstädtische Handelsherr und der uradlige Grundbesitzer freunden sich an (ohne daß bei dem Bürger eine Spur von Snobismus im Spiel wäre). Sie finden sich auch in beiderseitiger Vorurteilslosigkeit. Die schönen Worte, die Gontard in seinem ersten Brief an Rüdt (ZT II 1) prägt, zeugen gleichermaßen von beiden: »bei einem Mann, der denkt und fühlt wie Sie«.

Der Zug von Güte und Hilfsbereitschaft gegen Marie und Ludwig gehört auch zu Cobus' Wesen. Man darf ihn nicht übersehen. Es geht dabei um Gerechtigkeit, – gerade auch dann, wenn man weiß, daß Gontard, wohl seit 1797, gegen den Hofmeister mehr und mehr den Großbürger herauskehrte.

Nicht zu übersehen ist in Briefen an Rüdt (II 2.8) auch das starke, wenn auch wohl allzu konservative reichsstädtische Selbstbewußtsein Gontards.

Eines freilich ging dem Mann der Devise: »Les affaires avant tout« allem nach ab: die Liebe zu den Musen. Ihr Fehlen sollte sich in seiner Ehe geltend machen.

3. DIOTIMA: »DAS SCHICKSAL UNSERER LIEBE«

»Die Gontardsche Familie feierte einen wahren Triumph in diesem ... glänzenden Zuwachs«; die junge Frau wurde »von allen Verwandten fetiert, die ihr Feste auf Feste veranstalteten«: so Carl

Jügel (s. S. 292). Das ist glaubhaft; auch Marie Rüdt schreibt ja 1797 von den »Festen«, die ihr, der doch Landfremden, nach ihrer Hochzeit gegeben worden seien (S. 289). Aber Jügel kam erst Jahre nach Susettes Tod nach Frankfurt und erst 1816 in den Familienkreis der Gontards. Was er von Susette schreibt, beruht auf Erinnerung oder freier Angabe von Verwandten. Gewiß wurde sie ihm als »vollendete Schönheit von edler griechischer Gestalt geschildert«, bezaubernd durch »ihr langes schwarzes Haar«, »ihr sprechendes Auge von gleicher Farbe«, »die blendende Weiße ihres Teints«, »die wundervollen Formen dieser Gesichtsbildung«. Das Bild ihrer Jugend in Hamburg ist aber wohl von Pietät schöngefärbt: »der Abgott ihrer Mutter«, die »in den freundschaftlichsten Beziehungen zu Klopstock stand« (nirgends bezeugt); von ihr »mit der größten Sorgfalt« erzogen; von »natürlichster Einfachheit«, »keineswegs verwöhnt«; »in täglicher Beschäftigung« mit »Sprachen, Literatur, Musik usw.« gebildet. Der Tochter war der »Wille der Mutter ... stets heilig«. Und Jügel streift dann Gründe, die Frau Borkenstein bewogen, dem Werber »die Hand der schönen Susette« zuzusagen, so »die Unterwürfigkeit in seinem Benehmen der Mutter gegenüber, sowie das Ansehen der Familie« Gontard »und endlich die Berücksichtigung einer angenehmen Existenz in der altehrwürdigen Reichs- und Handelsstadt«. Über Empfinden und Wünschen der Tochter: kein Wort. War ihr auch in dieser Schicksalsfrage der mütterliche Wille »heilig«? Man weiß es nicht; es ist auch nicht die Absicht dieser Skizze, in der Ehe der jungen Frau zu stöbern. (Allenfalls mag die Psychose im ersten Wochenbett als ein Symptom gelten; sie blieb jedoch Episode; s. ZT I 1.2 und den Schluß der Erl.) Die Bindung an die Mutter blieb. Diese übersiedelte 1791 zu ihrer Tochter und starb im März 1793 an Brustkrebs. Susettes Schmerz sei, wie Jügel angibt, »grenzenlos« gewesen, zumal »ihr geschäftseifriger Gatte den Verlust der Mutter in so vielen Beziehungen nicht zu ersetzen vermochte«.

Damals war nun schon die junge Bernerin im Hause, dessen »Atmosphäre« sie, »das Bild der Freude«, jahrelang günstig mitbestimmt hat. Wenn ihr Bruder »entzückt« ist, »zwei so edle Seelen bei einander zu sehen, die sich einander in die Arme schließen, ihre Gedanken mitteilen und sich eine die andere beglückt« (ZT I 3,1), so bestätigt das, wenn auch zu empfindsam gedacht, schon für 1793 die Freundschaft der zwei »edlen Seelen«. Freundschaftlich und doch verhalten – in klassischem Tone verhalten – ist Susettes Rückblick in ihrem letzten Brief an Marie (ZT III 7): »Wie oft wünschte ich mir schon in meiner Einsamkeit die alten Zeiten zurück, wo Sie noch an meiner Seite lebten, wir sagten uns nur wenig, aber wir verstanden uns doch, wir kannten uns, und wenn wir gleich eigentlich nie vertraut zusammen waren, hatten wir doch zu einander das größte Zutrauen«. Der ganze Brief läßt die zunehmende »Einsamkeit« der Frau des Hauses ermessen. Eben die Frau jedoch, die sich dort wehmütig verhalten äußert, findet früher (ZT III 3) das schlicht-schöne Wort: »ich ... bin stolz, daß ein so gutes, rein fühlendes Herz mich liebt«. –

»Froh und frei, abgeschüttelt allen Stadtstaub«, so schreibt Marie aus Hausen im Mai 1795 (ZT I 3,3; vgl. die Erl.). Ihr Brief bezeugt einen Zug in Susettes Wesen, der sich in den Jahren danach verstärkt und reift: ihre Naturliebe als Ausdruck einer »vernünftigen Art zu leben«. Sie liebt den Garten, der ihr »angenehme Beschäftigung« macht. Ihre Mädchen freuen sich darauf, mit ihr »säen und pflanzen« zu können. Der Adlerflychtsche Hof ist für sie einfach »der Garten«. Aber die Naturliebe ist bei ihr 1795 noch empfindsam getönt. Daran wird später anzuknüpfen sein.

Im Frühjahr 1795 hatte sich der junge Berner vom Hause Gontard, in dessen Herrin er »die Vollkommne« sah, »halbverzweifelt« losgerissen. Aus Werther-Stimmung wurde nicht ein Werther-Schicksal. Zeerleder fügte sich ins heimatliche Milieu, in »die letzten Jahre des alten Bern«, wo sich »Welt und Genuß drängten ... wie in den Jahren vor der Sündflut«. So sein Bruder diskret; er selber 1799: »Es erbleichen die Bilder, die die verschönernde Phantasie ... aufgestellt hatte«. (Er freite 1802 ein Fräulein aus altem Geschlecht. Es war am 24. Mai, vier Wochen vor dem Tode der »Vollkommnen«.)

1799 kam er »sehr verändert« wieder. Frau Gontard empfand das sofort, befangen, wohl gar leis enttäuscht. Sofort aber denkt sie auch an Hölderlin. Fast beschwört sie ihn: »ich beteure Dir noch einmal: Er war mir nie mehr als Bruder, und Freund! und kann mir nie mehr werden«. Sie muß ihm, an dem sie außer der Macht auch die Gefahr der »Phantasie« kannte, einmal mündlich – nach dem Gesetz der Liebenden: »daß es rein sei zwischen uns« – erklärt haben, was sie für den Gast empfunden, der wohl eine Leere in ihrem Innern gefüllt hatte. Nun aber, »mit dem ganzen Gefühl und Stolz ihrer Liebe«, war sie ihrer selbst gewiß. »Grâce« und »majesté« hatte schon der Gast in ihr verbunden gesehen; »Lieblichkeit und Hoheit« wird bald der Dichter in ihr in Einem sehen, – eine Haltung ungefähr, wie sie Posa als klassisches Urbild schöner Seele zeichnet.:

In angeborner stiller Glorie,
Mit sorgenlosem Leichtsinn, mit des Anstands
Schulmäßiger Berechnung unbekannt,
Gleich ferne von Verwegenheit und Furcht,
Mit festem Heldenschritte wandelt sie
Die schmale Mittelbahn des Schicklichen.

»Wie so anders ists geworden!« So jubelt der Dichter in der Reim-Hymne ›Diotima‹ (ET II 1, Str. 2). Ihm war schon früh der Sinn wach für den Umschlag vom »Einst« zum »Jetzt«, wie auch für das »Noch« und das »Wieder«, für die Dauer im Wechsel und die Wiederkehr eines glücklichen Zustandes. »O! ich kehre noch ins Leben«, ruft er beglückt in Str. 1, nachdem er sein »Herz« als »lange tot und tiefverschlossen« beklagt hat. »Und noch ist es so«, schreibt er glücklich noch im Februar 1797 (ET I 3).

Nicht ähnlich, doch verwandt ist ein Wort Diotimas, ein Wort von fraulichster und doch fast mädchenhafter Herzlichkeit, das doch in tiefem Ernst ausklingt: »nur, wenn ich Dich fühle und Dein Bild gesehen habe, fühle ich die ganze Herzlichkeit meines Herzens, ich erstaune oft über mich daß ich schon so weit in die Jahre der Vernunft fortgerückt bin, und doch so jung mir scheine, ich denke dann auch, besser ein Opfer der Liebe! als ohne sie noch leben« (ET IV 11).

»Ich bin in einer neuen Welt« (ET I 2). Von dem Glücksgefühl [–] man darf wohl sagen: von dem Gefühl einer Wiedergeburt –, als das er seine Liebe und ihre Gegenliebe erfuhr, geben seine Briefe an Neuffer, und selbst seine Verse, wohl kaum vollkommnen Ausdruck. Er wußte es selbst: »Es ist auch immer ein Tod für unsre stille Seligkeit, wenn sie zur Sprache werden muß ... was ich habe, faßt ja doch kein Gedanke nicht ganz« (ET I 3). Aber der I. Band seines ›Hyperion‹, der seit Jahren mehrmals in Ansätzen verkümmert war, reifte nun zur Vollendung. In ihm wird an entscheidenden Stellen der Überschwang des Herzens zu reinem Geist, dem gegenüber das Etikett: Idealisierung der Gestalt der Geliebten verblaßt: »Es war da, das Höchste, in diesem Kreise der Menschennatur und der Dinge war es da!« – »und mitten im seufzenden Chaos erschien mir Urania« (ET III 2.3).

Wie wenige Dichter war der Elegiker Hölderlin zum Dank bereit, als Mensch und als Dichter. Der Mensch ist dazu berufen, »daß er, kräftig genährt, danken für alles lern'«, und als die Gabe des Gottes für seinen »Beruf ..., zu rühmen Höhers«, gilt ihm zu der gemäßen »Sprache« hin der »Dank«. Und Diotima – deren Sprache (abgesehen von den konventionellen Briefchen ZT I 10) erst vom Sommer 1797, ganz volltönend aber erst vom Herbst 1798 an hörbar wird –: Diotima tut es ihm gleich in der Bereitschaft zum Danke. Ihr ist aus der Seele gesprochen, was sie in einem französischen Romane findet und ihm mitteilt: »Die Religion wäre sicher aus dem Unglück hervorgegangen, wenn nicht zärtere Seelen sie in der Dankbarkeit gefunden hätten.« So gesteht sie einmal: »sieh, ich könnte dankend beten, daß der Genius der Liebe mich so unsichtbar leitete«, und einmal bricht es aus ihr hervor: »O! mein Herz! wie danke ich Dir! Du bist da!« Darin mag sich ursprüngliche Gleichheit des Empfindens ausdrücken. Zwei Grundmotive aber in Diotimas Briefen haben wohl ihren Ursprung im Geiste des Dichters. Das eine ist die Verehrung der Natur als einer göttlichen Macht, die weit über die empfindsame Naturstimmung von früher (s.S. 295) hinausgeht. »Wir! die wir täglich Beweise der herrlichen auch uns belebenden Natur haben, die uns nur Liebe zeigt ...«. Einer der schönsten, von überschwenglichem Lebens- und Liebesgefühl erfüllten Abschnitte von Diotimas Briefen (ET IV 12, »Sonnabend«) endet so: »Und mir war so unbeschreiblich wohl dabei, daß ich die Stimme der Natur in mir vernahm, und ich dankte ihr mit gerührtem Herzen«. Und einmal ruft sie den Geliebten auf zum »Vertrauen auf die Liebe, die die gütige Natur uns ins Herz legte um da sie reifen zu lassen zu ihrem höchsten Zweck«.

Das andere Grundmotiv ist die Heiligung der Liebe als einer höheren, himmlischen Macht, wie sie der Dichter in der Ode ›Die Liebe‹ (ET VII 6) beruft. »Bitte mit mir den Genius der Liebe um eine ruhige Stunde«: das ist fromm und nicht nur so hingesagt (ET IV 3; vgl. die Erl.). »Soll künftig diese geliebte, reine Liebe wie Rauch verfliegen und sich auflösen ...?« – »Wie möchte ich sie ergründen, die edle Liebe des Herzens ...« – »Laß uns nie gegen die Liebe fehlen« – die Liebe als eine kostbare Gabe, die, wie vorhin zitiert, »die gütige Natur uns ins Herz legte, um da sie reifen zu lassen zu ihrem höchsten Zweck«: wohl zur Veredlung eben des Herzens und des Lebens.

»Du kennst mich ja und Du hast tausend Beweise wie mein Herz Dir hingegeben ist, und Du weißt daß, wenn man gegen die Liebe fehlt, man sich selbst am meisten verwundet.« Hingegebenheit des Herzens ... Wer bei den beiden – so eine repräsentative Stimme der Gegenwart – »noch an eine ›platonische‹ Liebe glaubt, dem sei es nicht verwehrt«. Der Verfasser dieses Essays lehnt es ab, die Frage: »platonisch« oder nicht? überhaupt zu erörtern. Persönlich glaubt er nicht, daß Hölderlin und Diotima – die sich Zärtlichkeit und Innigkeit der Umarmung gewiß nicht zu versagen brauchten – in lustvoller Vereinigung gesucht und gefunden haben, was sich Erfüllung der Liebe zu nennen beliebt ...

Diotimas Bekenntnis ihrer Liebe verbindet sich mehrmals, besonders in ET IV 4 und 5, mit heller Einsicht in ihr Wesen und mit grüblerischer Reflexion. »Fühlte ich nicht mehr, wäre die Liebe aus mir verschwunden, und was wäre mir das Leben ohne Liebe, ich würde in Nacht, und Tod hinabsinken«. Der so selbstbewußte wie hellsichtige Zwischensatz: »was wäre mir ...« meint Liebe in umfassendem Sinne: Fähigkeit zur Hingabe wie zur Empfänglichkeit des Herzens. Im nächsten Briefe dann nimmt Diotima das Motiv der Gefühlsfähigkeit auf und führt es aus:

»Fühlen! [–] Mein Herz fühlt noch in dieser armen, alles tötenden

Zeit lebendig und warm, sehnt sich nach Würklichkeit, nach dem Widerhall der Liebe, nach Mitteilung, Einklang, Harmonie! Seligkeit! Soll ich es tadeln? Doch ruft jedes Gefühl in mir meine ganze Sehnsucht vermischt mit tausend Schmerzen zurück. Selbst durch meine tiefsten Gedanken finde ich nichts Wünschenswertes als die innigste Beziehung der Liebe ... Aber diese Beziehung der Liebe bestehet in der würklichen Welt die uns umschließt nicht durch den Geist allein; auch die Sinne (nicht Sinnlichkeit) gehören dazu, eine Liebe, die wir ganz der Würklichkeit entrükken, nur im Geiste noch fühlen, keine Nahrung und Hoffnung mehr geben könnten, würde am Ende zur Träumerei werden ... und ihre wohltätige Wirkung auf unser Wesen würde aufhören. Da ich dies alles klar vor Augen habe, ... sollte ich träumen! soll ich mein Herz verstocken! soll ich anders denken!« (Die Ausrufzeichen sind hier Frage- und Empörungszeichen zumal.) Wer solchen Sätzen ihr Vollgewicht beläßt, dem mag jene Frage: »platonisch« oder nicht? in wesenlosem Schein zergehen.

Die ausführlich zitierten Gedanken Diotimas folgen auf Worte innigen Dankes für den »Trost«, den ihr Hölderlins »Briefe von ältern Zeiten« gegeben haben: »wie stärkten sie mein Herz, wie halte ich mich jetzt daran in jeder bangen Stunde«. Solcher Trost aus »ältern Zeiten« vermag jedoch nicht vor nüchterner, ja rat- und trostloser Besinnung zu bewahren: »Aber ach! das ist Vergangenheit! – Was ist Gegenwart? – Was Zukunft? –––– Jetzt frage ich mich mit jedem Tage: ›Wie muß ein vereinzelt Wesen, in sich, und durch sich selbst bestehen, welches die Liebe zu einem edlen und schönen Wesen erhoben?‹«

Vergangenheit: nicht eben oft ergehen sich beide brieflich in ihr; so Diotima: »Meine lebendigere Phantasie malte, mir dann unsere Vergangenheit so schön, besonders die seligen Stunden unserer ersten ganz neuen Liebe ...« (ET IV 11); so Hölderlin im ersten Briefentwurf, dessen Ende sich in Jubel hineinspricht: »Erinnerst Du Dich unserer ungestörten Stunden, wo wir und wir nur umeinander waren? Das war Triumph! ...« (ET V 1). Der Versuchung zum »Träumen« will Diotima widerstehen: »Träumen ist Selbstvernichtung! Selbstvernichtung Feigheit!« Es bleibt die seit Paulus berühmte Dreiheit: außer der Liebe Glaube und Hoffnung.

Noch im Februar 1800 kann sie »den Glauben nie aufgeben, daß wir uns wiederfinden in der Welt und noch Freude haben werden« (ET IV 14). Noch zuletzt will sie »vertrauen auf die geheimen Mächte die unsere Schritte leiten« (ET IV 17). Im Frühjahr zuvor aber schreibt sie noch voller Zuversicht: »Doch, noch leuchtet uns die Hoffnung für unsere geliebte Liebe, laß uns sie pflegen und erhalten ... Eine Stunde, voll Seligkeit des Wiedersehns, und Hoffnung in der Brust sind genung, ihr Leben auf Monate lang zu erhalten« (ET IV 5). Und im folgenden Briefe rechtfertigt sie, alles persönliche Wünschen überhöhend, die heimlichen Augenblikke an der Hecke beim Adlerflychtschen Hof mit »der edeln Absicht, das Schönste und Beste unter den Menschen nicht zu Grunde gehen zu lassen«.

»Was ist Zukunft?« Diese Frage Diotimas enthielt in Einem die nach dem »Schicksal unserer Liebe« (ET IV 4) und die nach der »künftigen Bestimmung« Hölderlins. Die Sorge darum verstummt in ihren Briefen nicht mehr. Sie erklärt das in ET IV 5: »Ach! weil seit dem Tage unserer Trennung eine Angst in mir ist, daß einmal alle Beziehungen zwischen uns aufhören möchten, weil ich über die Zukunft keine Gewißheit habe, über Deine künftige Bestimmung«. Dazu quält sie der Gedanke, er könnte durch sie, »der Würklichkeit entrückt«, seine »Bestimmung verfehlt« haben. Daher ihre inständige Bitte: »Wann es sein muß, daß wir dem Schicksal zum Opfer werden, dann versprich mir, Dich frei von mir zu machen und ganz zu leben, wie ... Du nach Deiner Erkenntnis Deine Pflichten für diese Welt am besten erfüllen kannst ..«. Ihr Argument – das Argument einer »Frau von dreißig Jahren« – mag den Leser von heute lächeln machen: »ich habe meine Bestimmung zum Teil erfüllt, ... meine Zeit war schon vorbei, aber Du solltest jetzt erst anfangen zu leben, zu handeln, zu würken, ... Die Natur, die Dir alle edeln Kräfte, hohen Geist, und tiefes Gefühl gab, hat Dich bestimmt ein edler vortrefflicher glücklicher Mann zu werden, und es in allen Deinen Handlungen zu beweisen«. Anscheinend denkt sie dabei vornehmlich an ein »bürgerliches« Amt in der »Gesellschaft«. Im Sommer aber (ET IV 8) faßt sie, um ihren Rat gebeten, seine »künftige Bestim-

mung« viel entschiedener – und prophetischer. »Deine edle Natur, der Spiegel alles Schönen darf nicht zerbrechen in Dir, Du bist der Welt auch schuldig zu geben, was Dir verklärt in höherer Gestalt erscheint ... Wenige sind wie Du! – Und was jetzt auch nicht würkt, bleibt sicher für künftige Zeiten«. (Daß eben seine »Bestimmung« ihr Wort: »Dich selbst darfst Du aufs Spiel nicht setzen« hinfällig machen würde: das konnte Diotima nicht wissen, und das gehört zu ihrer beider Tragik.)
Diesem ergreifenden Bekenntnis des Glaubens aber geht – und das mag noch tiefer ergreifen – eine fast beschwörende Warnung voraus: Wenn »wahre Freunde« – wen schließt sie damit aus? – und »erfahrne Männer« nicht Rat wissen, »wenn dann nicht ein sicherer Weg sich Dir öffnet, bleibe lieber wie Du bist und helfe Dich durch, als daß Du es wagst noch einmal vom Schicksal überwältiget und zurückgeworfen zu werden; Deine Kräfte hielten es nicht aus, und Du gingest für die Welt und Nachwelt, der Du auch so, im stillen lebst, noch ganz verloren. Nein das darfst Du nicht!« »Helfe Dich durch«: Hofmeister, nein, Privatgelehrter, freier Schriftsteller zu sein! Welch schicksalsschwerer Rat! Die Frankfurter Ersparnisse gingen zur Neige, der Journal-Plan stockte und scheiterte, ›Empedokles‹ wurde umgeformt. Die Mutter mußte aus dem väterlichen Vermögen ihres Sohnes beträchtlich zuschießen. Wie dem Bedrängten zu helfen sei, damit er nicht zu kümmerlich »sich durchhelfen« müsse: Diotima hat es gewiß bedacht. Doch ihre Mitgift und ihr Erbe waren nicht zu ihrer Verfügung. Und sie kannte das Feingefühl ihres Dichters ...

»Wie schwer wird es wieder, das Stillschweigen zu brechen!« So hebt im August, acht Tage nach der Rückkehr von Weimar und Jena, Diotimas erster Brief an (IV 9), – in »unendlich schwermütiger Stimmung«, die sich »über die Erinnerung ... wie ein dunkler Flor gezogen« hat. Statt der Reise schildert sie zunächst »die unnennbare Stimmung« am Abend nach der Heimkehr, die Erregung durch eine Art Halluzination. Mit der Schwermut aber verbündet sich »die Angst«: Angst vor Entdeckung, Angst vor der Zukunft überhaupt. Sie fühlt für sich und ihn »die schwere Last der Entscheidung«: ob »gänzliche Scheidung« gut wäre; sie sucht

Trost: »die unsichtbaren Beziehungen dauren doch fort und das Leben ist kurz«; kaum aber hat sie das hingeschrieben, erschauert sie: »Mir wird kalt! Weil es kurz ist, es verscherzen? – – O sage! Wo finden wir uns wieder?« Sie empfindet den Konflikt zwischen »Selbsterhaltung« der Persönlichkeit und der Selbstvergessenheit in der »Pflicht«. Erfüllt sie diese gegen ihre Liebe, so – dies ihre Worte – »ist mir jetzt als würde es mich verderben, mich zerstören«. Klage und Jubel sind fast Eines: »Welch eine schwere Kunst ist die Liebe!« – »O! einmal gefühlte glückliche geliebte himmlische Liebe!«
Im Oktober erzählt die öfters Träumende einen Traum von einem Beisammensein »ganz ohne Angst mit leichtem Herzen«. Den Geliebten zu sehen ist »täglich« ihr »innigster Wunsch, aber ohne Angst«. Sie muß »fast an Wunder glauben« und kann doch »den Glauben nie aufgeben, daß wir uns wiederfinden in der Welt und noch Freude haben werden«.
»Angst« begleitet Diotima bis zum Abschied, auf dessen Unabwendbarkeit sie seit dem Herbst 1799 gefaßt ist. Noch vor der letzten Begegnung ist sie – hier nicht vor Entdeckung – »voll Angst, wie werde ich die starken Dir entgegen wallenden Gefühle wieder in den Busen verschließen und bewahren? . . .« Noch dreimal beruft sie das »Fühlen«: »nicht zu lebendig zu fühlen« – »uns in unserm Schmerz noch glücklich fühlen« – »weil wir alsdann vollkommen edel fühlen«. Ob Hölderlin ihre letzten Segensworte beherzigt hat: wer kann es wissen? Nicht gering erscheint jedenfalls die Spanne von dem unvollendeten Schluß der Ode ›Abschied‹: »Hier, wo am einsamen Scheidewege der Schmerz mich, Mich der tötende niederwirft«, zu ›Menons Klagen‹, wo schon Str. 2 ausklingt: »Wie so selig doch auch mitten im Leide mir ist«.
»Verzeihe! mein Bester! daß ich Dich in diese schwarzen Gedanken mit hineinziehe, für Dich sollte alles nur süß sein, einen Himmel möchte ich Dir geben, alles entfernen was Dich stören könnte; aber ich fühle es, unsere Liebe ist zu heilig, um daß ich Dich täuschen könnte, ich bin Dir Rechenschaft schuldig von jeder Empfindung in mir, Du weißt daß ich leicht trübsinnig bin . .« (ET IV 5). So begründet Diotima einmal ihre »schwarzen Gedanken« über die Zukunft. Abgesehen von dem Entwurf ET V 3 ist

nicht bekannt, wie Hölderlin solche »schwarzen Gedanken«, wie er Ängste und Klagen Diotimas aufgenommen, wie er sie vielleicht aufgefangen und gestillt hat. Ein Beispiel dafür, daß dies geschah, ist vielleicht ihr Bericht im ersten Abschnitt von ET IV 13. Aus der fraglichen Sendung vernahm sie wohl »die zarten Töne des innersten Lebens« (ET V 2). So verständlich nun aber ihre Klagen, ihre Ängste und deren Bekenntnis waren, so nahe drängt sich doch die Frage auf, ob nicht Diotima dadurch den Geliebten – der darunter litt, »so zerstörbar« zu sein, und von dem sie doch »alles entfernen« möchte, was ihn »stören könnte« – hin und wieder nicht nur »betrübt« (ET IV 2, Anfang), sondern auch bedrückt oder verstört hat. Beirrt aber wurde von solchen Störungen keines von beiden. »Was wir leiden müssen ist unbeschreiblich, aber warum wirs leiden ist auch unbeschreiblich«: dieser Glaube Diotimas (ET IV 12) stand über allem Leiden.

Unsere »liebste Liebe« soll »immer nur uns bekannt, und ein heiliges Geheimnis bleiben.« So Diotima einmal. Und Hölderlin erhofft eine Zeit, da »wieder der Genius gilt« und man erkennt: »es schufen ... die Einsamen liebend Nur von Göttern gekannt ihre geheimere Welt«. Aber diese »geheimere Welt« hat nur im Innern der Liebenden Bestand und nur in jenen »ungestörten Stunden«, an die der Dichter in ET V 1 erinnert. Damals wußte er aber schon, »daß die echtglücklichen Augenblicke auch nur Augenblicke sind« (ET VI 2). »Solche Augenblicke hab ich doch noch. Aber kann das eine Welt ersetzen?« (ET V 1) Gewiß, ein solcher Augenblick ist nach Goethe »Ewigkeit«. Im Ganzen des Lebens aber ist er immer nur Moment, Glied in unendlicher Kette des Daseins: die Dialektik alles Erlebens. –

»Und wer vermag sein Herz in einer schönen Grenze zu halten, wenn die Welt mit Fäusten auf ihn einschlägt?« So bitter ruft der Dichter im November 1797 auf zum »Widerstand« gegen die Anfechtungen »vom Nichts, das, wie ein Abgrund, um uns her uns angähnt, oder auch vom tausendfachen Etwas der Gesellschaft und der Tätigkeit der Menschen, das gestaltlos, seel- und lieblos uns verfolgt, zerstreut« (ET VI 1).

Wie Diotima mit dem Dichter mitgelitten, seine Empörung gebannt, seine Tasso-Natur durch ihren Glauben an seine »Bestimmung« auf seinen ewigen Rang im Geiste verwiesen haben mag: davon zeugt in den Frankfurter Jahren kein direktes Wort. Versucht hat sie's gewiß. Aber der Strahlkraft ihres Glaubens und ihrer Liebe waren Grenzen gesetzt. Sie konnte weder das Mißliche seiner Stellung im Hause zwischen »zwei Partien« beheben noch sie selbst, die Frau dieses Hauses, vor schrägem Blicke schützen. Die »geheimere Welt«, die sie sich schufen, bedeutete Heimlichkeit vor der »Welt«. Heimlichkeit aber macht befangen. Sie stellt in gewissem Sinne den Menschen erst recht auf eine Bühne. Sie verbiegt das Verhältnis zur Umwelt. Vollkommene Heimlichkeit ist aber in solchen Umständen nicht möglich. Schon in Driburg weiß der Herr des Bades eine »Anekdote« zu berichten (s. die Erl. zu ZT I 8,2). Bald nach der Rückkehr von der Reise beginnt in Frankfurt die »Welt« sich einiges zu denken. »Gesellschaft« ist niemals ohne Medisance und Suffisance. Von Henry Borkenstein und seiner Frau kam es zu Maries Schwester in Berlin (ZT I 15). Der Kavalier von Steigentesch kann es nicht lassen, Madame Gontard etwas anzuhängen. Für ihn ist sie die verwöhnte Dame der Gesellschaft, immer kühl, unverbindlich freundlich, in Wort und Blick gemessen und beherrscht. Mit satirischem Licht streift er das Zusammenleben der Ehegatten. Reizvoll ist es aber, daß gerade er, der suffisante Plauderer, Susettes Hang zum Schweigen erwähnt. Hyperion sagt im Roman: »Nur, wenn sie sang, erkannte man die liebende Schweigende, die so ungern sich zur Sprache verstand«.

»In ihrem häuslichen Cirkel ... ist sie vergnügter als in großen Gesellschaften, denen sie immer auszuweichen sucht«: so Zeerleder schon 1793 von der Vierundzwanzigjährigen. Ihr war es auch nicht gegeben, von solchen Gesellschaften Details in Briefen festzuhalten. Anfang Juni 1799 berichtet Sophie Dollfus von den Umständen und Zerstreuungen durch Henry Borkensteins Besuch – »da hat sie immer viele Leute bei sich« –, Ende Juni Marianne Gontard von dem Ball für das preußische Königspaar. Susette hat für all das am 23. nur die Worte: »Wir leben auch jetzt sehr vergnügt« und: »weil wir jetzt etwas zerstreut leben« (ZT III 3).

»Unter ihren Kindern ... ist sie vergnügter«, sagt Zeerleder. Briefe an Marie bezeugen ihre Kinderliebe. Ihr Bericht über die Mädchen (ZT III 2) ist ein Gegenstück zu dem an Hölderlin (ET IV 5). Liebe und zärtlicher Sinn für individuelle Entwicklung sind verbunden mit wachem Blick für Mißwuchs und Fehler der Erziehung. In dem Brief an Marie ist wohl Widerhall sorglicher Gespräche mit Hölderlin mitzuhören, der die Gefahren der Frankfurter »Prunkwelt« sah. Die Kinderliebe der Mutter gilt auch den Kindern der Freundin; in ihren Worten darüber wird empfindsam-zärtliches Entzücken am Hegen und Pflegen jungen Lebens laut. Im Bereich der Wirklichkeit ist hier die allumfassende Mütterlichkeit, die im Bereich der Dichtung so bezaubernd in Goethes »Wandrer« bei der jungen Frau dort in den Trümmern des Tempels erscheint, in einer zeitlosen Färbung, in der sich Uralt-Paganes und Modern-Empfindsames vermischen: »Wir setzen uns dann zuweilen unter einer Baumgruppe, das kleine Kind verlanget nach Nahrung, Sie nehmen es sanft und zart, und ich genieße ganz den rührendsten schönsten Anblick den ich kenne, unter dem Gewölbe des reinen Himmels! im Freien! mitten in der schönen Natur! fühle mich gestärkt, und glücklich. – – « (ZT III 3) Verhaltne Wehmut schwingt wohl im letzten Sätzchen mit. Susettes Kinderliebe erscheint hier als Ausschnitt ihrer Naturliebe, deren Tiefe wohl von Hölderlin erweckt ist. Ihr Verlangen nach »der stillen ländlichen Ruh« der Freundin (ZT III 1) ergeht sich in, ihrer Herkunft nach, nicht empfindsamen, kräftigeren Vorstellungen: »die schönste Zeit des Sommers, der Ernte«, so träumt sie für sich selber von dem Glück Maries, die sie »mit leichtem Schritt wieder ihre Gegenden durchwandern und ihre Hügel ersteigen« sieht (ZT III 6). Glück bringt ihr jährlich »der Garten« am Adlerflychtschen Hofe, wo sie »säen und pflanzen« kann. Glück erhofft sie dann auch von dem schönen Anwesen am Untern Main, das Cobus 1800 zufiel; es sollte ihr einen schon mit Hölderlin besprochenen Wunsch erfüllen und ihre »strebenden Kräfte« belohnen: »eigne Bäume zu pflanzen ... und eine kleine Landwirtschaft zu haben«. Wie ernst es ihr war, zeigt im Frühjahr 1801 Cobus' Brief an den Freiherrn Rüdt (ZT II 8). Es war etwas anderes als die »Schäferei« einer Dame des Rokoko.

Der »Garten« als Ort pflegender Liebe und Besinnung auf wahres Leben: so wars für Diotima. Indessen dichtet der Entfernte, der schon Empedokles in seinem »Garten« und »im Schatten seiner Bäume« leben ließ, den Traum von seinem »Eigentum« als Dichter:

Sei du, Gesang, mein freundlich Asyl! sei du
Beglückender! mit sorgender Mühe mir
Gepflegt, der Garten, wo ich, wandelnd,
Unter den Blüten, den immerjungen,

In sichrer Einfalt wohne, wenn draußen mir
Mit ihren Wellen allen die mächtge Zeit
Die wandelbare fern rauscht und die
Stillere Sonne mein Wirken fördert.

»Alle Zerstreuungen entfernt«, aber in herzlichem Verein mit »einigen guten, gebildeten Menschen« (ET III 1): so wünscht sich Susette ihr Leben. Notfalls ist sie auch sich selbst genug. »Ich lebe jetzt sehr einsam, aber weil das mein Geschmack ist, sehr vergnügt auf dem Lande, mein Garten macht mir angenehme Beschäftigung«, schreibt sie im Mai 1798 (ZT III 4). Es ist das letzte Frühjahr mit dem Dichter. Wie anders im Jahr darauf! »... meine gänzliche Einsamkeit« (ZT III 5). Seine »gänzliche Einsamkeit« fühlt um dieselbe Zeit der Dichter. Für beide droht nach dem Abschied die »Einsamkeit« Verhängnis zu werden. »Wie oft wünschte ich mir schon in meiner Einsamkeit die alten Zeiten zurück, wo Sie noch an meiner Seite lebten« (ZT III 7). Der wachsenden Vereinsamung, die dieser letzte Brief verrät, stehen die Ansprüche der Gesellschaft an die Frau des großen Hauses entgegen. In den bitteren Worten, mit denen Hölderlin im November 1797 sein »zerstreuendes Verhältnis« im Hause beklagt (ET VI 2), tut sich etwas von tragischer Konstellation auf. Dort die Frau des Hauses, die »immer viele Leute bei sich hat«, haben muß, hier der Hofmeister, der »besonders in Frankfurt überall das fünfte Rad am Wagen ist und doch der Schicklichkeit wegen muß dabei sein«; beide zutiefst verbunden durch »ihre geheimere Welt«, in der »Welt« aber weit geschieden durch Stellung und Konvention, in großer Gesellschaft getrennt durch bevorzugte, vornehme Gäste: man denke an Maria Belli-Gontards Bericht von dem großen Diner (ZT IV 1). Es ist das letzte Bild von Diotima vor ihrer Todeskrankheit: das Bild einer Frau, die durch Schönheit und Eleganz, durch ihren »Stil«, der ihr allen Schmuck entbehrlich macht, bezaubert. Sie wahrt ihre Haltung und ihre Stellung. Sie gönnt sich hie und da, damit sie »nicht ganz allein bleibe«, eine Art Flucht in »Gesellschaft«; schon im August 1797 – Hölderlin ist noch mit draußen auf dem Hofe – meint sie zu wissen, daß es ihr »nicht taugt, gar zu allein zu sein«, und geht daher »fast alle Abend in Gesellschaft« (ZT III 1). Über die ersten Monate nach der Trennung gesteht sie (ET IV 5): »Diesen Winter war es vielleicht gut, daß ich nicht viel allein war, denn oft habe ich Tage, wo ich ganz aus dem Gleichgewichte bin, nur bei den Gedanken an Dich stürzen Tränen mir aus den Augen, ich muß mich zwingen, und suchte Gesellschaft, um daß ich gehalten werde, ich habe den ganzen Winter mir zur Last herumgeschwärmt, aber das muß jetzt anders werden . . «. Und am 19. März (ET IV 6): »Die Gesellschaft der Menschen ist mir so wenig und oft ist mir doch die Einsamkeit zur Last, so sehr, daß ich das gleichgültigste Gespräch vorziehe, doch es ist nur wie Täuschung, und am Ende gestehe ich mir immer daß ich herzlich froh bin wieder allein, ohne Zwang zu sein«. Im letzten Winter: »ich passe zu den weltlichen Verhältnissen nicht, und tue besser, mit meiner stillen Seele allein zu leben« (ET IV 13).

An diesen und andern Stellen meint Diotima nicht etwa – das scheint der Betonung wert – das umfassende soziale Kollektiv »die Gesellschaft«, in ihrem Falle die großbürgerliche der Handelsstadt, sondern einfach das Gegenteil von »Alleinsein«: einen geselligen Kreis, der zur Unterhaltung dienen, ablenken, zerstreuen oder auch anregen kann. Meistens gilt das für das Wort auch in Hölderlins Briefen. Ein Grenzfall ist vielleicht seine bittere Äußerung »vom tausendfachen Etwas der Gesellschaft und der Tätigkeit der Menschen«; eindeutig sozialkritisch und in bezug auf die Frankfurter Verhältnisse allgemeingültig ist dagegen sein besonders bitteres Urteil vom April 1798 (ET VI 1.6).

Der Königsball vom Juni 1799 (ZT I 20) war fraglos der »besten Gesellschaft« des Patrizier- und Großbürgertums vorbehalten.

Und von diesem »gesellschaftlichen Ereignis« berichtet Marianne Gontard ein merkwürdiges Benehmen ihrer Kusine Susette. Diese war den ganzen Abend sehr »vergnügt« und »fast bis ganz zur letz« attachiert einem Herrn Thurneysen, wohl einem entfernteren Verwandten aus guter Familie (auch der Empfängerin der Mitteilung, Marie Rüdt, bekannt; nicht näher bestimmt). Marianne Gontard sieht darin eine »Pisallerschaft«, eine fragwürdige Ersatzwirtschaft, die »noch immer fort ihren Gang« gehe. Boshafter Klatsch einer »sitzengebliebenen« Jungfer, einfach mit Mißachtung zu übergehen? Will man das nicht tun, so steht Susette Gontard in einem Lichte, das in ihrem Bild einen liebenswerten menschlichen Zug erscheinen läßt: eine Frau von Kultur im Zenit ihrer Schönheit, die sich einen offiziell-festlichen Abend lang über das Leid ihrer Liebe, über ihren »unersetzlichen Verlust« (ZT III 7) hinwegsetzt, sich aber nicht dem Trubel des Balls überläßt, sondern sich an einen vielleicht – wir wissen es nicht – ihr Näherstehenden hält. Die Deutung (oder Mißdeutung?) ihres Benehmens als »Pisallerschaft« bleibt dabei offen. Mag sie denn offen und dafür Diotimas Erklärung verbindlich bleiben: »ich bin Dir Rechenschaft schuldig von jeder Empfindung in mir« …

In IV 11 fährt Diotima nach dem Geständnis, sie fühle sich trotz ihrer »Jahre der Vernunft … doch so jung«, fort: »ich denke dann auch, besser ein Opfer der Liebe! als ohne sie noch leben … Nur laß uns nie gegen die Liebe fehlen und immer gegen einander wahr sein! … Vertrauen auf die Liebe, die die gütige Natur uns ins Herz legte um da sie reifen zu lassen zu ihrem höchsten Zweck, uns kurzsichtigen Wesen hier noch ein Rätsel! aber veredelt zu etwas Großem uns fühlend und strebend, jedem nichtswürdigen Gefühl Nahrung zu geben unfähig! Und in diesem Glauben gewiß bewahrt für alle Ansteckung der schlechten Welt«.

Man darf wohl sagen: Nirgend sonst in Diotimas Briefen zeigt sich ihre unbedingte Liebe so stark verbunden mit höchster und reinster Sittlichkeit, diese aber wiederum verbunden mit einem metaphysischen, »teleologischen« Ziel: die Liebe als Gabe der »gütigen Natur« an das Herz, »um da sie reifen zu lassen zu ihrem höchsten Zweck«. Mit diesem dürfte vollkommene Lauterkeit gemeint sein: Läuterung des Herzens gerade auch im »Schmerz«, in dem wir – eines der letzten Worte in ET IV 17 – »vollkommen edel fühlen«. Dieser »höchste Zweck« ist »uns kurzsichtigen Wesen hier noch ein Rätsel«: deutet dies an, daß er sich offenbaren werde in einem Bereiche, wo »von neuem ein Jahr unserer Seele beginnt«?

Susette Gontard bleibt in ihrem Leben. Aber sie sieht es »vorzüglich voll Gegenstände der Trauer« (ZT III 7). Sie kränkelt viel und träumt dann oft – und erwacht zu trostloser Gewißheit: »Ich fühle es lebhaft, daß ohne Dich mein Leben hinwelkt und langsam stirbt« (ET IV 11). Hölderlin darauf, erschüttert und empört zumal: »Dieser ewige Kampf und Widerspruch im Innern, der muß Dich freilich langsam töten« (ET V 3). Damit ist die Tragik ihrer Lage voll erkannt: die Tragik des Wohnens in zwei Bereichen, die nicht in Harmonie aufgingen.

Susettes Gewißheit wurde zwei Jahre danach zur Wahrheit. Marie Rüdt, die ihrem letzten Briefe Lebensmüdigkeit angespürt hat, weiß nun, »daß sie nie glücklich gewesen wäre«. Vielleicht weiß sie's seit langem, doch sie schweigt davon. Sie schweigt auch von einer Frage der Schuld, die Henry von Lilienstern robust beantwortet. Die Antwort kann aber nicht auf der Basis des Bürgerlich-Moralischen gegeben werden und kann nur in tief tragischem Sinn ausfallen. Der Dichter kam als Fremdling in das bürgerliche Haus. Was er fand, war »dieses Eine«, war »ewige Schönheit«. Diese »war da«, doch ihrer selbst und ihrer Fremdlingschaft in der »Welt« noch kaum bewußt. Der Dichter erweckte sie. Durch seinen Glauben wurde Diotima, was sie war. Doch diese Entfaltung zog nach sich Entfremdung. »Du führest mich den Weg zur Schönheit« (ET IV 4). Fremdlingschaft wurde Fremdheit vor und in der »Welt«. Indem der Dichter »ihre geheimere Welt« schuf, untergrub er den realen Grund von Diotimas Leben. Was untergraben war, war nach seinem Scheiden weiterer Zerstörung ausgesetzt. Diotima war dafür anfällig. Sie wußte das, und sie nahm es in Kauf. »Besser ein Opfer der Liebe! als ohne sie noch leben.« Wie der Dichter glaubte sie an den Sinn des Opfers. In einer Zeit, »da die knechtische jetzt alles, die Sorge, zwingt, ... muß der Liebenden Herz vergehn«. Ihn ließen ihre Liebe und ihr Glaube durch den »Schmerz« »reifen zu ihrem höchsten Zweck«: nach Arnims Wort zum größten elegischen – und hymnischen – Dichter der Deutschen. Ihr selbst aber erfüllte sich ihr Wunsch (ET IV 1), der Vergänglichkeit ein »Monument« ihrer Liebe entgegenzusetzen. Es wurde Eine, große Liebeselegie, jedoch durchsetzt mit Melodien eines Liebeshymnus, der wie bei Hölderlin in ›Menons Klagen‹ für »das höhere Leben im Glauben und im Schauen« bürgt.

III. PERSONEN-REGISTER

Vorbemerkung. Das Register verzeichnet nach Seiten oder Seiten-Gruppen grundsätzlich nur Personen, die in den Texten erwähnt oder Verfasser oder Adressaten sind. In einigen wenigen Fällen sind solche aufgenommen, die nur in einer Erläuterung genannt, aber wichtig sind (z.B. Platon, Heraklit, Schwendler). Die Angabe der Seitenzahlen ist wie folgt gegliedert: zuerst Seiten,wo eine Person erwähnt ist; dann, zu Anfang mit V. gekennzeichnet, Seiten, wo sie als Verfasser(in) steht; darauf, mit A. zu Anfang, Seiten, wo sie als Adressat(in) steht; endlich in einigen Fällen, mit E. eingeleitet, Seiten, wo die betr. Erläuterung zu besserem oder erweitertem Verständnis dienlich schien. Die Seitenzahl eines Bildnisses steht jeweils am Schluß in kursivem Druck.
Ist in einem Text eine Person nicht benannt, aber unverkennbar, so ist die betr. Seite ebenfalls verzeichnet.

Biographien, Leben und Werk
im insel taschenbuch

Lou Andreas-Salomé: Lebensrückblick. Grundriß einiger Lebenserinnerungen. Aus dem Nachlaß herausgegeben von Ernst Pfeiffer. Neu durchgesehene Ausgabe mit einem Nachwort des Herausgebers. it 54

– Rainer Maria Rilke. Mit acht Bildtafeln im Text. Herausgegeben von Ernst Pfeiffer. it 1044

Bettine von Arnim: Aus meinem Leben. Zusammengestellt und kommentiert von Dieter Kühn. it 642

Johann Sebastian Bach. Leben und Werk in Daten und Bildern. Herausgegeben von Klaus-Peter Richter. it 788

Alban Berg. Leben und Werk in Daten und Bildern. Herausgegeben von Erich Alban Berg. it 194

Bertolt Brecht. Leben und Werk im Bild. Mit autobiographischen Texten, einer Zeittafel und einem Essay von Lion Feuchtwanger. it 406

Bertolt Brecht. Sein Leben in Bildern und Texten. Mit einem Vorwort von Max Frisch. Herausgegeben von Werner Hecht. it 1122

Die Schwestern Brontë. Leben und Werk in Texten und Bildern. Herausgegeben von Elsemarie Maletzke und Christel Schütz. it 814

– Hans Carossa. Leben und Werk im Bild. Herausgegeben von Eva Kampmann-Carossa. it 348

Cézanne. Leben und Werk in Texten und Bildern. Von Margret Boehm-Hunold. it 1140

George Clémenceau: Claude Monet. Betrachtungen und Erinnerungen eines Freundes. Mit einem Nachwort von Gottfried Boehm. it 1152

Joseph von Eichendorff. Leben und Werk in Texten und Bildern. Herausgegeben von Wolfgang Frühwald und Franz Heiduk. it 1064

Theodor Fontane: Meine Kinderjahre. Autobiographischer Roman. Mit einem Nachwort von Otto Drude. it 705

Goethe. Sein Leben in Bildern und Texten. Vorwort von Adolf Muschg. Herausgegeben von Christoph Michel. Gestaltet von Willy Fleckhaus. it 1000

Otto Hahn, Leben und Werk in Texten und Bildern. Mit einem Vorwort von Carl Friedrich von Weizsäcker. Herausgegeben von Dietrich Hahn. it 1089

Heinrich Heine. Leben und Werk in Daten und Bildern. Von Joseph A. Kruse. it 615

Volker Michels: Hermann Hesse. Leben und Werk im Bild. Mit dem ›kurzgefaßten Lebenslauf‹ von Hermann Hesse. it 36

Hermann Hesse. Sein Leben in Bildern und Texten. Mit einem Vorwort von Hans Mayer. Herausgegeben von Volker Michels. it 1111

162/1/7.88

Biographien, Leben und Werk
im insel taschenbuch

Marie Hesse: Ein Lebensbild in Briefen und Tagebüchern. Mit einem Essay von Siegfried Greiner. Mit frühen Lithographien von Gunter Böhmer. it 261

Julius Eduard Hitzig: E.T.A. Hoffmanns Leben und Nachlaß. Mit Anmerkungen zum Text und einem Nachwort von Wolfgang Held. it 755

Hölderlin. Dokumente seines Lebens. Briefe, Tagebuchblätter. Aufzeichnungen. Herausgegeben von Hermann Hesse und Karl Isenberg. it 221

Hölderlin. Chronik seines Lebens mit ausgewählten Bildnissen. Herausgegeben von Adolf Beck. it 83

Ödön von Horváth. Leben und Werk in Daten und Bildern. Herausgegeben von Traugott Krischke und Hans F. Prokop. it 237

Johann Heinrich Jung-Stilling: Lebensgeschichte. it 709

Erhart Kästner. Leben und Werk in Daten und Bildern. Herausgegeben von Anita Kästner und Reingart Kästner. it 386

Gerhard Kaiser: Gottfried Keller. Das gedichtete Leben. it 1026

Marie Luise Kaschnitz: Die Wahrheit, nicht der Traum. Das Leben des Malers Courbet. it 327

Heinrich von Kleist: Geschichte meiner Seele. Das Lebenszeugnis der Briefe. Herausgegeben von Helmut Sembdner. it 281

Kleist. Leben und Werk im Bild. Herausgegeben von Eberhard Siebert. it 371

Cordula Koepcke: Lou Andreas-Salomé. Leben. Persönlichkeit. Werk. Eine Biographie. it 905

Oskar Kokoschka. Leben und Werk in Daten und Bildern. Herausgegeben von Norbert Werner. it 909

Dieter Kühn: Ich Wolkenstein. Eine Biographie. Neue, erweiterte Ausgabe. it 497

Monique Lange: Edith Piaf. Die Geschichte der Piaf. Ihr Leben in Texten und Bildern. Aus dem Französischen von Hugo Beyer. Mit einer Discographie. it 516

Julius Meier-Graefe: Cézanne. Mit farbigen Abbildungen. it 1139
– Dostojewski. Der Dichter. it 1099
– Hans von Marées. Zwei Bände in Kassette. Mit farbigen Abbildungen. it 1046
– Renoir. Mit farbigen Abbildungen und einem Nachwort von Andreas Beyer. it 856
– Vincent van Gogh. Mit farbigen Abbildungen. it 1015

Malwida von Meysenbug: Memoiren einer Idealistin. Herausgegeben, eingeleitet und kommentiert von Renate Wiggershaus. it 824

162/2/7.88

Biographien, Leben und Werk
im insel taschenbuch

Novalis. Dokumente seines Lebens und Sterbens. Herausgegeben von Hermann Hesse und Karl Isenberg. it 178

Jean Orieux: Das Leben des Voltaire. Aus dem Französischen von Julia Kirchner. Mit einer Zeittafel und einem Personenregister. it 874

Ernst Penzoldt. Leben und Werk in Texten und Bildern. Herausgegeben von Ulla Penzoldt. it 547

Rainer Maria Rilke. Leben und Werk im Bild. Von Ingeborg Schnack. Mit einer biographischen Einführung und einer Zeittafel. it 35

George Sand. Leben und Werk in Texten und Bildern. Von Gisela Schlientz. it 565

Schiller. Leben und Werk in Daten und Bildern. Ausgewählt und erläutert von Bernhard Zeller und Walter Scheffler. it 226

Reinhold Schneider. Leben und Werk im Bild. Von Edwin Maria Landau, Maria van Look, Leni Mahnert-Lueg, Bruno Stephan Scherer. In Selbstzeugnissen und Worten der Mitlebenden. it 318

Arthur Schopenhauer. Leben und Werk in Texten und Bildern. Herausgegeben von Angelika Hübscher. it 1059

Reiner Speck: Peter Ludwig. Sammler. it 533

Charles Sanford Terry: Johann Sebastian Bach. Eine Lebensgeschichte. Aus dem Englischen von Alice Klengel. Mit einer Nachbemerkung von Klaus Peter Richter. it 802

Töchter berühmter Männer. Neun biographische Portraits. Herausgegeben von Luise E. Pusch. it 979

Tolstojs letzte Jahre. Achtunddreißig Fotografien. Texte ausgewählt und übersetzt von Gisela Drohla. it 1040

Siegfried Unseld: Hermann Hesse. Werk und Wirkungsgeschichte. Mit zahlreichen Abbildungen. it 1112

Richard Wagner. Leben und Werk in Daten und Bildern. Herausgegeben von Dietrich Mack und Egon Voss. it 334

Robert Walser. Leben und Werk in Daten und Bildern. Mit einem Essay von Peter Hamm. Herausgegeben von Elio Fröhlich und Peter Hamm. it 264

Oscar Wilde. Leben und Werk in Daten und Bildern. Herausgegeben und mit einem Essay von Norbert Kohl. Die Übertragungen der ›Stimmen zum Werk‹ stammen von Norbert Kohl, Wolfgang Pils und Heidi Woltersdorf. it 158

Virginia Woolf. Leben und Werk in Texten und Bildern. Herausgegeben von Renate Wiggershaus. it 932

Stefan Zweig. Leben und Werk im Bild. Herausgegeben von Donald Prater und Volker Michels. it 532

162/3/7.88

Kunst und Musik
im insel taschenbuch

Aus der Kunst des polnischen Volkes. Stücke der Sammlung Ludwig Zimmerer in Warschau. Herausgegeben von Willy Fleckhaus. it 448

Johann Sebastian Bach. Leben und Werk in Daten und Bildern. Herausgegeben von Klaus-Peter Richter. it 788

Ernst Batta: Obelisken. Ägyptische Obelisken und ihre Geschichte in Rom. it 765

Alban Berg. Leben und Werk in Daten und Bildern. Herausgegeben von Erich Alban Berg. it 194

Hector Berlioz: Groteske Musikantengeschichten. Aus dem Französischen von Elly Ellès. it 859

Besuche im Städel. Betrachtungen zu Bildern. Herausgegeben von Klaus Gallwitz. Mit biographischen Notizen von Dolf Sternberger. it 939

Gottfried Boehm: Paul Cézanne. Montagne Sainte-Victoire. Eine Kunst-Monographie. it 826

Cézanne. Leben und Werk in Texten und Bildern. Von Margret Boehm-Hunold. it 1140

George Clémenceau: Claude Monet. Betrachtungen und Erinnerungen eines Freundes. Mit einem Nachwort von Gottfried Boehm. it 1152

Das Evangeliar Heinrichs des Löwen. Herausgegeben von Elisabeth Klemm. Mit farbigen Abbildungen. it 1121

Caspar David Friedrich. Auge und Landschaft. Zeugnisse in Bild und Wort interpretiert von Gerhard Eimer. it 62

Goethes Gedanken über Musik. Eine Sammlung aus seinen Werken, Briefen, Gesprächen und Tagebüchern. Herausgegeben von Hedwig Walwei-Wiegelmann. Mit achtundvierzig Abbildungen erläutert von Hartmut Schmidt. it 800

Vincent Van Gogh: Briefe an seinen Bruder. Drei Bände in Kassette. Deutsch von Leo Klein-Diepold und Carl Einstein. Mit farbigen Abbildungen. it 954

Van Gogh in seinen Briefen. Mit Abbildungen. it 177

Wolfgang Hildesheimer: Endlich allein. Collagen. Mit einer Einführung des Künstlers »Die Ästhetik der Collage«. it 898

– In Erwartung der Nacht. Collagen. Mit einer Einführung des Künstlers »Zu meinen neuen Collagen.« it 1052

Max Imdahl: Picassos Guernica. Eine Kunst-Monographie. Mit Abbildungen und einer Klapptafel. it 806

Heinz Jatho: Max Beckmann. Das Schauspieler-Triptychon. Eine Kunst-Monographie im Insel Taschenbuch. it 1134

Marie Luise Kaschnitz: Die Wahrheit, nicht der Traum. Das Leben des Malers Courbet. it 327

157/1/7.88

Kunst und Musik
im insel taschenbuch

Harald Keller: Die Kunstlandschaften Italiens. 2 Bde. it 627

Oskar Kokoschka. Leben und Werk in Daten und Bildern. Herausgegeben von Norbert Werner. it 909

Monique Lange: Edith Piaf. Die Geschichte der Piaf. Ihr Leben in Texten und Bildern. Aus dem Französischen von Hugo Beyer. Mit einer Discographie. it 516

Gotthold Ephraim Lessing: Laokoon. Herausgegeben von Kurt Wölfel. it 1048

Claude Lévi-Strauss: Der Weg der Masken. Aus dem Französischen von Eva Moldenhauer. it 288

Julius Meier-Graefe: Cézanne. Mit farbigen Abbildungen. it 1139

– Hans von Marées. 2 Bde. in Kassette. Mit farbigen Abbildungen. it 1046

– Renoir. Mit farbigen Abbildungen und einem Nachwort von Andreas Beyer. it 856

– Vincent van Gogh. Mit farbigen Abbildungen. it 1015

Michelangelo: Zeichnungen und Dichtungen. Ausgewählt und kommentiert von Harald Keller. Übertragung der Dichtungen von Rainer Maria Rilke. Nachwort zu den Zeichnungen von Harald Keller. Nachwort zu den Gedichten von Friedrich Michael. Mit einem Essay von Thomas Mann. it 147

Minnesinger. In Bildern der Manessischen Liederhandschrift. Mit Erläuterungen herausgegeben von Walter Koschorreck. Vierundzwanzig Abbildungen. it 88

Wolfgang Amadeus Mozart: Don Giovanni. Italienisch und Deutsch. Mit Kierkegaards Essay »Das Musikalisch-Erotische« und den Illustrationen von Max Slevogt. Herausgegeben von Horst Günther. it 1009

Mozart-Briefe. Ausgewählt, eingeleitet und kommentiert von Wolfgang Hildesheimer. Mit zeitgenössischen Porträts. it 128

Romola Nijinsky: Nijinsky. Der Gott des Tanzes. Biographie von Romola Nijinsky. Vorwort von Paul Claudel. Übersetzt von Hans Bütow. it 566

Rainer Maria Rilke: Auguste Rodin. Mit 96 Abbildungen. it 766

– Briefe über Cézanne. Herausgegeben von Clara Rilke. Besorgt und mit einem Nachwort versehen von Heinrich Wiegand Petzet. Mit siebzehn farbigen Abbildungen. it 672

– Worpswede. Fritz Mackensen. Otto Modersohn. Fritz Overbeck. Hans am Ende. Heinrich Vogeler. Mit zahlreichen Abbildungen und Farbtafeln im Text. it 1011

Reiner Speck: Peter Ludwig. Sammler. it 533

157/2/7.88

Kunst und Musik
im insel taschenbuch

Dolf Sternberger: Über Jugendstil. Mit farbigen Abbildungen. it 274

Charles Sanford Terry: Johann Sebastian Bach. Eine Lebensgeschichte. Aus dem Englischen von Alice Klengel. Mit einer Nachbemerkung von Klaus Peter Richter. it 802

Richard Wagner: Ausgewählte Schriften. Herausgegeben von Dietrich Mack. Mit einem Essay von Ernst Bloch. it 66

157/3/7.88